Perros salvajes

IAN RANKIN

PERROS SALVAJES

Traducción de
EFRÉN DEL VALLE

RBA

X Premio RBA de Novela Negra
Otorgado por un jurado formado por Paco Camarasa, Luisa Gutiérrez, Antonio Lozano,
Soledad Puértolas y Lorenzo Silva.

Título original inglés: *Even Dogs in the Wild.*
© John Rebus Ltd., 2015.
© de la traducción: Efrén del Valle Peñamil, 2016.
© de esta edición: RBA Libros, S.A., 2016.
Avda. Diagonal, 189 - 08018 Barcelona.
rbalibros.com

Primera edición: octubre de 2016.

REF.: OBFI154
ISBN: 978-84-9056-749-4
DEPÓSITO LEGAL: B. 17.553-2016

ANGLOFORT, S. A. • PREIMPRESIÓN

Impreso en España • *Printed in Spain*

PRÓLOGO

Al final, el pasajero sacó la cinta de casete y la lanzó al asiento trasero.

—Eran The Associates —protestó el conductor.

—Pues que vayan a asociarse a otro sitio. Parece que el cantante se haya pillado los huevos en una prensa.

El conductor pensó en ello unos instantes y sonrió.

—¿Recuerdas cuando se lo hicimos a...? ¿Cómo se llamaba?

El pasajero se encogió de hombros.

—Debía dinero al jefe. Eso era lo que importaba.

—No era mucho, ¿no?

—¿Cuánto falta?

El pasajero miró por el parabrisas.

—Menos de un kilómetro. Hay movimiento por estos bosques, ¿eh?

El pasajero no medió palabra. Estaba oscuro y no habían visto ningún coche en los últimos siete u ocho kilómetros. La campiña de Fife, tierra adentro, con los campos esquilados aguardando el invierno. Una granja de cerdos cercana que ya habían utilizado antes.

—¿Cuál es el plan? —preguntó el conductor.

—Solo tenemos una pala, así que nos jugamos a cara o cruz quién suda la gota gorda. Le quitamos la ropa y luego la quemamos.

—Solo lleva pantalones y un chaleco.

—No he visto tatuajes ni pendientes. No hará falta cortar nada.

—Ya hemos llegado. —El conductor detuvo el coche, salió y abrió una puerta. Un sendero serpenteante se adentraba en el bosque—. Espero que no nos quedemos atascados —dijo al subirse de nuevo. Luego, al ver la mirada de su acompañante—: Era broma.

—Más te vale.

Recorrieron lentamente unos centenares de metros.

—Aquí tengo sitio para dar la vuelta —dijo el conductor.

—Pues perfecto.

—¿Te suena esto?

El pasajero sacudió la cabeza.

—Hace mucho tiempo...

—Creo que hay uno enterrado ahí delante y otro a la izquierda.

—En ese caso, podríamos probar al otro lado del camino. ¿La linterna está en la guantera?

—Con pilas nuevas, como pediste.

El pasajero lo comprobó.

—De acuerdo.

Los dos hombres se apearon y permanecieron inmóviles casi un minuto, acostumbrando la vista a la oscuridad y atentos a cualquier sonido inusual.

—Elijo yo el sitio —dijo el pasajero, que se llevó la linterna consigo.

El conductor se encendió un cigarrillo y abrió la puerta trasera del Mercedes. Era un modelo antiguo y las bisagras rechinaban. Cogió el casete de The Associates del asiento y se lo guardó en el bolsillo de la chaqueta, donde entrechocó con unas monedas. Necesitaría una para el cara o cruz. Luego cerró la puerta, se dirigió al maletero y lo abrió. El cuerpo estaba envuelto en una sábana azul. O lo había estado. El trayecto había aflojado la improvisada mortaja. Pies descalzos, piernas delgadas y pálidas y caja torácica visible. El conductor apoyó la pala en una de las luces traseras, pero acabó cayendo al suelo. Maldiciendo, se agachó a recogerla.

Fue en ese momento cuando el cadáver cobró vida, salió de

debajo de la sábana y del maletero y casi hizo pegar un brinco al conductor cuando sus pies tocaron el suelo. El conductor jadeó y se le cayó el pitillo de la boca. Apoyó una mano en el mango de la pala e intentó levantarse con la otra. La sábana quedó colgando del borde del maletero y su ocupante desapareció entre los árboles.

—¡Paul! —gritó el conductor—. ¡Paul!

La linterna precedió al hombre llamado Paul.

—¿Qué coño pasa, Dave? —gritó.

El conductor solo acertó a extender una mano temblorosa para señalar.

—¡Ha escapado!

Paul observó el maletero vacío y dejó escapar un siseo entre dientes.

—Vamos a por él —gruñó—. O alguien cavará un agujero para nosotros.

—Ha resucitado —dijo Dave con voz trémula.

—Pues lo mataremos otra vez —repuso Paul, y sacó un cuchillo del bolsillo interior—. Aún más lentamente que antes...

PRIMER DÍA

1

Malcolm Fox despertó de otra de sus pesadillas.

Creía saber por qué había empezado a tenerlas: la incertidumbre por su trabajo. No estaba del todo seguro de seguir queriéndolo y temía que, en cualquier caso, estuviera ocupando una plaza que sobraba. El día anterior le habían dicho que debía viajar a Dundee para cubrir una vacante durante un par de turnos. Cuando preguntó cuál era el motivo, le respondieron que al agente al que iba a sustituir le habían ordenado que cubriera a otra persona en Glasgow.

—¿Y no sería más fácil que me mandaran a Glasgow? —propuso Fox.

—Puede preguntar, supongo.

Así que cogió el teléfono e hizo justamente eso, pero descubrió que el agente de Glasgow iba a Edimburgo a ocupar una plaza temporal, así que tiró la toalla y se dirigió a Dundee. ¿Y hoy? A saber. Su jefe en St. Leonard's no parecía saber qué hacer con él. Era un inspector de sobra.

—Son los oportunistas —había dicho el inspector jefe Doug Maxtone a modo de disculpa—. Están obstruyendo el sistema. Hace falta que se jubilen unos cuantos ...

—Entendido —había respondido Fox.

Tampoco es que él fuera precisamente un joven idealista. Dentro de tres años podría jubilarse con una buena pensión y mucha vida por delante.

Barajó sus opciones en la ducha. El bungaló de Oxgangs en el que vivía podía alcanzar un buen precio, el suficiente para poder trasladarse. Pero debía tener en cuenta a su padre. Fox no podía irse muy lejos mientras a Mitch le quedara oxígeno en el cuerpo. Y luego estaba Siobhan. No eran amantes, pero últimamente habían pasado más tiempo juntos. Si uno de los dos se aburría, sabía que siempre podía llamar al otro. Iban al cine o a algún restaurante, o comían aperitivos viendo un DVD. Siobhan le había regalado media docena de películas por Navidad y habían visto tres antes de que terminara el año. Pensó en ella mientras se vestía. A ella le gustaba más el trabajo que a él. Siempre que quedaban, Siobhan estaba lista para contarle cualquier novedad o cotilleo. Luego le preguntaba a él, que se limitaba a encogerse de hombros y a soltar de vez en cuando cuatro datos. Ella los recibía como una auténtica exquisitez, cuando para él no dejaba de ser información de lo más corriente. Ella trabajaba en Gayfield Square, bajo las órdenes de James Page. La estructura allí parecía mejor que la de St. Leonard's. Fox se había planteado solicitar un traslado, pero sabía que no se lo concederían jamás; supondría para ellos el mismo problema: un inspector de más.

Cuarenta minutos después de terminar su desayuno estaba aparcando en St. Leonard's. Se quedó sentado en el coche unos instantes, recomponiéndose y pasando las manos por el volante. Era en momentos como aquel cuando le apetecía un cigarrillo, algo con lo que ocupar el tiempo, algo con lo que olvidarse de sí mismo. En lugar de fumar, se puso un chicle encima de la lengua y cerró la boca. Un agente uniformado había salido al aparcamiento por la puerta trasera de la comisaría y estaba abriendo un paquete de tabaco. Cruzaron miradas cuando Fox se dirigió hacia él, y el agente asintió levemente. El hombre sabía que Fox había trabajado en Asuntos Internos; toda la comisaría lo sabía. A algunos no parecía importarles; otros dejaban entrever su disgusto sin tapujos. Fruncían el ceño, contestaban a regañadientes y, en lugar de sujetar la puerta, dejaban que se le cerrara en las narices.

—Eres un buen policía —le había dicho Siobhan en más de una ocasión—. Ojalá te dieras cuenta.

Cuando llegó a la sala del DIC, Fox vio que ocurría algo. Estaban moviendo sillas y material de un lado a otro. Su mirada se cruzó con la de un estruendoso Doug Maxtone.

—Tenemos que hacer sitio a un equipo nuevo —explicó Maxtone.

—¿Un equipo nuevo?

—De Gartcosh, lo cual significa que casi todos serán de Glasgow, y ya sabe lo que opino de ellos.

—¿A qué se debe?

—Nadie ha dicho nada.

Fox siguió mascando chicle. Gartcosh, una antigua planta siderúrgica, albergaba ahora el Campus de la Justicia Escocesa. Funcionaba desde el verano anterior, y Fox nunca había tenido ocasión de cruzar el umbral. El lugar era una amalgama de policías, fiscales, forenses y agentes de aduanas, y su jurisdicción abarcaba el crimen organizado y las operaciones antiterroristas.

—¿A cuántos tendremos que dar la bienvenida?

Maxtone le dedicó una mirada fulminante.

—Francamente, Malcolm, dudo que vaya a darle la bienvenida a nadie, pero necesitamos mesas y sillas para media docena.

—¿Y ordenadores y teléfonos?

—Traerán los suyos. Pero sí que piden... —Maxtone sacó un papel del bolsillo y lo consultó con gran teatralidad—: ayuda complementaria, con derecho a veto.

—¿Son órdenes de arriba?

—Del mismísimo jefe de policía. —Maxtone arrugó la hoja y la lanzó sin mirar en dirección a una papelera—. Llegarán en una hora más o menos.

—¿Limpio un poco el polvo?

13

—No estaría mal. Igualmente no tendrá donde sentarse...

—¿Voy a perder mi silla?

—Y su mesa. —Maxtone inhaló y exhaló ruidosamente—. Así que si hay algo en los cajones que no quiere que vea nadie... —Esbozó una sonrisa sombría—. Habría preferido quedarse en la cama, ¿eh?

—Peor aún, señor. Empiezo a pensar que habría sido mejor quedarme en Dundee.

Siobhan Clarke había aparcado en una zona de estacionamiento prohibido en St. Bernard's Crescent. Era la calle más lujosa que podía encontrarse en la Ciudad Nueva de Edimburgo, llena de fachadas con columnas y ventanas de suelo a techo. Había dos terrazas georgianas en forma de arco a ambos lados de un pequeño jardín privado con árboles y bancos. Raeburn Place, con sus grandes tiendas y restaurantes, estaba a dos minutos a pie, al igual que el Water of Leith. Siobhan había llevado un par de veces a Malcolm al mercado de comida de los sábados y bromeaba con que debería cambiar su bungaló por un piso colonial en Stockbridge.

En ese momento sonó el teléfono. Hablando del rey de Roma... Clarke atendió la llamada.

—¿Has vuelto al norte?

—De momento no —dijo él—. Pero aquí se están produciendo cambios drásticos.

—Yo también tengo noticias. Me han transferido a la investigación de Minton.

—¿Cuándo?

—Hoy a primera hora. Iba a contártelo a la hora del almuerzo. Han puesto al mando a James y me quería en el equipo.

—Es lógico.

Siobhan cerró el coche y se dirigió hacia una puerta negra con un reluciente picaporte de cobre y buzón, donde montaba guardia una agente uniformada, que inclinó levemente la cabeza, cosa que Clarke recompensó con una sonrisa.

—¿Queda sitio para alguien que ocupa poco espacio? —preguntó Fox. Intentaba que sonara a broma, pero Siobhan se dio cuenta de que hablaba en serio.

—Tengo que dejarte, Malcolm. Hablamos luego.

Clarke colgó y esperó a que la agente abriera la puerta. Los medios de comunicación ya se habían ido. Alguien, probablemente un vecino, había dejado un par de ramos de flores en el escalón. Junto a la columna situada a la derecha de la puerta había un tirador antiguo y encima una placa en la que se leía la palabra MINTON, así, en mayúsculas.

Cuando se abrió la puerta, Clarke dio las gracias a la agente y entró. En el suelo de parquet había correo. Lo cogió y vio que en una mesa auxiliar había más cartas que alguien había abierto, probablemente el equipo de Incidentes Graves. También había los folletos habituales, incluido uno de un restaurante hindú que conocía en la parte sur de la ciudad. No se imaginaba a lord Minton pidiendo comida para llevar, pero nunca se sabe. La unidad científica había buscado huellas en el vestíbulo. Lord Minton —de nombre completo David Menzies Minton— había sido asesinado dos noches antes. En el barrio nadie se había percatado del allanamiento ni del ataque. Quienquiera que fuese el autor, había escalado dos muros en la oscuridad para llegar hasta la pequeña ventana de la despensa, situada a la altura del jardín y adyacente a la puerta trasera, que estaba cerrada con llave y pestillo. Había roto la ventana para entrar. Minton estaba en su estudio de la planta baja. Según el examen *post mortem*, le habían golpeado en la cabeza, lo habían estrangulado y después habían seguido golpeando su cuerpo sin vida.

Clarke permaneció en el silencioso vestíbulo tratando de orientarse. Después sacó una carpeta del bolso y releyó el contenido. La víctima tenía setenta y ocho años, no se había casado nunca y llevaba treinta y cinco años viviendo allí. Había estudiado en la George Heriot's School y en las universidades de St. Andrews y Edimburgo. Había ascendido en las pululantes filas de abogados de la ciudad hasta lograr el cargo de abogado de Su Majestad, lo cual le había servido para ejercer de fiscal en algunos de los juicios criminales más destacados de Escocia. ¿Enemigos? Debió de ganarse muchos en sus momentos de gloria, pero en los últimos años había vivido apartado de los focos. Hacía algún que otro viaje a Londres para sentarse en la Cámara de los Lores. Visitaba casi todos los días su club de Princes Street para leer la prensa y hacer tantos crucigramas como encontrara.

—Un robo que se ha complicado —había afirmado el inspector jefe James Page, el superior de Clarke—. El autor no espera encontrar a nadie en casa. Le entra el pánico. Fin de la historia.

—Pero ¿por qué estrangular y pegar otra vez a la víctima cuando ya estaba muerta?

—Como le decía, le entró el pánico. Eso explica por qué el atacante huyó sin llevarse nada. Probablemente iba colocado y necesitaba dinero para meterse algo más. Buscaba lo típico: teléfonos e iPad, que son fáciles de vender. Pero el aristocrático lord no tenía ese tipo de cosas. Quizá eso molestó a nuestro hombre y descargó su frustración allí mismo.

—Tiene lógica.

—¿Le gustaría verlo por sí misma? —asintió Page lentamente—. Allá vamos, entonces.

Salón, comedor formal y cocina en la planta baja, estancias para el servicio en desuso y despensa en el sótano. Habían tapado con tablones el marco de la ventana de la despensa y habían retirado los fragmentos de cristal para que los examinaran los de la científica. Clarke abrió la puerta trasera y estudió el pequeño y cuidado jardín privado. Lord Minton tenía jardinero, pero en invierno solo iba un día al mes. Lo habían interrogado y había expresado su tristeza, amén de su preocupación porque no había cobrado el mes anterior.

Al subir la silenciosa escalera de piedra hasta el primer piso, Clarke se dio cuenta de que, aparte de un baño, solo había otra habitación. El estudio estaba oscuro y las gruesas cortinas de terciopelo rojo corridas. Por las fotografías que llevaba en la carpeta, pudo ver que el cuerpo de lord Minton había sido hallado delante de su mesa, sobre una alfombra persa que también se habían llevado para examinar. Cabello, saliva, fibras: todo el mundo dejaba algún rastro. La conclusión era que la víctima estaba sentada a la mesa extendiendo cheques para pagar las facturas de gas y electricidad. Había oído un ruido y se había levantado a inspeccionar. No había llegado muy lejos cuando irrumpió el atacante y le golpeó en la cabeza con alguna herramienta. Por el momento no habían descubierto ningún arma, pero el patólogo suponía que se había utilizado un martillo.

La chequera estaba abierta sobre la mesa antigua junto a una pluma aparentemente cara. Había fotos familiares —en blanco y negro, tal vez los padres de la víctima— en marcos de plata. Eran pequeños y un ladrón habría podido echárselos al bolsillo, pero seguían allí. Clarke sabía que habían encontrado la cartera de lord Minton en una chaqueta colgada en el respaldo de la silla, y el dinero y las tarjetas de crédito estaban intactos. También llevaba puesto el reloj de oro.

—No estabas tan desesperado, ¿eh? —murmuró Clarke.

Dos veces por semana iba a limpiar la casa una mujer llamada Jean Marischal. Tenía llave y había encontrado el cuerpo a la mañana siguiente. En su declaración manifestó que el lugar no requería demasiadas atenciones; creía que a «su señoría» le gustaba tener compañía.

En el piso de arriba había demasiadas habitaciones. Una sala de estar y un comedor que no parecían haber recibido nunca una visita; cuatro dormitorios, aunque solo se necesitaba uno. La señora Marischal no recordaba un solo invitado que hubiera pasado la noche allí, ni tampoco una cena u otro tipo de reunión. Clarke no se entretuvo en el cuarto de baño, así que bajó de nuevo al vestíbulo y se quedó allí de brazos cruzados. No habían encontrado huellas, aparte de las de la víctima y la limpiadora. Nadie había visto a gente merodeando ni se sabía de visitas inusuales.

Nada.

Habían convencido a la señora Marischal para que visitara de nuevo la escena aquel mismo día. Si alguien se había llevado algo, ella era su máxima esperanza. Entre tanto, el equipo tendría que parecer ocupado. Se esperaba que lo estuviera. El actual abogado de Su Majestad y el primer ministro querían información de última hora dos veces al día. Habría sesiones para la prensa a las doce y a las cuatro de la tarde, en las que el inspector James Page debería tener algo que anunciar.

El problema era qué.

Cuando se iba, Clarke dijo a la agente apostada fuera que mantuviera los ojos bien abiertos.

—Eso de que el culpable siempre vuelve no es cierto, pero a lo mejor esta vez estamos de suerte...

De camino a Fettes, se detuvo en una tienda y compró dos periódicos. En el mostrador comprobó que contuvieran necrológicas del difunto de un tamaño decente. Dudaba que fuese a averiguar nada que no hubiera encontrado ya rastreando en Internet durante media hora, pero engrosarían la carpeta.

Puesto que lord Minton era quien era, habían decidido instalar al equipo de Incidentes Graves en Fettes en lugar de en Gayfield Square. Fettes —también conocida como «la Casa Grande»— había sido el cuartel general de la policía de Lothian y Borders hasta el 1 de abril de 2013, cuando las ocho regiones policiales del país desaparecieron y fueron sustituidas por una única organización conocida como la Policía de Escocia. En lugar de un jefe de policía, Edimburgo tenía ahora un comisario llamado Jack Scoular, que era solo unos años mayor que Clarke. Fettes era dominio de Scoular, un lugar en el que la administración tenía prioridad y en el que se celebraban reuniones. No había agentes del DIC allí, pero sí contaba con medio pasillo de despachos vacíos, que habían ofrecido a James Page. Dos agentes, Christine Esson y Ronnie Ogilvie, estaban ocupados colgando fotos y mapas en una pared por lo demás desnuda.

—Pensamos que te gustaría la mesa al lado de la ventana —dijo Esson—. Al menos tiene vistas.

Sí, vistas a dos escuelas muy distintas: Fettes College y Broughton High. Clarke echó un vistazo durante tres segundos, colgó el abrigo en el respaldo de la silla y se sentó. Dejó los periódicos encima de la mesa y se concentró en el informe sobre la muerte de lord Minton. Contenía parte de su historial y varias fotografías desempolvadas de los archivos: casos en los que había participado, fiestas en los jardines reales, su primera aparición vestido de armiño.

—Un soltero empedernido —dijo Esson mientras clavaba otra chincheta.

—De lo cual no podemos deducir nada —advirtió Clarke—. Y esa foto está torcida.

—Si haces esto, no.

Esson inclinó la cabeza veinte grados y luego colocó bien la foto. En ella se veía el cuerpo *in situ*, desplomado sobre la alfombra como si se hubiera quedado dormido a causa de una borrachera.

—¿Dónde está el jefe? —preguntó Clarke.

—En Howden Hall —respondió Ogilvie.

—¿Ah, sí?

En Howden Hall se encontraba el laboratorio forense de la ciudad.

—Dijo que si no volvía a tiempo, la rueda de prensa era toda tuya.

Clarke consultó el reloj: disponía de una hora.

—Su habitual gesto de generosidad —farfulló, y miró la primera necrológica.

Había terminado de leerlas y estaba ofreciéndoselas a Esson para que las colgara en la pared cuando llegó Page, que iba acompañado de un subinspector llamado Charlie Sykes. Normalmente, Sykes trabajaba en el DIC de Leith. Le faltaba un año para jubilarse y más o menos lo mismo para sufrir un infarto, y lo primero trascendía prácticamente en todas las conversaciones que Clarke había mantenido con él.

—Una puesta al día rápida —comenzó Page, jadeando mientras reunía a su brigada—. Las visitas casa por casa continúan, y tenemos a un par de agentes comprobando los circuitos cerrados de televisión de la zona. En algún lugar, alguien está trabajando con un ordenador para comprobar si hay otros casos, en la ciudad o fuera, que encajen con este. Tendremos que seguir entrevistando al círculo de amigos y conocidos del difunto, y alguien tendrá que ir al sótano a repasar la vida profesional de lord Minton con detalle... —Clarke miró en dirección a Sykes. Este le guiñó un ojo, lo cual significaba que algo había ocurrido en Howden Hall. Por supuesto que algo había ocurrido en Howden Hall—. También tenemos que poner la casa y su contenido bajo el microscopio —prosiguió Page.

Clarke se aclaró la garganta ruidosamente y Page dejó de hablar.

—Cualquier novedad que quiera comunicarnos, señor —dijo con sorna—; porque estoy segura de que ya no cree que se trate de un ladrón al que le entró el pánico.

Page agitó el dedo índice en un gesto de advertencia.

—No podemos permitirnos descartar esa posibilidad. Pero, por otro lado, ahora también tenemos esto. —Page sacó una hoja del bolsillo interior de la americana. Era una fotocopia. Clarke, Esson y Ogilvie se acercaron a él para verla mejor—. Estaba doblada dentro de la cartera de la víctima, detrás de una tarjeta de crédito. Una lástima que no la vieran antes, pero igualmente...

La fotocopia era de una nota escrita en letras mayúsculas en un trozo de papel de unos doce centímetros por ocho.

TE MATARÉ POR LO QUE HICISTE.

Se oyó a alguien tomar aire y luego se impuso el silencio absoluto, que rompió un eructo de Charlie Sykes.

—De momento no diremos nada de esto —anunció Page a los allí presentes—. Si se entera algún periodista, rodarán cabezas. ¿Entendido?

—Pero esto lo cambia todo —intervino Ronnie Ogilvie.

—Esto lo cambia todo —reconoció Page asintiendo varias veces.

2

—¿Por qué Fettes? —preguntó Fox aquella noche cuando se sentó frente a Clarke en un restaurante de Broughton Street—. No, déjame adivinar: ¿es para que refleje el estatus de Minton?

Clarke masticó y asintió.

—Si asoman la cabeza altos mandos o políticos, Fettes no tiene ni punto de comparación con Gayfield Square.

—Y es un sitio más agradable para una rueda de prensa. Vi a Page en el canal de noticias, pero a ti no.

—En mi opinión lo hizo bien.

—Si no fuera porque en un caso como este, que no haya noticias no son precisamente buenas noticias. Las primeras cuarenta y ocho horas son cruciales. —Fox se llevó el vaso de agua a los labios—. Quien lo haya hecho tiene que aparecer en nuestros registros, ¿no? ¿O es su primera vez? Eso podría explicar por qué la cagó.

Clarke asintió lentamente, evitando el contacto visual y sin mediar palabra. Fox dejó el vaso encima de la mesa.

—Me ocultas algo, Siobhan.

—Lo estamos manteniendo en secreto.

—¿Estáis manteniendo en secreto qué?

—Lo que no te estoy contando.

Fox esperó, mirándola fijamente. Clarke soltó el tenedor y volvió la cabeza a izquierda y derecha. En el restaurante, dos tercios de las mesas estaban vacías y nadie alcanzaba a oírlos. No obstante, bajó la voz y se inclinó hacia delante hasta situarse a solo unos centímetros del rostro de Fox.

—Había una nota.

—¿La dejó el asesino?

—Estaba escondida en la cartera de lord Minton. Puede que llevara allí días o semanas.

—Entonces, ¿no sabéis con seguridad si era del agresor? —Fox reflexionó al respecto—. De todos modos...

Clarke asintió de nuevo.

—Si Page se entera de que te lo he dicho...

—Entendido. —Fox se recostó en la silla y pinchó un trozo de zanahoria con el tenedor—. Pero esto complica las cosas.

—Dímelo a mí. O mejor no lo hagas. Cuéntame qué tal te ha ido el día.

—Ha llegado una gente de Gartcosh, salidos de la nada. Se han instalado esta tarde y Doug Maxtone está furioso.

—¿Conocemos a alguien?

—Todavía no nos han presentado. Al jefe no le han dicho por qué están aquí, aunque por lo visto le informarán por la mañana.

—¿Podría ser una investigación antiterrorista? —Fox se encogió de hombros—. ¿Son muchos?

—En el último recuento eran seis. Se han instalado en la sala del DIC, lo cual significa que hemos tenido que trasladarnos a una ratonera del pasillo. ¿Qué tal la merluza?

—Está buena.

Pero apenas la había tocado y se había concentrado en la jarra de vino blanco de la casa. Fox se sirvió más agua y vio que la copa de Clarke seguía llena.

—¿Qué decía la nota? —preguntó.

—Quien la escribió prometía matar a lord Minton por algo que había hecho.

—¿Y no era la letra de Minton?

—Estaba escrita en mayúsculas, pero no lo creo. Era un bolígrafo negro barato, no una estilográfica.

—Todo muy misterioso. ¿Crees que es la única nota?

—El equipo de registros llegará a la casa al amanecer. Ya estarían allí si Page hubiera podido organizarlo. Hay presupuesto para los siete días de la semana y todas las horas extra que sean necesarias.

—Tiempos felices.

Fox alzó la copa de agua. El teléfono de Clarke empezó a vibrar. Lo había dejado encima de la mesa, al lado de la copa de vino. Miró la pantalla y decidió contestar.

—Es Christine Esson —explicó a Fox al llevarse el teléfono a la oreja—. ¿No deberías estar descansando en casa, Christine? —Pero, mientras escuchaba, entrecerró un poco los ojos. Con la mano que le quedaba libre cogió la copa de vino como por instinto, pero ahora estaba vacía, al igual que la jarra—. De acuerdo —dijo al fin—. Gracias por avisar.

Clarke colgó y se dio unos golpecitos con el teléfono en los labios.

—¿Y bien? —dijo Fox.

—Han denunciado disparos en Merchiston. Christine acaba de enterarse por un amigo suyo que trabaja en la sala de control. Ha llamado alguien que vive en la misma calle. Un coche patrulla va de camino.

—A lo mejor era una vieja tartana petardeando.

—La persona que ha llamado ha oído cristales que se rompían, por lo visto en la ventana del salón. —Hizo una pausa—. La ventana de una casa que pertenece a un tal señor Cafferty.

—¿Big Ger Cafferty?

—El mismo.

—Interesante, ¿no te parece?

—Gracias a Dios que no estamos de servicio.

—Desde luego. Ni se te pase por la cabeza ir a echar un vistazo.

—Tienes razón.

Clarke cortó un trozo de merluza con el tenedor y Fox la estudió por encima del borde de la copa.

—¿A quién le toca pagar? —preguntó.

—A mí —respondió Clarke, que dejó el tenedor en el plato e hizo un gesto al camarero.

El coche patrulla estaba aparcado encima de la acera con la sirena encendida. Era una calle ancha bordeada de casas de la época victoriana tardía. Las puertas del camino que conducía a la casa de Cafferty estaban abiertas y había una furgoneta blanca. Un par de vecinos habían ido a curiosear. Parecían tener frío y probablemente volverían pronto a casa. Los dos agentes uniformados —un hombre y una mujer— eran conocidos de Clarke, que presentó a Fox y preguntó qué había ocurrido.

—Una mujer que vive enfrente ha oído un estruendo. Aparentemente también se ha producido un fogonazo y ruido de cristales rotos. La mujer se ha acercado a la ventana, pero no ha visto a nadie. Las luces del salón se han apagado, pero se ha dado cuenta de que la ventana estaba rota. Las cortinas estaban descorridas.

—No ha tardado nada en llamar a un cristalero.

Fox señaló con la cabeza hacia la casa de Cafferty, donde un hombre estaba tapando la ventana con una lámina de contrachapado.

—¿Qué dice el inquilino? —preguntó Clarke a los agentes.

—No abre la puerta. Dice que ha sido un accidente y niega que se oyera un disparo.

—¿Y cómo os lo ha dicho?

—Gritando por el buzón cuando intentábamos que nos abriera la puerta.

—Es Big Ger Cafferty. Una especie de gánster, o al menos lo era.

Clarke asintió y vio que a su lado había un perro —un tipo de terrier— olisqueándole la pierna. Clarke lo ahuyentó, pero el animal se sentó sobre las patas traseras y la miró con curiosidad.

—Debe de pertenecer a un vecino —dedujo uno de los agentes—. Cuando hemos llegado andaba arriba y abajo por la acera.

El agente se agachó a acariciar al perro detrás de la oreja.

—Comprobad el resto de la calle —dijo Clarke—. A ver si hay más testigos.

Clarke enfiló el camino hacia la puerta principal y se detuvo al lado del cristalero, que estaba clavando el tablón en el marco de la ventana.

—¿Todo bien por aquí? —preguntó.

Según vio, las cortinas del salón estaban corridas y la estancia a oscuras.

—Ya casi he terminado.

—Somos policías. ¿Podría contarnos qué ha pasado?

—Ha sido una rotura accidental. He tomado medidas y mañana estará como nuevo.

—¿Sabe que los vecinos dicen que esto lo ha hecho una bala?

—¿En Edimburgo?

El hombre sacudió la cabeza.

—Antes de marcharse tendrá que facilitar su información de contacto a mis compañeros.

—Ningún problema.

—¿Había trabajado antes para el señor Cafferty?

El hombre sacudió de nuevo la cabeza.

—Pero sabe quién es, ¿verdad? Entonces, no es descabellado que se haya producido un tiroteo...

—Me ha dicho que ha tropezado y se ha caído contra el cristal. Sucede a menudo.

—Imagino —terció Fox— que le habrá pagado bien para que viniera inmediatamente.

—En mi furgoneta pone «urgencias» porque me dedico a eso, a reparaciones de urgencia. Respuesta inmediata siempre que sea posible.

El hombre hundió el último clavo y evaluó su trabajo. Había

una caja de herramientas en el suelo y un banco portátil, sobre el cual había serrado el tablón. En un recogedor estaban los fragmentos de cristal, los más grandes apilados unos encima de otros. Fox se había agachado a examinarlos; al levantarse, la mirada que lanzó a Clarke le indicó que no había visto nada relevante. Ella se volvió hacia la puerta, que parecía maciza, y pulsó el timbre media docena de veces. Al no hallar respuesta, se agachó a abrir el buzón.

—Soy la inspectora Clarke —dijo—. Siobhan Clarke. ¿Podemos hablar un momento, señor Cafferty?

—¡Vuelva con una orden judicial! —gritó una voz desde dentro.

Clarke se acercó al buzón y pudo ver una figura oscura en el pasillo.

—Ha hecho bien en apagar las luces —dijo—. Es un blanco más difícil. ¿Cree que volverán?

—¿De qué está hablando? ¿Ya ha vuelto a beber? Me han dicho que últimamente le ha cogido mucho cariño.

Clarke notó que la sangre le subía a las mejillas, pero logró contenerse al ver la reacción de Fox.

—Podría estar poniendo en peligro su vida y la de sus vecinos. Piénselo, por favor.

—Usted sueña. He chocado contra el cristal y se ha roto. Fin de la historia.

—Si lo que quiere es una orden judicial, puedo conseguir una.

—Pues lárguese y pídala. ¡Déjeme en paz!

Clarke soltó la solapa del buzón y se incorporó con la mirada clavada en Fox.

—Estás pensando que tenemos algo mejor que una orden judicial, ¿verdad? Adelante. —Señaló el teléfono que Clarke llevaba en la mano derecha—. Llámalo...

3

El bar Oxford estaba casi vacío y John Rebus tenía la sala trasera para él solo. Estaba sentado en un rincón, desde donde divisaba la puerta. Era algo que uno aprendía siendo policía. Si entraba alguien que pudiera causar problemas, uno quería verlo con toda la antelación posible. Aunque Rebus no esperaba problemas, allí no.

Además, ya no era policía.

Hacía un mes de su jubilación. Al final se había ido discretamente, sin ostentaciones y rechazando la oferta de una copa con Clarke y Fox. Desde entonces, Siobhan lo había llamado varias veces con pretextos diversos, pero siempre había encontrado alguna excusa para no verla. Incluso Fox se había puesto en contacto con él. ¡Fox! Antiguo miembro de Asuntos Internos, un hombre que había intentado cazar a Rebus muchas veces, con torpes intentos por compartir cotilleos antes de ir al grano.

¿Cómo le iba a Rebus?

¿Lo llevaba bien?

¿Le apetecía que se vieran algún día?

—A la mierda —farfulló Rebus para sus adentros, y apuró su cuarta IPA.

Ya era hora de irse a casa. Cuatro eran muchas. Su médico le había dicho que lo dejara del todo y Rebus pidió una segunda opinión.

—También debería dejar de fumar —le había dicho el doctor.

Rebus sonrió al recordarlo, se levantó del banco y llevó el vaso vacío a la barra.

—¿Una para el camino? —le preguntó el camarero.

—Por hoy ya basta.

Pero, al salir, se detuvo a encender un cigarrillo. Quizá una más, ¿eh? Fuera hacía un frío espantoso y un viento que cortaba la respiración. Un pitillo rápido y de nuevo adentro. Había una chimenea de carbón. La veía por la ventana, sin compartir su calor con nadie ahora que él estaba fuera. Consultó el reloj. ¿Qué otra cosa podía hacer? ¿Pasear por la calle? ¿Ir a casa en taxi, sentarse en el salón y pasar de los libros que había prometido leer? Escucharía música, tal vez se daría un baño y se acostaría. Su vida estaba convirtiéndose en una pista de CD en modo repetición. Cada día era igual al anterior.

Se había sentado un día a la mesa de la cocina a confeccionar una pequeña lista: hacerse socio de la biblioteca, explorar la ciudad, irse de vacaciones, ver películas, empezar a ir a conciertos. En el papel había un cerco de café y pronto lo arrugaría y lo tiraría a la basura. Lo que sí había hecho era organizar su colección de discos, y encontró varias docenas de álbumes que no ponía hacía años. Pero uno de los altavoces no funcionaba bien: los agudos iban y venían. Así que tendría que añadirlo a la lista, o empezar una nueva.

Redecorar.

Sustituir ventanas podridas.

Cuarto de baño nuevo.

Cama nueva.

Moqueta del vestíbulo.

—Sería más fácil un traslado —dijo a la calle vacía.

No hacía falta que tirara la ceniza del cigarrillo; ya lo hacía el viento por él. ¿Volver dentro o ir a casa en taxi? ¿Lanzar una moneda al aire?

Teléfono.

Lo sacó y miró la pantalla. Era Shiv, abreviatura de Siobhan, que no consentía que la llamaran así a la cara. Se planteó no responder, pero pulsó la pantalla y se llevó el aparato a la oreja.

—Interrumpes mi entrenamiento —protestó Rebus.

—¿Qué entrenamiento?

—Estoy pensando correr el maratón de Edimburgo.

—¿Veintiséis pubs, no es eso? Siento fastidiarte el programa.

—Voy a tener que colgar. Me está llamando alguien menos listillo por la otra línea.

—Perfecto. Pensé que podía interesarte saberlo...

—¿Saber qué? ¿Que la policía de Escocia está desmoronándose sin mí?

—Es tu viejo amigo Cafferty.

Rebus hizo una pausa y cambió de parecer.

—Continúa.

—Es posible que alguien le haya disparado.

—¿Está bien?

—Es difícil saberlo. No nos deja entrar.

—¿Dónde estáis?

—En su casa.

—Dadme quince minutos.

—Podemos pasar a recogerte...

Un taxi con la luz naranja encendida había doblado por Young Street. Rebus bajó de la acera y le indicó que parara.

—Quince minutos como máximo —le dijo a Clarke. Y colgó.

—¿Queréis que llame yo al timbre? —preguntó Fox.

Estaba en el escalón de entrada de la casa de Cafferty, flanqueado por Rebus y Clarke. El cristalero había desaparecido, y los agentes del coche patrulla seguían recabando información entre los vecinos. Habían apagado la luz azul parpadeante, que había sido sustituida por el brillo anaranjado de las farolas cercanas.

—Al parecer, quiere comunicarse pegando gritos por el buzón —añadió Clarke.

—Creo que podemos hacer algo mejor —dijo Rebus.

Buscó el número de Cafferty en su teléfono y esperó.

—Soy yo —dijo cuando atendió la llamada—. Estoy delante de la puerta y voy a entrar, así que puedes abrir o esperar a que rompa otra ventana y me cuele entre los destrozos. —Escuchó unos instantes con los ojos clavados en Clarke—. Solo yo. Entendido.

Clarke iba a protestar, pero Rebus sacudió la cabeza.

—Aquí hace un frío que pela, así que hagámoslo rápido y podremos irnos todos a casa. —Guardó el teléfono en el bolsillo y se encogió de hombros—. Yo puedo entrar, porque ya no soy policía.

—¿Eso ha dicho?

—No ha hecho falta.

—¿Has hablado con él últimamente? —añadió Fox.

—Al contrario de la opinión generalizada, no me paso el día confraternizando con gente como Big Ger.

—En su día sí.

—Puede que sea más interesante que otros que me vienen a la cabeza —le espetó Rebus.

Parecía que Fox iba a responder, pero en ese momento se abrió la puerta. Cafferty se encontraba detrás, prácticamente oculto en las sombras. Sin mediar palabra, Rebus entró y la puerta volvió a cerrarse. Siguió a Cafferty hasta el vestíbulo interior. Cafferty pasó por delante de la puerta del salón, que estaba cerrada, y entró en la cocina. Rebus no pensaba seguirle el juego, así que se dirigió al comedor y encendió la luz. Había estado allí antes, pero se habrían producido cambios: un tresillo de cuero negro y un gran televisor de pantalla plana encima de la chimenea. Las cortinas de la ventana voladiza estaban corridas y se disponía a abrirlas cuando entró Cafferty.

—Has recogido casi todos los cristales —comentó Rebus—. Aun así, yo no me arriesgaría a caminar descalzo. Pero al menos las tablas de madera son mejor que la moqueta. Los trozos de cristal son más fáciles de ver.

Con las manos en los bolsillos, se volvió hacia Cafferty. Ahora eran hombres mayores, con una constitución y un pasado similares. Si hubieran estado sentados en un pub, un mirón podría haberlos confundido con dos amigos que se conocen desde el colegio. Pero la historia era otra: peleas y situaciones al borde de la muerte, persecuciones y juicios. La última temporada de Cafferty en la cárcel se acortó porque le habían diagnosticado un cáncer, pero el paciente se recuperó milagrosamente una vez que fue puesto en libertad.

—Felicidades por tu jubilación —dijo Cafferty arrastrando las palabras—. No te acordaste de invitarme a la fiesta. Un momento... Tengo entendido que no la hubo. ¿No te quedan amigos suficientes para llenar siquiera la sala trasera del Ox?

Con gran afectación, Cafferty sacudió la cabeza en un gesto de comprensión.

—Entonces, ¿la bala no te ha alcanzado? —repuso Rebus—. Una lástima.

—Parece que todo el mundo está hablando de esa bala misteriosa.

—Ojalá aún tuviéramos pinchado tu teléfono. Estoy seguro de que minutos después estabas echando la caballería encima a todos los villanos de la ciudad.

—Mira a tu alrededor, Rebus. ¿Ves guardaespaldas? ¿Ves protección? Hace demasiado tiempo que estoy fuera del negocio como para tener enemigos.

—Es cierto que, de un modo u otro, mucha gente a la que odias ha muerto antes que tú. Aun así, los que quedan son suficientes para hacer una lista considerable.

Cafferty sonrió y señaló la puerta.

—Ven a la cocina. Voy a servir unas copas.

—Tomaré la mía aquí, gracias.

Cafferty suspiró, se encogió de hombros y se dio la vuelta. Rebus recorrió la habitación y se encontraba junto a la chimenea cuando volvió Cafferty. No era un trago excesivamente generoso, pero el olfato de Rebus le dijo que era whisky de malta. Bebió un sorbo y lo saboreó antes de tragarlo, mientras que Cafferty optó por engullir el suyo de un trago.

—¿Sigues nervioso? —aventuró Rebus—. No me extraña. Deduzco que no tenías las cortinas echadas. Probablemente creías que no las necesitabas. Hay un buen arbusto entre la casa y la acera. Pero eso significa que estaba en el jardín, justo delante. ¿Qué estabas haciendo? ¿Buscar el mando a distancia, quizá? En ese momento, el hombre no estaba a más de ocho o diez metros. Pero no podías verle: aquí había luz y fuera estaba oscuro. Sin embargo, por alguna razón ha fallado, lo cual significa que, o bien es una advertencia, o bien es un novato. —Rebus hizo una pausa—. ¿Qué opinas tú? A lo mejor ya conoces la respuesta.

Bebió otro trago de whisky y observó a Cafferty mientras se apoltronaba en el sofá de piel.

—Supongamos que alguien ha intentado asesinarme. ¿Crees que sería tan tonto como para quedarme quieto, que no habría salido por piernas?

—Es posible. Pero si no tienes ni idea de quiénes están detrás de esto, eso no te ayudará a encontrarlos. A lo mejor te has armado hasta los dientes, has pedido unos cuantos favores y estás haciendo tiempo hasta que lo intenten otra vez. Morris Gerald Cafferty preparado es una criatura muy distinta de la que han cogido desprevenida.

—Así que cuando te digo que había tomado una copa de más, que he tropezado y me he chocado contra la ventana...

—Tienes todo el derecho del mundo a mantener tu versión. Yo ya no soy policía; no puedo hacer absolutamente nada. Pero si crees que necesitas ayuda, Siobhan está fuera y yo de ti le confiaría la vida. Probablemente le confiaría incluso la mía.

—Lo tendré en cuenta. Por mi parte, espero no haber interrumpido lo que sea que hacen los polis como tú cuando cuelgan las botas.

—Normalmente nos pasamos el día recordando a la escoria que hemos metido en la cárcel.

—Y a los que escaparon también, qué duda cabe.

Cafferty volvió a ponerse en pie. Actuaba como un anciano, pero Rebus estaba convencido de que podía ser peligroso si se veía arrinconado o amenazado. Seguía teniendo la mirada dura y fría, unos ojos que reflejaban la inteligencia calculadora que se ocultaba detrás.

—Dile a Siobhan que se vaya a casa —le indicó Cafferty—. Y lo de ir puerta a puerta es una pérdida de tiempo y energía. Es solo una ventana rota. Es fácil de arreglar.

—Pero las cosas no son así, ¿verdad? —Rebus había seguido a Cafferty unos pasos, pero se detuvo junto a la pared opuesta a la ventana voladiza. Allí había un cuadro y, cuando Cafferty se volvió hacia él, Rebus lo tocó con la yema del dedo—. Este cuadro estaba allí —señaló otra pared con la cabeza—. Y ese pequeño estaba aquí. Se nota en las zonas donde la pintura es más clara. Eso significa que los han cambiado recientemente.

—Me gustan más así.

Cafferty tenía la mandíbula apretada. Rebus sonrió tímidamente, extendió los brazos y quitó el cuadro más grande de su alcayata. Cubría una muesca pequeña y casi circular en el yeso. Cerró un ojo y miró más de cerca.

—Has sacado la bala —comentó—. Nueve milímetros, ¿verdad? —Buscó el teléfono en el bolsillo—. ¿Te importa que haga una foto para mi álbum de recortes?

Pero Cafferty lo agarró del antebrazo.

—John, déjalo, ¿de acuerdo? —dijo—. Sé lo que me hago.

—Entonces cuéntame qué está pasando aquí.

Cafferty sacudió la cabeza y soltó el brazo de Rebus, que agarraba férreamente.

—Vete —dijo en un tono más suave—. Disfruta los días y las horas. Esto ya no es asunto tuyo.

—Entonces, ¿por qué me has dejado entrar?

—Ojalá no lo hubiera hecho. —Cafferty señaló el agujero—. Pensaba que estaba siendo inteligente.

—Ambos lo somos. Por eso hemos durado tanto.

—¿Piensas contárselo a Clarke? —preguntó, refiriéndose al agujero de bala.

—Puede. Y es posible que vaya a buscar esa orden judicial.

—Cosa que no te llevará a ningún sitio.

—Al menos el agujero descarta una teoría.

—¿Cuál?

—Que disparaste tú mismo la pistola desde aquí. —Rebus señaló la ventana con la cabeza—. A alguien que estaba ahí fuera.

—Menuda imaginación tienes.

Ambos se miraron y Rebus resopló ruidosamente.

—Supongo que es mejor que me vaya. Ya sabes dónde encontrarme si me necesitas.

Rebus colgó de nuevo el cuadro y aceptó la mano que le tendía Cafferty. Fuera, Clarke y Fox esperaban en el coche de este. Rebus se montó en la parte de atrás.

—¿Y bien? —preguntó Clarke.

—Hay un agujero de bala en la pared del fondo. La ha sacado y de momento no tiene ninguna intención de entregárnosla.

—¿Crees que sabe quién fue?

—Diría que no tiene ni idea. Eso es lo que le asusta.

—¿Y ahora qué?

—Ahora —dijo Rebus, que se inclinó hacia delante y dio una palmada en el hombro a Fox— me lleváis a casa.

—¿Estamos invitados a tomar café?

—Es un piso, no un puto bar. Cuando me dejéis, vosotros, que sois jóvenes, podéis terminar la noche donde más os apetezca. —Rebus miró al terrier, que observaba a los ocupantes del vehículo desde la acera con la cabeza inclinada—. ¿De quién es ese chucho?

—No lo sé. Los agentes han preguntado por aquí pero nadie ha echado en falta una mascota. No será de Cafferty, ¿verdad?

—Es poco probable. Las mascotas requieren cuidados y ese no es su estilo. —Rebus había sacado el tabaco del bolsillo—. ¿Os importa que fume?

—Sí —dijeron ambos al unísono.

El perro seguía observándolos cuando el coche inició la marcha. Rebus temía que empezara a seguirlos. Clarke se volvió hacia el asiento trasero.

—Estoy bien —le dijo Rebus—. Gracias por preguntar.

—Todavía no lo había hecho.

—No, pero estabas a punto.

—Me alegro de verte.

—Sí, yo también —dijo Rebus—. ¿Cabría la posibilidad de que Jackie Stewart pisara un poco el acelerador? En la meta hay un pitillo que lleva mi nombre...

En la cocina, Cafferty se sirvió otro whisky, añadió un poco de agua del grifo y lo apuró en dos tragos. Expulsó aire entre los dientes, dejó el vaso vacío encima de la mesa y se pasó las manos por la cara. La casa estaba cerrada con llave y había comprobado todas las puertas y ventanas. Del bolsillo sacó la bala, que estaba comprimida por el impacto. Era de nueve milímetros, tal como había conjeturado Rebus. En su día, Cafferty guardaba una pistola de ese calibre en la caja fuerte de la sala de estar, pero tuvo que deshacerse de ella. Dejó la bala deforme junto al vaso de whisky vacío, abrió un cajón y, al fondo, encontró lo que estaba buscando: la nota que alguien había dejado en el buzón unos días antes. La desdobló y volvió a leerla:

TE MATARÉ POR LO QUE HICISTE.

Pero ¿qué había hecho Cafferty? Cogió una silla, se sentó y empezó a pensar.

SEGUNDO DÍA

4

A la mañana siguiente, Doug Maxtone pidió a Fox que saliera de la atestada oficina y lo acompañara al pasillo de la comisaría de St. Leonard's, donde no había nadie.

—Acabo de recibir noticias de nuestros amigos del oeste —dijo Maxtone.

—¿Algo que pueda comentar?

—Hemos hablado de la petición de «apoyo complementario» que mencioné ayer...

Maxtone guardó silencio y esperó. Fox se golpeteó el pecho con el dedo y observó mientras su jefe asentía lentamente.

—Usted trabajaba en Asuntos Internos, Malcolm, así que sabe cómo mantener la boca cerrada. —Maxtone hizo una pausa—. Pero también es un experto en espionaje. Será usted mis ojos y mis oídos ahí fuera, ¿entendido? Quiero partes con regularidad. —Consultó su reloj—. En un minuto, llamará usted a la puerta. Para entonces, ya sabrán cuánto deben contarle y cuánto creen que pueden ocultar.

—Me parece recordar que querían vetar a posibles candidatos.

Maxtone hizo un gesto negativo.

—He dejado muy claro que usted es nuestra única oferta.

—¿Saben que antes trabajaba en Asuntos Internos?

—Sí.

—En ese caso, imagino que me recibirán con los brazos abiertos. ¿Algún otro consejo?

—El jefe se llama Ricky Compston. Es un cabrón enorme con la cabeza afeitada. Típico de Glasgow: cree que está de vuelta de todo y que nosotros nos pasamos el día indicando a los turistas dónde está el castillo. —Maxtone hizo una pausa—. Los demás no se han molestado en presentarse.

—Pero ¿le han dicho por qué están aquí?

—Guarda relación con...

Maxtone frenó en seco cuando se abrió la puerta de la sala del DIC y apareció un rostro que los fulminó con la mirada.

—¿Es él? —preguntó con brusquedad—. Cuando esté listo...

La cabeza desapareció y la puerta quedó entreabierta.

—Será mejor que vaya a saludar —dijo Fox a su jefe.

—Hablamos al final de la jornada.

Fox asintió y se fue. Se detuvo delante de la puerta, concediéndose un momento, y luego la abrió de par en par. Dentro había cinco personas, todas de pie, la mayoría de ellas de brazos cruzados.

—Cierre la puerta —dijo el que la había abierto primero.

Fox dedujo que aquel era Compston. Tenía más o menos las dimensiones y la apariencia general de un toro. No se estrecharon las manos. Fueron directos al grano.

—Para que quede constancia —anunció Compston—, todos sabemos que esto es una mierda, ¿verdad? —Parecía esperar respuesta, así que Fox realizó un gesto que podía interpretarse como afirmativo—. Pero, por un espíritu de cooperación, aquí estamos.

—Compston extendió un brazo y describió un arco. En las mesas apenas había nada, tan solo ordenadores portátiles y teléfonos móviles enchufados a sus cargadores. Casi no había papeles y las paredes estaban desnudas. Compston dio un paso al frente, llenando el campo de visión de Fox, para que supiera quién estaba al mando—. Ya sé qué piensa su jefe: cree que irá a verlo cada cinco minutos con el último cotilleo. Pero eso no sería muy inteligente, inspector Fox, porque, si se filtra algo, estoy tan seguro como de que he echado una cagada hace un rato que no será responsabilidad de mi equipo. ¿Está claro?

—En el cajón tengo lactulosa, si puede servirle de algo. —Uno de los agentes soltó una risilla por debajo de la nariz e incluso Compston dibujó una leve sonrisa—. Como ya saben, antes trabajaba en Asuntos Internos —prosiguió Fox—. Eso significa que mi club de fans aquí cuenta ni más ni menos que con cero socios. Probablemente eso explique por qué me ha elegido Maxtone. Así no tiene que aguantarme. Además, dudo de que crea que esto vaya a ser una fiesta continua. Puede que me necesiten ustedes y puede que no. Me parece perfecto quedarme sentado jugando al Angry Birds el tiempo que dure todo esto. Seguirán ingresándome la nómina en el banco.

Compston estudió al hombre que tenía delante y luego volvió la cabeza hacia su equipo.

—¿Cuál es vuestra valoración inicial?

—El típico gilipollas de Asuntos Internos —respondió un hombre que llevaba una camisa azul claro y que parecía ejercer de portavoz del grupo.

Compston arqueó una ceja.

—Alec no suele ser tan efusivo. Por otro lado, casi nunca se equivoca con la gente. Efectivamente, es un gilipollas de Asuntos Internos, así que vamos a sentarnos y pongámonos cómodos.

Tomaron asiento y finalmente hicieron las presentaciones. El de la camisa azul era Alec Bell. Debía de rondar la cincuentena; era cinco o seis años mayor que Compston. Un agente más alto, joven y desnutrido respondía al nombre de Jake Emerson. La única mujer se llamaba Beth Hastie. A Fox le recordaba un poco a la primera ministra: tenían más o menos la misma edad, cabello y forma facial. Por último estaba Peter Hughes, probablemente el más joven del equipo y enfundado en una chaqueta tejana con parches y vaqueros negros.

—Pensaba que eran seis en total —comentó Fox.

41

—Bob Selway anda ocupado en otras cosas —explicó Compston.

Fox esperó más información.

—Eso suman cinco —dijo.

Los miembros del equipo se miraron. Compston se sorbió la nariz y cambió de postura.

—Exacto —respondió.

Fox se percató de que no se habían mencionado rangos. Estaba claro que Compston llevaba las riendas y que Bell era su mano derecha. Los otros parecían soldados rasos. Si tuviera que hacer una suposición, diría que se conocían desde hacía poco.

—Sea cual sea su cometido, necesitarán que exista una vigilancia —dijo Fox—. Comprenderán que la vigilancia era una parte importante de mi trabajo, así que en ese aspecto podría resultarles útil.

—De acuerdo, listillo. ¿Cómo lo sabe?

Fox se quedó mirando fijamente a Compston.

—Selway anda «ocupado en otras cosas». Por su parte, Hughes va vestido para no llamar la atención en determinadas situaciones. Se le ve bastante cómodo, además, lo cual significa que ya lo ha hecho antes. —Fox hizo una pausa—. ¿Voy bien?

—¿De verdad que Maxtone no se lo dijo?

Fox sacudió la cabeza y Compston respiró hondo.

—Habrá oído hablar de Joseph Stark...

—Supongamos que no.

—Su jefe tampoco había oído hablar de él. Increíble. —Compston sacudió la cabeza con afectación—. Joe Stark es un gánster de Glasgow de muy mala reputación. Tiene sesenta y tres años y no está dispuesto a pasar el testigo a su hijo...

—Dennis —interrumpió Alec Bell—, también conocido como un mierda repugnante.

—Hasta el momento coincido con usted —dijo Fox.

—Últimamente, Joe y Dennis, junto con algunos de sus hombres, han estado disfrutando de un pequeño viaje por carretera. Primero Inverness y luego Aberdeen y Dundee.

—¿Y ahora están en Edimburgo?

—Llevan un par de días aquí y no parece que vayan a moverse.

—¿Y los han tenido vigilados en todo momento? —preguntó Fox.

—Queremos saber qué se traen entre manos.

—¿No lo saben?

—Tenemos una corazonada.

—¿Me dirán de qué se trata?

—Es posible que estén buscando a un tal Hamish Wright. Vive en Inverness, pero tiene amigos en Aberdeen, Dundee...

—Y aquí.

—Digo «amigos», pero contactos sería una descripción más acertada. Wright regenta una empresa de transporte, lo cual significa que tiene camiones viajando hasta las Hébridas Occidentales, Orcadas y Shetland, e incluso Irlanda y el continente.

—Sería el hombre perfecto para distribuir algo ilegal. —Habían entregado a Fox una fotografía de Wright y estaba estudiando su rostro. Era rollizo y pecoso, y tenía el cabello pelirrojo y rizado—. Tiene la pinta escocesa de alguien que se llame Hamish —comentó.

—Sí.

—¿Está transportando droga?

—Por supuesto.

—¿Para los Stark? —Fox vio que Compston asentía—. ¿Y por qué no le han detenido?

—Estábamos a punto de hacerlo.

—Pero pensamos que cazaríamos también a Stark y a su hijo —añadió Bell—. Entonces, Wright desapareció.

—¿Y Stark es la mejor opción para encontrarlo? —Fox asintió para indicar que lo entendía—. Pero ¿por qué está tan interesado Stark?

—Tiene que haber alguna razón —dijo Compston.

—¿Relacionada con el dinero?

—Con el dinero y la mercancía, sí.

—¿Y dónde están Stark y sus hombres? ¿Con quién están hablando?

—Ahora mismo están en una cafetería de Leith. Se hospedan en un hostal situado cerca de allí.

—¿Los está vigilando Bob Selway?

—Hasta que yo lo releve en cuarenta minutos —intervino Peter Hughes.

—¿Cree que el joven Peter pasará desapercibido? —preguntó Compston a Fox—. Estábamos pensando si hoy por hoy no le vendría bien una barba *hipster* en vista de lo moderno que se ha puesto Leith.

—Como si tuviera edad suficiente para dejarse barba —dijo Alec Bell con un resoplido.

Hughes le dedicó una peineta, pero ya parecía haber oído antes todas aquellas bromas. Fox notó que el equipo estaba ablandándose un poco. No es que lo aceptaran, pero estaban dejando de verlo como una amenaza inminente.

—Así están las cosas y esa es la razón por la que estamos aquí —dijo Compston encogiéndose de hombros—. Y si nos permite ponernos manos a la obra, le dejaremos con su Angry Birds.

Pero Fox tenía una pregunta.

—¿Stark y sus hombres estuvieron en la ciudad ayer por la noche? ¿Qué hicieron?

—Cenaron y tomaron unas copas.

—¿Los vigilaron toda la noche?

—Casi. ¿Por qué?

Fox torció el gesto.

—Imagino que habrá oído hablar de Morris Gerald Cafferty, conocido como Big Ger.

—Supongamos que no.

—Increíble —dijo Fox—. Hasta hace poco era un pez gordo de la costa este. Tiene más o menos la misma edad que ese Joe Stark.

—¿Y?

—Al parecer, alguien decidió dispararle ayer por la tarde, alrededor de las ocho.

—¿Dónde?

—En su casa. El tirador estaba fuera y Cafferty dentro, lo cual significa que pudo ser algún tipo de advertencia.

Compston se pasó la mano por la mandíbula.

—Interesante.

Miró a Alec Bell, que se encogió de hombros.

—«De siete a nueve estuvieron en Abbotsford» —recitó Bell—. «Copa en el bar, comida en el restaurante del piso de arriba».

—¿Y dónde estábamos nosotros?

—Peter estuvo en el bar en todo momento.

Hughes asintió.

—Aparte de una pausa rápida para mear. Pero Beth estaba apostada fuera.

—Al final de Rose Street, a veinte metros de distancia como máximo —confirmó Beth Hastie.

—Probablemente no haya nada, entonces —dijo Compston, que no logró dar credibilidad a sus palabras. Después, a Fox—: ¿Cree que su hombre, Cafferty, tenía tratos con los Stark?

—Puedo intentar averiguarlo. —Fox hizo una pausa—. Suponiendo que estén dispuestos a confiar en mí hasta ese extremo.

—¿Conoce a Cafferty lo suficiente para hablar con él?

—Sí.

Fox logró no pestañear.

—¿Puede mencionar a los Stark sin que sospeche que están sometidos a vigilancia?

—Por supuesto.

Compston miró a los otros miembros de su equipo.

—¿Vosotros qué opináis?

—Es arriesgado —contestó Hastie.

—Coincido —farfulló Alec Bell.

—Pero Fox tiene razón en una cosa —dijo Compston mientras se ponía en pie—. Los Stark llegan a la ciudad y, casi de inmediato, alguien dispara a la competencia en su propia casa. Podría ser un mensaje. —Sus ojos se clavaron en los de Fox—. ¿Cree que puede hacerlo?

—Sí.

—¿Cómo?

Fox se encogió de hombros.

—Me limitaré a charlar con él. Se me da bastante bien interpretar a la gente. Si sospecha de los Stark, puede que suelte algo. —Hizo una pausa—. Supongo que tienen acceso a un arma... —Alec Bell resopló—. Lo interpretaré como un sí. —Luego, a Compston—: Bueno, ¿hablo con él o no?

—Pero no dé una sola pista sobre el dispositivo de vigilancia.

Fox asintió y después señaló a la figura silenciosa y cadavérica de Jake Emerson.

—No habla mucho, ¿no?

—Delante de Asuntos Internos no —dijo Emerson con desdén—. Sois todos bazofia.

—¿Lo ve? —terció Compston con una sonrisa—. Jake suele guardarse sus opiniones para él, pero, cuando habla, siempre merece la pena escucharlo. —Tendió una mano a Fox—. Está usted en periodo de prueba, pero, por si sirve de algo, bienvenido a la Operación Júnior.

—¿Júnior?

Compston sonrió con frialdad.

—Si tiene usted madera de detective, ya averiguará por qué —dijo al soltarle la mano.

5

Fox se encontraba delante del edificio de cuatro plantas de Arden Street, y realizó la llamada con la mirada fija en una ventana del segundo piso.

—¿Qué quieres? —preguntó Rebus.

—¿Estás en casa?

—Todavía falta una hora para la partida de bolos.

—¿Utilizarás el pase de autobús para ir?

—Cada vez eres más agudo. De eso sirve una temporada en el DIC.

—¿Puedo subir?

El rostro de Rebus apareció en la ventana.

—Estaba a punto de bajar a la tienda.

—Te acompaño. Pensé que podríamos hablar de Cafferty.

—¿Y por qué íbamos a hablar de él?

—Te lo cuento cuando bajes.

Fox colgó y sostuvo el teléfono lejos de su cuerpo para mayor efecto. Rebus permaneció unos instantes al lado de la ventana y desapareció. Dos minutos después, envuelto en un abrigo tres cuartos de lana negra, salió a la calle. Dobló a la izquierda y empezó a subir la cuesta con Fox detrás.

—Antes de que preguntes, he bajado el ritmo —informó a Fox mientras sacaba un cigarrillo de un paquete casi vacío.

—¿Has probado a vapear?

—Odio esa palabra.

—¿Pero lo has probado?

—Un par de veces. No es lo mismo. —Rebus se detuvo un momento para encender el cigarrillo—. ¿Hay noticias de Cafferty?

—No exactamente.

Rebus miró a Fox por primera vez desde que este salió del edificio.

—¿Así que lo de Cafferty era un pretexto?

Echó a andar de nuevo.

—¿Te suenan de algo los nombres de Joe y Dennis Stark?

—Joe es un viejo matón de Glasgow. Su hijo no le va muy a la zaga.

—¿Has tratado con alguno de los dos?

—No.

—¿Es posible que Cafferty sí?

—Casi seguro. Es imposible que una ciudad pise el territorio de otra sin que estalle una guerra.

—¿Así que los dos han mantenido reuniones?

—Y sus equivalentes de Aberdeen, quizá Dundee...

—Eso es interesante.

—¿Por qué?

—Porque los Stark han visitado esos lugares recientemente.

—¿Qué estás pensando, Malcolm? —Rebus miró a Fox—. Y, por cierto, ¿tú y Siobhan os acostáis?

—¿Te molestaría que fuera así?

—Siempre cuidaré de ella. Si alguien le hace daño, tendrá que responder ante mí.

—Es adulta, John. Puede que sea incluso más dura que tú y que yo.

—Puede, pero te lo digo para que lo sepas.

—Somos amigos, eso es todo.

Habían doblado la esquina al final de la calle. Al otro lado había un Sainsbury's, y Rebus se detuvo junto a la puerta, dio un par de caladas y pisó la colilla.

—Ni siquiera me lo he fumado todo —dijo—. No olvides decírselo a Siobhan. No has contestado a mi pregunta.

Fox entró detrás de él en la tienda.

—¿Qué pregunta?

—¿Por qué quieres información sobre los Stark?

—Llegaron a la ciudad hace un par de días. Quería saber si puede haber algún motivo para que vayan a por Cafferty.

Rebus entrecerró los ojos mientras cogía una cesta y guardó silencio al enfilar el primer pasillo. Café instantáneo, una barra de pan pequeña, un litro de leche y paquetes de ristras de salchichas y bacón. Cuando pasaron al lado del vino y la cerveza, Rebus hizo un gesto con la mano que le quedaba libre.

—Dile que no he comprado una sola lata o botella.

Sin embargo, en el mostrador añadió otro paquete de tabaco a la compra, además de un bollo de salchicha pasado por la plancha.

—Un hombre tiene que tener algún vicio —dijo cuando se dirigía a la salida. Fuera, retiró un poco el envoltorio de papel y dio un bocado. Las migas de hojaldre le salpicaron las solapas del abrigo—. ¿Qué quieres que haga? —preguntó.

Fox se metió las manos en los bolsillos y encogió los hombros para protegerse de la gélida brisa.

—¿Cafferty hablaría conmigo sobre los Stark?

—¿Crees que Joe Stark es responsable de lo de ayer por la noche?

—O su hijo. Una venganza por algún agravio.

—No sé si Dennis habría fallado. Debe de haber practicado un poco en todos estos años.

—Entonces era una advertencia, alguien que intentaba meter miedo a Cafferty. Tienes que reconocerlo: es raro que pase esto el día después de que los Stark lleguen a la ciudad.

—Eso es cierto —reconoció Rebus—. Pero imagínate que se lo mencionamos a Cafferty...

—Sí...

—Bueno, podría querer estudiar esa posibilidad.

—Podría —coincidió Fox.

—Y las cosas podrían ponerse feas.

Fox asintió lentamente mientras Rebus masticaba. Cuando dejó de hacerlo y esbozó una sonrisa, Fox supo que había cumplido su cometido.

Era la hora del almuerzo y el Golden Rule estaba casi vacío. La barra principal estaba unida por unas escaleras a una zona más amplia con mesas en la que había otra barra, solo abierta cuando había muchos clientes. Tenían la sala para ellos. Cafferty parecía cómodo, sentado a una mesa esquinera lejos de la ventana. Delante tenía un whisky doble. Rebus llevaba una pinta en la mano, mientras que Fox, que iba un par de escalones por detrás, no había pedido nada.

—Malcolm Fox, ¿verdad? —Cafferty le tendió una mano y Fox se la estrechó—. Según tengo entendido, ya no trabaja en Asuntos Internos. Imagino que ahora que John se ha retirado le parecerá que el trabajo ya no supone ningún reto.

Hizo un brindis mirando a ambos y bebió un sorbo.

—Gracias por acceder a reunirse conmigo —dijo Fox.

—No me reúno con usted, hijo. Me reúno con su excompañero. Siempre merece la pena averiguar qué pasa en esa cabeza suya.

—Que así sea...

Cafferty aleteó una mano para indicar a Fox que parara. Alrededor de la mesa reinaba el silencio, interrumpido solo por el sonido del televisor de la lejana barra. Finalmente, Rebus dejó el vaso encima de la mesa y habló.

—Anoche te dispararon; eso lo sabemos todos. La mayoría de tus enemigos más obvios desaparecieron hace mucho tiempo...

—Exceptuándote a ti —dijo Cafferty, alzando el vaso otra vez.

—Pero entonces el inspector Fox descubre que Joe Stark y su hijo están en la ciudad.

—¿Todavía no han encerrado a Dennis? —preguntó Cafferty haciéndose el sorprendido.

—Estamos pensando si podría haber alguna conexión —prosiguió Rebus—. Me he pasado la noche dándole vueltas y solo se me ocurren un par o tres de nombres.

—Ah, esto me interesa. ¿Qué nombres?

—Billy Jones.

—Por lo que sé, vive en Florida.

—Eck Hendry.

—Se fue a vivir con su hija a Australia. Creo que hace un par de meses sufrió una embolia.

—Darryl Christie.

Los labios de Cafferty formaron una O.

—Ah, el joven Darryl.

—Antes era tu protegido.

—Nunca lo ha sido. Darryl siempre se ha valido por sí mismo. Le va muy bien, según me han dicho. Está ampliando el negocio y no tiene una sola mancha en su expediente. —Miró a Rebus a los ojos—. Es como si tuviera a la ley de su parte.

—A lo mejor siempre ha sido un poco más astuto que tú.

—Debe de ser eso —coincidió Cafferty fingidamente—. Pero dudo que me considere una amenaza para sus intereses, al menos ahora mismo.

—No parece que esté usted seguro al cien por cien —terció Fox, que no pudo evitar interrumpirlo.

—Vivimos en una época de incertidumbre. No hace ni seis meses creíamos que pronto seríamos un país independiente.

—Todavía podríamos serlo.

—¿Y no sería un plan excelente?

Cafferty sonrió por detrás del vaso y se lo llevó a los labios.

—Hay algo que debes saber sobre Big Ger —explicó Rebus a Fox—: si parece que está ofreciéndote algo, es que está jugando. No descarta a Darryl Christie, quizá con la esperanza de que busquemos a Darryl y averigüemos algo, algo ventajoso para el propio Big Ger.

Cafferty guiñó un ojo a Fox.

—Parece que me conoce mejor que yo mismo. Me ahorro una fortuna en terapia. —Luego, desviando su atención otra vez hacia Rebus—: Pero me tienes intrigado. ¿Por qué está aquí Joe Stark?

—Sea lo que sea, obviamente no va a compartirlo contigo.

—Su hijo pronto estará al mando de todo. A lo mejor Joe está presentándolo en sociedad.

—Es una teoría —reconoció Rebus.

—Hasta que hay pruebas, todo lo es. ¿Irás a preguntarle a Darryl?

Rebus aguantó la mirada de Cafferty.

—¿Olvidas que estoy jubilado?

—¿Usted qué opina, inspector Fox? ¿Se comporta Rebus como un hombre al que han llevado ya al desguace? Hablará con Darryl. Él y Darryl son viejos amigos. ¿No se hacían favores el uno al otro no hace tanto?

—No creas todo lo que te cuentan —dijo Rebus, que se levantó y se puso el abrigo.

—¿No te acabas la bebida? —Cafferty señaló la pinta, que estaba medio llena—. Supongo que hay una primera vez para todo.

—Luego, extendiendo de nuevo la mano—: Me alegro de verle, inspector Fox. Salude a la perfumada Siobhan de mi parte. Y, por favor, dígale que está usted chupándole rueda a Rebus. Es muy posible que pueda darle un sabio consejo al respecto.

Cafferty soltó una pequeña carcajada, que no hizo sino intensificarse cuando Fox se negó a estrecharle la mano y siguió a Rebus hacia la salida.

6

Clarke se pellizcó el tabique nasal y cerró los ojos con fuerza. Durante casi tres horas había estado leyendo acerca de David Minton: su infancia, su educación, su trayectoria en el mundo del derecho, su fallido intento por convertirse en parlamentario conservador y su posterior título de noble. Como abogado de Su Majestad, había podido hablar en el Parlamento escocés, pero la administración actual había modificado su papel, de modo que ya no asistía a las reuniones del gabinete. El compañero más cercano a Minton era la agente de la Corona Kathryn Young. Esta estaba presionando a Page y su equipo; llamó por teléfono cuatro veces y se presentó sin avisar en dos ocasiones. Lo mismo ocurrió con la procuradora general, que al menos hizo que uno de sus esbirros ejerciera de inquisidor; era más fácil despedirlo a él que a la propia agente de la Corona.

Clarke creía saber algo sobre el mundo del derecho. En su trabajo pasaba mucho tiempo con abogados de la fiscalía. Pero aquello estaba por encima de su salario y tenía problemas para esclarecer la función del abogado de Su Majestad. Pertenecía al gobierno, pero no estaba en el gobierno. Dirigía el servicio de la fiscalía, pero su papel como asesor legal del gobierno de la época entrañaba complicaciones, a saber, posibles conflictos de intereses. Después del traspaso de competencias, el cargo de abogado de Su Majestad ya no contemplaba la prebenda de un título nobiliario vitalicio, pero el nombramiento de Minton era anterior a la instauración del Parlamento escocés. Era inusual en el sentido que había decidido no convertirse en juez una vez que hubo terminado su trabajo como abogado de Su Majestad, algo que solo había hecho otro compañero, lord Fraser de Carmyllie.

¿Y qué función desempeñaba la procuradora general?

Luego estaba el fiscal general de Escocia, que asesoraba al gobierno británico en cuestiones de ley escocesa. Vivía en Londres, pero tenía una oficina en Edimburgo, y había habido llamadas telefónicas de ambas. La fiscal (en realidad una delegada del fiscal) adjunta al caso Minton se llamaba Shona MacBryer. Clarke había trabajado con ella en el pasado y le caía muy bien. Era avispada y meticulosa, pero lo bastante relajada como para poder bromear con ella. Había ido a ver a Page varias veces, pero Clarke todavía no había pedido de rodillas una breve explicación sobre la jerarquía legal escocesa. Ningún agente de policía quería que un abogado los considerara más estúpidos de lo que ya los consideraban la mayoría de los abogados.

A falta de algo mejor que hacer, Clarke se dirigió a la cafetería —lo bueno de Fettes es que al menos tenía cafetería— y se sentó a una mesa con una taza de té y un Twix. Estaba recordando que Malcolm Fox trabajó allí durante toda su estancia en Asuntos Internos. No creía que se hubiera adaptado todavía al DIC. Era un buen tipo, quizá demasiado. Visitaba a su padre en la residencia de ancianos casi todos los fines de semana y llamaba a su hermana de vez en cuando en un intento fallido de reconciliarse con ella. A Clarke le gustaba estar con él, y no porque lo considerara un gesto caritativo, como le había explicado semanas antes. Su respuesta —«Por supuesto, yo tampoco lo hago por caridad»— la había enfurecido, y no había mediado palabra durante el resto de la película que estaban viendo. Aquella misma noche, había contemplado su reflejo en el espejo del cuarto de baño.

—Cabrón engreído —había dicho en voz alta—. Soy una joya.

Y, para rematarlo, había dado varios puñetazos a la almohada antes de conciliar el sueño.

—¿Le importa que me siente?

Clarke levantó la cabeza y vio a James Page, taza de café en mano.

—Claro que no —dijo.

—Parecía que estaba pensando en cosas importantes.

—Siempre.

Page dio un sonoro sorbo a su taza.

—¿Estamos progresando? —preguntó.

—Hacemos lo que podemos. Todos los ladrones de la ciudad han sido puestos sobre aviso: si nos dan un nombre, tendrán un amigo cuando lo necesiten.

—De momento no ha surtido efecto...

—X delata a Y, Y a Z y Z a X.

—En otras palabras, no son optimistas.

—Optimistas, no; curiosos, sí.

—Continúe.

Page volvió a sorber sonoramente. Las pocas veces que se habían visto —hacía ya un tiempo—, había hecho lo mismo, con independencia de si la bebida estaba caliente, tibia o fría. Ella le había pedido que parara, pero Page era incapaz y no le suponía problema alguno.

—Primero tiene que dejar esa taza hasta que yo me vaya. —Page intentó mirarla fijamente, pero acabó cediendo—. Al principio —prosiguió Clarke— dejamos a un lado la vida privada de Minton. Pensamos que era un robo que se había complicado. Pero la nota lo cambia todo. El difunto hizo algo que molestó a alguien.

—Probablemente en su vida profesional, no en su vida privada —advirtió Page.

—Esa es la razón por la que Esson y Ogilvie están escrutando varios años de casos y juicios. La cuestión es que debía ser un caso muy importante para que alguien llegara a la conclusión de que la presunta injusticia merecía una amenaza de muerte, ¿no cree?

Además, tenía que ser algo reciente. De lo contrario, ¿por qué mostrarse tan encolerizado de repente?

—A lo mejor el culpable acaba de salir de la cárcel.

—También tenemos a alguien comprobando historiales. Pero puede que estemos abordando el asunto de la manera equivocada. Por lo que he descubierto sobre lord Minton, es casi demasiado perfecto. Todo el mundo tiene secretos.

—Hemos registrado su casa y hemos examinado el contenido de sus ordenadores personales y de trabajo. No hay correos electrónicos inusuales o acusatorios. En su oficina dicen que no han recibido cartas fuera de lo común. He preguntado y, aunque el correo electrónico fuera privado o personal, lord Minton había dado instrucciones de que lo abrieran. No hubo llamadas telefónicas; hemos comprobado su teléfono fijo y el móvil. Ahí no hay nada, Siobhan.

—Entonces, ¿de qué estamos hablando? ¿De un caso de identidad errónea? ¿De una nota enviada a la persona equivocada, de una ventana rota en la despensa de la casa equivocada? —No pudo evitar pensar en la víspera en casa de Cafferty—. Conservó la nota, James. Es más, la llevaba con él. Yo creo que sabía que significaba algo.

—Pero ¿por qué no se lo contó a nadie?

—No lo sé. —Clarke se pasó una mano por el pelo—. Quizá deberíamos hablar otra vez con sus amigos, empezando por los más íntimos.

—Íntimos como Kathryn Young, ¿no?

—Según tengo entendido, sí.

Page guardó silencio unos instantes.

—Aun así, no estoy convencido, Siobhan. El agresor entró por la fuerza. Minton no abrió la puerta a un conocido.

—Entrar por la puerta principal es peligroso, hay una calle llena de testigos potenciales.

—Pero trepar muros, colarse por jardines traseros...

—Dudo que estemos buscando a alguien de la generación de la víctima, aunque nunca se sabe.

Page suspiró ruidosamente.

—¿Ya puedo tomarme el café?

Clarke sonrió y se puso en pie.

—Nos vemos arriba —dijo.

Había un Starbuck's en Canongate, y Kathryn Young había acordado reunirse con ellos allí. Disponía de cuarenta minutos hasta la siguiente reunión en el Parlamento escocés, así que mandó un mensaje de texto a Clarke diciéndole lo que quería tomar. Las mesas eran pequeñas y poco discretas, pero Page hizo lo que pudo. Estaban en un rincón al fondo de la sala, y creía que el ruido regular de los trabajadores calentando leche y moliendo granos de café impediría a los demás clientes oír la conversación.

Young llevaba un bolso que parecía pesar mucho. Con él, una de las abogadas más importantes de Escocia recordaba a una profesora abrumada por una semana de trabajos pendientes de corregir. Iba bien vestida, pero el viento que aullaba en dirección al Parlamento había despeinado su melena castaña y le había enrojecido las mejillas.

—Un poco de café con leche —dijo Clarke, empujando la taza hacia ella.

Young asintió a modo de agradecimiento y se quitó el abrigo y la bufanda.

—¿Hay noticias?

—Hay algo que nos gustaría comentarle —dijo Page en voz baja, inclinándose hacia delante con los codos apoyados en las rodillas y las manos juntas como si estuviera rezando—. Hemos estado debatiendo el móvil del crimen.

—Yo creía que era un caso claro de allanamiento.

—Nosotros también, hasta que encontramos esto.

Page hizo un gesto a Clarke, que tendió a Young una fotocopia de la nota. La abogada frunció el ceño mientras leía.

—Alguien se la envió a lord Minton —explicó Clarke—, y este se la guardó en la cartera. A mi entender, eso significa que no se lo tomó a broma. Nos preguntamos quiénes podían ser sus enemigos.

—No lo entiendo. —Young devolvió la nota—. ¿No lo han hecho público?

—No creímos que fuera a resultar útil, al menos de momento —explicó Page.

—Usted lo conocía mejor que nadie —terció Clarke, que, al establecer contacto visual con ella, se dio cuenta de que Young tenía los ojos del mismo tono marrón que su cabello—, así que pensamos que tal vez podía arrojar algo de luz. ¿Alguna vez mencionó que hubiera recibido amenazas o a alguien que le tuviera resentimiento, ya fuera real o se lo pareciera?

La agente de la Corona sacudió la cabeza.

—No habíamos intimado tanto. Conocía a David desde hacía doce o trece años, pero creo que casi todos sus amigos de verdad, de los que hablaba, están muertos. Eran otros abogados, al menos un diputado, empresarios... —Sacudió la cabeza de nuevo—. Lo siento, pero no se me ocurre nadie que pudiera querer hacerle daño.

—¿Pudo ser un caso en el que trabajara? —insistió Clarke.

—Siempre fue muy precavido. Hablaba de manera general o comentaba temas de procedimiento, diligencia o prioridad. Había memorizado juicios famosos del pasado...

—¿Y no notó algún cambio en él recientemente? ¿Estaba más callado, quizá? ¿Tenso?

Young se concentró en el café mientras reflexionaba la respuesta.

—No —dijo finalmente—. Nada. Pero la señora Marischal sabrá más que yo. Pasaba más tiempo compartiendo una taza de té con él que quitando el polvo. O cualquiera que trabaje en su despacho ahora mismo. ¿Les han preguntado?

—Sí, pero quizá volvamos a intentarlo.

—No es seguro que la persona que envió la nota sea la misma que entró en su casa —afirmó Young.

—Somos conscientes de ello.

—Deberían hacerlo público. La nota, quiero decir. Alguien podría reconocer la caligrafía. —Consultó su reloj y bebió otro sorbo de café—. Lo lamento, pero debo irme. Siento no haber sido de mucha utilidad.

—¿Cree que merece la pena que hablemos con alguien del New Club? Iba allí casi a diario.

Young volvió a enfundarse el abrigo y cogió la bufanda.

—Sinceramente, no tengo ni idea. —Dobló las rodillas para recoger el bolso—. Luego hablan de oficinas digitalizadas —dijo con una sonrisa desangelada antes de dirigirse a la puerta.

—A esto lo llamo yo aprovechar bien el tiempo —comentó Page entre dientes.

—Puede que tenga razón en lo de la nota. Es lo único que tenemos; sería una lástima no utilizarlo.

—La prensa armará un escándalo —advirtió Page—. La gente se asustará y se irá de casa porque hay un asesino ahí fuera y cualquiera podría ser su próximo objetivo. Además, saldrán de la nada pirados con las premoniciones y teorías de siempre.

—Y nuestro asesino, sabiendo que ya no lo consideramos un robo fallido, tendrá mucho tiempo para hacer las maletas y marcharse a otro sitio. —Clarke asentía con la cabeza—. Todo eso es cierto, James.

Page la miró.

—Pero, aun así, ¿cree que deberíamos hacerlo?

—¿Sabe qué es un lanzamiento controlado? Nada de ruedas de prensa. Le damos la información a un medio, a alguien que la difunda sin sensacionalismos. Las redes sociales harán circular la noticia, pero será nuestra versión. Cuando llegue a oídos de otros periódicos, la tormenta habrá remitido un poco.

—Imagino que tendrá a algún periodista en mente...

Clarke asintió, cogió el teléfono y lo inclinó hacia Page.

—En cuanto me dé luz verde.

Page se recostó en la silla y cruzó los brazos. Su gesto de aprobación fue a lo sumo poco entusiasta. Clarke realizó la llamada de todos modos.

Laura Smith llegaba a la cafetería veinte minutos después, momento en el cual Page ya había regresado a la oficina. Se había disculpado diciendo que tenía una reunión, pero Clarke sabía que estaba poniendo tierra de por medio entre él y el plan. Si les estallaba en la cara, Clarke sería la única que debería dar explicaciones al jefe.

—Te has dejado el pelo largo —dijo Clarke cuando Smith hubo pagado un botellín de agua y se sentó en la silla de Page.

—Y tú te lo has cortado. Te queda bien.

Smith quitó el precinto del botellín y dio un sorbo.

—¿Cómo va el negocio de los periódicos?

Todavía bebiendo, Smith puso los ojos en blanco. Apenas rebasaba el metro y medio de altura, pero cada centímetro de su cuerpo estaba encaminado a salir adelante, lo cual era difícil cuando la profesión que habías elegido parecía estar agonizando. Se secó los labios con el dorso de la mano y volvió a enroscar el tapón de la botella.

—Hay más despidos a la vista.

—No deberían afectarte, ¿no?

—Bueno, soy la única periodista de sucesos que tienen, y la última vez que miré, los sucesos seguían vendiendo periódicos, así que... —Se encogió de hombros y centró su atención en Clarke—. ¿Se trata de lord Minton?

—Sí.

—¿Puedo citar la fuente?

—Más o menos. Aunque preferiría que utilizaras «fuentes policiales». Y necesitaré leer lo que escribes antes que tu director.

Smith hinchó los carrillos.

—¿No es negociable?

—Me temo que no.

Smith torció el gesto y sacó el teléfono del bolsillo.

—¿Puedo grabar la conversación de todos modos? Como recordatorio...

—No veo razón para que no lo hagas, pero enseñaré más que hablaré.

Smith estaba toqueteando la función de grabación del teléfono. Cuando por fin levantó la vista, Clarke tenía en la mano la nota fotocopiada.

—De la cartera de lord Minton —dijo.

El ruido que emitió Laura Smith —capturado por su teléfono— era algo a medio camino entre un chillido y un hurra.

7

—¿Ahora es cuando me preguntas por el favor que supuestamente le he hecho a Darryl Christie? —dijo Rebus a Fox.

Iban en el Saab, con Rebus al volante. Fox agarraba el cinturón de seguridad con una mano y la maneta de la puerta con la otra.

—Ya no trabajo en Asuntos Internos.

—Pero eso no significa que no meterías entre rejas a un poli corrupto, ¿no?

—Tal como insistes en recordarme, ya no eres policía. ¿Vamos al Gimlet?

Rebus negó con la cabeza.

—Lo olvidaba: una vez te llevé allí a ver a Darryl. Pero ya no frecuenta sitios como ese. Tiene un par de discotecas en el centro de la ciudad, además de un casino y un hotel boutique, que no sé qué significa.

—Normalmente significa que es caro.

—Pues estamos a punto de averiguarlo.

—¿Qué te hace creer que lo encontraremos allí?

Rebus miró a su pasajero.

—La gente me cuenta cosas.

—¿Aunque te has retirado de la policía?

—Aun así.

El coche había descendido desde Queen Street hasta el corazón de la Ciudad Nueva. Justo antes de llegar a Royal Circus, Rebus aparcó encima de la acera. Puso el freno de mano, pero el coche siguió avanzando.

—Siempre se me olvida que le pasa eso —dijo, y puso primera antes de apagar el motor.

—¿Alguna vez te has planteado dar el salto al siglo xxi?

Fox estaba peleándose con el cinturón de seguridad. Finalmente consiguió desabrochárselo y se apeó, mientras Rebus acariciaba el techo del Saab y le decía que no escuchara a ese hombre malvado.

El hotel formaba parte de una típica casa georgiana y los letreros eran discretos. Dentro había un vestíbulo en el que no se encontraba un mostrador de recepción obvio. Rebus giró hacia la izquierda y entró en una lujosa coctelería. Un esbelto asiático con un chaleco rojo brillante los esperaba con una sonrisa.

—¿Vienen a registrarse, caballeros? Siéntense y les atenderá alguien en un instante.

—Hemos venido a ver a Darryl —precisó Rebus.

—¿Darryl...?

Su sonrisa se endureció.

—Darryl Christie, hijo —le espetó Rebus—. Sé que no le gustan las visitas, pero hará una excepción. Dígale que ha venido a verle Rebus.

—¿Rebus?

Este asintió y se apoltronó en un mullido sofá de velvetón negro. Fox permaneció de pie, estudiando la decoración. Gruesas cortinas de terciopelo atadas con cuerdas trenzadas de color dorado. Espejos de formas extrañas. Gominolas y galletas de arroz en cuencos pequeños sobre unas mesas de cristal. Rebus estaba sirviéndose un puñado de cada.

El camarero había desaparecido en la parte trasera y estaba hablando por teléfono en voz baja. Sonaba música, pero no apabullaba. Era algo electrónico.

—Le va bien, entonces —comentó Fox.

—Y, como dijo Cafferty, a simple vista todo parece legítimo.

—Pero ¿aun así tiene las manos sucias?

—Por supuesto.

—¿Y por qué no hemos hecho nada?

Fox se sentó delante de Rebus.

—Porque ha tenido suerte. Porque es inteligente. Porque quizá tiene amigos en los lugares adecuados.

—¿Tú qué crees?

Rebus tragó el último bocado de aperitivo y empezó a sacarse restos de comida de entre los dientes con una uña.

—A veces existen los criminales responsables.

—Explícate.

Fox se inclinó hacia delante, dispuesto a aprender.

—Bueno, siempre existirá el crimen organizado. Eso lo sabemos. En todo el mundo, la sociedad ha intentado hacer oídos sordos, pero no funciona. Mientras haya cosas que consideremos ilegales y gente que las quiera, aparecerá alguien que las proporcione. En un lugar del tamaño de Edimburgo, una ciudad pequeña donde el delito no es un gran problema para la mayoría de sus habitantes, puede haber sitio para un especulador de una envergadura aceptable. Y, mientras ese especulador no se vuelva demasiado avaricioso, demasiado arrogante o demasiado violento...

—¿Es probable que se les tolere? ¿Porque mantienen parte del orden público por nosotros?

—Es una cuestión de control, Malcolm. Eso y actuar con responsabilidad.

—¿Cómo era Cafferty cuando este era su territorio?

Rebus se tomó unos momentos para elaborar su respuesta.

—Era el matón del colegio. Era todo músculo y le importaban un comino las consecuencias.

—¿Y Christie?

—Darryl es un negociador. Si se hubiera dedicado a la bolsa o a vender Bentleys a banqueros, habría amasado una fortuna. Pero eligió esto.

El camarero había vuelto a aparecer. Intentó sonreír de nuevo, pero no lo consiguió.

—El señor Christie dice que estará con ustedes en breve. También me ha dicho que pidan algo de beber mientras esperan.

—Muy amable por su parte —dijo Rebus—. ¿Quiere algo, inspector Fox?

—¿Un Appletiser, quizá?

—Pues un Appletiser para mi compañero y un Laphroaig para mí. —Rebus señaló con la cabeza la estantería de whisky de malta—. Que sea doble, mejor.

—¿Recuerdas el máximo de alcohol permitido para conducir? —advirtió Fox.

—Lo llevo tatuado en el antebrazo.

—¿Quiere agua o hielo, señor? —preguntó el camarero.

—¿La pregunta es para mí o para él? —respondió Rebus.

El camarero captó la indirecta y se puso a trabajar.

Sus bebidas acababan de llegar a la mesa cuando apareció Darryl Christie en el umbral. Con un gesto, indicó al camarero que se fuera y se sentó en el sofá al lado de Fox y delante de Rebus. Este lo conocía desde que era adolescente, pero ahora tenía algo más de veinte años y todos los rastros de acné y juventud habían desaparecido. Su rostro se había endurecido, y lucía un corte de pelo profesional. El traje no parecía barato y los zapatos tampoco. Llevaba una camisa con el primer botón desabrochado y unos llamativos gemelos en ambos puños. A simple vista, el reloj valía más que el coche de Rebus, incluso restándole unos cuantos miles de kilómetros al marcador.

—¿Qué tal va el negocio? —preguntó Rebus.

—Mejorando. Han sido unos años difíciles para todo el mundo.

—Sin duda te ha envejecido, Darryl. ¿Eso que tienes en las sienes son canas?

—Dijo el hombre que había entrado en su ocaso.

—¿Te han dicho que he dejado el cuerpo?

—¿No viste los fuegos artificiales? Aquí montamos una buena fiesta, créeme. —Christie apoyó los brazos en el respaldo del sofá y señaló a Fox—. ¿Estás entrenando a tu sustituto? Ya nos conocemos, ¿verdad?

—De pasada —contestó Fox.

—Creo recordar que te felicité por tus modales —dijo Christie asintiendo.

—Estamos aquí por lo que le ocurrió a Big Ger Cafferty ayer por la noche —terció Rebus.

—¿Es decir...?

—Alguien disparó una bala a través de la ventana de su comedor.

—¿Está bien?

—El tirador falló.

—Madre mía.

—Quizá deliberadamente, ¿quién sabe?

Rebus dejó el vaso vacío encima de la mesa de cristal.

—¿Cafferty os ha dicho que fui yo?

—Ya sabes cómo es.

—Sé que me odia. Por eso está hablando con los Stark.

—¿Joe Stark? —preguntó Rebus, fingiendo sorpresa.

—Vino a la ciudad hace un par de días. Se instaló en una pensión y el propietario pensó que podría interesarme.

—¿Estás seguro de que Joe ha venido para ver a Cafferty?

—No tanto Joe como Dennis. Cafferty quiere que lo pongan al mando.

—¿De qué? —preguntó Fox, que no comprendía.

—¡De esto! —Christie se puso en pie con los brazos en cruz—. La ciudad, mi ciudad.

—¿Seguro que no has visto demasiadas veces *El precio del poder*? —preguntó Rebus.

Christie volvió a sentarse, pero la agitación que había estado ocultando ahora resultaba evidente en su postura. Movía una rodilla al hablar.

—Es la historia de siempre: el enemigo de mi enemigo es mi amigo. A Cafferty no le quedarán más de dos años. Lo último que quiere es estar en su lecho de muerte y saber que yo sigo aquí. Dennis Stark es la elección perfecta. Para empezar, está loco. Si le piden que acabe conmigo, se asegurará de que sea un trabajo sucio. ¿Y quién más hay? Cafferty no conoce los nuevos regímenes de Aberdeen y Dundee. Pero conoce a Joe Stark. Son como dos caras del mismo papel de váter.

—Creo que estás malinterpretando la situación —dijo Fox.

—Además —intervino Rebus—, si Cafferty se está haciendo amigo de los Stark, te está dando aún más motivos para advertirle con una bala.

—Contrariamente a lo que pueda parecer, he descubierto que una bala es un objeto bastante contundente —dijo Christie—. Reconocedme un poco más de sutileza. —Estaba recobrando la compostura—. Y si hay pistoleros de por medio, yo apostaría siempre a que los Stark están implicados. Es posible que quieran cerciorarse de que Cafferty obedece y de que sepa que no puede jugar con ellos. En su mundo, esa es su manera de hacer negocios.

—¿Te has reunido con ellos? —preguntó Fox—. ¿Habéis hablado?

—Todavía no.

—Cafferty cree que están paseando a Dennis por todo el país para que conozca a todas aquellas personas a quienes debe conocer, personas como tú.

—No tengo nada anotado en la agenda, si es eso lo que está preguntando.

—Un consejo, Darryl —dijo Rebus—. Sabes muy bien que son de la vieja escuela. Tú mismo lo has dicho. La sutileza no te servirá de mucho con ellos.

—Lo tendré en cuenta.

—A lo mejor Fox y un par de compañeros suyos podrían hablar con ellos y hacerles saber que no son bienvenidos.

—El inspector Fox no parece muy convencido.

—No... es solo que... quizá...

—Da igual —dijo Christie, que se dio una palmada en las rodillas y se puso en pie—. Gracias por venir. Ambos sabemos que ha sido una pérdida de tiempo. Cafferty con sus juegos de siempre. Pero, de todos modos...

—Ojalá hubiera podido menguar un poco más tus beneficios. —Rebus señaló el vaso de whisky vacío—. Y recuerda lo que he dicho sobre los Stark. Puede que Dennis sea el perro rabioso, pero es Joe quien controla la correa.

Christie asintió lentamente y los acompañó al vestíbulo, subiendo los escalones de dos en dos.

—Un joven con prisa —comentó Fox cuando salían del edificio.

—Pero le está pasando factura —dijo Rebus pensativamente—. No me gustan los gánsteres acelerados. —Se encendió un cigarrillo. Fox se disponía a montarse en el coche, pero Rebus no se movió—. ¿A qué te referías cuando le has dicho que estaba malinterpretando la situación?

—A nada.

—Me estás ocultando algo. ¿Cómo supiste que los Stark estaban en la ciudad y que habían hecho paradas en Aberdeen y Dundee? Dudo que tengas soplones que merezcan ese nombre.

—Alguien lo mencionó en St. Leonard's.

—Pero ¿por qué? Los Stark probablemente hayan ido allí una docena de veces este último año y nadie ha dado la voz de alarma. Y Christie tenía razón sobre tu mirada cuando dije que el DIC podía advertir a los Stark. ¿Por qué no es buena idea, Malcolm?

—No estoy autorizado a decírtelo.

—¿Por qué no?

—Así son las cosas.

—Esto no es una canción de Bruce Hornsby.* ¿Quieres que te ayude pero no puedes contarme nada? Pues muchas gracias, colega, pero no creas que volveré a darte mi último Sugus.

Dicho lo cual, Rebus tiró la mitad del cigarrillo que le quedaba a los pies de Fox y echó a andar hacia el coche a paso ligero.

Cafferty estaba sentado a la mesa de la cocina. Había cerrado las contraventanas de madera para que nadie pudiera verlo. Había telefoneado a un conocido —un exmilitar que gestionaba a la mitad de los porteros de discoteca de la ciudad— y ahora había dos hombres de constitución fuerte en un coche aparcado en el camino, justo al otro lado de la verja. El coche estaba encarado a la acera, de modo que cualquiera que pasara por allí pudiera verlos. Y, cada diez minutos, uno de ellos recorría la propiedad y miraba por encima del muro trasero para asegurarse de que no había nadie en el jardín vecino. No era gran cosa, pero era algo. En el pasado, Cafferty tenía un guardaespaldas, que dormía en una habitación situada encima del garaje, pero aquello se había convertido en un lujo. Años antes tenía media docena de hombres a su alrededor a todas horas, lo cual sacaba de quicio a su mujer de entonces. Se levantaba de noche para ir al baño y encontraba a uno observándola desde las escaleras. Y cuando iba de compras o quedaba con amigas, allí estaba el consabido chófer, que tenía órdenes de no perderla nunca de vista.

Ahora era distinto, o eso pensaba Cafferty.

Se había pasado la última hora y media realizando llamadas. El problema era que mucha gente a la que conocía había quedado reducida a cenizas o se había mudado a la otra punta del mundo. Aun así, había hecho correr la voz de que estaba dispuesto a pagar una

* El mayor éxito de la carrera musical de Bruce Hornsby es la canción «The Way It Is» [Así son las cosas]. De ahí la réplica sarcástica de Rebus. (*N. del t.*)

ingente suma por información fresca sobre los Stark, padre e hijo, además de sus asociados, cercanos o de cualquier índole. Ya sabía que habían visitado ciertas empresas en Aberdeen y Dundee la semana anterior, lo cual respaldaba su teoría de que Dennis estaba conociendo a gente antes de recoger el testigo de su padre. El teléfono estaba encima de la mesa, cargado y aguardando noticias. A su lado se encontraba la bala aplastada. Cafferty la empujó con la yema del dedo. En su día habría tenido a alguien en el bolsillo, un miembro del DIC o del laboratorio forense. La habría entregado y averiguado todo lo que pudiera. Ahora no sabía por dónde empezar, aunque, una vez más, había mencionado su interés a algunas de las personas que había llamado. Tal vez alguien conocía a alguien.

Estaba Rebus, por supuesto. Pero ¿por qué iba a llevarla a escondidas al laboratorio en lugar de entregársela al DIC?

Y, en todo caso, ¿qué importaba? Tenían que ser los Stark o Darryl Christie: los Stark porque sí, y Darryl Christie para darles la bienvenida a la ciudad y mostrarles el nuevo orden jerárquico.

Fuera lo que fuera, lo averiguaría. Y pagarían por ello.

Siobhan Clarke no podía hacer otra cosa que esperar. *The Scotsman* publicaría la noticia en su edición digital vespertina y la compartiría en su cuenta de Twitter. Probablemente no sucedería hasta las nueve o las diez para que cuando apareciera la edición matinal contara todavía con la exclusiva impresa. Smith le había enviado un mensaje asegurando que iría en primera plana, a menos que un miembro de la familia real muriera o fuese captado por una cámara esnifando una raya de coca.

—Dios me libre —murmuró Clarke para sus adentros.

Esson y Ogilvie estaban ocupados. Habían recopilado una lista de las muertes producidas a causa de robos durante los últimos cinco años no solo en viviendas privadas, sino también en lugares de trabajo: guardias de seguridad golpeados con barras de hierro y parejas de ancianos amenazadas con ser torturadas si no revelaban dónde guardaban sus objetos de valor. Alrededor de tres cuartas partes de los casos habían sido resueltos.

—O al menos alguien fue a la cárcel —dijo Esson medio en broma.

Encontró uno del año anterior, una mujer que había sido atacada en su dormitorio en Edimburgo. El sospechoso era su marido, pero nunca hallaron pruebas lo bastante satisfactorias para el fiscal como para llegar a un veredicto de culpabilidad. Otro caso despertó la curiosidad de Clark, uno que se había producido en Linlithgow quince días antes. Era un asistente social jubilado al que tres años antes le había tocado un millón de libras en la lo-tería. Se gastó la mitad del dinero en una gran casa con vistas a Linlithgow Palace. El hombre vivía solo, ya que su mujer había fallecido. Lo habían encontrado en el vestíbulo de la planta baja con el cráneo hundido a causa de un golpe asestado desde atrás. El caso seguía abierto. Clarke pidió a Esson y Ogilvie su opinión.

—¿Valdría la pena comparar notas? —preguntó Esson.

—En su día fue noticia —añadió Ogilvie—. Lo de la lotería, quiero decir.

—¿Qué? ¿Alguien sabe que tiene algo de pasta y entra pensando que estará amontonada encima de la mesita?

Pero Clarke les pidió que indagaran de todos modos. Luego se dirigió al depósito de cadáveres de la ciudad, donde, al entrar por la puerta de personal, sorprendió a uno de los asistentes quitándose la bata en el pasillo, que estaba desierto.

—He venido a ver a la profesora Quant —dijo.

—Está arriba.

Clarke sonrió como disculpándose al pasar junto a él.

—Bonitos tatuajes, por cierto —dijo, y vio que el joven empezaba a ruborizarse.

Deborah Quant se encontraba en su despacho, bien iluminado y ordenado. Detrás de una de las puertas había una mampara de ducha y Clarke podía oler el gel y el champú.

—¿Molesto?

—Adelante, Siobhan. Siéntate. —Quant se había recogido la melena pelirroja con una goma—. Acabo de terminar —explicó—. Pero tengo que asistir a un acto esta noche, así que...

Clarke había visto el vestido colgado de una percha.

—Es precioso —comentó.

—Más de lo que merecen la mayoría de los invitados: académicos y doctores.

—¿Llevarás acompañante?

—¿Se te ocurre alguien?

—Me han dicho que has salido un par de veces con un hombre que se ha retirado hace poco.

Quant sonrió.

—Solo a cenar y tomar unas copas. Pero ¿realmente te imaginas a John soportando un acto de gala con un montón de cirujanos y profesores vejestorios?

—¿Se lo has preguntado?

—Pues la verdad es que sí. Declinó la oferta.

—Con elegancia, estoy segura de ello.

—Apenas soltó tacos. Y bien, ¿qué puedo hacer por ti, Siobhan?

—Es por la investigación del caso Minton. Tú practicaste la autopsia.

—Sí.

—He consultado el informe y me preguntaba si se te había ocurrido algo más.

—¿Sobre qué?

—Lord Minton había recibido una carta con amenazas. Bueno, en realidad era solo una nota. —Clarke le entregó otra fotocopia—. Quería saber si eso te hace cambiar de parecer en algún sentido.

—El hombre murió por una combinación de traumatismos y

estrangulamiento. Seguramente lo uno o lo otro habría bastado. Le atacaron desde delante o desde un lado, aunque yo me decantaría por lo primero. La víctima iba camino de la puerta de su estudio porque oyó un ruido, y el atacante entró y le golpeó con el mismo martillo que había utilizado para romper la ventana de la despensa. Las marcas que encontramos en el cuello nos dicen que el atacante tenía las manos grandes y que probablemente era un varón. —Quant se encogió de hombros—. La nota no cambia nada. ¿La encontraron en el cajón?

—En su cartera. ¿Por qué lo preguntas?

—En las fotos de la escena del crimen, el cajón de la mesa estaba abierto unos cinco centímetros. Pensé que los primeros agentes que llegaron allí...

—Nunca se les hubiera ocurrido tocar nada. —Clarke entrecerró los ojos, tratando de recordar el escenario del crimen. Cuando ella llegó, el cajón estaba cerrado. No había nada de raro en ello—. Por casualidad no harías la autopsia a ese ganador de la lotería hace un par de semanas...

—¿El de Linlithgow? —Quant sacudió la cabeza—. También fue un traumatismo, ¿verdad? Durante un robo. Pero, si mal no recuerdo, no había signos de estrangulamiento.

—No me importaría ver el informe.

—Eso tiene fácil solución. Pero, por supuesto, tendrá que haber un quid pro quo.

—¿A qué te refieres?

Quant movió la cabeza en dirección al vestido.

—Tienes que hacerte pasar por mí esta noche. A mí solo me apetece irme a la cama.

—Te diré lo que puedo hacer —propuso Clarke—. Puedo llamar a tu móvil cuando lleves una hora allí. Hay una situación complicada y te necesitan urgentemente...

—¿Tienes mi número? —preguntó Quant con una sonrisa.

—Dámelo —respondió Clarke.

8

Cuando Fox volvió a la oficina, solo encontró allí a Ricky Compston y Alec Bell. Estaban comiendo tarta de crema y bebiendo té con los pies encima de sus respectivas mesas.

—¿Dónde ha estado? —preguntó Compston—. Aparte de dorándole la píldora a su jefe.

—La verdad es que no he visto a Doug Maxtone. Pero he ido a hablar con Big Ger Cafferty.

—Si quiere podemos esperar todo el día.

—¿Dónde están los demás?

—Los Stark han estado moviéndose. Utilizamos dos coches para que no nos detecten. De ahí el éxodo. ¿Con eso le basta, inspector Fox?

Fox se sentó en una de las sillas vacías.

—Por lo visto, Cafferty cree que un criminal de la zona llamado Darryl Christie podría estar detrás del tiroteo, quizá para impresionar a los Stark. Piensa que los Stark han venido aquí para que Dennis pueda tantear la ciudad antes de tomar las riendas del negocio familiar. Eso también explicaría las paradas en Aberdeen y Dundee.

—Ya le hemos dicho por qué están aquí los Stark.

—Sea como sea, decidí hablar con Darryl Christie. Él ya sabía que los Stark estaban en la ciudad.

—¿Sacó él el tema o lo hizo usted?

—No necesitó que lo incitaran.

—¿Me está diciendo que dos jefes de Edimburgo se sinceraron con usted?

Fox se encogió de hombros.

—¿Quiere oír que más dijo Christie?

—Adelante, figura, impresióneme.

Compston se limpió unas migas de hojaldre de la corbata.

—Christie es de la opinión que los Stark han venido para reunirse con Cafferty. ¿Para qué? Para que Cafferty pueda ayudarlos a derrocar a Christie e imponer a Dennis como nuevo jefe de la ciudad. Hasta donde sabemos, eso no es cierto, pero es lo que opina Christie.

—¿Cómo sabía que estaban en la ciudad? —preguntó Alec Bell.

—Por el propietario del hostal.

—Vaya, vaya, vaya —dijo una voz por detrás de Fox. La puerta, que este no había cerrado del todo, ahora estaba abierta de par en par, y Rebus tenía las manos apoyadas en las jambas—. Debo reconocer que esto no es lo que me esperaba.

Fox se levantó como un resorte.

—¿Cómo has entrado?

—Alguien se ha olvidado de informar a los de recepción de que ya no figuro en los registros.

—El puñetero John Rebus —dijo Bell.

—Eh, Alec. —Rebus saludó con la mano—. ¿Sigues al pie del cañón?

—He oído hablar de usted —dijo Compston.

—Entonces me lleva ventaja.

Rebus le tendió la mano y Compston se la estrechó al tiempo que se presentaba.

—Tenemos mesas para cinco, lo cual significa que nos faltan unos cuantos —reflexionó Rebus mientras estudiaba la sala—. Y apenas hay documentos. Es confidencial, ¿verdad? ¿Están aquí para atrapar a los Stark?

Compston miró a Rebus con cara de pocos amigos, esperando una explicación. Rebus intentó poner a Fox una mano en el hombro, pero este se apartó.

—La culpa no la tiene Malcolm —dijo Rebus—. Yo era la única forma de llegar hasta Cafferty y Christie.

—¿Es eso cierto?

Compston tenía la mirada clavada en Fox y este en el suelo.

—Al jefe de policía deben de provocarle erecciones los Stark. Un equipo como este no sale barato. —Rebus se sentó encima de una mesa con los pies colgando—. Supongo que Foxy es su enlace local y me pidió ayuda porque quería impresionarlos con su actitud entusiasta y voluntariosa. ¿Qué tal lo ha hecho?

—Este no es sitio para un civil, Rebus —dijo Compston.

—Si estallan guerras en la ciudad, es malo para cualquiera, vaya de uniforme o no. Si están vigilando a los Stark, ya conocen el paño. Puede que estén preparándose para acabar con Darryl Christie.

—No están aquí por eso —terció Alec Bell, que recibió una mirada fulminante de Compston.

—Darryl sí lo cree. Se le ha metido en la cabeza que van a por él, espoleados por Cafferty.

—No se han reunido con Cafferty ni con el tal Darryl Christie —afirmó Compston.

—¿De modo que no están introduciendo a Dennis en los bajos fondos? —Rebus se rascó la mejilla—. ¿Están seguros?

—Los tenemos vigilados.

—Por casualidad uno de ellos no se pasaría por el rinconcito de Cafferty anoche y le disparó...

—No lo creemos.

—Puede que haya lagunas en el dispositivo de vigilancia —intervino Fox—. Lo bastante grandes para que eso sea una posibilidad.

—Ahora mismo desearía haberle dejado en un rincón con el

puto juego de Angry Birds —masculló Compston, que se levantó y recorrió la sala.

—Por si sirve de algo —dijo Rebus—, Malcolm no me ha contado absolutamente nada sobre esta operación y no ha revelado nada delante de Cafferty y Christie.

—Pero usted lo averiguó.

Rebus sacudió la cabeza.

—Me picaba la curiosidad, eso es todo. —Miró el reloj de pared—. ¿Me permiten llevarlos aquí enfrente a tomar una copa? No es el peor bar de la ciudad, y estoy seguro de que nadie ha tenido la decencia de bautizarles, por así decirlo.

—Se supone que debemos esperar el informe de los muchachos —advirtió Bell.

Compston meditó unos instantes.

—Pero no nos haría ningún mal, ¿verdad? No más del que ya ha causado el inspector Fox. Puedes quedarte al mando si quieres, Alec.

—Cuantos más seamos, mejor, Ricky. Te acompaño.

—Entonces hay unanimidad. —Rebus se bajó de la mesa—. Tú primero, inspector Fox. A fin de cuentas, la ronda la pagas tú.

El pub estaba lleno de trabajadores que volvían a casa y de estudiantes jugando al ajedrez y las damas. No quedaban mesas libres, así que el grupo se instaló al fondo de la barra. Fox pagó las bebidas: tres pintas y un agua con gas.

—Si hubiera sabido que no bebía —le reprendió Compston—, habría estado fuera de mi equipo desde el primer minuto.

Cogió la primera de las cervezas que le ofrecieron, bebió un sorbo y se relamió.

—¿Cómo estás, John?

Bell y Rebus brindaron.

—No me puedo quejar, Alec. ¿Sigues en Glasgow?

—Ahora mismo me han trasladado a Gartcosh.

—Enhorabuena. Es un avance si lo comparamos con detener a drogatas y maltratadores de mujeres.

—Sí.

—Y bien, ¿alguien está paseándose por su ciudad con un arma de fuego? —interrumpió Compston—. No lo he visto en las noticias.

—Cafferty dice que fue un accidente, que tropezó y rompió una ventana. Los vecinos cuentan una historia diferente y hay un agujero de bala en la pared de su salón.

—¿Son ustedes íntimos, entonces?

—En la medida en que me he pasado media vida intentando meterlo entre rejas.

—¿Hubo suerte?

—Fue puesto en libertad por problemas de salud, seguidos de una recuperación milagrosa. —Rebus dejó el vaso encima de la mesa—. Entonces, ¿van a contarme algo o seguiremos mareando la perdiz?

Compston miró a Alec Bell.

—Pese a su apariencia, John es buen tipo —confirmó Bell.

—Los Stark —dijo Compston tras pensárselo unos instantes— están buscando a un hombre llamado Hamish Wright. Es propietario de una empresa de transportes y distribuía droga por todo el país en sus contenedores. Llevamos tiempo vigilando a los Stark y, cuando abandonaron Glasgow y visitaron el guardamuebles de Wright en Inverness, supimos que se cocía algo. Después fueron a Aberdeen y Dundee, y ahora están aquí.

—¿Han buscado a Wright?

—Se ha largado. La mujer está cubriéndole el trasero. Dice que ha viajado a Londres por negocios, pero no ha hecho una sola llamada con su teléfono y nada corrobora que esté allí.

—¿Y su coche?

—Aparcado en el garaje de casa.

—¿La mujer parece asustada?

—Yo diría que sí.

—¿Tiene Wright algo que pertenezca a los Stark? —especuló Rebus.

—Probablemente droga y dinero —aventuró Bell.

El teléfono de Compston empezó a vibrar.

—Es Beth —dijo.

Se llevó el teléfono a la oreja y se tapó la otra con la mano que tenía libre. Pero el ruido del bar era excesivo, así que se dirigió a la puerta. Una vez fuera, Rebus se centró en Bell.

—¿Qué tal es, Alec?

—No está mal.

—¿Mejor que tú?

Rebus no parecía convencido.

—Distinto. Es un asunto de drogas y dinero, por cierto. Y ambas cosas en cantidad. Eso de hacer la competencia a Christie no es cierto. Y tampoco que vayan a por Big Ger Cafferty.

—¿Habéis instalado micrófonos? —preguntó Rebus.

—Mejor aún. —Bell miró a Fox, comprobó que la puerta estuviera cerrada y agitó el dedo índice—. Que esto no salga de aquí. —Fox levantó las manos en un gesto apaciguador—. Tenemos un infiltrado. Está muy asentado.

—¿Bob Selway? —aventuró Fox, pero Bell negó con la cabeza.

—Nada de nombres. Lleva tres años infiltrado, acercándose cada vez más a los Stark.

—Hay que tener aguante —dijo Rebus impresionado.

—Eso explica por qué mi jefe pensaba que íbamos a recibir a seis personas —añadió Fox.

—Sí, la cagó alguien en Gartcosh y se llevaron una reprimenda de Ricky Compston por sus esfuerzos.

—¿El equipo existe desde hace tres años?

Bell volvió a negar con la cabeza.

—Ha habido otros antes. Los Stark están detrás de la mitad de los delitos que se cometen en Glasgow y otros lugares. Hasta el momento, ninguna operación ha sido capaz de acabar con ellos.

—Parece que vuestro topo no está ganándose el suelo precisamente —comentó Fox.

Bell lo miró con cara de pocos amigos.

—¿Y cuál es la historia de ese transportista? —preguntó Rebus antes de llevarse la pinta de cerveza a los labios.

—No estaba contento distribuyendo material para los Stark. Podríamos decir que quería ser más autónomo. Estaba hablando con gente de Aberdeen y otros lugares.

—¿Aquí también? —Alec Bell asintió lentamente—. ¿Te refieres a Darryl Christie?

—Muy posiblemente.

—Con lo cual, los Stark querrán un cara a cara con Darryl.

—Puede, pero preferirían encontrar primero a Hamish Wright si tiene en su haber medio millón en cocaína y éxtasis y otro tanto en efectivo.

—¿Os lo ha dicho vuestro hombre?

—Sí.

—¿Basta para llevarlo a juicio?

—Más o menos.

—Pero queréis más.

Bell esbozó una sonrisa de oreja a oreja.

—Siempre.

—Cuanto más tiempo esté infiltrado vuestro hombre, más riesgo habrá de que lo descubran.

—Es consciente de ello.

—Pase lo que pase, se merece una medalla.

Bell estaba asintiendo cuando Compston abrió la puerta y se dirigió hacia el grupo, frotándose las manos para entrar en calor.

—Los Stark se han reunido con un hombre llamado Andrew Goodman.

—Dirige un grupo de porteros de discoteca —dijo Rebus.

—Exacto. Lo cual significa que tiene voz y voto en cuanto a lo que entra y no entra en pubs y discotecas.

—Sus chicos la tienen —corrigió Rebus.

—Incluidas sustancias ilegales —añadió Fox— y a quienes las llevan con intención de venderlas.

—Muy bien —dijo Compston.

—¿Conoce a Hamish Wright? —preguntó Rebus.

Compston se encogió de hombros.

—Esta partida va a ser larga. Pero al final haremos encajar todas las piezas del rompecabezas.

Rebus frunció la nariz.

—Pero a veces se pierde una entre los tablones del suelo. O no venía originalmente en la caja.

—Optimista, ¿eh, cabrón? ¿A quién le toca pagar otra ronda?

—Yo tengo que irme —dijo Fox.

—¿A informar a su jefe en la acera de enfrente? ¿Ya ha decidido cuánto va a contarle?

Al ver que Fox no respondía, Compston le indicó con un gesto que se marchara, pero él no se movió.

—Ya sé por qué se llama Operación Júnior —afirmó.

Compston arqueó una ceja.

—Váyase ya.

—En las películas de *Iron Man*, Robert Downey Jr. interpreta a un personaje llamado Stark.

Compston fingió aplaudir cuando Fox salió.

—¿Lo mismo, John? —preguntó Bell.

Rebus asintió, observando a la figura que se marchaba. Luego se volvió hacia Compston.

—Malcolm puede ser mejor o peor, pero si algo se puede asegurar sobre él es que no juega sucio. Así que, si se pasa usted de la raya, puede que él haga saltar las alarmas. Hasta entonces, no le creará problemas.

—No me gusta que le haya metido en esto.

—Me ha contado lo mínimo. Hasta que entré en St. Leonard's no sabía lo que iba a encontrarme.

—Pero se dio cuenta de que él estaba ocultándole algo.

—Solo porque soy bueno en esto. ¿Dónde están los Stark ahora mismo?

—Dennis y sus chicos están comiendo en un hindú de Leith Walk y su padre camino de vuelta a Glasgow. Por lo visto tenía negocios pendientes allí.

—¿Con un par de miembros del equipo siguiéndolo?

—Jake y Bob —confirmó Compston, más para informar a Bell que a Rebus—. Eso significa que puede que tengamos que sustituir a Beth y Peter más tarde.

—Por mí no hay problema —respondió Bell.

Compston volvió a centrar su atención en Rebus, mirándolo de arriba abajo con énfasis.

—Entonces, ¿qué hacemos con usted, señor Rebus?

—¿Aparte de pedir la siguiente ronda, quiere decir?

—Aparte de eso, sí.

—Bueno, supongo que podría hablarle un poco de Cafferty y Christie. Solo por pasar el rato. —Rebus señaló una de las mesas, en la que dos estudiantes habían acabado una partida y estaban levantándose—. O podría darle una paliza a las damas. Lo dejo a su elección.

Doug Maxtone iba caminando por el pasillo, poniéndose el abrigo, cuando Fox llegó a lo alto de las escaleras.

—Pensaba que me habían dejado plantado —dijo Maxtone—. He ido a la oficina pero está todo a oscuras.

—Lo siento, señor. Algunos están de vigilancia y los otros han salido a tomar algo.

Maxtone se detuvo y se colocó la bufanda.

—¿Y bien? —preguntó.

—¿Qué le han dicho en la sesión informativa? Para no contarle lo que ya sabe...

—Compston y su equipo han venido a la ciudad siguiendo a una banda dirigida por Joe y Dennis Stark.

—Y los Stark están aquí porque...

—Porque alguien se ha esfumado y quieren encontrarlo. —Maxtone hizo una pausa—. Creía que era usted quien iba a rendir informe.

—Para serle sincero, no puedo añadir gran cosa. El equipo de Compston está realizando maniobras de vigilancia, pero, hasta el momento, el hombre al que buscan no ha aparecido.

—Y Edimburgo es solo un alto en el camino, ¿verdad?

—Eso es, señor. Ya lo han buscado en otras ciudades.

—Y si no lo encuentran pronto, ¿irán a otro sitio?

—Supongo que sí.

—Perfecto. —Maxtone hizo ademán de irse, pero se detuvo—. ¿Compston está comportándose? ¿Está incumpliendo alguna norma o pisoteando a alguien?

—Que yo sepa, no.

—Pero ¿usted lo sabría?

—Creo que sí.

—Perfecto —repitió Maxtone—. Nos vemos mañana, Malcolm.

—Claro.

Fox observó a su jefe bajar por las escaleras. No había razón para que Maxtone supiera nada sobre Cafferty y Christie, la droga desaparecida o el policía que se había infiltrado en la banda de Stark. No había razón para que nada de aquello alterara la velada de Doug Maxtone.

Se dirigió a la puerta de la oficina de la Operación Júnior y giró la maneta.

Estaba abierta. Encendió las luces y entró. Había dos ordenadores portátiles, ambos en modo reposo. Pasó un dedo por los paneles táctiles y vio que estaban protegidos con contraseña. Encima de una mesa había varios documentos y una fotografía de Hamish Wright. Debajo había una copia de una factura de teléfono; para ser más exactos, la factura de móvil más reciente de Wright. Alguien había comprobado los números y había anotado los detalles en el margen. Fox sacó su teléfono e hizo una foto. Luego volvió a ordenarlo todo, fue hacia la puerta y apagó la luz.

Era la noche en que llamaba a su hermana, cosa que haría en cuanto llegara a casa. Luego pensaba encender el ordenador y ver qué podía averiguar sobre los Stark y sus compinches.

Y si no le llevaba tanto tiempo como se temía, llamaría a Siobhan antes de acostarse para preguntarle cómo le había ido el día y tal vez contarle cómo le había ido el suyo.

TERCER DÍA

9

Fox paró en un kiosco a comprar el periódico, se montó de nuevo en el coche y llamó a Siobhan Clarke, que respondió al sexto tono.

—Intenté localizarte anoche —dijo Fox mientras leía el titular de portada.

—Reconozco que tuve un día un poco ajetreado.

—¿Le pasaste la noticia a tu amiga Laura?

—Sí.

—Supongo que hoy también estarás ocupada.

—Lo cierto es que me alegro de que James acapare todo el protagonismo. Christine y yo vamos camino de Linlithgow. Estamos a punto de llegar.

—¿Ah, sí?

—¿Qué estás haciendo tú?

—¿Recuerdas los visitantes de los que te hablé, los de Gartcosh? Estoy ejerciendo más o menos de enlace.

—¿Maxtone te ha pedido que los vigiles?

—Algo así. Están en la ciudad porque unos gánsteres de Glasgow...

—Lo siento, Malcolm, no te oigo bien y tengo que empezar a buscar la salida.

—¿Hablamos más tarde, entonces?

Pero la llamada se había cortado. Fox apagó el teléfono y volvió a leer el artículo. Después dejó el periódico en el asiento del acompañante, encima de una gruesa carpeta. En Internet encontró abundante información sobre la familia Stark. La había impreso casi toda y se la había llevado a la cama, junto con una libreta de papel pautado. La esposa de Joe Stark había muerto joven, cosa que lo obligó a criar solo a su único hijo, Dennis. A juicio de Fox, Joe carecía de las aptitudes paternas más básicas. Estaba demasiado ocupado ampliando su imperio y consolidando su reputación como uno de los matones más despiadados de los bajos fondos de Glasgow, lo cual no era una hazaña menor teniendo en cuenta la competencia existente. Dennis había causado problemas desde sus primeros días en la escuela primaria. Acosado (y, lo que tal vez sea peor, despreciado) por su padre, él también se había convertido en un acosador. A ello contribuyó que hubiera crecido rápido y que hubiera desarrollado músculos para acompañar sus amenazas. En sus primeros años de adolescencia, un abogado astuto había impedido que cumpliera condena por un ataque delante de un campo de fútbol.

Había utilizado una navaja, similar al arma predilecta de Joe en los años setenta. Eso interesó a Fox: el hijo imitando al padre con la esperanza de ganarse su aprobación. Siendo veinteañero, Dennis había pasado un par de temporadas en la cárcel de Barlinnie, lo cual no solo apenas había servido para frenar sus excesos, sino que le había proporcionado nuevos aliados. Fox no había logrado averiguar mucho sobre su camarilla. La mayoría de los hombres de Joe tenían entre cincuenta y sesenta años, y protagonizaban con frecuencia las historias sobre los bajos fondos de Glasgow. Pero los compinches de Dennis eran una generación más joven y habían aprendido el arte del subterfugio. No aparecían en las portadas de los diarios y apenas figuraban en los archivos judiciales. De camino a St. Leonard's, Fox se preguntó si, en caso de que le mostraran fotos, sabría detectar al policía infiltrado.

En la oficina solo estaba Alec Bell. En lugar de saludar, soltó un bostezo y removió el café.

—Ricky está durmiendo —explicó.

—¿Hizo el turno de noche? —aventuró Fox.

Bell asintió y se frotó los ojos.

—Pero no le gusta. Cabe una pequeña posibilidad de que Joe lo reconozca.

—¿Se conocen?

—En su día tuvieron un par de encontronazos. Pero sabiendo que Joe está en Glasgow ahora mismo...

—¿Compston cree que es seguro que participe en el dispositivo? —asintió Fox—. ¿Hay algo más que deba saber? —preguntó mientras colgaba el abrigo.

—La verdad es que no, a menos que conozcas un buen restaurante hindú. De momento, Glasgow gana de lejos a tu carísima ciudad.

—Lo pensaré. Entre tanto, me gustaría saber si tenéis informes sobre los Stark, algo con lo que pueda pasar el rato.

—Está casi todo en el ordenador.

—¿Hay fotos de la operación de vigilancia?

—¿Para qué las quieres?

Fox se encogió de hombros.

—Anoche me di cuenta de que no sé qué aspecto tiene su comitiva.

Bell se puso manos a la obra con el ordenador portátil e indicó a Fox que se acercara. Este se dirigió a la mesa y estudió la pantalla desde detrás de Bell.

—Ese es Joe —dijo Bell, utilizando el cursor para rodear la cara de Joe Stark. En la foto aparecía un grupo de hombres caminando por la acera—. El de la izquierda es Walter Grieve y el de la derecha Len Parker. Esos tres se conocen de toda la vida. Probablemente, Joe confía más en Walter y Len que en Dennis.

—¿Hay tensión entre padre e hijo?

—¿Sabes que el príncipe Carlos se ha pasado toda la vida esperando a tomar las riendas de la empresa?

—Pues donde dice Carlos, pon Dennis. —Fox asintió para indicar que lo entendía.

Estaba estudiando a Joe Stark. Por supuesto, indagando la noche anterior en Internet había visto muchas fotos suyas, pero esta era reciente. Tenía más arrugas, y el pelo, que llevaba peinado hacia atrás, era más ralo.

—Se parece un poco a Ray Reardon, ¿no? —comentó Alec Bell.

—¿El jugador de billar inglés? —Fox pensó en ello—. Es posible.

Aunque la verdad es que no les encontraba parecido. En los ojos de Ray Reardon siempre se apreciaba un destello. En el rostro de Joe Stark solo veía fría mezquindad.

Bell había minimizado la imagen y estaba escrutando las otras fotografías que tenía en pantalla. Hizo clic encima de una. Era el interior de un pub abarrotado y había cinco hombres sentados a una mesa.

—Son Dennis y sus hombres —dijo Bell, señalando a cada uno de ellos cuando mencionaba su nombre—. Bob Simpson, Callum Andrews, Jackie Dyson, Tommy Rae y el propio Dennis.

—No se parece mucho a su padre.

—Se parece a su madre, según dicen —contestó Bell.

—Es corpulento. ¿Va al gimnasio?

—Es adicto a las pesas. Consume todas las pociones y polvos de culturismo que existen.

—¿Lleva permanente o es rizo natural?

—Que yo sepa es de nacimiento.

—¿Has hablado con él alguna vez?

Bell sacudió la cabeza.

—No estaría en el equipo si lo hubiera hecho. No podemos permitir que nos descubra nadie de la banda de Stark.

—Eso no parece aplicable a tu jefe —observó Fox.

—Es una exoneración especial. Ricky presionó mucho para

crear la Operación Júnior. —Bell volvió la cabeza y estudió a Fox—. Continúa —dijo—. Estás deseando preguntar.

—Bueno, si insistes. ¿Vuestro hombre es uno de los cuatro que están con Dennis?

—¿Tú qué crees?

—Ninguno tiene pinta de poli.

—¿Adónde llegaría nuestro hombre si la tuviera o si hablara o actuara como un policía?

—Imagino que no utiliza su verdadero nombre.

—Por supuesto que no.

—¿Y le habéis creado una vida por si alguien indaga?

—Sí.

—¿Cuánto tiempo dices que lleva en la banda?

—Creo que no lo he dicho.

De repente, Bell se mostraba hermético. En lugar de abrir el resto de las fotos del álbum, bajó la tapa del portátil y bebió otro trago de café. Pero no pasaba nada. Ahora Fox tenía nombres. Cuando gozara de cierta privacidad, haría otra búsqueda en Internet por si acaso.

—¿Hay noticias de Glasgow? —preguntó mientras se dirigía al centro de la sala.

—Joe sigue allí.

—¿Se llevó con él a sus dos lugartenientes?

—Sí.

—Por tanto, ¿aquí solo quedan Dennis y sus cuatro hombres? ¿Tenéis idea de qué harán hoy?

—Buscar a Hamish Wright.

—¿Han pasado más tiempo aquí que en Aberdeen o Dundee?

—Eso parece.

—Podría significar algo. Quizá están convencidos de que está aquí.

—Quizá —reconoció Bell.

—¿Vuestro infiltrado no ha mencionado nada?

Bell lo miró con dureza.

—No tiene demasiadas oportunidades de ponernos al día.

—¿Cuándo fue la última vez que tuvisteis noticias suyas?

—Hace cinco días.

—¿Antes de que vinierais a Edimburgo?

—Eso es. Nos llamará cuando los Stark den caza a Wright, si es que eso ocurre.

—¿Cuánto hace que...?

—Joder, ya basta de preguntas, Fox. Ojalá no hubiera abierto nunca la boca.

—Pero lo hiciste. Yo creo que intentabas alardear delante de Rebus. ¿Voy bien?

—Piérdete.

—Es difícil hacerlo en mi propia oficina. —Fox extendió ambos brazos para reforzar su argumento—. Y anoche dejaste caer que vuestro topo lleva más de tres años infiltrado. —Se dio unos golpecitos en la frente—. Lo bueno de no beber es que suelo acordarme de las cosas.

—Entonces no habrás olvidado lo que te dijo Ricky el primer día: que estás de prueba. Y después de ese truquito tuyo acudiendo a Rebus a nuestras espaldas... —Bell meneó la cabeza lentamente—. ¿Cómo está tu padre, por cierto?

Fox entrecerró los ojos.

—¿Mi padre?

—Y tu hermana Jude. No estáis muy unidos, ¿verdad? —Bell sonrió maliciosamente—. Ricky necesitaba cerciorarse de que conocía al tipo de persona con la que estaba trabajando. Tu jefe vino con una biografía resumida. Si hubiera sido Ricky, habría facilitado detalles mínimos con algún que otro error garrafal. El inspector jefe fue mucho más servicial. Recuérdalo cuando redactes tu próximo informe. Algunos jefes son mejores que otros, y algunos equipos son equipos de verdad. Cuanto antes dejes de ejercer de chivato de Maxtone, antes lo descubrirás.

—¿Eso es un hecho?

—Piénsalo. Tú mismo dijiste que aquí estás solo un escalafón por encima de un paria. A lo mejor podemos ofrecerte algo mejor por una vez.

—¿Mejor que Angry Birds?

—Dejaré que juzgues tú mismo —respondió Bell, que levantó de nuevo la tapa del ordenador.

—Los periódicos lo llamaban la «trágica víctima de la lotería» —dijo Christine Esson—. Es como si la lotería hubiera acabado con él.

—Lo cual es cierto si alguien lo mató por su dinero —respondió Clarke.

La casa de ladrillo, con dos plantas y construida hacía poco, estaba rodeada de un muro alto y una verja eléctrica que habían dejado abierta. El camino era corto y llevaba a un aparcamiento circular asfaltado. A la derecha de la casa había un garaje con capacidad para tres vehículos. Clarke detuvo su Astra delante, junto a un BMW Serie 3 del que se apeó un hombre alisándose la corbata y abrochándose un botón del traje.

—¿Subinspector Grant? —preguntó Clarke. El hombre asintió—. Soy la inspectora Clarke, y esta es la agente Esson. Gracias por reunirse con nosotras.

—Ningún problema.

Grant volvió a meterse en el coche el tiempo suficiente para buscar una carpeta y ofrecérsela.

—Examen *post mortem*, datos de la escena del crimen y el informe forense.

—Se lo agradezco mucho. El caso sigue abierto, ¿verdad?

—Por supuesto.

—No soy periodista, Jim. Puede contarnos la verdad.

Grant esbozó una leve sonrisa.

—Supongo que no hay mucho más que podamos hacer. El equipo ha quedado recortado a mínimos. Hemos interrogado a todas las personas que se nos han ocurrido, hemos tanteado el terreno, hemos estudiado las cámaras de vigilancia del centro de la ciudad y las rutas de entrada y salida de Linlithgow...

—Más o menos lo mismo que hemos hecho en Edimburgo.

—Víctimas de renombre; es el único vínculo sólido que puedo ver.

—Y hombres que vivían solos —terció Esson.

—Pero Michael Tolland no era un solterón como lord Minton —repuso Grant—. Estuvo casado veinticinco años. Su mujer ya estaba enferma cuando ganó la lotería. Tenía cáncer de hígado. No vivió lo suficiente para disfrutar el premio, pero, después de su muerte, el marido extendió un cheque de seis cifras a la beneficencia.

—Entre eso y la casa no debía de quedarle mucho.

—Unas 275.000 libras.

—¿Tenían hijos?

Grant negó con la cabeza.

—Parece que se lo van a llevar todo los hijos de su hermana, que falleció hace ocho meses.

—Pese a las apariencias, no es la familia más afortunada del mundo.

Clarke estaba estudiando la parte delantera de la casa.

—¿Quieren entrar? —preguntó Grant, agitando un juego de llaves.

—Usted primero.

Aún había manchas de sangre en la moqueta beige. Clarke sacó las fotografías de la escena del crimen y se las enseñó a Esson. Al final del vestíbulo había un amplio salón, dominado por un enorme televisor y altavoces de sonido envolvente. Había unos cuantos ornamentos, pero no muchos, y una única fotografía enmarcada del matrimonio el día de su boda en el registro civil. Ella

Tolland había trabajado como administradora del ayuntamiento. Era diez años más joven que su marido. En la imagen había logrado sonreír, pero tenía la boca cerrada, a diferencia de él, que enseñaba toda la dentadura y llevaba a la novia agarrada del brazo como si quisiera impedir que huyera.

—¿Eran un matrimonio feliz? —preguntó Clarke.

—No hay razón para pensar lo contrario. He incluido un DVD en la carpeta. Son un par de entrevistas que concedieron después de ganar la lotería.

—Gracias.

Grant las acompañó a la cocina y les enseñó dónde habían forzado la puerta, que había sido retirada como prueba y sustituida por algo más básico.

—Creemos que utilizaron una palanca o algo similar.

—¿Y es lo que usaron para atacar a la víctima?

—No se encontró ningún arma, así que solo podemos especular, pero el patólogo cree que encaja. Sin embargo, ¿comentaba usted por teléfono que en Edimburgo piensan que utilizaron un martillo?

—Ahora que ha mencionado la palanca, puede que nos lo replanteemos.

—¿No encontraron el arma?

—Hemos registrado las calles cercanas, jardines, contenedores de basura e incluso el puerto de Leith.

—Aquí igual. Mandamos a una docena de hombres a recorrer la carretera que va desde aquí hasta la autopista: campos, zanjas, de todo.

—¿Alguna idea, Christine? —dijo Clarke.

—¿El subinspector Grant está al corriente de la nota?

El propio Grant decidió responder

—Sí, pero aquí no encontramos nada parecido.

Clarke había abierto la nevera.

—No cocinaba mucho, ¿verdad?

—Por lo que nos han contado sus amistades, al parecer comía a menudo en el pub o compraba comida para llevar. —Grant abrió un cajón y sacó un montón de folletos de restaurantes—. Le gustaba la comida china e india, y no todos eran restaurantes de la ciudad. Pero bueno, si tienes dinero, la distancia no es problema.

—¿Han registrado la casa de arriba abajo? —preguntó Clarke—. Sería fácil que la nota pasara inadvertida.

—No me importaría dar otra pasada si mi jefe me facilita personal.

Clarke miró a Esson.

—¿Tú qué opinas?

—Creo que las posibilidades de que ambos casos guarden relación son escasas.

—¿Cómo de escasas?

—Prácticamente nulas. Tenemos dos víctimas sin ningún vínculo. No se conocían y se movían en círculos sociales muy diferentes.

Clarke estaba repasando el contenido de la carpeta.

—¿El señor Tolland nunca tuvo problemas con la ley? ¿Algún proceso judicial?

—Limpio como una patena, aunque me atrevería a decir que algunas de las personas a las que cuidaba no eran ajenas a las citaciones.

—¿A qué se refiere?

—Era trabajador social. Ayudaba a gente con problemas y ese tipo de cosas.

—¿Es posible que alguno le guardara resentimiento?

—Lord Minton nunca se ocupaba de ese tipo de casos —dijo Esson.

—A lo mejor sí que lo hacía tiempo atrás —respondió Clarke.

—Dudo que esto sea algo personal —afirmó Grant—. No es un ataque, sino un allanamiento de morada que salió mal.

—¿Y qué se llevaron? —preguntó Clarke, que cerró una vez

más la carpeta—. Ni siquiera desaparecieron su ordenador portátil y su iPhone. Las tarjetas de crédito, el dinero y el reloj Breitling siguen aquí, igual que ocurrió en casa de lord Minton. ¿Por qué el autor no esperó a que la casa estuviera vacía? No había viviendas en casi un kilómetro a la redonda. Nadie podía oír nada. Por algún motivo, la víctima tiene que estar en casa. —Hizo una pausa—. ¿Quién encontró el cuerpo, por cierto?

—Un viejo amigo. Tolland debía asistir a un concurso en el pub, pero no se presentó. Era el capitán del equipo y se lo tomaba muy en serio. Al ver que no cogía el teléfono, el amigo vino aquí. La verja estaba cerrada, pero cuando se subió al muro vio que el televisor estaba encendido. Al final fue a la parte de atrás y encontró la puerta abierta.

—¿Cuánto hacía que eran amigos?

—Desde la escuela, creo.

—Tal vez deberían hablar otra vez con él. Si Tolland recibió algún tipo de amenaza, es posible que se lo comentara. Como mínimo debía de estar ansioso o malhumorado.

—De acuerdo —dijo Grant.

—En ese caso, creo que ya hemos terminado aquí. —Clarke estrechó la mano a Grant—. Y gracias de nuevo por reunirse con nosotras.

—Ha sido un placer —dijo Grant.

Mientras el Astra recorría el camino de entrada marcha atrás, Clarke preguntó a Esson qué pensaba.

—No es mi tipo. Seguramente se plancha los calzoncillos.

—Tiene cara de maniquí, ¿verdad? ¿Crees realmente que hablará otra vez con el amigo?

—Sí, pero solo porque así tendrá una excusa para volver a hablar con nosotras. Cuando te has dado la vuelta para abrir la nevera...

—¿Qué?

—Solo le ha faltado desnudarte con la mirada.

Clarke se ruborizó.

—Pensaba que le gustabas tú.

—Diría que hace tiempo que no está con una mujer. ¿Tiene tu número de móvil?

—Sí.

—Probablemente no será el próximo mensaje, sino el siguiente.

—¿Qué?

—Y no será sobre trabajo, créeme. —Clarke torció el gesto—. Si te gusta apostar, aceptaré gustosamente tu dinero —bromeó.

—¿El próximo mensaje no sino el siguiente? ¿Un mensaje y no una llamada?

—Veinte libras a que sucede una cosa o la otra.

—De acuerdo, veinte libras.

Clarke soltó el volante para estrechar la mano a su acompañante.

10

Rebus pasó por delante de la casa de Cafferty y vio el coche en el camino, justo al otro lado de la verja, que estaba abierta. En la parte delantera había dos hombres observándolo. Aparcó en una zona de pago y volvió caminando hasta la casa. Los hombres no se movieron cuando pasó junto a ellos, pero notó su mirada cuando se aproximó a la puerta principal y llamó al timbre. La ventana del salón había sido reemplazada y la masilla de color ladrillo estaba por pintar. Cafferty abrió la puerta.

—Imagino que les avisaste de que venía. —Rebus señaló el coche—. Es inteligente contar con un poco de seguridad.

—Adelante.

Cafferty lo acompañó al comedor. Habían retirado el cuadro que cubría el agujero de bala, que ya estaba tapado. La masilla parecía fresca, pero sería preciso pintarla de nuevo.

—Por teléfono parecías agotado —dijo Rebus—. ¿Ha ocurrido algo?

Cafferty se había sentado al borde de una butaca y Rebus se acomodó delante de él.

—¿Has visto el periódico?

The Scotsman estaba encima de la mesita y Cafferty le dio la vuelta. Había una foto de David Minton y un titular sobre la amenaza de muerte.

—Lo he visto.

Cafferty sacó algo del bolsillo del pantalón y lo depositó sobre la mesita. Era la bala que había extraído de la pared, medio envuelta en un trozo de papel.

—¿Qué se supone que debo hacer con eso? Recuerda que ya no soy policía.

—Mira ese papel.

Rebus entrecerró los ojos, cogió la nota y la desdobló.

—Dios —dijo—. Siobhan tiene que ver esto.

—¿Está trabajando en el caso Minton?

Rebus asintió, con los ojos clavados en la nota y su escueta amenaza:

TE MATARÉ POR LO QUE HICISTE.

—¿De dónde ha salido? —preguntó Rebus.

—La encontré una mañana detrás de la puerta principal.

—¿Así doblada?

—No, estaba desdoblada, con el mensaje hacia arriba, como si alguien la hubiera deslizado por debajo de la puerta en lugar de utilizar el buzón. Querían que la viera al momento.

—¿No tienes cámaras?

—¿Un circuito cerrado de televisión? ¿Sabes lo inútiles que son?

Rebus volvió a observar la nota.

—¿Cuánto hace?

—Cinco días.

Eran letras mayúsculas escritas a mano con lo que parecía un bolígrafo negro.

—¿Quién la envió?

—La misma persona que me disparó.

—¿Lo sabes con certeza o es pura intuición?

—Estoy sumando dos y dos.

—El asesino de lord Minton no utilizó una pistola.

—Pero ambos recibimos notas idénticas. ¿Me estás diciendo que el pistolero podría no ser la misma persona?

—No estoy diciendo nada...

Rebus estuvo a punto de llamar a Cafferty por su nombre de

pila, pero no lo hizo. ¿Big Ger? ¿Morris? ¿Gerald? Era Morris Gerald Cafferty. Era Big Ger. Nada habría sonado apropiado.

—John —dijo Cafferty pausadamente—, ¿de qué va todo esto?

—Alguien cree que tú y David Minton lo tratasteis mal y tiene intención de hacéroslo pagar.

—No sabía quién era Minton hasta que vi en las noticias que había muerto.

—¿Nunca te tropezaste con él en un juzgado? ¿Nunca encerró a uno de tus hombres?

—No.

—Él es la ley, tú un gánster. Ya hay conexión.

Rebus se dio cuenta de que había sacado el tabaco. Tenía el paquete y un encendedor en la mano.

—Fuma si lo necesitas —dijo Cafferty.

—Puedo esperar. —Rebus los guardó de nuevo—. La enviaremos a balística. Está bastante maltrecha, pero si el arma ha sido utilizada antes, podríamos encontrar coincidencias.

—De acuerdo.

—Y Siobhan tendrá que hablar contigo. De manera oficial.

—Tienes que prometerme que la noticia no se filtrará. Lo último que necesito es a la prensa acechándome.

—Ya sabes cómo son las investigaciones.

—Sé que son igual de herméticas que un barco de papel.

—Eso significa que tendrás que arriesgarte. Siobhan hará lo que pueda. Pero si cree que hacer pública la investigación puede ayudar...

—Sí, está bien.

De repente, Cafferty parecía cansado y viejo.

—Puede que con esos dos gorilas de ahí fuera no baste. Yo de ti buscaría un lugar un poco más anónimo.

—¿Una pensión, quizá? Con los Stark en el mismo pasillo.

—¿Sabes dónde están?

—He hecho unas cuantas llamadas. Hay que conocer al enemigo, ya sabes.

—¿Crees que...?

—¿Cómo coño voy a saber lo que creo? Lo creo todo. ¿Hasta dónde llega la lista de todos los cabrones a los que he tratado mal?

—Muchos de ellos deben de estar muertos. O algunos, pero no sabes dónde están los cuerpos.

—Tienes la misma gracia que un infarto.

—Yo diría que estás a punto de sufrir uno. Pero exasperarte no te ayudará. ¿De verdad no se te ocurre por qué alguien pudo enviarte esa nota?

—No.

—¿Y no viste quién te disparó?

—Vi... una sombra muy difusa. Llevaba un abrigo acolchado y la capucha puesta.

—¿Varón?

—A juzgar por su constitución, sí.

—¿Edad?

—Ni idea. Debía de medir un metro ochenta. Lo vi de refilón cuando se rompió la ventana. Pero me agaché y fui hacia la puerta. Quería salir del maldito salón.

—Hace veinte años habrías salido de casa y lo habrías perseguido por la calle.

Cafferty sonrió forzadamente.

—Con un cuchillo de carnicero en la mano.

—Si queremos llegar al fondo de la cuestión, me gustaría ir a juicio. No quedaría bien que el sospechoso muriera mientras está en prisión preventiva.

—No estaría respetando el acuerdo.

Rebus tenía el teléfono en la mano.

—Antes de llamar a Siobhan, necesito que me lo prometas.

—¿Que no me cargaré al que intentó matarme? Lo prometeré

si tú me prometes que los medios de comunicación no sabrán de la existencia de esa nota.

—¿Por qué te supone un problema?

—Usa la cabeza, John. ¿Con los Stark paseándose por la ciudad? Y Darryl Christie... Imagino que hablaste con él.

—Me dijo que no tenía nada que ver con la bala, pero se le veía inquieto.

—¿Por los Stark?

—Al parecer cree que podrían intentar introducirse a la fuerza, con tu ayuda.

Cafferty meneó la cabeza lentamente.

—Ocurra lo que ocurra, no puedo aparentar debilidad o que de repente estoy intimando con las fuerzas de la ley y el orden.

—¿No has dejado el negocio del todo?

—Nadie lo ha hecho. Es imposible.

Cafferty sonrió de nuevo.

—¿Sigues pensando que uno u otro podrían estar detrás de esto?

—Todo es posible.

—¿Y dónde encaja lord Minton en todo esto?

—Quizá aceptó un soborno en algún momento y dejó en libertad a los hombres de Stark o de Christie. A lo mejor pretendía limpiar su conciencia hacia el final de su vida... —Cafferty se encogió de hombros—. El policía aquí no soy yo.

—Tal vez ha llegado la hora de que llame a uno —respondió Rebus.

—Tal vez —dijo Cafferty, recostándose en la butaca.

Clarke llegó con Christine Esson. Al parecer, eso también incumplía el trato, así que Esson tuvo que esperar en el coche. La nota y la bala estaban encima de la mesita, y Clarke las vio de inmediato.

—De acuerdo — dijo mirando a ambos—. ¿Quién de los dos quiere hablar?

—Él —contestó Rebus, señalando a Cafferty con la cabeza—. Tengo que poner dinero en el parquímetro y fumar un cigarrillo.

Volvió a salir y pasó junto al coche de los guardaespaldas. Dentro solo había uno. El otro se dirigía al jardín trasero como si fuera un centinela y no vio a Rebus. Este dio unos golpecitos en la ventanilla y el hombre que ocupaba el asiento del conductor la bajó un par de centímetros.

—¿Solo estáis vosotros? —preguntó Rebus.

—Nos turnamos con otros dos. El señor Cafferty nos ha dicho que eras poli.

El hombre observó a Rebus mientras se encendía un cigarrillo.

—Antes fui militar. Estaba en el regimiento de paracaidistas. —Rebus exhaló humo—. ¿Y tú? —El hombre asintió lentamente—. Normalmente lo intuyo.

—Yo también suelo reconocer a un poli. ¿Lo que le ha pasado al señor Cafferty es grave?

—Podría serlo.

—Mientras esté aquí será un blanco fijo.

—Es justo lo que le he dicho. —Rebus tiró la ceniza al suelo—. Seguid trabajando así de bien, ¿de acuerdo?

Mientras recorría la calle rebuscando monedas en el bolsillo vio a Christine Esson agachada en la acera al lado del Astra de Clarke. Estaba acariciando al terrier de pelo áspero.

—Parece que has hecho un amigo —comentó Rebus.

Esson se irguió.

—Es agradable sentirse querida. —Luego, señalando la casa de Cafferty—: No me gusta que me dejen al margen.

—Siobhan te lo contará todo.

—Entonces, ¿por qué no estoy ahí dentro?

—Porque Cafferty no es precisamente uno de los principales donantes del Fondo de Beneficencia de la Policía.

—Exacto. Y, sin embargo, aquí estamos, ofreciéndole ayuda.

Rebus observó al perro, que le olisqueó los zapatos hasta que decidió volverse hacia Esson, que le procuraba más atenciones.

—A veces nuestro trabajo es así, Christine, nos guste o no.

—¿Olvidas que estás jubilado?

Rebus se la quedó mirando.

—Pues ahí dentro se me ha olvidado por un segundo. Aunque ser civil tiene sus ventajas.

—¿Por ejemplo?

—Para empezar, no respondes ante nadie. Y al final de la jornada no hay formularios que rellenar. ¿Cómo va el caso Minton, por cierto?

—Acabamos de volver de Linlithgow. Al ganador de la lotería lo asesinaron hace un par de semanas.

—Lo recuerdo. ¿Siobhan cree que podría haber relación?

—Un leve vínculo como mucho.

—¿No dejaron una nota en la escena del crimen?

—El equipo local tendrá que registrar otra vez la casa.

—Puede que debáis cambiar vuestras prioridades —advirtió Rebus.

—¿Por qué?

Rebus se limitó a sonreír y siguió caminando. Pisó la colilla y pagó un nuevo tique de aparcamiento en la máquina. Esson estaba jugando de nuevo con el perro cuando pasó a su lado de camino a la casa.

Había dejado la puerta principal abierta y encontró a Clarke sentada en la silla que él había dejado vacía. Tenía a Cafferty delante. Clarke estudió la nota.

—¿De quién es el perro? —preguntó Rebus a Cafferty.

—¿Qué perro?

—El que está siempre fuera.

—Apareció hará cosa de una semana. Creo que es un perro callejero.

—Pero parece que alguien le está dando de comer.

—En esta calle hay mucho bonachón, mejorando lo presente.

Rebus desvió su atención hacia Clarke.

—¿Qué opinas de todo esto? —preguntó.

—El señor Cafferty no quiere que esto se haga público —respondió Clarke—. Le he dicho que eso es decisión del inspector jefe Page. De momento quiero que lleven la bala al laboratorio forense para analizarla. Si el equipamiento no está a la altura, quizá la envíen a otro sitio. Los resultados podrían tardar un poco en llegar.

—¿Y la nota?

—Parece el mismo bolígrafo, y probablemente la misma mano. Me gustaría contar con la opinión de un experto.

—¿Crees que encaja? —Rebus se cruzó de brazos—. Minton fue atacado dentro de casa. No es ni de lejos el mismo *modus operandi* que disparar a través de una ventana desde el jardín.

—¿Crees que las notas y el disparo no guardan relación?

—Simplemente planteo una duda. El asesinato de Linlithgow tiene más en común con Minton que este.

—¿Qué asesinato de Linlithgow? —terció Cafferty.

—Nada importante —dijo Clarke.

—Hace unas semanas mataron a un hombre al que le había tocado la lotería —añadió Rebus, que vio recompensados sus esfuerzos con una mirada de desaprobación de Clarke.

—Recuerdo haber oído hablar de ello —dijo Cafferty.

—No tiene ninguna importancia, de verdad —insistió Clarke.

—¿Y ahora qué? —preguntó Rebus.

—El señor Cafferty tiene que venir a la comisaría a prestar declaración.

—De ninguna manera —dijo Cafferty, levantando una mano—. Si entro ahí saldré en todos los medios.

—Podríamos traer aquí el equipo de grabación —propuso Rebus. Clarke le lanzó otra mirada—. Con «podríamos» me refiero a la Policía de Escocia, por supuesto.

—No sé si la oficina del fiscal lo aceptaría —dijo Clarke.

—¿Podrías preguntarlo?

—Primero tengo que llevarle esto al inspector jefe Page.

Clarke estaba buscando el teléfono en el bolso.

—No quiero más polis aquí —le advirtió Cafferty—. No pienso tolerar a nadie más que a usted.

—¿Y a John?

Cafferty miró a Rebus.

—Por ahora supongo que sí —respondió.

—Tengo que hablar con Page de todos modos.

Clarke se puso en pie y se dirigió a la puerta, realizando la llamada sobre la marcha. Cafferty se levantó y se situó delante de Rebus.

—Los hombres que tienes fuera... —dijo este—. Cuatro personas, dos turnos de doce horas...

—¿Qué pasa?

—¿De dónde han salido?

—¿A qué te refieres?

—A si forman parte del espectáculo de Andrew Goodman.

—¿Y eso qué más da?

—Pues que Goodman ha mantenido al menos una reunión con los Stark desde que llegaron a la ciudad.

—Ya lo sé. Me lo contó Andrew. Es un buen tipo.

—¿Y por casualidad te dijo qué querían de él los Stark?

—Mencionaron a un tipo de las Tierras Altas llamado Hamish Wright, pero solo de pasada. Por lo visto, no estaban buscándolo a él, sino algo que tiene escondido en algún lugar.

—Y ambos sabemos de qué se trata.

—La cuestión es que estamos hablando de algo de un volumen considerable.

—¿No es fácil de esconder?

—Ni de trasladar sin que nadie se dé cuenta. Es imposible que Wright utilice uno de sus camiones.

—Entonces, ¿es posible que se ponga en contacto con otros transportistas?

—Si cree que tiene que trasladarlo. En todo caso, puede que

esté escondido en algún lugar donde él crea que nadie puede encontrarlo.

—¿Conoce a gente en la ciudad?

—Yo diría que sí.

—¿Tú no eres uno de ellos?

—No estoy de humor para entrar en eso.

—Lo cual más o menos responde a mi pregunta. ¿Sabes dónde está Hamish Wright?

—Me sorprendería que estuviera en algún sitio. En algún sitio que no sea bajo tierra, quiero decir.

Rebus entrecerró los ojos.

—Entonces, ¿por qué están buscándolo los Stark?

—¿Qué te hace pensar que lo están buscando?

—¿A qué te refieres? —Pero Cafferty sacudió la cabeza, puso una mano en el hombro de Rebus y lo acompañó a la puerta—. ¿Cuánto sabías cuando Fox y yo hablamos contigo?

—¿Te preocupa que no esté siendo sincero, John?

—Supongo que hay una primera vez para todo.

—Para que te quedes tranquilo, no supe de la existencia de Goodman hasta después de que tú y yo tuviéramos aquella charla en el Golden Rule.

—Te llevaré a un lugar seguro —dijo Rebus, que se detuvo al lado de la puerta principal—. Será tuyo en cuanto me digas qué está ocurriendo.

—Vete a jugar una partida de dominó. Si quiero consejos en materia de protección, consultaré a la policía, no a un pensionista.

—Me hubiera gustado que esa bala te hubiera alcanzado en ese cráneo tan duro que tienes.

Cafferty se detuvo en el umbral y pensó unos instantes.

—No, no te hubiera gustado —dijo mientras abría la puerta e invitaba a Rebus a salir.

El terrier estaba junto a la verja, observando a ambos y meneando la cola.

11

Fox iba en la parte trasera del Audi A4, Bell al volante y Compston en el asiento del acompañante. Bell y Compston estaban preparándose para relevar a Hastie y Hughes. No querían llevar a Fox con ellos, pero este insistió, amenazando con contárselo a Doug Maxtone. Y había resultado útil, porque el navegador parecía inusualmente inepto para lidiar con atascos de tráfico, obras y desvíos provisionales.

—Menuda mierda —dijo Compston, que golpeó la pantalla con un dedo.

Ahora circulaban por una carretera que atravesaba una zona industrial: concesionarios de coches, una chatarrería y trasteros de alquiler.

—¿Dónde estáis? —preguntó Compston por teléfono. Luego maldijo—. Acabamos de dejarlos atrás.

Fox miró por la luna trasera. Hastie y Hughes estaban en el Vauxhall Insignia, que estaba estacionado. Delante se encontraba el anodino edificio de CC Self Storage. Dennis Stark y su equipo estaban dentro, supuestamente hablando con el jefe.

—Daremos la vuelta y volveremos a pasar —dijo Compston por teléfono—. Vosotros os vais, nosotros ocupamos vuestro lugar y lleváis a Fox a la base. —Luego, volviéndose hacia Fox—: CC Self Storage es propiedad de Chick Carpenter. El Aston aparcado detrás de la valla es suyo. He obtenido datos sobre él en nuestro sistema informático. Demasiado amigo de su colega Darryl

109

Christie. Sabe Dios quién tendrá cosas escondidas en ese guardamuebles.

—Tiene lógica que los Stark estén visitando el lugar —comentó Fox.

Bell puso el intermitente izquierdo cuando se aproximaron a
un cruce.

—Hay muchos guardamuebles en la ciudad —prosiguió
Compston—, y no todos pertenecen a Carpenter. Los Stark ya han
visitado dos que, al menos en apariencia, son más legales que este.

—Este me parece un objetivo más obvio.

—A usted y a mí. A lo mejor están recabando información sobre los competidores de Carpenter.

—Además, si es amigo de Christie y los Stark lo saben...

—Despacito —dijo Compston, que asintió.

Realizaron dos giros a la izquierda y encontraron más instalaciones industriales, algunas con furgonetas y camiones fuera. Un
puesto de comida rápida vendía hamburguesas y bebidas calien-
tes. Junto a la acera había numerosos coches aparcados, lo cual era
bueno: menos posibilidades de que alguien descubriera el dispositivo de vigilancia.

—¿Cuánto tiempo seguirán? —preguntó Fox—. En Edimburgo, quiero decir.

—Parece que se resisten a marcharse.

—¿Eso significa que tienen una corazonada?

—Tal vez. —Compston tenía una llamada entrante y conectó
el altavoz—. ¿Qué pasa, Beth?

—Hay una discusión en el aparcamiento. La situación se está
calentando. —Alec Bell pisó el acelerador a fondo—. Carpenter va
acompañado, pero son dos contra cinco.

—Ya casi hemos llegado.

—¿Intervenimos si las cosas...?

—No haremos nada —afirmó Compston—. Vosotros sois
simples transeúntes. No os mováis del coche, ¿entendido?

—Sí, señor.

Compston se volvió hacia Bell.

—Despacio. No quiero llamar la atención.

Ya casi habían llegado al almacén.

—Intentad no quedaros embobados —advirtió Compston—. Mirad al frente.

Pero Fox no pudo evitarlo y vio cómo la discusión se convertía de repente en algo físico. Dennis Stark propinó una patada y un puñetazo a uno de los hombres y su banda estaba pendiente de que el segundo no cometiera una estupidez. El agredido había hincado una rodilla en el suelo. Llevaba traje y corbata, y Fox supuso que era Carpenter. Su acompañante, el que fue advertido por los hombres de Stark, era unos veinte años más joven y llevaba camiseta y chaqueta vaquera. Jackie Dyson levantó a Carpenter y le dio un cabezazo en la nariz. Al hombre se le doblaron las rodillas y estaba a cuatro patas cuando Dennis Stark se plantó delante de él, lo agarró del pelo y le gritó en la cara, que llevaba ensangrentada. Entre tanto, Dyson se había bajado la bragueta y estaba dirigiendo un chorro de orina hacia la puerta del conductor del Aston Martin.

—No podemos quedarnos de brazos cruzados —dijo Fox.

—Sí que podemos, sí —respondió Compston. Pasaron junto al altercado y se dirigieron de nuevo al cruce—. Haz un cambio de sentido, Alec —ordenó. Luego, por teléfono—: ¿Va todo bien por ahí?

—No nos hemos movido.

—Bien hecho.

—A plena luz del día —comentó Fox—. No actúan con discreción, precisamente.

—Joe se pondrá furioso —dijo Compston.

—¿Huele a desesperación?

—El viejo ha vuelto a Glasgow. Eso significa dos cosas: que Dennis quiere resultados para poder pavonearse delante de su padre y que está desmadrado, y esto es lo que ocurre cuando le dan libertad. Tómatelo con calma, Alec...

Pasaron de nuevo por el lugar de los hechos, pero las cosas se estaban calmando. Carpenter, tumbado boca abajo y cubierto de sangre, estaba siendo atendido por el hombre más joven, y Dennis y sus compañeros se dirigían con aire despreocupado hacia su monovolumen. Era la primera vez que Fox los veía en carne y hueso. Todavía no era capaz de identificar al policía de incógnito. Simpson, Andrews, Dyson, Rae: ninguno parecía anonadado por lo que acababa de suceder. Stark caminaba a paso ligero delante de ellos, abriendo y cerrando los puños.

—¿Alguna idea de dónde irán ahora? —preguntó Compston por teléfono.

—Creemos que a un pub llamado Gimlet.

—Lo conozco —interrumpió Fox—. Antes era propiedad de Darryl Christie.

—Bueno —dijo Hastie—, ahora el propietario es un hombre llamado Davie Dunn. Antes se dedicaba al transporte de larga distancia.

—¿Para Hamish Wright?

—En su día sí.

—De acuerdo, Beth —dijo Compston—. Alec y yo aparcaremos al final de la calle. Ven a buscar a Fox.

—Un dispositivo de vigilancia requiere más de cuatro personas.

—Lo sé. Con un poco de suerte, el contingente de Glasgow no tardará mucho.

Compston finalizó la llamada.

—Podríamos avisar a una ambulancia —propuso Fox—. Hay un hombre herido.

—Que le den por culo —le espetó Compston—. Si necesita ayuda, su secuaz está con él.

Alec Bell miró a Fox por el espejo retrovisor. Bell sacudió la cabeza de manera casi imperceptible. ¿Estaba advirtiendo a Fox de que dejara el tema o se avergonzaba de la reacción de su jefe? Fox no lo tenía claro.

—Una operación es justamente eso —comentó Compston animadamente—. No me diga que usted no habría hecho lo mismo cuando trabajaba en Asuntos Internos.

—Nunca tuve motivos para averiguarlo —respondió Fox mientras Bell detenía el vehículo.

—Así que el Gimlet era propiedad de Darryl Christie, ¿eh? —dijo Compston, pasándose una mano por la barbilla—. El problema de una ciudad pequeña como esta es que todo el mundo está conectado.

—Lo cual significa que Christie no se alegrará de que Dennis empiece a moverse por la zona.

Compston asintió lentamente cuando pasó el monovolumen a toda velocidad y lo vieron doblar una esquina.

—Bájese —dijo Compston.

Fox hizo lo que le indicaban y vio al Audi alejarse. El Vauxhall Insignia se detuvo junto a él y se montó en la parte trasera.

—No me gusta lo que acaba de ocurrir —comentó.

—Nuestro trabajo no consiste en hacerte feliz —dijo Beth Hastie desde el asiento del acompañante.

Peter Hughes soltó una carcajada seca y puso el intermitente derecho. Fox se acomodó y contempló el paisaje, preguntándose cuánto tardaría Hughes en darse cuenta de que iban en la dirección equivocada.

Clarke informó a James Page en persona y le entregó la nota y la bala. Después, Page se cruzó de brazos y, paralizado por los dos objetos que había encima de la mesa, le pidió que le concediera diez minutos, por lo que Clarke estaba de nuevo en la sala con Esson, Ogilvie y el resto del equipo. Tal como pudo observar, no había ni rastro del subinspector Charlie Sykes.

—Es el hombre invisible —comentó Esson.

—Tenía algo que hacer en Leith —añadió Ogilvie, que había

acercado la silla a la mesa de Esson para conocer las últimas noticias.

Clarke le había informado cuando volvían de casa de Cafferty.

—El jefe decidirá cuáles son los próximos pasos que se tienen que seguir —les dijo Clarke.

—Eso cambia un poco las cosas, ¿no? —respondió Ogilvie.

—Es posible. John Rebus no está seguro de que exista una conexión sólida. Las notas sí, pero el asesinato y el disparo no.

—¿Qué tiene que ver Rebus con esto? —preguntó Ogilvie frunciendo el ceño.

—Nada —reconoció Clarke—. Solo ha convencido a Cafferty de que acudiera a nosotros en lugar de iniciar pesquisas él mismo. —Clarke se frotó los ojos—. ¿Christine mencionó lo de Linlithgow?

Ogilvie asintió.

—Aunque, insisto...

—Lo sé: apenas hay una conexión digna de mención.

—Un té nos animaría —dijo Esson—. Invito yo.

—Eso sería fantástico —respondió Clarke.

Esson cogió el bolso y se dirigió a la cafetería. Clarke se sentó al lado de Ogilvie y le preguntó en qué había estado trabajando.

—Poca cosa. Cotejando varios informes y entrevistas y examinando el material de la escena del crimen.

—¿Hay algo que deba saber?

—Bueno...

—No importa que suene rocambolesco o poco consistente —dijo Clarke para tranquilizarlo.

—Estaba leyendo el informe de la escena del crimen y las dos entrevistas realizadas a la ama de llaves de lord Minton.

—¿Jean Marischal? ¿No era más bien la mujer de la limpieza?

—Como gustes. Pero la cuestión es esta. —Ogilvie sacó las fotos de la policía científica—. Los primeros agentes que llegaron dicen que el cajón de la mesa estaba abierto unos cinco centímetros.

—Sí, Deborah Quant dijo lo mismo —recordó Clarke.

—Puedes verlo aquí. —Ogilvie deslizó una foto—. Más tarde, la policía científica abrió el cajón del todo para hacer fotos del contenido. La señora Marischal dice que limpiaba el cuarto, pero que el cajón rara vez estaba abierto. Lord Minton llevaba la llave encima. La encontraron en el bolsillo después de su muerte. ¿Qué te sugiere un cajón cerrado con llave?

—Que había algo que no quería que ella viese.

—¿Y qué crees que puede ser?

—Bueno, estaba sentado a la mesa pagando facturas. ¿Su chequera, tal vez?

—Eso pensé yo también. Pero vuelve a mirar el contenido del cajón.

Clarke vio papel y sobres de carta, una segunda chequera, correspondencia, varios clips y sujetapapeles e incluso un bote de Tippex.

—¿Qué me estoy perdiendo?

—Algo que no está ahí. Supongo que era una persona ordenada y que la chequera que había sacado del cajón normalmente estaba encima de la otra. —Ogilvie pasó un dedo por una zona vacía del cajón—. Pero ¿qué había antes aquí?

—Es posible que los de la policía científica movieran el contenido al abrirlo.

—Pero me dijeron que fueron extremadamente cuidadosos.

—¿Me estás diciendo que el intruso se llevó algo?

—El cajón estaba abierto unos cinco centímetros. Dudo que le resultara cómodo a una persona que está ahí sentada trabajando.

—Cierto —dijo Clarke.

—Así que, o bien se lo llevó el intruso, o bien lo abrió lord Minton y estaba cogiendo algo cuando oyó un ruido.

Clarke estaba examinando la foto más de cerca.

—¿Es posible que fuera la otra chequera?

—No hay forma de saberlo con seguridad.

—¿Jean Marischal nunca vio el cajón abierto? ¿Ni siquiera de refilón?

—¿Valdría la pena hablar otra vez con ella?

—Puede.

Page estaba en el umbral e indicó a Clarke que fuera. Esta dio una palmada en el hombro a Ogilvie cuando se levantó.

—Cierre la puerta —indicó Page cuando Clarke entró en el despacho—. Siéntese si quiere. —Clarke permaneció de pie—. Ya he tenido bastantes preocupaciones desde que hicimos pública la nota de Minton —dijo—. El único efecto aparente es más ruido en el piso de arriba. Todo el mundo quiere que se aclare el asunto y que no se complique.

—Entonces, ¿no mencionamos la nota de Cafferty?

—Por el momento no. Cualquier cosa que parezca vincular a un miembro destacado de las instituciones legales con un matón de la zona difícilmente complacerá a los poderosos.

—¿Hablará con Shona MacBryer?

—La oficina del fiscal debe estar al corriente. Haré ver a Shona que una entrevista tranquila en casa de Cafferty es preferible a traerlo aquí.

—¿Y qué hay del equipo que ha venido?

—Supongo que ya se ha corrido la voz.

—Solo lo saben Esson y Ogilvie de momento. Pero cuando interroguemos a Cafferty...

—Informaré a las tropas.

—Y luego rece para que no haya filtraciones.

—Desde luego. —Page se recostó en la silla y juntó las manos, tocándose los labios con la yema de los dedos—. ¿Qué sensaciones tiene, Siobhan?

—Los ataques son muy diferentes, pero las notas son idénticas.

—Entonces, ¿deberíamos investigar una conexión entre Cafferty y Minton?

—Cafferty dice que no la hay.

—¿Una especie de justiciero? —Clarke se encogió de hombros y observó a Page, que apoyó las manos en la mesa—. ¿Qué hay de Rebus? —preguntó.

—¿Qué le ocurre?

—Es amigo de Cafferty, ¿no?

—Es una forma de decirlo. ¿Cree que deberíamos incorporarlo al caso?

—En calidad de asesor. ¿Cómo es ese dicho de que al enemigo mejor tenerlo cerca?

—¿Quiere que hable con él, entonces?

—Supongo que no nos vendrá mal, ¿no? —Clarke no sabía qué responder, así que se pasó la lengua por los labios y movió levemente los pies con la mirada clavada en el suelo—. Muy bien —añadió Page, juntando otra vez las manos como si estuviera rezando—. Hable con él.

Clarke asintió y se fue. Christine Esson la esperaba con el té. Clarke lo cogió y fue al pasillo, sacó el teléfono y llamó.

—¿Siobhan? —dijo Rebus.

—Page quiere al enemigo cerca. Es decir, a ti.

—¿Eso es posible?

—Ejercerías de asesor.

—¿Como Sherlock Holmes? ¿Necesitaría facturas y todo eso? ¿Y un ama de llaves y un compinche?

—¿Te interesa o no?

—¿Realmente me quiere porque soy un conducto hacia Cafferty?

—Sí.

—La nota de Cafferty no será de dominio público...

—Por ahora no.

—¿Habrá un interrogatorio formal en su casa?

—Page cree que puede solucionarlo con Shona MacBryer.

—Entonces, ¿yo qué tendría que hacer?

—Imagino que ya se te ocurrirá algo.

—¿Detecto cierta falta de entusiasmo, inspectora Clarke?

—Solo porque sé como eres. Si te metemos en esto, lo harás explotar todo desde dentro.

—Pero siempre es mejor que un sabotaje desde fuera, ¿no?

—Déjame que lo piense un momento.

Casi podía oír a Rebus sonreír.

—Como asesor —repitió—. Me gusta bastante.

—Me lo imaginaba. Pero recuerda: pese a todo, no eres policía. No llevarás placa ni tendrás ninguna autoridad.

—De acuerdo. Dile a Page que me pensaré su propuesta, pero que no saldré barato.

—Lo harías gratis, John. Ambos lo sabemos.

—A lo mejor deberíamos vernos luego para comparar notas.

—¿En el Oxford?

—¿Hacia las nueve?

—De acuerdo.

—¿Por qué no traes a Malcolm?

—Malcolm no trabaja en este caso.

—Ya lo sé, pero me gustaría que estuviera allí de todos modos. Los dos habéis estado tan ocupados que sería bueno que hablarais.

—Nos vemos a las nueve, pues.

Clarke colgó el teléfono, bebió un sorbo del vaso de cartón y volvió a la sala de Incidentes Graves. Ogilvie parecía estar compartiendo su teoría con Esson, que sostenía en alto una foto del cajón.

—¿Tú qué opinas? —le preguntó Clarke.

—Es interesante.

—Yo también lo creo. —Clarke miró a Ogilvie—. Christine ya ha ido de excursión. ¿Estás preparado para la tuya?

—Por supuesto —dijo Ronnie Ogilvie.

12

Ya no había nadie montando guardia delante de la casa de David Minton en St. Bernard's Crescent. En la comisaría guardaban un juego de llaves, que Clarke había cogido junto con un papel en el que estaba apuntado el código de la alarma. Al abrir la puerta, introdujo el número mientras Ogilvie se agachaba a recoger el correo.

—¿Hay algo? —preguntó.

—Propaganda sobre todo.

Añadió la colección a un montón que había en una mesa situada cerca de allí. La casa empezaba a oler a humedad y, puesto que la calefacción estaba pagada, hacía un frío intenso.

—Espero que las tuberías no se congelen —comentó Ogilvie.

—El estudio de Minton está por aquí —dijo Clarke, llevándolo a los pies de la imponente escalera.

Clarke descorrió las cortinas. La ventana daba al pequeño jardín trasero y la despensa estaba justo debajo. ¿Habría oído Minton el cristal al romperse? Había un viejo transistor encima de la mesa, pero ningún indicio de que hubiera sido encendido aquella noche. Clarke se sentó en la silla y abrió el cajón unos cinco centímetros.

—Más o menos así, ¿verdad? —dijo.

—Pero recuerda que el difunto tenía un poco más de barriga.

—¿Un poco? —bromeó Clarke—. Entonces la silla tendría que estar más alejada de la mesa, ¿no? —La retiró hacia atrás—. ¿Más o menos aquí?

Ogilvie asintió.

—Desde donde es tremendamente incómodo extender cheques.

Estudiaron las fotos que habían llevado consigo. La chequera y el bolígrafo se encontraban a veinte centímetros del borde de la mesa. Habría sido prácticamente imposible para Minton alcanzarlos con el cajón abierto.

—Así que estamos como al principio —dijo Clarke—. O la víctima abrió el cajón o lo hizo su atacante.

El cajón estaba vacío. Lo habían guardado todo en bolsas y se lo habían llevado para examinarlo. Clarke lo abrió del todo y lo sostuvo a la luz. Luego lo depositó encima de la mesa.

—¿Aquí es donde estaba el hueco? —preguntó a Ogilvie—. ¿Donde crees que cogieron algo?

Ogilvie miró la zona que Clarke estaba rodeando con el índice.

—Sí.

—¿Algo que debía de medir veinte centímetros por quince más o menos? ¿Un libro?

—Pero no es un rectángulo, ¿no te parece? —dijo, y mostró de nuevo la foto a Clarke.

—No del todo —reconoció esta—. ¿Y la marca en la base del cajón?

Clarke volvió a señalar el lugar en que en su momento se encontraba el objeto supuesto.

—¿Grasa? ¿Tinta, quizá?

—¿Merecería la pena que la científica le echara un vistazo?

—Tal vez sí.

Clarke llamó al laboratorio de Howden Hall. Después dijo a Ogilvie:

—Me preguntan si podemos llevarlo nosotros y ahorrarles el viaje. —Ogilvie se encogió de hombros—. De acuerdo —dijo Clarke al teléfono. Después, a su compañero—: Mira a ver si encuentras una bolsa de basura para llevarlo. —Ogilvie estaba saliendo de la habitación cuando Clarke indicó al laboratorio que llegarían más o menos en media hora. Pero entonces recordó algo—: De hecho, puede que tardemos una hora. Primero tengo que pasar por Fettes. Quiero que echen un vistazo a otra cosa. Una bala, probablemente de nueve milímetros.

—Nos pasamos meses y meses sin ver una bala —dijo una voz desde el otro lado del teléfono— y luego te llegan dos en una semana.

Clarke pestañeó dos veces antes de poder hablar de nuevo.

—Repita eso.

—Hace un par de días llegó otra bala.

—¿De dónde?

—La extrajeron de un árbol del Hermitage.

—¿Qué ocurrió exactamente?

—Ni idea.

—¿Con quién puedo hablar sobre eso?

—Se lo diré cuando venga aquí.

—Bien. Deme una hora.

—Si llega más tarde ya habremos cerrado.

—La justicia nunca duerme.

—Es posible, pero hoy tiene una partida de dardos y una cena a última hora con su novia.

La llamada se cortó justo cuando Ogilvie volvía de la cocina con una gran bolsa de basura blanca.

—Es de Brabantia —comentó—. Solo lo mejor para su lord.

Entonces vio la expresión de Clarke.

—El mismo día que atacaron a Cafferty, alguien disparó contra un árbol en el Hermitage. Eso no está a mil kilómetros del barrio de Cafferty, ¿verdad?

—No, no está a mil kilómetros. Probablemente a menos de tres.

—Eso mismo pensaba yo —dijo Clarke, que ayudó a Ogilvie a guardar el cajón en la bolsa.

Cafferty iba en el asiento trasero y sus dos guardaespaldas delante. La oficina de Andrew Goodman se encontraba encima de un taller de cristalería en una calle estrecha situada cerca de Haymarket, y el trayecto desde la casa de Cafferty era de menos de siete minutos.

—De haberlo sabido... —dijo Cafferty cuando Goodman salió a recibirlo.

Ambos se estrecharon la mano y Goodman lo invitó a entrar.

—¿Que vivo tan cerca?

—Que vive encima de un cristalero —precisó Cafferty.

—Correcto. Tal vez hubieran hecho negocio. ¿Le apetece un café o algo?

Cafferty negó con la cabeza.

—He venido a pagarle lo que le debo. —Goodman arqueó una ceja y se sentó a su mesa.

Era alto y atlético, llevaba la cabeza afeitada y tenía unos penetrantes ojos azules.

—¿Ya ha terminado con mis muchachos?

—Tengo una bolsa de viaje en la parte trasera de su coche. Voy a pasar desapercibido una temporada.

Goodman se mostró pensativo.

—Pero podrían seguir resultando útiles.

Cafferty sacudió la cabeza, sacó del abrigo unos billetes enrollados y cogió diez.

—¿Es suficiente?

—Con eso bastará. ¿Quiere recibo?

—No será necesario.

Cafferty dio un paso al frente y dejó los billetes encima de la mesa. Cuando Goodman extendió el brazo para cogerlos, Cafferty lo agarró con fuerza de la muñeca.

—¿Qué le dijeron los Stark, Andrew?

—Ya se lo he contado.

Goodman lo miró fijamente.

—Pero ¿me contó la verdad?

—Están buscando a Hamish Wright. Pero les interesa más algo que él tiene y les pertenece. No dijeron qué era, pero ambos podemos imaginárnoslo.

—¿Mencionaron a Darryl Christie en algún momento?

—¿Y por qué iban a hacerlo?

—Busco una respuesta, no una puta pregunta.

—No lo hicieron. Pero me han dicho que le dieron una paliza a Chick Carpenter.

—¿El del almacén? —Asintió Goodman—. He trabajado con él un par de veces —añadió Cafferty—. Antes de que se hiciera amigo del joven Darryl. —Soltó a Goodman, que retiró la mano—. Lo siento. Puede que esté un poco más nervioso de lo habitual. ¿Carpenter se encuentra bien?

—Me han dicho que está en urgencias.

—A Darryl no le gustará.

—Supongo que no.

—Se avecinan malos tiempos.

—El hecho es que toda la escoria de la ciudad sabe que algo está pasando. Si los Stark fueran inteligentes, habrían hecho viajes diarios desde el oeste en lugar de quedarse aquí como un pedo debajo de un edredón.

—Quieren que se los vea. Quieren que se sepa que están buscando algo o a alguien. De ese modo, es posible que les llegue la información adecuada en lugar de tener que buscarla.

—Lo entiendo, pero eso significa que todo el mundo está a la búsqueda y la mayoría querrá quedarse lo que sea para ellos. Está convirtiéndose en una cacería de locos.

—Con la salvedad de que no hay rastro de la presa. —Cafferty hundió más las manos en los bolsillos y enderezó los hombros—. Quiero que sea mis ojos y mis oídos, Andrew. Le llamaré todos los días. —Hizo una pausa—. Si le parece bien.

—Ningún problema. ¿Y dónde...? —Goodman se interrumpió—. Lo siento. Es una pregunta estúpida.

—Voy a llamar a un taxi y a recoger la bolsa del coche.

—Claro.

Goodman se levantó de la mesa.

—Y si alguien se entera de mi pequeña desaparición, los Stark, Christie o quien sea, sabré quién tiene la culpa. ¿De acuerdo?

—No debe preocuparse por mí. Y recuerde, soy exmilitar. En su situación, yo haría exactamente lo mismo. Si todos saben que el enemigo está ahí fuera, échense cuerpo a tierra hasta que esté lo bastante cerca para acertar el blanco.

Cafferty asintió mientras bajaban las escaleras. Sacó el teléfono y pidió un taxi sin decir un destino concreto. «Al centro» fue todo cuanto dijo.

Goodman sabía que eso no significaba nada. Una vez en el taxi, podía pedir al taxista que lo llevara a cualquier sitio. Tenía dinero en efectivo suficiente para un viaje a Fife o quizá incluso a Glasgow. Cafferty estrechó la mano a los dos guardaespaldas cuando le entregaron su equipaje. Era una gran bolsa de piel marrón y parecía cargada.

El taxi no tardó en llegar y Cafferty se montó en la parte trasera y cerró la puerta. Los tres lo observaron mientras se alejaba.

—¿Quiere que le sigamos? —preguntaron a Goodman.

Este sacudió la cabeza lentamente.

—¿Habéis podido registrar la bolsa?

—Estaba cerrada con candado. Parecía ropa y un ordenador portátil.

Goodman se pasó la lengua por los labios mientras el taxi desaparecía.

—Que tenga suerte —dijo—. Con eso, por supuesto, quiero decir justamente lo contrario.

Y volvió al piso de arriba a hacer una llamada.

El piso de Quartermile era una compra reciente, tan solo un pequeño ladrillo en el imperio inmobiliario de Cafferty. Todavía no lo había alquilado. Solo estaba amueblado a medias, aunque el constructor había añadido algunos toques acogedores, incluida una cesta de mimbre con comida y bebida. Quartermile era un antiguo hospital, y sus bloques originales de arenisca roja estaban unidos ahora por torres de acero y cristal de reciente construcción. El piso de dos habitaciones se encontraba en uno de esos nuevos añadidos y no era exactamente un ático, pero tenía vistas del parque Meadows, y cerca de allí había tiendas, cafeterías y pubs. La universidad era prácticamente contigua, lo cual significaba que deambulaban por allí muchos estudiantes, pero a Cafferty le parecía bien: para ellos era simplemente otro vejestorio del que podían pasar sin más.

El piso disponía de línea fija y wi-fi, así que Cafferty enchufó el ordenador y lo encendió. La contraseña estaba anotada en un post-it pegado en uno de los armarios de la cocina. La introdujo, relajó los hombros y se puso manos a la obra.

Lord Minton. David Minton. Tenía que haber algo, algún juicio, algún soborno, alguna tapadera. Examinó atentamente las fotos de aquel hombre en varios momentos de su vida, pero no le avivó recuerdo alguno. El problema era que no podía concentrarse. Los Stark no dejaban de interponerse en su camino. Llamó a un conocido de Glasgow, que le dijo que Joe había regresado a la ciudad, pero hacía tiempo que no veían a Dennis, «lo cual supone unas vacaciones inesperadas para algunos de nosotros, así que os lo podéis quedar tranquilamente». Cafferty barajó la posibilidad de ponerse en contacto con Joe y decirle que devolviera al chiflado de su hijo a la perrera. Sin embargo, al haber llevado a Chick Carpenter al hospital, Dennis estaba precipitándose cada vez más hacia una colisión con Darryl Christie. Si la intención de Joe era trabar amistad con Christie, Dennis estaba poniéndola en peligro. Dennis contra Darryl: a Cafferty no le importaría tener un asiento en primera fila para ese combate. Dennis, todo testosterona y ganchos potentes; Darryl utilizando el cerebro y la astucia para tramar la derrota de su enemigo. ¿Cuántos hombres habría llevado Dennis consigo? No tantos como habría llevado Darryl. Si pedían refuerzos en la costa oeste, las cosas empezarían a ponerse feas.

—Bien y feas —murmuró Cafferty para sus adentros.

Por otro lado, cabía la remota posibilidad de que hubiera una alianza en perspectiva, de que los Stark demostraran a Darryl lo mucho que necesitaba su amistad o lo caótica que podía volverse la situación si no aceptaba esa mano amiga. Cafferty sabía desde hacía mucho tiempo que el mundo del gánster era el mundo del capitalista. Había que crear mercados, mantenerlos y expandirlos, y anular a la competencia. Más grande equivalía a más seguro, y sin duda había pérdidas en Glasgow. Los viejos servicios del prestamista prácticamente habían desaparecido o, más bien, habían sucumbido a la competencia legítima. Los tipos de interés que anunciaba la televisión no distaban tanto de los que se ofrecían en la calle, pero sin la amenaza de un martillo o una pistola de clavos si se incumplían los pagos. Gran parte del dinero obtenido de la protección y la prostitución también se había visto restringido, ya que el sistema legal actuaba con más contundencia. Las drogas seguían siendo la apuesta más segura, pero entrarlas en el país era siempre peligroso.

Cafferty oía las historias de los veteranos y de la gente más nueva; corrían tiempos difíciles, lo cual significaba que los Stark necesitaban nuevas alianzas o reinos que conquistar. No podía saber con seguridad si el transportista desaparecido y su tesoro escondido eran una conveniente cortina de humo. Tampoco podía asegurar aún que Darryl Christie o los Stark le hubieran disparado. Por eso volvió a Internet y empezó a cargar nuevas páginas sobre lord Minton. Si este había encerrado a un socio de Stark o a un amigo de Christie, tal vez iba por buen camino para obtener respuestas.

Las vistas de Marchmont, situado al otro lado del parque Meadows, se disiparon cuando el sol se ocultó en el horizonte. Rebus vivía en Marchmont. Cafferty sabía que solo podría contar cierto tiempo con él como aliado. Rebus seguía teniendo instinto de policía, lo cual significaba que llevaría a Cafferty a la cárcel si creía que había una posibilidad medianamente decente de condenarlo. Por otro lado, a nadie le interesaba que estallara una guerra en las calles. Si eso ocurría, la policía iría a por Dennis Stark y Darryl Christie.

Y si esas piezas eran eliminadas del tablero, Cafferty sería el único jugador que quedaba.

El único jugador en la ciudad.

13

Sala trasera del bar Oxford, la mesa esquinera junto a la chimenea.

—Me gustaría participar en esta reunión —anunció Rebus al dejar las tres bebidas sobre la mesa. Fox y Clarke se habían acomodado y se quitaron abrigos y bufandas. Fox había pedido tónica y Clarke lo mismo, pero añadiendo dos dedos de ginebra—. Salud —dijo Rebus, que se sentó delante de ellos.

—¿Ya has hablado con Page? —preguntó Clarke.

—Dame un poco de tiempo —respondió Rebus, que bebió un trago de pinta. Luego, para que Fox supiera de qué hablaban—: Al parecer, el inspector jefe Page cree que yo podría ser una incorporación valiosa al equipo.

—¿Y a qué se debe ese milagro?

Clarke le explicó lo de la nota que había recibido Cafferty.

—Imposible. Compston lo sabría.

Rebus se encogió de hombros.

—Puede que Compston ya lo sepa. A lo mejor no ha sido del todo franco contigo.

—Además —prosiguió Fox—, Cafferty no tiene ningún infiltrado, ¿verdad?

Rebus volvió a encogerse de hombros. Clarke los miró alternativamente a ambos.

—¿De qué estáis hablando?

Rebus miró a Fox y arqueó una ceja.

—¿No se lo has dicho?

Ahora le tocaba a Fox poner al corriente a Clarke.

—Un momento —intervino Rebus—. ¿Fueron al Gimlet?

Fox asintió.

—Pero solo estuvieron dentro un par de minutos, lo cual significa que Davie Dunn probablemente no estaba allí.

—¿Y eso fue después de que propinaran una paliza a Carpenter delante de su almacén?

Rebus estaba colérico.

—Tranquilízate, John —le advirtió Clarke—. Ya no estás en el DIC.

—Todo el mundo me dice lo mismo, pero no pienso cruzarme de brazos mientras un mierda como Dennis Stark pone mi ciudad patas arriba.

—Es un sentimiento noble —dijo Clarke, intentando aportar frivolidad—, pero intentemos no perder la perspectiva. Tu labor consiste en asesorarnos, John. Los Stark deben quedar en manos de Malcolm y su pandilla.

Rebus miró a Fox con cara de pocos amigos y desvió su atención hacia Clarke.

—El hecho es que los hombres de Compston estaban mirando mientras Dennis Stark pateaba al tipo del almacén y no intervinieron para detener la pelea. Podría haber muerto un hombre, y estoy seguro de que Compston no habría movido un dedo.

—¿Es eso cierto, Malcolm? —preguntó Clarke pausadamente mirando a Fox.

—Pues claro que lo es —le espetó Rebus—. Ahora mismo podríamos tener al hijo bajo custodia, acusado de agresión. Pero a Compston no le parece suficiente. Quiere el equipo completo (padre e hijo, droga y dinero) para que su superior, nuestro glorioso jefe de policía, dé buena imagen en televisión. ¿No le parece, inspector Fox?

Se impuso el silencio unos momentos y Fox se concentró en los cubitos de hielo de su vaso.

—No olvides que tenemos a uno de los nuestros infiltrado —dijo a la postre—. Dudo que una multa a Dennis Stark hubiera sido considerada una recompensa por sus esfuerzos.

—Pero los Stark al menos habrían recibido una advertencia y habrían vuelto a Glasgow. Paz en las calles y buena suerte a Hamish Wright y su ganancias ilegítimas.

Rebus bebió demasiado rápido y la cerveza se le derramó por la cara y la barbilla y se la limpió con el dorso de la mano.

—¿Le has contado algo de esto a Doug Maxtone? —preguntó Clarke a Fox, que negó con la cabeza—. ¿Por qué no?

—Quizá porque su manera de pensar no distaría mucho de la de John.

—No trabajas para Compston, Malcolm. Que no se te olvide.

Fox asintió.

—John, ¿qué crees que debería hacer Malcolm?

Rebus hinchó los carrillos y exhaló.

—Empezar a beber alcohol, quizá. Porque sobrio se pasará la noche en vela reproduciendo mentalmente esa pelea.

—¿Debería contarle a Doug Maxtone lo que sabe?

—Eso debe decidirlo Malcolm.

—¿Crees que Chick Carpenter querrá interponer una demanda? —preguntó Fox.

—No es necesario que lo haga. Unos policías fueron testigos de la agresión. —Rebus hizo una pausa—. Por otro lado, puede que tengas razón. Es posible que niegue que hubo una agresión, igual que Cafferty negó haber recibido un disparo. Esa gente no confía en nosotros ni en nuestras motivaciones.

—Hay otra complicación —añadió Fox—. Chick Carpenter es amigo de Darryl Christie.

—Entonces Darryl no estará contento. —Rebus hizo una nueva pausa—. Un momento: ¿y Dennis visitó a uno de los compinches de Christie y luego fue directamente a un pub del que este era propietario?

—Sí.

—No hace más de seis meses que el Gimlet cambió de manos.

—¿Crees que Christie conoce al nuevo propietario? —preguntó Clarke.

—Solo hay un nuevo dueño sobre el papel —dijo Rebus—. Todo el mundo sabe que el local lo regenta Davie Dunn.

—¿Por qué?

—Para echarlo abajo y vendérselo a un supermercado que tal vez no quiera comprárselo a un criminal conocido.

—Entonces se avecina algún tipo de enfrentamiento. Y supongo que no queremos que eso ocurra. —Clarke volvió la cabeza hacia Fox—. Lo cual significa que, pese a todo, quizá necesitemos que los Stark se larguen de aquí.

Fox apuró la bebida y se puso en pie.

—Esta corre de mi cuenta —dijo—. ¿Lo mismo?

Rebus asintió, pero Clarke puso reparos. Cuando Fox se hubo ido, Clarke se inclinó hacia delante.

—Lo último que necesitamos es que intervenga Cafferty. No pueden solaparse los dos casos.

—El que me preocupa no es Big Ger, Siobhan.

—¿Christie?

Rebus asintió lentamente.

—Big Ger es de los que combate la fuerza bruta con más fuerza bruta. Darryl, por su parte... No tengo ni idea de cómo reaccionará. Podría ocurrir cualquier cosa.

—Suerte que no tiene nada que ver con nosotros, ¿eh? Debemos centrarnos en nuestro simpático acosador a la par que asesino. Hablando del tema, ¿he mencionado lo del cajón?

—Suena apasionante —dijo Rebus—. Cuéntame. —Clarke se disponía a hablar cuando Rebus se puso en pie—. Y mientras lo haces, yo estaré fuera disfrutando de un merecido pitillo.

El taxi dejó a Rebus al principio de la calle de Cafferty. Una mujer paseaba a su longevo perro, que medía unos veinte centímetros de alto y estaba sumamente interesado en una farola. La calzada y la acera aparecían bañados de un color naranja sodio y la luna iluminaba una nube blanca casi transparente. Era una zona tranquila y ordenada de la ciudad. Rebus dudaba que durante la campaña de independencia hubiera muchos carteles favorables al «sí» colgados en las ventanas. Aquí, la clase adinerada se reservaba sus opiniones y no armaba un escándalo a menos que la provocaran mucho. A Rebus, Edimburgo siempre le había parecido una ciudad a la que le gustaba guardar sus secretos. Imaginaba que la mayoría de los vecinos de Cafferty conocían su reputación, pero jamás le dirían nada a la cara. Susurros, miradas y habladurías compartidas por teléfono o correo electrónico, en la intimidad de la alcoba o durante una cena. El disparo que recibió la casa victoriana debió de suponer una conmoción. En Inch podía ocurrir, o quizá en Niddrie o Sighthill, pero aquí no, en este Edimburgo, no.

Cuando Rebus se acercó a la casa vio que no había luces encendidas. El coche y los vigilantes habían desaparecido de su puesto. Al enfilar el camino de entrada se activaron unas luces de seguridad, pero aun así no había indicios de vida en el interior. Recorrió el jardín y acabó en la puerta principal. Llamó dos veces al timbre, esperó y se agachó a mirar por el buzón. Dentro estaba oscuro. Sacó el móvil y realizó una llamada hasta que oyó sonar el teléfono fijo de la casa. Pero no había nadie para responder, así que telefoneó al móvil de Cafferty. Sonó y sonó, pero no saltaba ningún contestador. Rebus colgó y le envió un mensaje:

«¿Dónde estás?».

Entonces se dio cuenta de que Cafferty quizá no sabía que era él, así que escribió otro:

«Por cierto, soy John».

Pensó un momento y borró «John», que sustituyó por «Rebus», y pulsó el botón de enviar.

Hacía frío, pero la temperatura no era bajo cero. Pensó que podía llegar a casa caminando en quince o veinte minutos. Tenía en la cabeza una frase de la primera parte de *El padrino*: «Prepararse para la batalla». Se preguntaba si eso era lo que había hecho Cafferty: esconderse en algún sitio mientras se pertrechaba para la guerra. Había llegado el momento de irse a dormir. Pero mientras recorría el camino de entrada, vio una figura conocida observando desde la verja.

—Tú otra vez —dijo al terrier, que pareció reconocer su voz y empezó a mover la cola al acercarse. Cuando se agachó para acariciarlo, el perro se tumbó panza arriba—. Hace un poco de frío para eso —comentó Rebus. Notó las abultadas costillas. No llevaba collar. El perro se puso de pie y esperó—. ¿Dónde vives, colega? —preguntó, mirando a ambos lados de la calle.

Al parecer, Cafferty creía que estaba abandonado, pero no parecía salvaje ni aparentaba haber sufrido maltratos. Quizá se había perdido. Rebus enfiló la calle, tratando de no mirar atrás. Cuando lo hizo, el perro estaba a solo unos pasos y trató de ahuyentarlo. La mirada del terrier le decía que se sentía decepcionado con él. Su teléfono empezó a vibrar. Mientras lo sacaba del bolsillo, el perro avanzó y comenzó a olisquearle los zapatos y las perneras del pantalón. Había recibido un mensaje, pero no era de Cafferty.

«¡Menudo día! Ya sé que es tarde, pero ¿te apetece una copa en la ciudad? Deb».

Rebus ponderó sus opciones cinco segundos y se disculpó mentalmente con su cama por abandonarla, respondió al mensaje y llamó a un taxi. Mientras esperaba encendió un cigarrillo. El perro estaba sentado sobre las patas traseras, bastante satisfecho de hacerle compañía. Cuando llegó el taxi, Rebus subió y cerró la puerta.

—Se olvida del perro —le dijo el conductor.

—No es mío.

—De acuerdo, colega.

El conductor arrancó, pero, a mitad de la calle, Rebus le pidió que parara y diera marcha atrás. Cuando abrió la puerta, su nuevo amigo entró como si jamás hubiera dudado de él.

Era pasada la medianoche cuando Siobhan Clarke introdujo el DVD en el reproductor y se acomodó en el sofá, mando a distancia en mano. Cogió el informe sobre Michael Tolland y lo hojeó mientras veía las entrevistas televisivas con el ganador de la lotería y su esposa. Tolland se mostraba efusivo, con una sonrisa de oreja a oreja, mientras que ella apenas mediaba palabra. Clarke sacó de la carpeta una fotocopia de la fotografía de la boda. La novia parecía nostálgica, como si le hubieran asaltado las dudas. Jim Grant, el policía de Linlithgow, le había enviado dos mensajes de texto desde que se habían conocido. El primero era para informarla de que había hablado con el compañero de escuela de Tolland, que había confirmado que este parecía «un poco agitado» en sus últimos encuentros, pero no había mencionado qué problema tenía. Habían registrado de nuevo la casa, pero no habían hallado ninguna nota, ni amenazante ni de otra índole. El segundo mensaje era para proponerle que hablaran «tomando una copa o quizá incluso cenando». Había incluido un emoticono de una cara amarilla sonriente, y otro que guiñaba un ojo y sacaba la lengua, lo cual probablemente significaba que Clarke debía a Christine Esson veinte libras. Había llegado otro mensaje, este de Deborah Quant, sobre la teoría de que el instrumento utilizado con lord Minton podía ser una palanca en lugar de un martillo. La respuesta de Quant era decididamente antipática: «Encontrad el arma homicida y podré responder». Probablemente lo había redactado al final de una larga jornada. Había sido un día largo para todo el mundo, y a Clarke se le cerraban los ojos mientras Michael Tolland devolvía un enorme cheque al directivo, abría la botella mágnum de champán y rociaba a todos los allí presentes, en especial a su mujer, que no parecía divertirse a pesar de haberse hecho rica.

CUARTO DÍA

14

Siobhan Clarke llamó al interfono media docena de veces antes de recibir un gruñido por respuesta.

—Soy Siobhan. No me digas que todavía no te has levantado.

—Los privilegios de un asesor de la policía.

Rebus abrió y Clarke subió por las escaleras. Le había dejado la puerta abierta.

—Estoy en el baño —dijo—. La tetera está encendida.

Clarke no estaba sola la cocina. Había también un perro comiendo salchichas troceadas que le habían servido en un plato. Olía a fritura y había una sartén sucia en el fregadero.

Rebus salió del lavabo secándose el pelo, con la camisa por fuera del pantalón y el primer botón desabrochado.

—No tienes verdura en la nevera —comentó Clarke—. Pero me alegra comprobar que no está a rebosar de alcohol.

—¿Has solicitado el puesto de cuidadora?

Le cogió la taza y bebió un sorbo.

—Pensaba que del Ox volverías directamente a casa.

Rebus puso en blanco sus ojos inyectados en sangre.

—Y ahora ella se ha convertido en mi madre.

—Es el perro de la calle de Cafferty, ¿verdad?

—Tan aguda como siempre.

—¿Y por qué está aquí?

—Quería que fuera una sorpresa.

Rebus la miró fijamente, pero Clarke sacudió la cabeza.

—Ah, no, ni hablar —dijo.

—Piensa en el ejercicio que harías, por no hablar de la compañía...

—Mi respuesta es la misma.

Con un suspiro, Rebus la acompañó al salón.

—La trama se complica —dijo Clarke—. Dos vasos usados y olor a perfume en el aire viciado. —Se acercó al equipo de música y cogió un CD—. ¿Se largó ella cuando pusiste esto?

—Es la Steve Miller Band. Pon la número siete mientras busco una corbata.

Rebus se fue y Clarke hizo lo que le pedía. La canción se titulaba «Quicksilver Girl». El volumen estaba bajo, lo suficiente para una conversación de madrugada.

—Me gusta bastante —reconoció cuando volvió Rebus—. Son como unos Beach Boys más tranquilos. Pero los altavoces no funcionan bien.

—Ya lo sé.

—¿Qué tal la profesora Quant?

—No es alérgica a los perros.

—¿Tiene nombre? —dijo Clarke, observando al terrier salir de la cocina relamiéndose.

—Pensaba llamarlo El Perro de la Calle de Cafferty.

Clarke se agachó a rascar al terrier detrás de las orejas.

—Hace un par de días vi a Deborah. Estuvimos hablando de lord Minton.

Rebus bebió otro sorbo de café.

—Parece que le caes bien a la profesora.

—¿Anoche estuvisteis hablando de mí? No suena precisamente a encuentro romántico. Pero bueno, con esos gustos musicales tuyos...

—¿Qué les pasa?

Clarke miró hacia el montón de CD.

—Van Morrison quizá, pero Rory Gallagher y Tom Waits no son exactamente material para serenatas. Por otro lado...

—¿Qué?

—Pusiste CD, no vinilos.

—¿Y qué significa eso?

—Que no querías tener que darle la vuelta al disco cada quince o veinte minutos.

—Al final haremos de ti una policía. En fin, ¿qué planes hay para hoy?

Clarke se dio la vuelta y consultó la hora.

—Iremos al Hermitage. Nos reuniremos allí con la mujer que descubrió la bala cuando paseaba al perro.

—De acuerdo.

—No lo recuerdas, ¿verdad? Te hablé de ella cuando volviste de fumar. Dijiste que estabas interesado en seguirnos a todas partes.

—En ese caso, lo estoy. ¿Y después del Hermitage?

—A buscar el informe de balística en Howden Hall.

—¿Luego?

Clarke se lo quedó mirando.

—Si pretendes participar en el interrogatorio de Cafferty, eso no va a ocurrir.

—¿Por qué?

—Porque no formas parte de la investigación oficial y tampoco eres su abogado. El fiscal no permitirá que esté presente un civil.

—Podríamos preguntar...

—¿Aunque ya conocemos la respuesta? —Clarke sacudió la cabeza—. Puedes escuchar las grabaciones después si eso te hace feliz.

—Yo siempre estoy feliz.

—Tu gusto musical no dice eso.

Rebus se había puesto la americana y estaba palpándose los bolsillos para asegurarse de que lo llevaba todo.

—¿Podemos hacer una parada primero?

—¿Dónde?

—Tengo la dirección de un veterinario. Me ha dicho que podía pasar por allí.

—¿Vamos a dar una bonita despedida a nuestro nuevo amigo?

—¿En tu coche o en el mío? —preguntó Rebus.

—Si me prometes que no se meará en los asientos, en el mío.

—Pero ¿puedo fumar si bajo la ventanilla?

—Ni de broma.

Rebus resopló.

—Y luego se pregunta por qué no estoy siempre feliz como una perdiz —farfulló antes de apurar su bebida.

El veterinario realizó el reconocimiento sobre una mesa de acero inoxidable.

—No tiene huesos rotos... Los dientes parecen estar bien. —Le tocó el cuello y le pellizcó y frotó la piel—. Por lo visto no lleva chip, lo cual es una lástima.

—Pensaba que era obligatorio.

—Todavía no.

—¿Cree que lo han abandonado?

—A lo mejor se perdió; salió de casa y estaba demasiado lejos para desandar el camino.

—La gente a veces cuelga carteles, ¿no? —comentó Clarke.

—Así es. Podrían hacer ustedes algo así. Una fotografía en Facebook o Twitter.

Clarke sacó el teléfono e hizo unas fotos.

—¿Y ahora qué? —preguntó Rebus.

—¿No quieren quedárselo? —Rebus miró a Clarke y esta a él. Ambos negaron con la cabeza. El veterinario suspiró y volvió a tocar al pequeño terrier—. Puedo consultar una base de datos —dijo— para comprobar si alguien está buscándolo. Pero lo más probable es que a su propietario le fuera difícil mantenerlo. Lo he visto a menudo estos últimos años: desempleo o un recorte de prestaciones, y de repente la mascota de la familia se convierte en un lujo excesivo. Me pondré en contacto con la perrera.

—Si es una cuestión de dinero... —dijo Rebus.

—Más bien hay demasiadas mascotas no deseadas y poca gente dispuesta a adoptarlas.

—Entonces, ¿se lo quedarán una temporada y luego...?

—Probablemente lo sacrificarán. Aunque les garantizo que ese es el último recurso.

—Perfecto —dijo Rebus—. Lo dejamos en sus manos. Pero quédeselo unos días, ¿de acuerdo? Investigaremos un poco.

—Cruzaré los dedos —respondió el veterinario mientras Rebus abría la puerta, sabiendo que era mejor no volver la cabeza.

Fuera, Clarke realizó una llamada.

—Christina es un as de las redes sociales. Le pediré que cuelgue la foto en todas las páginas que se le ocurran.

—Mejor aún, pregúntale si quiere un perro.

—¿Te está ablandando la vejez, John?

—Blando como un clavo —contestó Rebus al montarse en el Astra.

El Hermitage era un bosque situado al sur de Morningside y bordeado por Braid Hills a un lado y Blackford Hill al otro. Había una zona quemada en el desfiladero, atravesado aquí y allá por puentes de madera, algunos en mejor estado que otros. La clientela habitual era gente paseando al perro, amén de familias con niños enfundados en botas de agua y algún que otro ciclista. En primavera, el aire transportaba la acritud del ajo silvestre, pero en invierno, las hojas compactas del camino se congelaban y se volvían traicioneras.

—Nunca vengo aquí —dijo Clarke cuando se alejaban del coche.

Tuvieron que aparcar en la carretera principal, justo pasado el hotel Braid Hills. Clarke había recibido instrucciones de que abandonaran el sendero lo antes posible y se adentraran en el bosque por una ruta más estrecha y cubierta de barro. Luego debían subir una pendiente cada vez más pronunciada. Rebus iba unos metros por detrás y le costaba respirar.

—Vamos, abuelo —no pudo evitar decir.

—Podrías haberme avisado de que trajera botas —protestó él.

Clarke se había puesto las suyas en el bordillo.

—¿Acaso tienes botas?

—Esa no es la cuestión.

Un fornido labrador dorado anunció su llegada con un ladrido.

—¿Señora Jenkins? —preguntó Clarke.

La mujer que asintió era sexagenaria y llevaba el pelo recogido debajo de un gorro de lana y una bufanda a juego alrededor del cuello. Llevaba una chaqueta acolchada verde y unos vaqueros desgastados metidos por dentro de unas botas de agua también verdes.

—¿Inspectora Clarke? —dijo.

El perro iba suelto, pero lo tenía agarrado del collar. Clarke se quitó un guante, extendió la mano y dejó que el perro la olisqueara y le diera un lametón.

—Este es Godfrey —informó la señora Jenkins, que soltó al labrador para que se internara en el bosque por un sendero que solo él veía—. No pasa nada —dijo con una sonrisa, como si los dos agentes hubieran mostrado reparos sobre el bienestar de su compañero.

—¿Aquí es donde ocurrió? —preguntó Clarke.

La mujer asintió.

—Justo ahí. —Recorrió una corta distancia—. Este es el camino menos utilizado —añadió—. Godfrey y yo estábamos un poco más arriba; habíamos llegado hasta el perímetro del campo de golf. Oí el ruido y supe que era un disparo. Mi marido, Archie, cazaba urogallos y faisanes. Desplumarlos y limpiarlos era un trabajo horrible...

—¿No vio a nadie?

—Lo siento. —Esta vez la sonrisa era más tímida—. Fuera quien fuera, debió de bajar el camino rápidamente.

Se habían detenido junto a una conífera joven. Parte de la corteza había saltado y se apreciaban astillas, ya fueran causadas por el impacto de la bala o, más probablemente, por la extracción de la misma.

—Era una espantosa tarde invernal —continuó la mujer—. Fuera quien fuera, debió de pensar que tenía el lugar para él solo.

—Aquí hay muchos árboles, señora Jenkins —dijo Rebus—. ¿Cómo vio que este era el blanco?

—Por el olor a... ¿Cómo se llama? ¿Pólvora? ¿Cordita? Estaba en el aire, sobre todo aquí, e incluso había una voluta de humo. El culpable debió de escapárseme por segundos. —Miró alternativamente a ambos agentes—. El policía dijo que seguramente era una broma, pero por las caras que ponen ustedes... Bueno, supongo que me salvé por poco.

—Yo no diría tanto —dijo Clarke para intentar tranquilizarla—. Pero se ha producido un tiroteo en la ciudad, nada grave, solo ha habido daños a la propiedad, y estamos buscando una posible conexión. Por casualidad ¿no recordará haber visto a alguien mientras paseaba?

—Cochecitos de bebé y otras personas paseando al perro, pero nadie que pareciera fuera de lugar. Es decir, no había árabes.

—¿Árabes? —repitió Clarke.

—A la señora Jenkins se le ha metido en la cabeza que esto podría ser un asunto relacionado con el terrorismo —dijo Rebus.

—Bueno, en los tiempos que corren...

La voz de la señora Jenkins fue apagándose.

—No lo es, categóricamente —recalcó Clarke.

—Tendrá que perdonarme, cariño, pero como dijo una mujer una vez: qué va a decir usted, ¿no?

Godfrey daba vueltas a su alrededor con la nariz pegada al suelo.

—¿Tiene sitio para otro perro, señora Jenkins? —preguntó Rebus.

—Me temo que Godfrey se lo comería vivo.

Godfrey, con baba colgándole de la mandíbula, no parecía discrepar.

El laboratorio forense estaba situado en un modesto edificio junto a Howden Hall Road, en la parte sur de la ciudad. Habían extremado las medidas de seguridad desde un incendio provocado años antes que había destruido algunas pruebas cruciales para un juicio. Una vez dentro, Clarke y Rebus tuvieron que esperar en recepción mientras las cámaras los observaban desde arriba.

—Si habla con la prensa... —comentó Clarke, y no por primera vez.

—Dudo que la creyera ni siquiera el cuarto poder.

—No, pero quizá el quinto sí.

—¿A qué te refieres?

—A Internet. Blogueros y gente así. Su credo es: publica cualquier cosa. Simplemente asegúrate de que eres el primero.

—¿Y retractarse cuando se les antoje?

—Si es que llegan a hacerlo.

El hombre que bajaba por las escaleras llevaba una tarjeta de identificación con foto colgada del cuello con un cordón. Era bajo, rechoncho y calvo, y el hecho de que fuera remangado denotaba que era un hombre perennemente ocupado.

—¿Inspectora Clarke? —dijo, tendiéndole la mano—. Soy Colin Blunt. Por desgracia, no hay parentesco.

—¿Con el espía? —preguntó Rebus.

—Con el cantante —corrigió Blunt frunciendo el ceño.

Los llevó al piso de arriba y entraron en una luminosa sala subdividida. Había una mesa en el centro y escritorios que ocupaban tres paredes.

—No disponen de muchos equipos —comentó Clarke.

—Podríamos decir que andamos faltos de recursos —dijo Blunt.

Les indicó que se sentaran. Luego deslizó una hoja en dirección a Clarke y pidió disculpas a Rebus por haber sacado solo una copia.

—Estamos agradecidos de que todavía tengan fotocopiadora —observó Rebus—. ¿Podría resumírmelo mientras la inspectora Clarke se ocupa de todo eso?

—Bueno, son conclusiones preliminares. Ambas balas se encontraban en bastante mal estado. El impacto tiene un efecto acordeón, ¿entiende?

—Entiendo.

Blunt sacó unas gafas y un pañuelo impoluto y se puso a limpiarlas mientras hablaba.

—Utilizamos unas instalaciones en Gartcosh para realizar análisis balísticos más detallados, pero deberíamos recibir autorización para ello; no sale barato. Sin embargo, por lo que hemos visto con nuestro microscopio, yo diría que hay entre un ochenta y un noventa por ciento de posibilidades de que las balas fueran disparadas por la misma arma. Son de fabricación estadounidense. De nueve milímetros, por si es de interés. Las estriaciones son similares.

—Lo sé —dijo Rebus—. ¿Cuántos propietarios registrados de pistolas de nueve milímetros podría haber en Escocia?

—Unos cuantos.

—¿Y sin registrar?

—Quién sabe...

—Obviamente usted no, señor Blunt.

—Encuentren la pistola y les diremos si disparó esas balas.

—Cuanto más sepamos sobre las balas, más posibilidades habrá de que eso ocurra. —Rebus hizo una pausa—. Hablando claro.

Blunt sonrió tímidamente y Clarke levantó la cabeza.

—¿Quieres verlas? —preguntó a Rebus, que indicó que no.

—Así que tenemos el ataque a lord Minton —dijo Rebus—, que consistió en un golpe en la cabeza...

—La profesora Quant nos ha pedido que lo investiguemos —interrumpió Blunt—. Tenemos una base de datos sobre lesiones craneales provocadas por martillos y otras herramientas.

—Bien hecho —respondió Rebus, que desvió de nuevo su atención hacia Clarke—. La tarde siguiente al asesinato de Minton, alguien dispara a un árbol con un arma de fuego, y esa misma noche alguien lanza otro disparo, supuestamente a la cabeza de Cafferty. —Señaló con un dedo a Blunt—. Cosa que no saldrá de esta sala, ¿entendido?

—Entendido —le espetó Blunt.

—El pistolero estaba practicando un poco —aventuró Clarke.

—Lo dudo —dijo Rebus—. Disparó a un árbol. No colocó unas latas encima de una valla ni colgó la silueta de una persona.

—Como cuando van a la sala de tiro en las películas —terció Blunt.

La mirada de Rebus lo silenció.

—¿Adónde quieres ir a parar con todo esto?

—Quiero decir que era alguien a quien le bastaba tener unas nociones básicas.

—Apuntar y disparar.

—¿Estás insinuando que nuestro hombre era un principiante o que era un profesional?

—Desde luego lo uno o lo otro.

—Fantástico. Lo introduciré en el ordenador y a ver qué encuentro.

—No te pongas sarcástica. —Rebus se volvió hacia Blunt—. Porque lo está siendo, ¿verdad? Mis oídos no me engañan...

Blunt llegó a la conclusión de que la única respuesta apropiada era encogerse de hombros, pero Clarke también tenía una pregunta para él.

—¿Y el cajón de la mesa de lord Minton?

—¿Qué cajón? —intervino Rebus.

—Lo sabrías si tu necesidad de fumarte un pitillo anoche no hubiera sido tan urgente.

—Ah, sí —dijo Blunt—. Bueno, insisto, es solo un análisis preliminar...

—Me conformaré con eso.

—La mancha es de algún tipo de aceite, probablemente un lubricante. Es difícil conocer su antigüedad o su composición exacta sin equipos especializados y, de nuevo...

—¿Costaría dinero? —Clarke asintió—. ¿Pero?

—Pero también hemos encontrado fibras de un material poco tupido, predominantemente gris. Muselina, quizá.

—Algo de veinte centímetros por quince envuelto en muselina...

Clarke miró a Rebus, que estaba cruzando los brazos lentamente.

—Una pistola —dijo este.

—Tiene sentido. Minton oye un ruido en el piso de abajo, abre el cajón y saca la pistola. Pero, antes de que pueda utilizarla, lo golpean.

—El atacante se lleva el arma, pero nunca ha utilizado una.

—O al menos una como esa. A lo mejor está un poco oxidado.

—Así que cree que es mejor probarla antes de ir a buscar a su próxima víctima. Probablemente sabía que Minton era pan comido en comparación con Cafferty. Era mejor atacar desde una distancia prudencial. La pistola debió de parecerle un regalo del cielo.

—Pero, por alguna razón, falló.

—Falló —coincidió Rebus.

—¿Volverá a intentarlo?

Rebus se encogió de hombros.

—A lo mejor han borrado a Cafferty de la lista.

—Nadie más ha dicho que haya recibido una advertencia.

—A lo mejor es una lista muy pequeña —dijo Rebus. Luego, volviéndose hacia Blunt—: ¿Usted qué opina, Colin?

—Intento trabajar con datos físicos, no con especulaciones.

—Cuénteme —dijo Clarke—, ¿llegaron aquí las pruebas del asesinato de Michael Tolland?

El científico pensó unos instantes y asintió.

—La puerta trasera, sí.

—¿Y bien?

—La abrieron con una herramienta. Una palanca o la punta de una pala. Por desgracia, no hay restos.

—Es una lástima —dijo Clarke arqueando la boca hacia abajo.

Rebus apoyó una mano en el hombro de Blunt.

—Precisamente por eso necesitan a gente como nosotros, Colin. Para cuando sus datos físicos no están ahí. Ahora dígame, ya que parece usted una persona cariñosa y sensible: ¿alguna vez se ha planteado tener un perrito encantador?

15

Fox, que no quería arriesgarse a que Compston y los demás lo vieran delante de un ordenador, había acabado en la vieja comisaría de Lothian y Borders, situada en Fettes Avenue. Mostró su identificación en recepción y preguntó dónde se llevaba a cabo la investigación del caso Minton. Era en la misma planta que ocupaba el viejo jefe de policía, y cerca de donde habían trabajado Fox y su equipo de Asuntos Internos en la época en que la comisaría central era su coto de caza y los policías errantes su presa. Mientras recorría el edificio, algunos lo saludaron moviendo la cabeza. James Page lo vio cuando cruzaba el pasillo para dirigirse a otra sala.

—Busco a Siobhan —dijo Fox, anticipándose a cualquier pregunta que Page pudiera tener.

—Creo que está en Howden Hall.

—¿Puedo dejarle una nota?

Page asintió distraídamente y se fue. La sala de la que había salido albergaba ahora al equipo del caso Minton, que incluía a Christine Esson y Ronnie Ogilvie. Fox asintió a modo de saludo.

—Estaba buscando a Siobhan —explicó—. El inspector jefe Page me ha dicho que esperara. ¿Esta es su mesa?

Fox se sentó en la silla vacía. Esperó medio minuto y luego dijo que debía realizar una consulta y se puso a trabajar con el ordenador. Una noche, Siobhan le había confesado que, aunque odiaba el apodo, utilizaba «Shiv» como contraseña. Una vez que obtuvo acceso, Fox empezó a introducir nombres: Simpson, Andrews,

Dyson y Rae. Quería saber qué decía la policía de Escocia sobre ellos.

Al cabo de diez minutos, Esson le preguntó si quería té o café, pero dijo que no.

—¿Quieres que la llame y le pregunte cuánto tardará?

Fox sacudió de nuevo la cabeza.

—Estoy enviándole un correo electrónico.

—¿Telepáticamente? —Fox parecía confuso y Esson se explicó—. No has tecleado mucho, inspector Fox.

A falta de una mentira que Esson pudiera aceptar, se limitó a sonreír y volvió a ponerse manos a la obra.

Rob Simpson formaba parte de la «familia» Stark desde hacía casi una década, así que quedaba descartado. Callum Andrews tenía antecedentes que se remontaban a su juventud, así que Fox pensó que no podía ser el topo. Eso dejaba solo a Jackie Dyson y Tommy Rae. Ambos habían visitado los tribunales en los últimos tres años, pero por delitos menores. Hasta donde sabía, ambos se habían criado en Glasgow, habían dejado la escuela a los dieciséis años y a partir de entonces habían coqueteado con la ilegalidad. Parecía que ninguno de los dos se había unido a la banda hasta hacía más o menos un año. Fox los recordaba de la paliza frente al almacén. Dyson era flaco, llevaba la cabeza afeitada y tenía la cara pálida. Rae debía de ser un año o dos mayor, era más corpulento y tenía una cicatriz en la mejilla. ¿Un policía con cicatrices? A veces ocurría, pero no a menudo, y raramente eran visibles. Una cicatriz en la mejilla era producto de una cuchillada o un botellazo. Era como si la calle te hubiera hecho un tatuaje. No, Fox apostaba por Jackie Dyson.

Alec Bell mencionó que el topo llevaba más de tres años infiltrado. Parte de ellos debió de pasarlos dándose a conocer, labrándose una reputación y acercándose al puesto de poder. Dos años de duro trabajo antes de ser aceptado en el redil. Fox también había participado en operaciones de vigilancia, y sentía curiosidad por el tipo de agente que podía sumergirse en ellas de manera tan concienzuda. Debía dejar de lado a amigos y familiares mientras durara la operación, aprenderse su nueva identidad de memoria y evitar los lugares que frecuentaba por temor a ser reconocido. Fox rememoró la paliza: Dyson había levantado a Chick Carpenter y le había propinado un cabezazo, y luego se había meado en su coche. Entre tanto, Tommy Rae se contentaba con mantener a raya al acompañante de Carpenter. ¿Eso inclinaba la balanza de su parte? Rae no se había movido de la periferia, negándose a causar daños... Rae con su desfiguración facial... Fox creía que las posibilidades eran setenta-treinta: setenta por ciento Jackie Dyson contra treinta para Rae. Fox cerró las diversas ventanas que había abierto y borró el historial de búsqueda. Su teléfono empezó a vibrar, así que respondió.

—¿Fox? —dijo una voz femenina.

—Hola, Hastie. ¿Quieres que te llame Hastie o Beth?

—Si no has llegado ya, era para decirte que encontrarás la oficina vacía. —Una conversación profesional—. No sé cuándo volveré, ¿de acuerdo?

—¿Vigilancia otra vez? ¿Una nueva visita al Gimlet?

—Qué chico tan brillante. Hasta luego.

La llamada se cortó. Fox se puso de pie y a punto estuvo de chocar con un hombre vestido con traje que llevaba una caja de archivos. Tenía la tez rubicunda y le faltaba resuello. Fox se disculpó.

—No pasa nada —dijo el hombre al salir.

—Qué honor el tuyo —comentó Christine Esson—. Ha sido un raro avistamiento de Charlie Sykes fuera de su entorno natural.

—Parecía ocupado.

—Sabe interpretar su papel. Se pasa el día de un lado para otro con esa caja sin sentir la necesidad de abrirla. —Esson hizo una pausa y se dio unos golpecitos en la barbilla con el bolígrafo—. A ti tampoco se te dan mal las interpretaciones, inspector Fox...

—¿Por ejemplo?

—Un hombre enviando un correo electrónico.

Fox sonrió avergonzado.

—Me has pillado —dijo, y se dirigió a la puerta.

Sin saber muy bien por qué, Fox fue al Gimlet. No tenía intención de inmiscuirse, no pensaba acercarse lo suficiente para que lo viera el equipo de Compston. Pero si había pelea, tal vez haría una llamada anónima. Rebus tenía razón al reprenderlo, pero ¿acaso él habría actuado de otra manera? Fox lo dudaba.

La calle en la que se encontraba el Gimlet, un pasaje poco agraciado entre Slateford Road y Calder Road, estaba bordeada de coches, así que descartó la posibilidad de encontrar aparcamiento. Tenía dos opciones: dar la vuelta o continuar. Seguir adelante suponía pasar junto al vehículo de vigilancia y arriesgarse a que lo vieran. Pero dar la vuelta resultaría sospechoso. Mordiéndose con fuerza el labio inferior, pisó el acelerador.

Casi había llegado a la altura del bar cuando se abrió la puerta de golpe y empezó a salir gente. El primero era Dennis, seguido de su banda. Rob Simpson llevaba una camisa blanca manchada de sangre y se tapaba la nariz con una mano. Y detrás llegaba el motivo: un hombre corpulento con una camiseta dos tallas pequeña, unos bíceps abultados y los brazos cubiertos de tatuajes que gritaba improperios y blandía un bate de béisbol. Pero era uno contra cinco, y la banda de Stark empezaba a rodear a su presa. Fox reparó en que, de cerca, la cicatriz de Tommy Rae era casi tan roja e iracunda como la cara del hombre tatuado. Dyson se metió la mano en el bolsillo, probablemente para buscar un cuchillo. Fox apretó los dientes y tiró del freno de mano. Se desabrochó el cinturón de seguridad, hizo sonar la bocina, salió y se dirigió hacia el tumulto.

—¡Eh! —gritó—. ¿Qué está pasando aquí?

—¡No te metas en esto, colega! —le espetó Dyson, que llevaba oculto el cuchillo en la mano.

—No es una pelea justa —insistió Fox—. Voy a llamar a...

Dyson golpeó a Fox y le acertó de pleno en la mandíbula. Luego recibió otro puñetazo en la cara y notó que se le doblaban las rodillas y que el mundo empezaba a dar vueltas. Se le nubló la vista, y lo último que vio fue a Alec Bell, agarrado al volante del coche de vigilancia y pronunciando unas palabras que probablemente no serían bien recibidas en la iglesia.

Había un ángel mirándolo, vestido de blanco y con las mejillas rosadas.

—Está despierto —dijo el ángel, que se convirtió en una enfermera.

—¿Dónde estoy?

Fox miró a su alrededor. Estaba tumbado sobre una camilla en una cabina blanca con la cortina echada. Todavía llevaba su ropa puesta. Le dolía la cara y tenía una cefalea cegadora que el tubo fluorescente no hacía sino exacerbar.

—En el Royal Infirmary. En urgencias, para ser más exactos. ¿Cómo se encuentra?

Fox trató de incorporarse y solo le llevó unos diez segundos. Todavía tenía la vista borrosa y se notaba la cara hinchada.

—¿Cómo he llegado aquí?

—Le trajo su amigo.

—¿Ah, sí?

—Sí.

Fox recordaba la cara de Alec Bell. Pero debían de estar furiosos con él por esto.

—¿Me dejó aquí y listos?

—No, está en la sala de espera. El doctor quiere echarle un vistazo.

—¿Por qué?

—Para comprobar si hay conmoción cerebral.

—Estoy bien —pensó unos momentos—. ¿Ingresó ayer un hombre de CC Self Storage? Se llama Chick Carpenter.

—Me suena. Dijo que se le habían caído encima unos cajones de embalaje. ¿Y a usted qué le ha pasado?

—Lo crea o no, exactamente lo mismo.

—Venga, hombre. ¿Y esos cajones de embalaje llevaban anillo? —le señaló la cara—. Le han dejado marca. Ayer era una bota de la talla nueve.

Fox se tocó con un dedo la zona indicada y desearía no haberlo hecho.

—Lo que son las cosas. —Hizo una mueca de dolor, se puso en pie con gran esfuerzo y se palpó los bolsillos para cerciorarse de que no le habían robado nada—. No pueden impedir que me vaya, ¿verdad?

—Solo un idiota se iría de aquí en su estado.

—Probablemente lo sea.

Fox sonrió e hizo una pequeña reverencia.

—Los hombres de su edad no deberían meterse en peleas.

—Intentaba hacer de árbitro —le dijo.

—¿Aceptará un consejo al menos? —Fox esperó—. Una bolsa de guisantes congelados baja la inflamación.

Fox asintió, salió del cubículo y se dirigió a la sala de espera. Pensaba que encontraría allí a Alec Bell u otro miembro del equipo, pero era el hombre del bar, el que llevaba el bate de béisbol.

—¿Qué te han dicho? —preguntó.

—Que la ignorancia es atrevida.

—Eso no lo sé, colega. Yo diría que fuiste muy valiente.

—¿Qué pasó cuando me quedé inconsciente?

—Por lo visto se tranquilizaron un poco. Estabas tirado en medio de la calle y venían coches de ambos lados. Te diré una cosa: tienes copas gratis de por vida en mi local.

—No bebo.

—Gracias a Dios. Me ahorro un buen dinero. Me llamo Davie

Dunn, por cierto. Te he traído en tu coche. Tienen que revisarte el embrague.

—Gracias por el consejo.

—Conozco a un tipo. Te pondré en contacto con él.

—Al final se han ido, ¿verdad?

—Si no lo hubieran hecho, aquí habría unos cuantos cráneos rotos.

—Me pareció que uno llevaba un cuchillo.

Dunn asintió.

—Es una de esas cuchillas finas de las tiendas de bricolaje. Pero Stark dio la voz y ahí terminó todo.

—¿Stark? —preguntó Fox, intentando averiguar algo.

—No te dejes engañar, Davie. Sabe de sobra quién es Stark. —La voz llegaba desde atrás. Fox se giró demasiado rápido y todo empezó a darle vueltas y estuvo a punto de perder el equilibrio. Darryl Christie había salido del cuarto de baño y estaba secándose las manos con un pañuelo—. Este es el inspector Fox, Davie. Y, de repente, todo tiene sentido. Hay un dispositivo de vigilancia para los Stark, ¿verdad? Después del espectáculo que montaron ayer con Chick Carpenter...

—¿Lo hay? —respondió Fox con la boca seca.

—¿Os conocéis? —preguntó Dunn.

—El inspector Fox vino a verme hace un par de días. Él también frecuentaba el Gimlet cuando yo era el propietario. —Christie centró su atención en Fox—. Davie es un buen amigo mío. Por eso le vendí a la niña de mis ojos. El Gimlet me enseñó muchas lecciones. Golpes duros, podríamos decir. Así que cuando Davie me contó que los Stark lo habían amenazado, bueno... Le escuché. Y por eso fui corriendo. —Dobló el pañuelo y se lo guardó en el bolsillo—. Este es el mensaje que quiero que transmita a Rebus o a quien esté participando en esta operación de vigilancia suya: los Stark caerán, y punto. Pueden ahorrarnos a todos mucho sufrimiento si se mantienen al margen y dejan que me ocupe yo del asunto.

—Pero ¿qué habría pasado si hoy me hubiera mantenido al margen? —Fox señaló a Davie Dunn—. Entonces ¿qué?

—Yo solo digo que lo mejor es que los suyos se mantengan al margen. —Christie observó la sala de espera—. ¿Dónde están sus compañeros? Ya sé que la policía de Escocia anda falta de recursos, pero al menos podrían haber puesto a un hombre a vigilar. —Sacudió la cabeza con incredulidad—. Permitieron que le dieran una paliza, ¿verdad? ¿Es porque no querían poner en peligro la operación? ¿O quizá porque les gustó ver a un antiguo miembro de Asuntos Internos recibiendo una paliza? —Christie sonrió al ver a Fox intentando formular una respuesta. Luego le dio una palmada en el antebrazo—. No haga esfuerzos. ¿Tiene todas sus cosas? Davie le llevará a casa.

Es lo que quería hacer Fox. Ni siquiera le preocupaba que Christie y Dunn supieran dónde vivía. Probablemente Christie ya lo sabía o podía averiguarlo en cinco minutos. Así que condujo Dunn, y Fox fue en el asiento del acompañante, aún dolorido. Christie los siguió en todo momento en un Range Rover Evoque.

—¿Hace tiempo que conoces a Darryl, entonces? —preguntó Fox.

—Seguramente es mejor que no hablemos de eso. Ahora sé que eres policía.

—¿Sigue en pie la oferta de copas gratis de por vida?

—Por supuesto. El problema es que una vez que mis clientes habituales sepan quién eres, no te apetecerá quedarte mucho rato.

—Lo cual podría atemperar la diversión.

—Podría. —Dunn se lo quedó mirando—. No te ofendas, pero no tienes pinta de participar en operaciones de vigilancia.

—¿Ah, no?

—Más bien pareces un chupatintas.

—Siento decepcionarte. —Fox hizo una pausa—. ¿Crees que volverán?

—¿Stark y los suyos? Supongo que sí.

—Antes eras camionero, ¿verdad?

—Viajaba por Europa e Irlanda. Por todas partes. ¿Cómo lo sabes?

—El secreto de una buena vigilancia es saberlo todo. ¿Trabajabas para Hamish Wright?

—Hace años que no lo veo.

—Supongo que los Stark no piensan lo mismo.

—Los Stark no tienen cerebro para pensar.

—Eso no parece ser un lastre para ellos.

—Pero significará su caída. Estamos en 2015. ¿Cúteres y venta de droga por cincuenta libras? ¿Crees que habrán oído hablar en su vida de Bitcoin o de Darknet? Son un puesto de mercadillo en la era de Amazon.

—Siguen siendo una amenaza.

—Porque les ha entrado el pánico.

—La última vez que vi a Darryl en su hotel también parecía ir en esa dirección.

—¿Estaba asustado, quieres decir? A lo mejor estaba fingiendo. —Dunn miró de nuevo a su pasajero—. Además, no íbamos a hablar de eso, ¿recuerdas? ¿Quieres que te deje en casa y lleve tu coche a la de mi compañero? Mañana por la tarde tendremos arreglado el embrague.

Fox sacudió la cabeza. Cuando entraron en Oxgangs, tuvo que empezar a darle indicaciones.

—¿Esta zona es tranquila? —preguntó Dunn.

—De momento sí —respondió Fox—. Aquí va bien, gracias.

El coche se detuvo junto a la acera y ambos se apearon. Fox cogió las llaves a Dunn, que, en lugar de estrecharle la mano, se despidió y se montó en el Range Rover. Christie dio media vuelta y se fue, y Fox entró en casa. Pensó en darse un baño, uno largo. No tenía mensajes ni llamadas perdidas. Puso el teléfono a cargar, se sirvió un gran vaso de agua del grifo y lo engulló. Solo entonces fue al baño a comprobar los daños que había sufrido. Tenía moratones en un lado de la cara. Le dolía la barbilla y obviamente había caído sobre el brazo cuando impactó contra la calzada.

—Sobrevivirás —se dijo—. Aunque tampoco es que le importe a nadie.

En ese momento sonó el timbre. Antes de abrir la puerta se asomó a la mirilla y vio a Compston y Bell. El primero entró como un vendaval y Bell lo miró fijamente antes de seguirlo.

Compston se situó en el centro del salón con las piernas abiertas y los brazos cruzados.

—Qué amables trayéndole a casa —dijo—. Me refiero a sus nuevos amigos.

—Ustedes me dejaron tirado en la calle, ¿no? —repuso Fox.

—¿No aprendió nada ayer?

—No podía permitir que apuñalaran a nadie.

Compston desvió su atención hacia Bell.

—¿Cuchillos?

—Yo no vi ninguno.

—Jackie Dyson estaba a punto de sacar uno.

Fox estudió la reacción de ambos, pero no dejaron entrever nada.

—Da igual —zanjó Compston—: ¿Se identificó como agente de la ley?

—No hizo falta. Recuerden que Darryl Christie me conoce.

—Me refiero a Stark y sus chicos. —Fox meneó la cabeza—. ¿Está seguro?

—Estoy seguro. Pero Christie ha sumado dos más dos. Sabe que hay un dispositivo de vigilancia contra los Stark. —Fox levantó una mano al ver que Compston enseñaba los dientes—. Antes de que se ponga en plan Hannibal Lecter, cree que es un asunto local relacionado con el ataque en el almacén.

—¿Se lo contará a los Stark?

—¿Y por qué coño iba a hacer algo así? Eso le da ventaja. A

propósito, me ha dicho que piensa quitárselos de en medio. No tenía pinta de estar bromeando.

—Nos encargaremos de eso llegado el momento.

—¿Sentándose a mirar?

La expresión de Compston se endureció.

—Antes realizaba usted operaciones de vigilancia contra los suyos, Fox. Como le decía ayer, imagino que a veces uno tiene que sentarse a observar. —Dio un paso al frente, ahora con los brazos relajados—. De hecho, por lo poco que sé de usted, yo diría que le gustaba observar, y esos moratones que lleva me dicen que haría bien en ceñirse a lo que mejor se le da. —Hizo una pausa a pocos centímetros de la cara de Fox—. ¿Entendido?

Sin esperar respuesta, se dirigió a la puerta principal, seguido de Alec Bell. Esta vez, Bell iba mirando al suelo. Cuando se cerró la puerta, Fox volvió al cuarto de baño con la intención de tomar paracetamol y darse ese baño que se había prometido a sí mismo.

Cuando salió casi media hora después con ropa limpia, tenía una llamada perdida y un mensaje de texto, ambos de Bell. En el mensaje le pedía que le escribiera diciéndole cuándo era buen momento para hablar.

«Ahora mismo», respondió Fox. Sesenta segundos después, sonó su teléfono.

—Lo siento —dijo Bell.

Su voz estaba envuelta en eco.

—¿Dónde estás?

—En los meaderos de St. Leonard's. Escucha, me siento muy mal por no haber intervenido. Solo quería que lo supieras. Ricky tiene razón, por supuesto, pero de todos modos...

—Visteis el cuchillo, ¿verdad?

—Lo llevaba bien escondido.

—Pero era Jackie Dyson, que tampoco se contuvo cuando le dio una paliza a Chick Carpenter.

—¿Y?

—Tengo la sensación de que Dyson es vuestro topo. Si estoy en lo cierto, ¿no te parece que se ha pasado al otro bando? —Se impuso el silencio—. ¿Y bien? —insistió Fox.

—Ya sabes que no puedo decir nada.

—Me debes al menos esto, Alec. Me dejasteis inconsciente y os quedasteis sentados en el puñetero coche...

—Malcolm...

—Además, os he cubierto las espaldas en todo momento, ¿no es así? No le he contado a Compston que te fuiste de la lengua con el topo. Así que, dime: es Dyson, ¿verdad?

—Puede.

—¿Y podría ser que esté metiéndose demasiado en el papel? Ambos sabemos que ha ocurrido otras veces.

—Nuestro chico sabe lo que se hace.

—¿Estás seguro de eso? ¿Con qué frecuencia habláis con él?

—Ahora hace tiempo que no hablamos. Pero así es como debe ser.

—Pero ¿habéis notado algún cambio en él?

—Tiene que parecer comprometido, Malcolm. Así es como llegan donde están y como siguen allí una vez que han llegado. —Bell suspiró—. Mira, tengo que colgar. Mañana deberías tomarte el día libre. Ponte hielo en esos moratones.

—Te agradezco esa tardía preocupación.

—Solo cuatro palabras más: que te follen, Malcolm.

La llamada se cortó, pero el teléfono empezó a vibrar de nuevo. Era otro mensaje entrante, esta vez de Rebus:

«¿Quieres un perro?».

Fox apagó el teléfono y fue a la nevera a buscar verdura congelada.

—¿Entras? —preguntó David Dunn.

Christie se había parado delante del Gimlet. Contempló el exterior del pub, que resultaba poco atractivo, y sacudió la cabeza, pero cuando Dunn iba a bajarse, lo agarró del brazo.

—¿Has hablado hace poco con tu antiguo jefe? —preguntó.

—Te diré lo mismo que le dije a Stark y a su banda: hace años que no veo a Hamish Wright.

—Eso no significa que no hayas hablado con él por teléfono.

—Es historia, Darryl.

—Tú también lo serás si no me das una respuesta sincera.

—No le he visto ni he hablado con él.

—¿Y no conoces su paradero?

—No.

—Pero tiene viejos amigos en la ciudad, ¿verdad?

—Te lo juro por Dios: no lo sé.

—¿Estás totalmente seguro de eso?

—Por la vida de mis hijos, Darryl.

Ambos se miraron fijamente y Christie soltó por fin la manga de Dunn. Pero cuando este se apeó del coche y cerró la puerta, Christie bajó la ventanilla y lo llamó. Dunn se asomó por la ventanilla.

—Tus hijos se llaman Lottie y Euan. Ella tiene dieciséis años y él once. Te separaste de su madre, pero conozco la dirección. Me lo has jurado por su vida, Davie. No lo olvides...

La ventanilla volvió a subirse y el Evoque arrancó. David Dunn se quedó en la calzada, con las piernas más pesadas que antes, el corazón latiéndole con fuerza y la boca seca. Sabía que una copa solo aliviaría una de esas tres cosas, pero era un comienzo...

16

Christine Esson enseñó a Rebus y Clarke lo que había hecho.

—Y todo en horas de trabajo, así que espero que me cubráis las espaldas.

El terrier estaba especialmente bonito. Se podía ver parte del brazo del veterinario y la mesa de reconocimiento, pero Esson había conseguido recortarlos casi por completo. Había incluido una breve descripción de dónde habían encontrado al perro y una dirección de correo electrónico.

—¿De quién es la cuenta? —preguntó Rebus.

—La he creado especialmente para esto —respondió.

—¿Y está en Facebook?

—Y en Twitter y otras páginas. Mis amigos se asegurarán de que no pase desapercibido.

—¿Cuántos amigos?

—Unos 3.500.

Rebus se la quedó mirando fijamente.

—Las fiestas en tu casa deben de ser increíbles.

—Se refiere a amigos en línea —le explicó Clarke.

—Puedo crearte una cuenta si quieres —bromeó Esson.

Rebus no le hizo caso y preguntó a Clarke cuántos días debía dejar pasar.

—Eso es cosa tuya —dijo ella.

—Normalmente, las redes sociales funcionan rápido o no funcionan en absoluto —le advirtió Esson.

—Y de momento hay un veterinario de Edimburgo que está haciéndose rico a mi costa —protestó Rebus.

—Tampoco veo que te gastes la pensión en otras cosas —comentó Clarke.

—Aun así, tengo que controlar los gastos.

—Hasta que llegas a la caja registradora del Oxford.

Clarke seguía sonriendo cuando marcó el número de Malcolm Fox, pero este no lo cogió.

Cafferty no respondía al teléfono, pero había realizado muchas llamadas por todo el país. También había mantenido reuniones discretas en un bar situado cerca de Quartermile, donde intercambió fajos de billetes por información o la promesa de mantener los ojos y los oídos abiertos y pasar un parte. Cuando salía llevaba un abrigo tres cuartos marrón (en lugar de su negro habitual), sombrero y bufanda (normalmente iba con la cabeza descubierta hiciera el tiempo que hiciera). No se había molestado en afeitarse y se parecía a los otros ancianos que transitaban la calle, sobre todo cuando, al notar que los había por todos lados, añadió una bolsa de plástico al conjunto. En ella llevaba el periódico local y dos latas de caldo escocés.

El disfraz —excelente para las calles que rodeaban Greyfriars— no parecía tan apropiado para el bar del hotel G&V, situado en George IV Bridge, y en cuanto entró, se quitó el abrigo, la bufanda y el sombrero y envolvió la bolsa con el primero. Luego se le ocurrió otra idea. En recepción, preguntó por una habitación. Sí, había una libre. Pagó con tarjeta de crédito y subió. La habitación estaba bien. Dejó allí sus pertenencias y bajó al bar, donde comprobó que su invitado todavía no había aparecido. Se sentó en un rincón, mirando hacia la puerta que daba a la calle. Un par de minutos después de que llegara su Bloody Mary apareció Darryl Christie. Llevaba traje y una camisa con el primer botón desabrochado, y no parecía preocuparle la caída de las temperaturas que estaba produciéndose en el mundo exterior.

Christie vio a Cafferty de inmediato, pero guardó las distancias mientras evaluaba la situación. Tal como prometió, Cafferty había ido solo. Los demás clientes no parecían suponer amenaza alguna. Christie asintió fugazmente en dirección a Cafferty, sacó un teléfono y escribió un mensaje, probablemente a alguien que esperaba fuera, un hombre al que habían indicado que interviniera si su jefe intuía problemas.

Finalmente se acercó a la mesa. En lugar de levantarse, Cafferty cogió una aceituna del cuenco que tenía delante y se la llevó a la boca. Christie movió la silla, ladeándola de modo que al menos pudiera ver parcialmente lo que sucedía detrás de él.

—Ya le dije que no habría nada raro —le recordó Cafferty.

—A lo mejor vemos las cosas diferente.

Se acercó un camarero y Christie pidió un Dirty Martini.

—¿Qué coño es eso? —preguntó Cafferty extrañado.

—Es con fines científicos. Mi barman dice que hace los mejores de la ciudad. Me gusta ponerlo a prueba.

—No recordaba que tuviera un hotel.

—Sí, sí lo recordaba. Y, por cierto, las copas nos habrían salido gratis si nos hubiéramos citado allí.

—Pensé que un territorio neutral sería lo mejor. ¿Qué tal, Darryl? Parece que no está comiendo suficiente.

Cafferty deslizó el cuenco de aceitunas hacia él.

—Usted está viejo —repuso Christie.

—Porque lo soy. Pero también soy sabio.

—¿Ah, sí?

—Por ejemplo, sé lo que ocurrió en el Gimlet.

—El Gimlet ya no es cosa mía.

—Sé que lo lleva otro, pero no es lo mismo. —Cafferty sacó la pajita y el trozo de apio y bebió directamente de la copa—. Además, si Dennis Stark se pasa por allí, ¿a quién va a recurrir Davie Dunn?

—¿Me ha traído aquí para pavonearse?

—Ni mucho menos, Darryl. El comportamiento de los Stark está sacando de quicio a toda la ciudad, tanto a sus amigos como a los míos.

—Yo pensaba que sus amigos estaban muertos.

—No todos.

—¿Y qué quiere decirme con eso?

—Quiero decirle que no estoy del lado de Joe Stark.

—¿Es eso cierto?

—De hecho, cabe la posibilidad de que yo figure en su lista de objetivos, igual que usted. Puede que incluso más. —Cafferty hizo una pausa cuando llegó la bebida de Christie. No era abundante, lo cual, según la experiencia de Cafferty, normalmente la convertía en letal. Christie bebió un sorbo—. ¿Cómo podemos averiguarlo?

Pero Christie se encogió de hombros y dejó el vaso encima de la mesa.

—¿Se ha enterado de lo de las notas? —preguntó Cafferty.

—¿Qué notas?

—Lord Minton recibió una justo antes de ser asesinado.

—Salió en las portadas de los periódicos —dijo Christie.

—Yo recibí otra. —Ahora gozaba de la plena atención de Christie—. Se la enseñaría, pero la policía se la ha llevado para examinarla.

—¿Acudió a la policía?

Christie parecía incrédulo.

—En realidad acudí a Rebus, que no es lo mismo. Pero les pasó la nota. Pregúntele si no me cree. Y si no le cree a él tampoco, pruebe con Siobhan Clarke.

—De acuerdo. Así que recibió una nota...

—Tengo dudas de si pudieron enviarla los Stark, junto con la bala que llegó unos días después.

Christie pasó unos quince segundos pensativo.

—No parece su estilo —concluyó.

—Es posible.

—¿Qué relación tiene esto con lo de Minton?

—Era fiscal, aunque, hasta donde yo sé, nunca trabajó en un juicio contra mí o los míos. ¿Le conocía?

—No.

Cafferty se encogió de hombros y levantó el vaso.

—Todavía no sé muy bien por qué me está contando todo esto —dijo Christie.

—Yo pensaba que estaría preocupado por mi salud. —Cafferty esperó a que Christie se diera cuenta de que bromeaba y el joven finalmente esbozó una sonrisa ladeada—. Pero lo cierto es que puede llegar un momento en que nos necesitemos el uno al otro.

—¿Para echar a los Stark de la ciudad?

—Algo así.

—¿Y qué aportará usted a ese enfrentamiento?

Christie lo miró con dureza. Era una pregunta seria.

—Lo que crea usted que necesita.

—Iban a clavarle un cuchillo a Davie Dunn.

—Y Chick Carpenter acabó en el hospital —añadió Cafferty.

—Con o sin usted, acabaré con ellos.

—¿Sabe por qué están aquí?

—Supuestamente están buscando a un camionero y una mercancía desaparecida.

—¿No está convencido?

—Estoy convencido de que andan preguntando.

Christie se había terminado su copa en dos tragos.

—¿Quiere otra? —preguntó Cafferty.

Christie rechazó la oferta.

—Tengo que ir a otro sitio. —Miró a Cafferty—. ¿Quién cree que le disparó en realidad?

—Reconozco que en su momento aparecía usted en la lista.

—¿Y ahora?

—Hace mucho tiempo que no cabreo a nadie, aparte de a usted.

—Entonces, si es por rencor, ¿han estado alimentándolo?

—Christie se levantó y envió otro mensaje, quizás al mismo destinatario que antes—. Todos esos cuerpos que ha enterrado durante años, todas esas familias que no saben dónde están sus parientes...

—Un negocio como el nuestro, Darryl, es despiadado.

Cafferty también se había levantado.

—Despiadado —coincidió Christie, y buscó al camarero.

—Ya pago yo —le dijo Cafferty. Fuera se había detenido un coche y Cafferty reconoció el Range Rover Evoque blanco—. Le espera su carruaje. —Se estrecharon la mano—. Ya me habían dicho que últimamente estaba usted bravucón —comentó al soltarle la mano—. Pero esa actitud no le llevará muy lejos. Cuando yo tenía su edad me manchaba las manos y, sinceramente, sigo siendo así. —Hizo una pausa y miró al joven a los ojos—. En cambio usted...

—¿Sí?

—Lo único que yo veo es un puto traje brillante. —Cafferty se encogió de hombros y sonrió—. No se ofenda, hijo.

El rostro de Christie irradiaba ira.

—Nos vemos —dijo con desdén al dirigirse a la salida.

Todavía sonriendo, Cafferty pidió la cuenta. La firmó y fue hacia el ascensor, sacando la llave de la habitación para que fuera bien visible. Sabía que el coche blanco seguía fuera, probablemente con la ventanilla más próxima al hotel bajada para que sus ocupantes pudieran ver mejor. Creerían que sabían dónde encontrar a Cafferty si lo buscaban.

Que lo creyeran.

Llegados a ese punto, que fueran contándolo.

Se quedó media hora en la habitación del segundo piso y utilizó el inodoro y la ducha, esta última solo por la calidad de las toallas; eran mejores que las de su piso de Quartermile. Luego fue a recepción, con el abrigo y el sombrero puestos, y vio que el coche se había esfumado. Se bajó el ala del sombrero y salió. Tenía más cosas que buscar en Internet.

Y caldo escocés para cenar.

Malcolm Fox estaba sentado en el coche delante de la residencia donde vivía su padre. Se había tomado media docena de analgésicos y se sentía a la vez adormecido y mareado. Su plan era visitar a Mitch, sentarse al lado de su cama y esperar a que le preguntara cómo se había hecho aquellos moratones.

«Trabajando».

Sí, eso diría; o algo parecido.

«Trabajo policial de verdad, papá. El que siempre decías que se me daría fatal».

Pero entonces habría puesto en bandeja a Mitch una respuesta obvia:

«Esos moratones demuestran que tenía razón».

Así que descartó la vigilia junto a la cama y se quedó en el coche, con las manos apoyadas en el volante y un punzante dolor de cabeza. Creía que era la cafeína de las pastillas mezclada con la adrenalina, la conmoción posterior a la paliza. Le habían pegado en otras ocasiones, pero hacía tiempo que no ocurría. La última pelea en la que estuvo a punto de involucrarse fue con Rebus haría cosa de un año, hasta que se dieron cuenta de lo ridículo que habría sido. Comprobó los daños en el espejo retrovisor. No podía creerse que hubiera estado a punto de importunar a su padre como un niño que necesita compasión por un rasguño en la rodilla. En una ocasión, tras una pelea en el colegio, lo único que quiso saber Mitch era cuánto daño había infligido Malcolm a su oponente. Al darse cuenta, Malcolm dio rienda suelta a su imaginación, hasta que se percató de que su padre había dejado de creerle.

—Qué divertido todo, ¿eh? —se dijo, estudiando su reflejo.

Cogió el teléfono y vio que la llamada entrante era nuevamente de Siobhan. Le preocupaba que le propusiera verse y todavía no estaba preparado para su compasión. No, lo que buscaba era el amargo realismo de su padre y parte de él todavía lo quería. Así que puso el coche en marcha y decidió irse a dormir solo.

Su cama y otra bolsa de guisantes congelados.

QUINTO DÍA

17

Todavía estaba oscuro cuando el teléfono despertó a Rebus, que forcejeó con él mientras intentaba encender la lámpara de la mesita de noche.

—¿Sí?

—John, soy Siobhan.

—Esto se está convirtiendo en un hábito. ¿Qué hora es?

—Casi las seis. Tienes que venir a Leith.

—¿Qué ha pasado?

—Otro tiroteo. Esta vez la víctima no ha tenido tanta suerte.

—¿Quién?

—Dennis Stark.

Rebus había sacado las piernas de debajo del edredón y tenía los pies apoyados en el suelo.

—¿Está muerto?

—Así es —confirmó Siobhan Clarke.

Un callejón cerca de Constitution Street. La calle principal había sido acordonada y agentes con chalecos reflectantes desviaban el tráfico y a los transeúntes. En su mayoría eran taxis negros y trabajadores del turno de noche. Todavía faltaba mucho para la hora punta. Los medios de comunicación ya habían llegado, y también algunos morbosos, que estiraban el cuello para intentar ver mejor.

Ya habían retirado el cuerpo de Dennis Stark. El callejón era solo eso: muros altos, basura esparcida, un par de contenedores de tamaño industrial y una puerta reforzada que hacía de entrada trasera de unas oficinas. No había circuito cerrado de televisión y el alumbrado público era mínimo. El equipo de la policía científica se había enfundado el uniforme y estaba trabajando. Un amodorrado James Page estaba frotándose las manos enguantadas mientras recibía información de un agente. Rebus vio a Siobhan Clarke cuando se dirigía hacia él, su semblante pétreo y profesional, con un mono protector, capucha y fundas para los zapatos.

—No me dejaban pasar —dijo Rebus, señalando con la cabeza hacia el cordón policial—. Pensé que tendría que avisarte para que vinieras a buscarme.

—Han llamado desde un piso cercano —le explicó, bajándose la mascarilla hasta el cuello—. En realidad han sido tres llamadas distintas. Probablemente por eso la patrulla se lo ha tomado en serio. Informaron de lo que parecía un único disparo. Uno de los denunciantes es un exmilitar y ha asegurado que sabe con certeza lo que ha oído. Las llamadas se han producido sobre las 3:45, y hacia las 4:15 han hallado el cuerpo. —Señaló el lugar en cuestión—. Estaba apoyado en la pared y había recibido un disparo en el pecho.

—¿De nueve milímetros?

—Todavía no estamos seguros.

—¿Había alguna nota?

—La misma de siempre.

Rebus hinchó los carrillos.

—¿Lo sabe Joe Stark?

—Alguien tenía que llamar a Glasgow.

—¿Y los hombres de Dennis?

—Tenemos agentes en el hostal. Los someterán a interrogatorio.

—¿A qué distancia está el hostal de aquí?

—Está en Leith Links.

—Dos minutos caminando, entonces. Y la comisaría de Leith está a medio camino.

—Pero a esa hora de la noche no hay nadie de servicio.

Rebus pensó unos instantes.

—Esto pinta mal, Siobhan.

—Lo sé.

—Lord Minton, Cafferty y ahora Dennis Stark.

—Solo debemos encontrar la conexión.

—¿Y Compston lo sabe?

—No le he visto.

—Supuestamente, su equipo debe vigilar a los Stark las veinticuatro horas del día.

—Lo sé, y estoy a punto de dar la noticia a Page. —Hizo una pausa—. Mientras lo hago, tú podrías hablar con Compston.

—¿Por qué no lo hace Malcolm?

—No coge el teléfono.

—De acuerdo, déjamelo a mí. —Rebus observó a los agentes de la policía científica, que estaban apuntando con sus linternas al suelo—. ¿Ya han encontrado la bala?

—No.

—A lo mejor está dentro del cuerpo.

—Según el médico hay orificios de entrada y de salida.

—Entonces, ¿la bala tiene que estar por aquí?

—O no.

—Nuestro pistolero parece un poco más seguro de sí mismo, ¿no? No quería acercarse demasiado a Cafferty, pero no muestra reparos en plantar cara a Dennis Stark. —Clarke asintió—. ¿Qué hacía Stark aquí, en todo caso?

—Ahora mismo sabes tanto como yo.

Page llamó a Clarke. Esta se dio la vuelta y fue hacia él, poniéndose de nuevo la mascarilla. Rebus sacó el teléfono y llamó a Fox al móvil y al fijo. No hubo respuesta. Echó un último vistazo al callejón y volvió hacia la zona acordonada, donde tenía aparcado el coche.

No encontró mucho tráfico en el trayecto a Oxgangs. Llamó al timbre de Fox y aporreó un par de veces la puerta con el puño. Momentos después oyó movimientos y la puerta se abrió medio palmo. Fox, que estaba adormecido, llevaba un pijama azul oscuro.

—No me digas que has venido a venderme un perro —farfulló.

—¿Qué coño te ha pasado? —dijo Rebus al ver el rostro de Fox.

—Intenté detener una pelea delante del Gimlet.

—¿Los Stark? —aventuró Rebus—. ¿E interviniste?

—¿Podríamos hablar de día?

Fox parpadeó para enfocar la mirada mientras se examinaba los moratones con la yema de los dedos.

—¿Tienes coartada para las 3:45?

—¿Qué se supone que he hecho?

—Es más o menos la hora en la que alguien ha asesinado de un disparo a Dennis Stark.

—Dios —dijo Fox.

—Exacto —respondió Rebus.

Mientras Fox se aseaba y se vestía, Rebus preparó una cafetera. Fox entró en la cocina anudándose la corbata. Obviamente había estado pensando.

—Habrá que interrogar a Cafferty, Christie, Chick Carpenter y Davie Dunn. —Cogió la taza que le tendió Rebus y bebió un sorbo—. ¿Y qué hay de la Operación Júnior?

—Por eso estoy aquí. Nadie ha visto ni ha tenido noticias de Compston y sus hombres. ¿Tienes su número de teléfono?

—Probablemente debería hablar con ellos Doug Maxtone. Nosotros se lo decimos a Maxtone y él a Compston.

—¿Y qué gracia tiene eso?

—¿Gracia?

—Tú ya me entiendes.

—Supongo que sí.

—Habían dejado una nota a Dennis.

Fox abrió más los ojos por encima del borde de la taza.

—¿Con el mismo mensaje?

—El mismo.

—Entonces ese es nuestro hombre y no los que he dicho.

—Todos tenían motivos para querer que Dennis recibiera un castigo. Tendremos que hablar con ellos de todos modos.

—Joe Stark se pondrá furioso.

—Imagino que sí.

—¿Y por qué no lo impidieron los hombres de Dennis?

—Tenemos que averiguarlo. —Rebus hizo una pausa—. ¿Ya has descubierto quién es el topo?

—¿Qué te hace pensar que me interesa?

Rebus sonrió.

—Tu reacción cuando nos lo dijo Alec Bell. Eres un espía nato, Malcolm. Por eso encajas tan bien en Asuntos Internos. Pensé que querrías ponerte a prueba.

—Y eso hice.

—Adelante, entonces. Impresióname.

—Jackie Dyson es el claro favorito.

—¿Y no intervino cuando te dieron la paliza?

—Fue él quien empezó.

—¿Sabiendo que eras poli? —Fox sacudió la cabeza—. Entonces, ¿la operación corre peligro?

Fox negó de nuevo con la cabeza.

—No me identifiqué en ningún momento.

Había abierto una caja de paracetamol y estaba a punto de ingerir un par de pastillas.

—Aun así, probablemente no es el alumno más aventajado de Compston. A menos que este no lo sepa.

—Lo sabe.

—Pues a lo mejor debería ser yo quien lo llame.

Fox pensó en ello.

—Quizá sí. —Empezó a buscar el número de Compston—. Una cosa más —dijo—. Cuando me desperté en el hospital estaba allí el propietario del Gimlet, que me dio las gracias por haber intervenido. Había llevado a un compañero suyo...

—¿Darryl Christie?

—...que al instante se dio cuenta de que yo no estaba allí por accidente.

—¿Y Ricky Compston lo sabe? —Fox asintió—. Para que luego digan que el problemático soy yo. Por lo visto, tú podrías enseñarme un par de cosas.

—Christie me dijo que iba a quitar de en medio a los Stark y que lo mejor que podíamos hacer los demás era no entrometernos.

Rebus pensó en ello unos instantes y luego realizó la llamada.

—Allá vamos —dijo—. Deséame suerte...

Después de identificar a su hijo en el depósito de cadáveres, Joe Stark se encontraba en una sala de Fettes respondiendo a unas cuantas preguntas con su abogado allí presente.

Eso interesó a Rebus: pocos padres de una víctima de asesinato se personaban acompañados de un abogado. Pero lo cierto es que Joe Stark no era un padre corriente. La prensa había abandonado Constitution Street y ahora se agolpaba en Fettes Avenue. A medida que se iluminaba el cielo, el número de periodistas iba en aumento.

Compston también quería ir a Fettes, pero Rebus lo desaconsejó a menos que la Operación Júnior estuviera desinflándose.

Su razonamiento era que el lugar estaría atestado de hombres de Stark. Y, por supuesto, los leales lugartenientes de Joe —Walter Grieve y Len Parker— se encontraban en recepción esperando a su jefe. Rebus incluso había hablado con ellos.

—¿Son miembros de la familia? —les preguntó, intentando sonar comprensivo.

—Como si lo fuéramos.

—Solo queríamos decirles lo mucho que lo sentimos. Es espantoso que le ocurra esto a un hombre joven, sobre todo cuando está visitando la ciudad.

—Ya, gracias.

Ambos se retorcieron en el asiento, incapaces de reaccionar. Probablemente solo hablaban con un policía cuando recibían una advertencia o cuando pasaban un soborno por debajo de una mesa del pub.

—Si podemos hacer algo por ustedes, caballeros...

Con eso, Rebus los dejó allí asintiendo y frunciendo el ceño.

En otras zonas del edificio, los hombres de Dennis Stark estaban siendo interrogados o aguardando su turno. Rebus se preguntaba si Jackie Dyson dejaría de lado su papel. Rebus lo dudaba. Eso suponiendo que Fox hubiera acertado. Este se encontraba en la sala de Incidentes Graves, memorizando todo lo que había colgado en la pared: fotos de la escena del crimen, mapas y recortes de periódico.

—Page y Siobhan están preparando una nota de prensa —dijo a Rebus—. ¿Has hablado con Cafferty?

—Todavía no.

—¿Por alguna razón en particular?

—Hace lo mismo que antes tú: no coge el teléfono.

—Llamar a la puerta a veces funciona.

—Estuve allí hace dos noches. Se ha esfumado.

—¿Ah, sí?

—Probablemente sea una cuestión de supervivencia.

—Sin duda se pondrá en contacto cuando se entere.

—Quién sabe qué hará. Estamos hablando de Cafferty.

Siobhan Clarke salió de la oficina de Page, pero pasó junto a ellos sin tan siquiera verlos, absorta en sus pensamientos. Llevaba documentos en una mano y el teléfono en la otra, y desapareció por el pasillo.

—Pensaba que ella te habría comentado algo sobre los moratones —dijo Fox. Luego, mirando a Rebus—: ¿Sirve de algo que estemos aquí?

—De poco.

—¿Dónde te reúnes con Compston?

—En St. Leonard's. ¿Vienes?

—Supongo que sí.

—¿Te preocupa que no sea amable con él?

—Suelen decirme que vuelvo a la gente más civilizada.

—Eso cuéntaselo a los que te pegaron.

—Tuvieron un golpe de suerte, eso es todo...

18

—Vaya, pero si es el doble de Robert De Niro en *Toro salvaje* —dijo Compston cuando Fox entró en la sala con Rebus detrás.

Allí cundía el desánimo. Semanas y meses de trabajo probablemente se habían ido al garete.

Fox tenía preparada una pregunta.

—¿Dónde estaba el dispositivo de vigilancia nocturno?

—Todos tenemos que dormir en algún momento —protestó Alec Bell.

—Con lo cual deduzco que eras tú el que estaba durmiendo en el coche.

—No, era yo —intervino Beth Hastie—. Necesitaba llenar el depósito, una bebida caliente e ir al baño, así que me tomé veinte minutos para ir a una gasolinera de Leith Walk que abre toda la noche. Me enteré de que había problemas cuando aparecieron unos agentes uniformados en el hostal.

—No habría pasado nada —apostilló Compston —si no hubiéramos perdido a Selway y Emerson, pero seguían en Glasgow vigilando al padre.

—El jefe de policía no estará contento con usted, Ricky —dijo Rebus.

—Ese es mi problema, no el suyo. Pero al menos no soy yo el que no ha conseguido atrapar a un asesino en serie.

—En fin —terció Fox—, ahora que Dennis ya no está, me atrevería a decir que los demás querrán volver a Glasgow.

Compston lo miró con dureza.

—¿Ha perdido la cabeza? ¿Por qué iban a hacer eso? —después, a Rebus—: Dígaselo.

—Joe es de los del Antiguo Testamento: ojo por ojo y todo eso. Removerá toda Edimburgo hasta que encuentre al asesino de su hijo. Al inspector Compston seguramente le encanta la idea, porque Joe no va a reprimirse, y eso significa que empezará a cometer errores. Cuantos más cometa, más fácil será pillarlo con las manos en la masa y encerrarlos a él y a sus chicos.

—Ya ve —dijo Compston a Fox—, nadie irá a ninguna parte. Y nosotros tendremos asientos en primera fila. Créame, Edimburgo no sabe la que se le viene encima.

Cafferty tenía palpitaciones. Se encontraba junto a la ventana de su piso de Quartermile, contemplando el parque Meadows. Los estudiantes paseaban y montaban en bicicleta por Jawbone Walk, llenos de confianza y vitalidad. Él no sentía sino una profunda disociación. ¿Cómo era ese otro mundo, el que la mayoría de la gente parecía habitar? ¿Por qué eran felices? No recordaba haberse sentido nunca libre de preocupaciones. Siempre estaba alerta ante un posible ataque, rodeado de gente en la que no podía arriesgarse a confiar, y las nuevas amenazas se amontonaban sobre las viejas. Había trepado hasta lo más alto y había pisoteado a cuantos había necesitado pisotear, exprimiendo, arañando y pateando, ganándose toda una serie de enemigos, pero asegurándose también de que esos enemigos carecieran de fuerza para destronarlo.

¿Era eso una especie de reino?

Joe Stark había hecho algo muy parecido en Glasgow, gobernando con su temible reputación, reforzada con el tiempo por su hijo Dennis. Pero este no poseía la astucia innata de su padre, lo cual sin duda había contribuido a su caída. Cafferty apoyó la cabeza en el cristal tintado mientras hacía la llamada. Darryl Christie la atendió de inmediato.

—Estaba a punto de llamarle —anunció Christie.

—Dios, Darryl, no está por aquí, ¿verdad?

—Sabía que estaría pensando eso.

—Es lo que pensará todo el mundo, sobre todo las fuerzas de la ley y el orden.

—El mero hecho de que lo diga me indica algo interesante.

—¿Qué?

—Que ya no tiene amigos en el cuerpo de policía.

—¿Y usted sí?

—Por eso sé lo de la nota.

—¿Han encontrado una nota?

—Todavía no lo han dado a conocer, pero sí, igual que la que usted recibió. Así que no fue un ataque aislado y, desde luego, quien apretó el gatillo no fui yo ni uno de los míos.

—Dos gánsteres atacados...

—Sí, la policía querrá interrogarme. Y yo las pasaré canutas para mentir y decir que siento que hayan eliminado a ese capullo. Le daría un beso a quien lo hizo.

—Joe irá a por usted y quizá a por mí también. No creerá que haya sido algo fortuito y, aunque lo hiciera, tendrá que vengarse de alguien.

—Bueno, Joe sabe dónde encontrarme. En cambio, a usted...

—¿Qué?

—Está escondido, y eso le hará pensar que es culpable.

—Espero poder contar con usted para que se lo desmienta.

Christie se echó a reír y colgó. Cafferty se alejó de la ventana y se planteó telefonear a Rebus, pero acabó sentándose delante del ordenador portátil, sabiendo que tendría que añadir a Dennis Stark a su lista de búsqueda. Sería un día largo.

Joseph Stark se encontraba en el callejón mientras sus hombres formaban una hilera detrás del cordón policial, mirando con cara de pocos amigos al agente que les había denegado el acceso.

—Solo familia directa —estipuló.

Eso no molestó excesivamente a Joe Stark; de todos modos, quería el lugar para él solo y comprobar si todavía podía encontrar algún rastro de su hijo allí. Recordó que fue Cath quien eligió el nombre de Dennis, como su abuelo materno. Así que Joe había desechado su preferencia por Joseph Júnior. Luego Cath murió, y Joe tuvo que intentar dirigir el negocio a la vez que criaba a su hijo. Sus amigos le habían dicho que volviera a casarse, pero él sabía que no lo haría. Cath era la mujer de su vida. Ahora intentaba desenterrar recuerdos de la infancia de Dennis, pero había grandes lagunas. ¿Su primer día de colegio? Joe estaba fuera por negocios y tuvo que acompañarlo un vecino. Jugando al fútbol en el club juvenil, los disfraces de Halloween, notas trimestrales... Lo que se le había quedado grabado eran las llamadas al despacho del director. Con el tiempo, se dieron cuenta de que no era un hombre que soportara recibir malas noticias en persona. A partir de entonces le enviaban cartas, que él rompía y tiraba a la basura.

Su propio padre echaba mano del cinturón, y le golpeaba en las orejas, las manos y la espalda. Más tarde empezó a utilizar los puños. Joe se había comportado del mismo modo hasta que Dennis lo sobrepasó en unos cinco centímetros y aprendió a resistirse. También hubo buenos momentos, por supuesto: ir a cenar y tomar unas copas en algún lugar nuevo y elegante; dar un paseo en el Jaguar para comprar helado junto al mar; y transmitirle sus conocimientos sobre cómo funcionaba realmente el mundo.

Sin embargo, eran las lagunas las que lo atormentaban: esos enormes lapsos de tiempo que pasaron separados. Cuando Dennis fue a la cárcel, Joe prefirió no ir a verlo. Era mejor dejarlo solo, que aprendiera. Sabía que cuando volviera a Glasgow encontraría muy pocas fotos de los dos juntos. Pero, entonces, ¿qué sentido tenía aquello? ¿Qué sentido tenía quedarse en un callejón gélido en una ciudad extraña cuando tu hijo estaba en un cajón en el depósito de cadáveres? La identificación formal había sido dura, pero insistió en ver el agujero de bala. Era pequeño en comparación con el resto del torso, que no había sufrido daños. Un par de tatuajes de los que Joe no tenía conocimiento: un cardo púrpura y un león descontrolado. Stark se estremeció: él llevaba marcas casi idénticas en los brazos ¿Por qué nunca se lo había mencionado?

Se agachó y apoyó una mano en la pared y la otra en el áspero suelo. Luego cerró los ojos, intentando sentir algo, cualquier cosa. Cuando los abrió, el mundo parecía seguir igual. Los seis hombres lo observaron cuando se dirigió hacia ellos: los cuatro de Dennis más Walter y Len. En silencio, Joe Stark estableció contacto visual con cada uno de ellos. Len Parker le ofreció un pañuelo para que pudiera limpiarse las manos. Stark asintió a modo de agradecimiento, se lo devolvió, y los apartó del agente y los lugareños que habían acudido a curiosear.

—El que hizo esto —dijo en voz baja —sabía lo del hostal. Así que necesito que me deis nombres y luego hablaremos con todos y cada uno de ellos para ver con quién se han ido de la lengua. La policía hará su trabajo, pero dudo que vayan a herniarse. Probablemente, el DIC de Glasgow está abriendo una botella de champán en este preciso instante. Pero mi chico está muerto y quiero saber por qué y quién lo hizo. Hasta entonces, nada de descanso, nada de bromas y nada de diversión. ¿Entendido? Si yo estoy en el infierno, vosotros también. ¿Alguien quiere decir algo?

Sus hombres se limitaron a moverse un poco, pero Rob Simpson se aclaró la garganta.

—Sé que uno de nosotros debería haber estado con él, pero a veces hacía esas cosas. No parecía necesitar más de cuatro horas de sueño y salía a dar un paseo. Nunca nos despertó para que lo acompañáramos. Sabía que podía hacerlo si quería.

—¿Vosotros lo sabíais? —Joe Stark esperó a que Dyson, Andrews y Rae asintieran—. Pues deberíais haberle obligado a entrar en razón. O uno de vosotros debería haber hecho el turno de noche para que no estuviera solo. —Miraron todos al suelo, moviéndose con incomodidad—. Os considero responsables a los cuatro —continuó Stark, señalando con el dedo—. ¿Queréis que esté de vuestra parte cuando todo esto termine? Pues conseguidme respuestas.

—¿Cueste lo que cueste? —preguntó Jackie Dyson.

—Adivina, joder —respondió Stark de forma gélida.

19

James Page escuchó a Rebus y Clarke exponer su teoría.

—¿De modo que nuestro asesino no tiene un arma hasta que la roba en casa de lord Minton? —dijo Page—. ¿Luego la prueba, dispara a Cafferty y falla, y días después mata a quemarropa a Dennis Stark?

—¿Sabemos que fue a quemarropa? —preguntó Rebus.

—Encontraron quemaduras de pólvora en la chaqueta del difunto —confirmó Page.

—¿Todavía no ha aparecido la bala? —preguntó Clarke.

—No.

—¿Y qué pasó con ella?

—No lo sabemos.

Page se cruzó de brazos. Estaba sentado a su mesa y tenía el teléfono delante. Cada cinco o diez segundos llegaba otro mensaje de texto que él ni siquiera miraba.

—Parece que el asesino pudo llevársela —comentó Rebus.

—Pero ¿por qué?

Rebus se encogió de hombros.

—Es una lástima. Nos vendría bien para verificar si las tres balas salieron de la misma arma.

—¿Tres?

—La del árbol del Hermitage, además de Cafferty y Stark.

Page se lo quedó mirando.

—¿Cree que hay más de un loco suelto?

—A veces aparecen imitadores.

Page despreció la idea con un gesto despectivo.

—Ese equipo que ha mantenido a los Stark en observación...

—Se han sonrojado todos.

Page hinchó los orificios nasales.

—¿Y cómo es posible que lord Minton consiguiera una pistola?

—No de forma legal —respondió Clarke—. No se ha expedido nunca un permiso de armas a su nombre.

—Pero, siendo abogado —añadió Rebus—, probablemente conoció a una o dos personas a lo largo de los años que podían conseguir lo que quisiera. La cuestión es ¿para qué la quería?

—Había recibido una nota amenazante —le recordó Page.

—Pero seguramente ya las había recibido en el pasado. Por alguna razón, con esta última le entró el miedo.

—¿Porque era creíble? —aventuró Page—. ¿Cree que la pistola la compró recientemente?

—Llamé a su banco y conseguí algunos detalles —dijo Clarke—. Hace un par de semanas sacó quinientas libras al día durante cuatro días consecutivos. Normalmente sacaba entre cien y doscientas libras dos veces por semana. En el momento de la muerte, había en su cartera exactamente treinta y cinco libras.

Page estaba mirando a Rebus.

—¿Con dos de los grandes pudo comprar una pistola?

—Probablemente.

—¿Y por qué en tandas de quinientos?

—Es lo máximo que podía sacar diariamente del cajero —explicó Clarke.

—¿Estamos seguros de que tenía una pistola en el cajón?

—Es factible.

—Entonces, ¿quién se la vendió? ¿Conocemos a alguien en la ciudad?

—Podemos investigar —afirmó Rebus.

—Pues hagámoslo.

—Probablemente lo mejor será no decirle nada a su padre, que está de duelo —advirtió Rebus.

Page asintió y cogió el teléfono.

—A saber cuántos de esos mensajes son del jefe —dijo.

—No haremos pública la nota que recibió Stark, ¿verdad, señor? —preguntó Clarke.

—Todavía no.

—¿La policía científica la está examinando?

—Por si sirve de algo.

Pero ahora Page estaba concentrado en el contenido de la pantalla de su móvil. Rebus indicó a Clarke que había llegado el momento de irse. Frente a la oficina principal, Siobhan le preguntó por la pistola.

—¿Todavía tienes confidentes trabajando para ti?

—No —contestó Rebus—, pero Darryl Christie quizá haga correr la voz si se lo pedimos educadamente.

—¿Y por qué iba a hacerlo?

—Porque ahora mismo necesita todos los amigos que pueda conseguir.

Clarke pensó en ello y finalmente asintió.

—¿Puedes hablar con él?

—¿En mi condición de asesor, inspectora Clarke?

—En su condición de asesor, señor Rebus.

Fox había escuchado los interrogatorios a los socios de Dennis Stark. En realidad, eso no era estrictamente cierto; había obviado tres de ellos, pero escuchó el cuarto completo. Jackie Dyson era bueno, muy bueno, y no permitió que lo desenmascararan ni una sola vez. Era beligerante, entorpecedor y reacio en sus respuestas.

—Está usted aquí en calidad de amigo del difunto, señor Dyson —le recordaron en un momento dado—. Estamos buscando cualquier cosa que pueda ayudarnos a dar con el asesino.

—Entonces salgan a buscarlo —masculló Dyson—. Porque, en cuanto me dejen salir, eso es lo que haré yo.

Fox se preguntaba si Dyson querría reincorporarse al trabajo ahora que la misión había descarrilado. Como mínimo querría hablar con Compston para recibir instrucciones.

¿O ya había dejado todo aquello atrás? ¿Era autosuficiente y se sentía cómodo con su nueva vida?

¿Había incluso una oportunidad de subir en el escalafón ahora que Dennis ya no estaba?

Fox miró su teléfono. No había recibido nada de Siobhan ni Rebus. A falta de algo mejor que hacer, decidió regresar a St. Leonard's. Pero, una vez en el coche, decidió tomar un desvío rápido. Aparcó en Constitution Street y fue caminando hasta el callejón, que estaba protegido con cinta policial. Un par de ancianos que habían salido de compras se detuvieron a mirar y el agente de servicio estaba haciendo todo lo posible por no hacerles caso. Reconoció a Fox y levantó la cinta. Pero, al agacharse para pasar por debajo, Fox se detuvo.

—¿Ha venido alguien más? —preguntó.

—El padre de la víctima.

—¿Y su séquito?

El agente asintió.

—Pero solo dejé pasar al padre.

—Seguro que eso le hizo muy popular.

Fox sonrió y se adentró en el callejón. La policía científica lo había limpiado todo; no se apreciaba ni una sola mancha de sangre. A Dennis le gustaba salir a dar un paseo por la noche, siempre solo. Es lo que se había averiguado durante los interrogatorios. Lo cual estaba bien, pero la pensión se encontraba al borde de Leith Links, un lugar mucho más agradable que aquel. ¿Había organizado una cita? En su teléfono no aparecía nada: ni mensajes, ni llamadas a altas horas de la madrugada. Sin embargo, algo o alguien lo había llevado hasta allí. Fox pasó de nuevo por debajo de la cinta, dio las gracias al policía y siguió la misma ruta que probablemente había tomado Dennis. Se encontraba cerca de la comisaría de Leith y, sí, allí estaba Leith Links. Se divisaba un parque infantil más allá de las parcelas valladas. En el pequeño jardín delantero del hostal había un poste con un gran cartel de madera: LABURNUM – NO HAY HABITACIONES.

La puerta del hostal se abrió desde dentro y Fox solo tuvo tiempo de esconderse detrás de un Volkswagen Polo estacionado cuando salió la banda de Dennis con Joe Stark detrás. Los otros llevaban bolsas de viaje y mochilas. Lo metieron todo en el maletero de una Chrysler Voyager y se montaron, con Jackie Dyson al volante. El vehículo se fue a toda velocidad y cinco minutos después se le unió otro coche, conducido de forma inconfundible por Alec Bell. ¿Se dirigían a Glasgow? Sin duda tenían prisa. Mirando de nuevo hacia el hostal, Fox vio que el cartel de NO HAY HABITACIONES estaba en el suelo.

La puerta principal había quedado entreabierta.

Cruzó la calle y abrió la valla. Luego enfiló el camino, se anunció al abrir la puerta y entró. Había un hombre tumbado en el suelo del recargado salón. En la chimenea había adornos rotos. Lo habían sentado en una silla que había caído de lado. Estaba consciente y sangraba por la nariz y la boca. Fox se arrodilló junto a él y lo desató.

—Soy policía —dijo a la temblorosa figura. El hombre rondaba los cincuenta y cinco años, tenía sobrepeso y le costaba respirar—. Está usted en estado de shock, pero, aparte de eso, ¿le duele algo? ¿Tiene algo roto o puede levantarse?

—Estoy bien.

—¿Quiere que llame a una ambulancia?

—Estoy bien, de verdad.

El hombre estaba sentado en el suelo frotándose las muñecas.

—Los hombres que le han hecho esto ya se han ido. No se preocupe.

—¿Qué hombres?

Fox se lo quedó mirando.

—Es posible que haya sufrido una conmoción.

—No había hombres, no había hombres —repetía, negando con la cabeza.

—A lo mejor se le han caído encima unas cajas y de paso le han atado las manos. —Fox le dio unas palmadas tranquilizadoras en el brazo—. No se asuste, pero ¿les dijo algo?

—No había nada que decir.

—¿Está seguro de que se encuentra bien?

—A Moira le dará un ataque.

—¿De verdad?

El hombre estaba observando los adornos rotos.

—Eran su tesoro...

—Déjeme ayudarle a levantarse. Quiero comprobar si puede caminar.

El hombre aceptó la ayuda de Fox. Se tambaleó un poco, pero recobró bastante bien el equilibrio.

—¿Sabe que Dennis Stark ha sido asesinado? —preguntó Fox—. Supongo que quieren averiguar quién sabía que se hospedaba aquí.

El hombre asintió lentamente y entonces abrió unos ojos como platos.

—Volverán, ¿verdad? Querrán hablar con Moira.

Fox pensó en ello.

—Quizá sería inteligente que usted y Moira cogieran algunas cosas y se fueran un par de días.

—Sí —coincidió el hombre, asintiendo de nuevo.

—Será mejor que se limpie la sangre para que no sufra un sobresalto más grande del que ya tendrá.

—Gracias —dijo el hombre.

Insistió en acompañar a Fox hasta la puerta. Este se detuvo en el camino, cogió el cartel y lo colocó de nuevo en su sitio.

Después volvió a Constitution Street sin saber muy bien qué hacer. Los Stark parecían dejar una carnicería a su paso. Tenía sentido que se fueran de allí. Pero ¿cómo? Se despidió del agente que vigilaba el cordón de seguridad y abrió el coche. Quedaba menos de un cuarto de depósito y de repente sintió ansia de comer algo dulce, así que se dirigió a la gasolinera más cercana. Al entrar en la tienda vio que cerraba a las diez de la noche. Cogió un Bounty y una barrita Mars y sacó su tarjeta de débito.

—¿Dónde está la estación de servicio 24 horas más cercana? —preguntó al empleado.

—Antes había una cerca de aquí, pero se fue a pique. Es difícil competir con los supermercados.

Fox asintió comprensivamente.

—Entonces, ¿para responder a mi pregunta...?

—Canonmills, quizá.

—¿Canonmills? Eso está bastante lejos.

El empleado se encogió de hombros. Fox retiró la tarjeta del datáfono y se montó en el coche. Se quedó junto al surtidor con el motor apagado, comiéndose la barrita Mars. Luego volvió a salir del coche y se dirigió al mostrador.

—¿Ocurre algo? —preguntó el empleado, que parecía claramente receloso.

—Esta es la única gasolinera de Leith Walk, ¿verdad?

—Eso es.

—¿Hay otra cerca de aquí?

—Una. Puede que dos.

—Pero ¿que estén abiertas a medianoche?

—Ya se lo he dicho: Canonmills.

—Cierto —se vio obligado a responder.

Fox salió de nuevo. ¿Por qué había mentido Beth Hastie? ¿Había llegado a la conclusión de que el dispositivo de vigilancia no merecía su tiempo y optó por irse a dormir? Fox cerró la puerta, puso en marcha el coche, abrió el Bounty, mordió la primera porción y abandonó la gasolinera.

Delante del hotel de Darryl Christie había dos porteros robustos y elegantemente vestidos, un inteligente complemento a los trabajadores habituales dadas las circunstancias. Rebus se detuvo delante de ellos y los saludó con la cabeza.

—¿Se acuerda de mí? —dijo al hombre con el que había hablado en el camino de la casa de Cafferty.

—Nunca olvido una cara.

—He visto que Big Ger ya no está en casa. Me alegra comprobar que no ha estado sin trabajo mucho tiempo.

—Nos movemos casi tanto como ustedes.

—Supongo que se ha enterado de lo de Dennis Stark. Si sus hombres aparecen por aquí, será mejor que tengan ustedes refuerzos a punto. A menos que vayan armados, por supuesto. Porque, créame, después de lo que le ha pasado a su jefe, ellos vendrán preparados.

—Por suerte tenemos un cuerpo de policía que se ocupa de esos turbios personajes.

—*Semper vigilo*. Ese es nuestro lema —dijo Rebus, que pasó entre ambos y abrió la puerta de cristal.

Estaba de servicio el mismo camarero que la vez anterior, pero no le ofreció una copa e hizo una breve llamada a otra parte del edificio. Al otro lado de las grandes ventanas de guillotina georgianas la calle parecía estar tranquila. Tal vez Edimburgo siempre había sido así, o al menos la educada Ciudad Nueva. Quedaban ya lejos los tiempos en que podía agitarse a la muchedumbre por encarcelar injustamente a alguien o por subir el precio del pan. Pero sabía que la gente hablaba, que los vecinos cotilleaban sobre aquel último asesinato y que los tenderos coincidían con los clientes en que era estremecedor e infrecuente.

Darryl Christie entró en la sala a paso ligero y se sentó delante de Rebus como si estuviera preparado para mantener un diálogo mínimo.

—No he sido yo —dijo.

—De acuerdo.

—Fuera quien fuese, dejó una nota. ¿Correcto?

—Yo pensaba que la ciudadanía no tendría constancia de ello.

—Pero yo no soy la ciudadanía, ¿verdad?

—Supongo que no.

—Sin embargo, eso significa que andan detrás del mismo cabrón que se cargó a Minton y que intentó cargarse a Cafferty.

—¿Cafferty le habló de la nota? Supongo que tiene sentido. Y probablemente tenga razón, aunque intentamos mantener la mente abierta. ¿Ya ha recibido noticias de Joe Stark?

—No.

—¿Cree que los dos tarugos de la puerta mantendrán alejado al hombre del saco?

—Digamos que son un sistema de alerta precoz.

—Entonces, ¿es usted amigo de su jefe, Andrew Goodman?

—Hemos hecho algunos negocios juntos.

—¿Alguno de ellos legal, o es una pregunta estúpida? —Rebus vio que Christie no iba a responder, así que sonrió tímidamente—. Bueno —dijo—, aunque me encantaría verle entre rejas, Darryl, en realidad he venido a pedirle un favor, algo que podría ser mutuamente beneficioso.

Christie se lo quedó mirando.

—Le escucho —dijo.

—Creemos que el asesino cogió la pistola de casa de lord Minton. Este no tenía licencia de armas y probablemente la había adquirido recientemente, en las dos últimas semanas.

Christie se rascó la barbilla con la yema del dedo.

—¿La compró aquí?

—Con un poco de suerte...

193

Christie asintió.

—Probablemente solo haya dos o tres vendedores posibles. Pero si tenemos que ampliar la búsqueda hacia el oeste... —Realizó el cálculo—. Súmele diez o doce más. Y otra media docena en otros puntos de Escocia.

—Si encontramos el arma, nos ayudará a eliminarle de nuestras pesquisas e incluso podría convencer a Joe de que no vaya a por usted.

Christie esbozó una sonrisa.

—Escúchese, Rebus. Le encanta esto, ¿verdad? Un último bis antes de que se apaguen los focos...

—¿Hará correr la voz?

—Veré qué puedo hacer. Dígame: ¿cómo se lo ha tomado Joe Stark?

—¿Usted qué cree?

—Se estará preguntando por qué fue Dennis a aquel callejón.

—Por lo visto le gustaba darse un garbeo por la noche. —Christie no parecía convencido—. ¿Y usted? —preguntó Rebus—. ¿Está adoptando todas las precauciones necesarias aparte de esos dos culturistas de la puerta?

Christie se encogió de hombros y se puso en pie. En ese momento sonó su teléfono y miró la pantalla antes de responder.

—Hola, Bernard. —Entrecerró los ojos y miró fijamente a Rebus—. ¿Estás bien? —Hizo otra pausa para escuchar y después—: Probablemente sea un buen consejo. No le digas a nadie dónde vas. Y llámame luego. Te debo una.

Christie colgó y volteó el teléfono en su mano.

—Era el propietario del hostal donde se hospedaban los Stark —explicó—. Le han dado una paliza. Querían saber a quién les había hablado de ellos.

—Bueno, sabemos que a usted.

—Pero no se lo dijo.

—Entonces es cierto que le debe una.

—Pero ya han hecho las maletas.

—Parece que estén quemando puentes.

—Sí —coincidió Christie.

—Con Bernard o sin él, sabe que al final irán a por usted. —Rebus hizo una pausa para que calaran sus palabras—: ¿Me llamará si averigua algo?

—Veremos...

Christie se dio la vuelta e hizo una llamada mientras se dirigía con ímpetu hacia la escalera.

Fox llamó al móvil de Alec Bell.

—¿Puedes hablar? —preguntó.

—¿Qué quieres?

—Imagino que no te interesa, pero Stark y sus chicos le han dado una paliza al propietario del hostal antes de irse.

Bell se tomó unos momentos para digerirlo.

—¿Estabas presente?

—Pasaba por allí y vi que ibais tras ellos.

—¿El hombre está bien?

—Sí, pero no creo que interponga denuncia. Espero que todo esto valga la pena.

—Empiezo a tener mis dudas.

—¿Dónde estás?

—Volviendo a St. Leonard's. Al parecer, Joe y sus hombres se han instalado en un hotel de Haymarket. Beth ha tomado posiciones.

—¿Beth...? —Fox intentó encontrar las palabras adecuadas—. ¿Confías en ella? Quiero decir, ¿es buena trabajando en equipo?

—Ya se llevó una bronca de Ricky. Sabe que la cagó.

—¿Seguro?

—¿Qué insinúas?

—En esa parte de la ciudad no hay ninguna gasolinera abierta toda la noche.

—¿Y?

—Y la más cercana no deja entrar a nadie a partir de las once, así que no pudo utilizar el baño.

—¿Me estás diciendo que miente?

—No estoy diciendo nada con seguridad, pero puede que a ti se te ocurra algo.

—¿Aún llevas por ahí pegado algo de tu antiguo trabajo, Fox?

—Solo me gustaría entender por qué mintió, eso es todo.

La llamada se cortó y Fox se quedó mirando el teléfono. «Has hecho lo que has podido», se dijo a sí mismo, y decidió alejarse por el momento de St. Leonard's y poner rumbo a Fettes.

Rebus estaba en la cafetería cuando entró Fox. Lo saludó y este, que había comprado una taza de té y un sándwich, se sentó con él.

—¿Quieres algo? —preguntó Fox.

—No, gracias. ¿Has estado tranquilito?

—No exactamente. Decidí ir caminando desde el callejón hasta el hostal.

—¿Y?

—Joe Stark y los demás se iban en ese momento, y dejaron al propietario amoratado y cubierto de sangre.

—¿Y?

—Y nada. —Fox parecía triste—. Aun así, al final tendremos que echarles el guante, ¿no?

—Sí —coincidió Rebus—, aunque eso signifique encerrarlos por algún delito menor. Al jefe de policía no le gustará, pero nuestro trabajo no es arrancarle una gran sonrisa. —Rebus guardó silencio unos momentos—. Tengo la sensación de que hay más. Suéltalo, Malcolm.

—Supuestamente, Beth Hastie debía estar vigilando cuando Dennis salió a dar ese paseo. Según cuenta, fue a poner gasolina y a atender una llamada de la naturaleza. Pero no hay ninguna gasolinera que abra toda la noche, lo cual significa que su historia no cuadra.

—A lo mejor se alivió entre unos contenedores de basura y es demasiado señorita para reconocerlo. —Rebus vio la expresión de Fox—. ¿No la consideras una señorita? De acuerdo. Entonces estaba en la cama y no puede decirlo o la habrían destinado a uno de esos contenedores entre los cuales no meó.

—Es posible. —Fox dio un mordisco al sándwich. Era de atún y maíz, y cayó un grano encima del plato. Lo cogió delicadamente y volvió a colocarlo entre los dos triángulos de pan blanco—. En fin, espero que tu día haya sido más fructífero.

—Estoy esperando a que Darryl Christie me diga quién vendió a lord Minton una pistola ilegal. Creemos que el ladrón se la robó a él.

—¿Para utilizarla con Cafferty y Dennis Stark? ¿Ya has hablado con Cafferty?

—Está siendo esquivo.

—¿Ah, sí?

—Se ha ido de casa mientras dure todo esto.

—¿Eso no es sospechoso?

—Es lo que yo haría.

—No han encontrado la bala, ¿verdad?

Rebus sacudió la cabeza y saludó de nuevo, esta vez a Siobhan Clarke, que iba hacia la mesa ondeando una hoja de papel. Era una fotocopia de la nota encontrada en el callejón y la dejó entre ambos.

—No coincide —afirmó.

—¿No?

Fox giró la hoja noventa grados para poder leerla.

—Howden Hall se lo envió a un experto en caligrafía. Han llegado a la conclusión de que alguien vio la nota de Milton en un periódico o en Internet...

—¿Y la copió? —concluyó Rebus, que se recostó en la silla.

—¿Eso qué significa? —preguntó Fox—. ¿Hay otro pistolero?

No me parece probable. ¿Cuántas pistolas de nueve milímetros circulan por la ciudad?

—¿Al menos dos? —aventuró Rebus.

Clarke estaba observando el rostro magullado de Fox.

—¿Qué coño te ha pasado?

—Me lo hizo John porque no acepté el perro que me ofrecía.

—En serio.

—Me metí en una pelea con un bandido de Dennis Stark.

—¿Cuándo?

—¿Debería llamar a mi abogado antes de responder?

Clarke volvió a mirar a Rebus.

—¿Tú crees que encaja?

—¿La teoría de las dos pistolas? Encaja con el hecho de que no encuentren la bala. Si la hubieran dejado allí, habríamos sabido al momento si estamos hablando de un arma distinta.

—¿Y la nota?

—Era una buena copia. Quien la escribió pensaba que no notaríamos la diferencia o que tardaríamos tiempo en hacerlo.

—¿Con qué fin?

—Para que Dennis Stark pareciese encajar con el patrón —dijo Fox, que empezaba a darse cuenta de lo que estaba ocurriendo.

—Así que todo el mundo ha vuelto al redil —añadió Clarke—. Christie, Cafferty... —Vio la mirada de Rebus—. ¿Qué?

—Le he preguntado a Darryl Christie quién pudo vender una pistola a lord Minton.

—¿Y ahora piensas que pudo ser el propio Christie?

—Al final vamos a armarnos un lío —protestó Fox.

—Porque eso es lo que quiere alguien, Malcolm —dijo Rebus. Muy oportunamente, su teléfono empezó a vibrar—. Y aquí tenemos al mismísimo Darryl.

Rebus se levantó y se acercó a las ventanas. Eran grandes y, de no haber estado cubiertas de mugre, habría podido divisar los campos de juego adyacentes.

—¿Sí, señor Christie? —dijo.

—No he tardado tanto como pensaba —respondió Darryl Christie, que parecía satisfecho de sí mismo.

—¿Tiene un nombre para mí?

—Dice que solo hablará con usted porque no es poli.

—¿Lo hará en persona?

—En el Gimlet.

—¿A qué hora?

—Hoy a las ocho.

—Allí estaré. ¿Tiene nombre?

—Puede llamarle Roddy.

—Eso haré. —Colgó el teléfono y volvió a la mesa—. Esta tarde a las ocho en el Gimlet.

—¿Estamos invitados? —preguntó Clarke.

—A Malcolm podría traerle recuerdos dolorosos. Además, nuestro mercader de la muerte no quiere a nadie con placa.

—¿A ti te parece bien?

Rebus asintió.

—Si queréis, puedo reunirme con vosotros luego.

—¿En el Oxford a las nueve? —propuso Clarke.

—Fantástico —contestó Rebus.

20

Era como si hubieran vaciado el Gimlet para su reunión, como un despacho con un cartel de OCUPADO en la puerta. Detrás de la barra había una joven. Llevaba los brazos y el cuello tatuados, y Rebus no tardó en perder la cuenta de sus varios piercings. Le sirvió una pinta de cerveza fuerte sin que se lo pidiera y la dejó encima de la barra.

—La primera la paga el señor Dunn —anunció—. No habrá una segunda.

—Gracias de todos modos —dijo Rebus, levantando el vaso.

Había un hombre sentado a una mesa en la otra esquina de la espaciosa sala. El suelo estaba pegajoso y había una silenciosa gramola con luces parpadeantes y una máquina de golosinas desenchufada. El televisor colgado en la pared de la única mesa ocupada estaba encendido e incluso tenía un poco de volumen. Retransmitían un programa de fútbol y las últimas noticias aparecían impresas debajo de los presentadores. Rebus se preguntaba si el propósito sería que la camarera no pudiera oír nada de lo que se decía.

—¿Roddy? —preguntó al acercarse a la mesa.

—Supongo.

El hombre estaba encogido y le faltaban algunos dientes. Podía tener desde cuarenta y cinco años hasta sesenta y pocos. La dieta, además de la bebida y el tabaco, lo habían consumido. En el dorso de la mano se apreciaban manchas de tinta, antiguos tatuajes hechos por él mismo que se habían descolorido. Unas venas azules sobresalían como cordones. Había un paquete de Silk Cut en una esquina de la mesa, situada junto a una puerta maciza que daba a un patio trasero, un espacio de cemento poco agraciado que solo utilizaban los adictos a la nicotina más devotos.

—Gracias por reunirse conmigo —dijo Rebus mientras cogía una silla. El tapizado de vinilo barato había sido remendado con cinta adhesiva plateada—. Bonito lugar, ¿eh? —Inspeccionó la decoración con cierta afectación—. Es su local, ¿no? —El hombre lo miró con unos ojos lechosos, llenos de incertidumbre—. ¿Quiere otro? —insistió Rebus, señalando lo que creía que era un ron con cola.

Desearía haber cambiado la pinta aguada que tenía delante por un trago de whisky.

—Me tomo una y me voy, igual que usted.

Rebus asintió.

—El nuevo propietario parece estar cargándose el local. —Volvió a mirar a su alrededor—. Dicen que lo comprará un supermercado y que Davie Dunn figurará en el acuerdo para que no aparezca el nombre de Darryl.

Rebus guiñó un ojo, como si estuviera compartiendo un cotilleo con un viejo confidente.

—Limítese a hacer sus preguntas —farfulló su compañero.

Se acabaron los juegos, entonces. La expresión y la mirada de Rebus se endurecieron. Con las manos apoyadas en las rodillas, se inclinó hacia el hombre cuyo nombre no era Roddy.

—Le vendió usted una pistola a lord Minton.

—Sí.

—¿Sabía quién era?

—Hasta que lo vi en los periódicos no.

—¿Cuánto tiempo pasó desde que se reunió con él?

—Menos de una semana.

—¿Le dijo para qué necesitaba un arma?

—Esto no funciona así. Se puso en contacto conmigo a través

de un intermediario y le pasé las instrucciones. Dos de los grandes en una bolsa de Lidl, que tenía que dejar en una papelera junto al lago del parque de Inverleith. Dos horas después, él recogía la misma bolsa.

—¿Y contenía una pistola de nueve milímetros envuelta en muselina? —El hombre asintió lentamente y sin expresar ninguna emoción—. ¿Cuántas balas?

—Seis o siete. No era un cargador lleno.

Rebus lo escrutó unos instantes.

—¿Usted y yo hemos tenido tratos en el pasado? —Roddy negó con la cabeza—. No me suena —reconoció Rebus.

—De lo que más orgulloso estoy es de haber pasado desapercibido para los suyos. —Miró a Rebus a los ojos—. Pero sé quién es usted. Sé que era un cabrón.

—Yo no hablaría en pasado —dijo Rebus en tono desafiante.

—¿Hemos terminado?

—Todavía no. ¿No habló con Minton? ¿Cómo lo encontró?

—Por un amigo de un amigo de un amigo. Normalmente funciona así.

—¿Alguien a quien encerró en el pasado, quizá?

—Dígamelo usted.

Rebus no sabía si tenía importancia.

—Así que no le dijo para qué quería el arma. Pero ¿parecía nervioso?

—Me dijeron que estaba inquieto. Pero cuando dejó el dinero parecía estar bien.

—¿Estaba observándolo?

—Desde el otro lado del lago, sentado tranquilamente en un banco. Esperé hasta que lo perdí de vista y fui hacia allí al momento.

—¿Esperó hasta que lo vio volver?

Roddy asintió lentamente.

—Imagino que sentía curiosidad. Parecía un ricachón con zapatos brillantes y abrigo caro. Y sus andares aristocráticos lo delataban.

—¿Dista mucho de su cliente habitual? ¿Qué pensó cuando lo encontraron muerto?

—Pensé que obviamente tenía un motivo para comprar esa pistola.

—¿Puedo preguntarle de dónde la sacó?

—No.

—¿Y si insisto?

—Haga lo que le dé la gana.

Rebus dejó que se impusiera el silencio. Bebió otro trago de la pinta sin gas, consciente de que no volvería a tocarla aunque le fuera la vida en ello.

—De acuerdo —dijo a la postre—. Una última cosa: ¿ha habido ventas similares últimamente?

—De eso hace meses.

—¿Cuántos meses?

—Siete u ocho. Aun así, era una especie de alquiler.

—¿Así que la recuperaba después?

Roddy asintió de nuevo.

—Si la utilizan, no quiero saber nada. Pero si quieren revendérmela intacta, les hago una oferta.

—¿Minton lo sabía?

Roddy negó con la cabeza.

—Él iba a quedársela desde el principio. ¿Hemos terminado?

—¿Me servirá de algo rastrear los archivos para averiguar quién es usted?

El hombre engulló lo que le quedaba de bebida.

—De pasatiempo, lo mantendría ocupado. Como los detectores de metales, pero el esfuerzo no daría muchos resultados.

—¿Ni siquiera unas cuantas monedas antiguas?

—Ni siquiera un tapón de botella oxidado, señor Rebus.

Cafferty había ido al Sainsbury's de Middle Meadow Walk y tuvo que hacer cola detrás de un montón de estudiantes que estaban comprando pan de ajo y ensaladas de pasta. Una vez en el piso, cocinó unos filetes de pollo, que acompañó con una bolsa de uvas verdes y media botella de Valpolicella con tapón de rosca. Empezaba a dudar de que esconderse de aquella manera resultara eficaz. Un par de décadas atrás habría peinado las calles, preparado para afrontar cualquier situación. ¿Le había asustado la bala? Sí, aunque detestaba reconocerlo. ¿Por qué seguía respirando? ¿Suerte? ¿Un retroceso violento? ¿Un dedo de principiante en el gatillo? ¿O se trataba solo de una advertencia? Creía haber estado a cinco centímetros de la muerte. El silbido del proyectil, que había pasado rozándole la cabeza. El ruido del impacto y la repentina nube de yeso. Y allí se había quedado, aturdido y desprevenido. El pistolero podría haber apuntado y disparado de nuevo sin problemas. Pero había huido. ¿Por qué? La respuesta era obvia: había sido una advertencia. O el tirador estaba jugando con él, disfrutando de ese largo periodo de miedo e incertidumbre. Y qué momento más oportuno había elegido: Christie nervioso y los Stark fuera de control. Las condiciones perfectas para que Cafferty moviera sus piezas y recuperara su territorio.

Y, sin embargo, estaba allí escondido, con el ordenador portátil abierto, y la pantalla esperando su siguiente búsqueda.

Rebus lo había llamado, pero no respondió. Ahora ya debía de saber que no estaba en casa. ¿Los investigadores intentarían acusarlo del asesinato de Dennis Stark? Era improbable. Había aparecido otra nota. Pero tal vez consideraban que el ataque a Cafferty también formaba parte del plan, que el artífice intentaba disfrazarse de posible víctima. No, Rebus no era tan estúpido. Pero eso no significaba que otros no fueran a creérselo. Podía suceder cualquier cosa ahí fuera y no tenía medios para saberlo.

Había cogido el pasaporte y se le ocurrió que podía irse a algún sitio y dejar aquel maldito circo atrás. Había estado en Barbados,

Gran Caimán y Dubai. Tenía viejos amigos allí. Eran climas más cálidos, donde el dinero sucio se convertía en dinero limpio. Cafferty tenía mucho en varias cuentas bancarias. Podía vivir muy bien el resto de sus días. Entonces recordó algo que había dejado caer Rebus: un ganador de la lotería de... ¿Dónde? ¿Linlithgow? ¿Por qué lo había mencionado? Se rascó la frente y realizó una nueva búsqueda. Tenía la lengua seca por el exceso de vino tinto y sabía que era mejor beber un poco de agua antes de acostarse.

«Ganador de la lotería. Linlithgow. Asesinato».

Accedió al primer resultado y leyó la noticia. Michael Tolland... fortuna, seguida de una doble tragedia... su esposa muere y luego es atacado por un intruso...

—Pobre capullo —dijo Cafferty. —Miró la foto de Tolland sonriendo junto a su esposa, con el enorme cheque delante y el champán preparado—. Michael Tolland —murmuró.

Luego cerró la página y pulsó el siguiente enlace. A mitad de pantalla, le llamaron la atención dos palabras:

Acorn House.

«Acorn House».

Sus labios formaron las palabras en silencio y con deliberada lentitud y entrecerró los ojos.

—¿De eso se trata? Dios mío...

Allí seguían su pasaporte y la idea de huir. Pero ahora tenía una corazonada; una corazonada y la repentina necesidad de saber más.

Rebus llegó al Oxford con cinco minutos de antelación, pero Clark y Fox ya estaban allí. Todas las mesas estaban ocupadas y se habían acomodado cerca de los baños, donde nadie pudiera oírlos.

—¿Te parece bien si nos quedamos de pie? —preguntó Fox.

—La última vez que lo comprobé me respondían las piernas —murmuró Rebus—. ¿Algo suave esta noche?

Ambos asintieron y Rebus fue a pedir las bebidas: lima y soda, agua con gas, una IPA, un par de bolsas de patatas y frutos secos salados.

—Salud —dijo, y abrió una bolsa y la dejó encima de la mesa alta.

—Ya hemos comido —dijo Fox.

—¿Estaba bueno?

—Hemos ido al local de tapas de George Street.

—Es un poco más saludable que donde he estado yo.

—¿Cómo ha ido? —preguntó Clarke.

Rebus se lo explicó. Les describió tan bien como pudo a «Roddy», pero ninguno de los dos sabía quién era.

—¿Crees realmente que solo vendió esa pistola?

Como respuesta, Rebus se encogió de hombros y se llevó más patatas a la boca.

—Hay muchos vendedores. No tiene por qué ser de aquí.

—Por otro lado...

Rebus asintió.

—Al menos sabríamos que estamos hablando de dos pistolas diferentes. ¿Page hará pública la nota plagiada?

—No estoy segura —reconoció Clarke—. La ciudadanía estaría más tranquila si supiera que no estamos tratando con un psicópata.

—Pero es así —corrigió Fox—. Incluso ha dejado a Dennis Stark fuera de la ecuación.

—Aparte de esta, la única víctima es Minton.

—Que nosotros sepamos.

—Yo creo que si trasciende que Dennis fue asesinado por otra persona —interrumpió Rebus—, su padre se pondrá aún más furioso. Según él, su hijo fue atacado por la misma persona que fue a por Minton y Cafferty.

—Pero no hemos hecho pública la nota de Cafferty —terció Clarke.

—Ahora mismo, el asesino es un desconocido anónimo y Joe no tiene ni idea de la relación que existe entre las víctimas. Si de repente decimos que Dennis fue asesinado por alguien que solo quería que pareciera el mismo autor...

—Hará una lista de posibles sospechosos —coincidió Clarke.

—Y ordenará que se ocupen de ellos —añadió Fox, que bebió un trago.

—Empezando por Christie y Cafferty —dijo Rebus—. Y entonces es cuando las cosas se ponen feas de verdad.

—Tengo que asegurarme de que Page lo entiende —afirmó Clarke.

—¿Cómo reaccionó cuando le contaste lo del dispositivo de vigilancia? —preguntó Fox.

—Se puso furioso porque nadie se lo hubiera dicho antes.

—El comisario debía de estar al tanto.

Clarke asintió.

—Pero le habían dicho que debíamos mantenerlo en secreto.

—¿Nuestro jefe supremo imperial?

—El mismo.

—Entonces, ¿hablarás con Page? —preguntó Rebus.

—Voy a hacerlo ahora mismo.

Clarke sacó el teléfono y se dirigió a la puerta.

—Y dile lo de la pistola —le indicó Rebus, tras lo cual bebió otro sorbo y cogió un puñado de frutos secos—. ¿Cómo estás, Malcolm? —preguntó al tiempo que masticaba.

—¿Yo?

Fox parecía sorprendido por la pregunta.

—¿Recuperado de la paliza que te llevaste?

—Solo me duele cuando me río.

—No recuerdo haberte visto reír.

—Exacto.

—¿Va todo bien con Siobhan? Solo pregunto porque me preocupo.

—No siempre nos vemos tanto como nos gustaría—Fox hizo una pausa—. O al menos como me gustaría a mí.

—Está enamorada de su trabajo, igual que lo estaba yo. ¿Y tú?

—El trabajo tiene sus momentos —se vio obligado a responder.

—Pero los momentos no bastan. Debería entusiasmarte todo.

—¿A ti te pasaba?

Rebus meditó su respuesta.

—Cuanto más te involucras, más descubres sobre ti y sobre todo lo demás.

—Con la de kilómetros que llevas a cuestas, deberías participar en *Mastermind*.

—Paso —dijo Rebus, consultando el reloj.

—¿Tienes que ir a algún sitio?

—Estoy hecho polvo. No soy un jovencito como vosotros. Y no nací para hacer de aguantavelas.

—No pensábamos empezar a besuquearnos.

—Me alegra saberlo —dijo Clarke, que se encontraba detrás de Fox y estaba guardando el teléfono en el bolso.

—¿Le ha gustado al inspector jefe Page que le interrumpieras la cena? —preguntó Rebus.

—El pobre sigue en la oficina. Está de acuerdo con la moratoria.

—¿Eso es lo que es? ¿Una moratoria?

—Es una palabra tan buena como cualquier otra —dijo Clarke—. ¿Ha habido suerte en Facebook y Twitter?

—¿Con el perro? —Rebus sacudió la cabeza—. El veterinario dice que van muy mal de espacio en la clínica. Es partidario de llevar mañana a Fido a la perrera —hizo una pausa—. A menos que aparezca una persona bondadosa y comprensiva.

—Lamento decir esto —comentó Clarke—, pero estás llamando a la puerta equivocada.

—Sí —reconoció Rebus—, y no es la primera vez que me ocurre.

Fox llevó a Clarke a su casa, situada cerca de Broughton Street. Ella lo invitó a subir y se sentaron en el sofá a beber té y escuchar jazz. Finalmente, apoyó la cabeza en el hombro de él. El ritmo de su respiración cambió, y Fox se dio cuenta de que estaba dormida.

—Es hora de ir a la cama —dijo.

—Lo siento —respondió Clarke, que abrió los ojos y sonrió—. ¿Te importa?

Fox la besó en los labios, recibió un abrazo perfumado y bajó las escaleras. Cogió el coche y atravesó la ciudad por el sur en dirección a Cameron Toll, después torció a la derecha y bordeó el barrio de Grange. Una interminable serie de semáforos en rojo se había confabulado contra él. Llegó por fin a Greenbank Crescent y luego a Oxgangs Avenue. Había luz en el vestíbulo de su bungaló, que funcionaba con temporizador. En una ocasión, Siobhan se mofó de él: «¿Crees que un ladrón se dejará engañar?».

—Pero nunca me han entrado a robar —se dijo. *Quod erat demonstrandum.*

Aparcó en el empinado camino de entrada y casi había llegado al umbral cuando oyó la puerta de un coche. Al darse la vuelta vio que era Beth Hastie. Parecía furiosa. Había visto el coche aparcado junto a la acera, pero pensó que sus vecinos tenían visita. Debía de estar tumbada sobre los asientos. Hastie abrió la valla y se dirigió hacia él.

—¿Tú qué problema tienes? —le dijo.

—No sabía que tuviera un problema.

—Porque eres un capullo. Has estado hablando a mis espaldas y le has ido con el cuento a Alec.

Fox se dio cuenta de que estaba observándola casi por primera vez. Un metro setenta, ni flaca ni gruesa. Parecía musculada. Debía de frecuentar el gimnasio o puede que incluso un club de boxeo.

—¿Quieres entrar? —preguntó Fox.

—No cruzaría ese umbral ni aunque me pagaras.

—Supongo que eso es un «no».

Hastie lo agarró del abrigo.

—Estoy más que preparada para dejarte ese careto tuyo como un mapa.

Fox puso la mano encima de la de ella y vio que era prácticamente el doble de grande. Empezó a apretar. Hastie intentó que no notara el dolor en sus ojos, pero al final lo soltó y Fox hizo lo propio.

—No fuiste a la gasolinera local a usar el baño —afirmó—. Tardé unos cinco minutos en averiguarlo. Se lo dije a Alec Bell porque era una manera de que tu jefe no se enterara. Si tienes otra historia que quieras contarme, estaré encantado de escucharte.

—Yo no tengo por qué contarte nada.

—Eso es cierto.

—¿Ahora irás llorándole al profesor? ¿Te chivarás a Ricky?

—¿Tú qué crees?

—¿Cómo vas a tener una erección sino?

—Ocurriera lo que ocurriera anoche, Compston acabará enterándose. No necesitará mi ayuda ni la de nadie. Empezará a pensar en la coincidencia: abandonaste tu puesto justo antes de que Dennis saliera a dar un paseo. —Fox hizo una pausa—. ¿Eso es lo que ocurrió? ¿O te quedaste dormida? —Fox negó con la cabeza—. No, porque, ¿a qué viene mentir? Dormirse es un fallo igual que tomarse un descanso. ¿Quieres contarme la verdad, Beth?

—Estás tocándole los huevos a un equipo, Fox. Siempre serás tú contra nosotros, recuérdalo.

Fox oyó otra puerta abriéndose. Alec Bell debía de estar en el Audi con ella. Él también abrió la verja, aunque sin el sentimiento de agravio reprimido de su compañera. Sonreía incluso, y se metió las manos en los bolsillos del abrigo.

—No podía ocultárselo —anunció, encogiéndose de hombros y con los ojos clavados en Fox.

—¿Y ahora habéis venido a advertirme que me meta en mis asuntos?

—No necesitamos ayuda externa para solucionar nuestros problemas —repuso Bell, que volvió a encogerse de hombros.

Fox centró de nuevo su atención en Beth Hastie.

—Todavía necesito saber dónde fuiste y por qué.

Pero Alec Bell sacudió la cabeza y apoyó una mano en el hombro de Hastie.

—Tenemos que irnos, Beth. —Hastie no apartaba la mirada de Fox, y Bell insistió—. Beth.

El hechizo pareció romperse. Hastie parpadeó y dio media vuelta.

—Claro —dijo.

Luego se volvió hacia Fox y le propinó una patada en la entrepierna. Fox se doblegó y contuvo unas ganas repentinas de vomitar. El dolor le recorría todo el cuerpo.

—No vuelvas a tocarme —dijo Beth Hastie, que escupió en el suelo delante de él—. A mí no me toca nadie.

«Alec acaba de hacerlo», habría respondido Fox si hubiera podido hablar. Con los ojos inundados de lágrimas, observó a Bell acompañarla al coche. Luego, lenta y dolorosamente, todavía encorvado, se volvió hacia la puerta e intentó encontrar la cerradura.

Por encima del muro.

Una especie de patio. Barriles de aluminio vacíos. Un tonel reconvertido en mesa improvisada. Un taburete desvencijado. Dos ceniceros baratos a rebosar. Bloques de pisos cerca de allí. Un perro ladrando. Un cielo sin estrellas.

La puerta era de madera y parecía bastante resistente. Intentó forzarla con una palanca. Había cerradura arriba y abajo. Le costó cierto esfuerzo. La alarma empezó a sonar cuando entró en la estrecha sala de techo bajo. Cogió la primera botella con una mano y el encendedor con la otra. Prendió fuego al trapo y lo lanzó al aire. Cuando el cristal se rompió en pedazos, la gasolina se propagó al instante por el suelo de linóleo. Para asegurarse, cogió una segunda botella, y esta vez apuntó a las luces que había detrás de la barra. Después salió, trepando por el muro hasta el coche. Habían transcurrido dos minutos desde que saltó la alarma y los vecinos probablemente seguían pensando que era un error o una avería y estaban esperando a que parara. Pasó por delante del edificio, al parecer sin prisa, mientras las ventanas del Gimlet empezaban a adquirir un brillo naranja y luego rojo intenso.

SEXTO DÍA

21

—No me invitan a desayunar todos los días —dijo Doug Maxtone cuando se sentó. Fox estaba removiendo un café con leche en vaso grande—. ¿Qué le ha pasado en la cara?

—Intenté disolver una pelea y acabaron pegándome a mí.

—¿Lo denunció? —Fox negó con la cabeza y levantó el vaso. Maxtone pidió un bocata de beicon y «un té fuerte». Luego se agarró a la mesa—. ¿Qué está pensando, Malcolm?

La cafetería se encontraba en Newington Road. Antaño había sido un banco o algo parecido. Fox había aparcado en una calle lateral, delante de un garaje lleno de coches fúnebres. Miraba por la ventana al hablar.

—No puedo seguir, señor. Me refiero a Compston y su gente.

—¿Se han peleado?

—No fueron ellos quienes me hicieron esto, si se refiere a eso.

—Fox se señaló los moratones, que ya estaban desapareciendo—. Pero ha habido un incidente; no con Compston, sino con un par de agentes suyos.

—¿Lo sabe él? —Fox negó con la cabeza—. ¿Quiere que hable con él?

—Eso es lo último que quiero, señor. Además, pronto se irán, ¿no? Ahora que ha muerto su hijo, un transportista y sus ganancias ilegítimas perderán importancia para Joe Stark.

—Puede que tenga razón. Casualmente, tengo una reunión con Ricky Compston esta mañana. No olvidaré mencionárselo.

—Pero no le dirá nada de mí, ¿verdad?

—Soy la discreción personificada —dijo Maxtone para tranquilizarlo. Luego, cuando llegó su té—: ¿Se ha enterado de que han prendido fuego a un pub?

—No.

—Un local de Calder Road llamado Gimlet. Supongo que querían cobrar el seguro.

—Yo no estaría tan seguro. —Maxtone se lo quedó mirando—. Hasta hace poco, el propietario era Darryl Christie. Se lo vendió a un amigo.

—Pues ayer por la noche alguien lo roció de gasolina y queda poco más que la estructura.

—A mí me parece un mensaje.

—¿De Joe Stark?

—Anda buscando pelea.

—Hay que decirles que no son bienvenidos aquí. Si está usted en lo cierto y han perdido interés en el camionero desaparecido, podemos mandarlos de vuelta a Glasgow sin que el jefe se enfade mucho.

Fox asintió, aunque sin verdadero entusiasmo.

—Pero Joe Stark está de luto. Eso le da motivos para estar pendiente de la investigación. Si lo echamos de la ciudad, nos tacharán de desalmados.

—¿Nuestros amigos de la prensa? Yo creo que ya tenemos la piel bastante curtida. ¿Usted no?

—Sí, señor.

En ese momento llegó el bocata de beicon.

—Tiene buena pinta —dijo Maxtone antes de dar un bocado—. ¿Usted no come, Malcolm?

—Con el café me basta casi todas las mañanas.

—Entonces, si no ejerce de niñera del equipo de Compston, ¿qué hago con usted?

—A la investigación del caso Minton probablemente le iría bien otro cuerpo.

—No es la mejor manera de expresarlo —bromeó Maxtone—. Pero tiene usted razón. Parece que está saliéndose de madre. ¿Quiere que hable con James Page?

—Se lo agradecería.

—Déjemelo a mí.

—Y todo por un bocata de beicon —comentó Fox.

—Todos tenemos un precio, Malcolm —dijo Maxtone guiñando un ojo—. Unos más bajo que otros...

Fox se encontraba en el coche. Estaban limpiando a fondo un vehículo fúnebre y otros dos ya habían abandonado las instalaciones al comienzo de otro día ajetreado. Se llevó el teléfono a la oreja y esperó respuesta.

—John Rebus, agente asesor —dijo—. ¿Qué puedo hacer por ti en esta bonita mañana, Malcolm?

—¿Estás en la central?

—Estoy en casa, aunque supongo que técnicamente eso significa que también estoy en la oficina.

—¿Algún cliente?

—Soy un poquito especial.

—¿Te importa que pase por allí?

—¿Para una consulta? No salgo barato, ¿sabes?

—¿Necesitas algo de la tienda? ¿Leche? ¿Pan?

—Menudo demonio estás hecho. De acuerdo, tráeme leche y estamos en paz.

—En su día —dijo Fox cuando llevaban las bebidas al salón— no me dejabas pasar de la puerta.

—Tampoco hace tanto —coincidió Rebus, que se arrellanó en su butaca.

Fox fue hacia el sofá, pero se detuvo al lado del equipo de música y se agachó a curiosear los discos.

—Algunos son piezas de colección —comentó—. O lo serían si estuvieran en mejores condiciones.

—¿De repente eres un experto?

—Soy conocido por buscar en eBay toda la noche.

Se puso en pie, se dirigió al sofá y dejó la taza en la moqueta.

—¿El café no cumple tus exigentes requisitos habituales? —preguntó Rebus.

—Si te soy sincero, ya estoy bastante nervioso.

—¿Y eso por qué?

—¿Recuerdas que te hablé de Beth Hastie? Te conté que no estaba en su puesto cuando Dennis Stark salió del hostal.

—Sí.

—Pues le dije a tu viejo amigo Alec Bell que su historia me sonaba falsa. Adivina qué hizo a continuación.

—Imagino que se lo contó a ella. —Rebus se encendió un cigarrillo y se acomodó en la butaca, exhalando el humo hacia el techo descolorido. De repente se le ocurrió algo—. Si esta es mi oficina, ¿me está permitido fumar? ¿Legislación gubernamental y todo eso?

—Hastie me hizo una visita —continuó Fox—. Llevaba un buen cabreo. Acabó dándome un rodillazo en los huevos.

Rebus hizo una mueca de dolor.

—Alec Bell prácticamente tuvo que llevársela a rastras.

—No estás teniendo mucha suerte, ¿eh?

—No —respondió Fox. Luego, tras una pausa—: ¿Puedo plantearte una teoría disparatada?

—¿Crees que el equipo de Compston asesinó a Dennis Stark?

—¿Entra dentro de las posibilidades?

—En mi vida he visto muchas cosas que habrían parecido más estrambóticas.

—Entonces, ¿qué hago?

—Encuentra una prueba irrefutable. A falta de eso, consigue que alguno hable. ¿Crees que puedes hacer alguna de las dos cosas?

Fox se enojó.

—¿No me crees capaz?

—Yo solo digo que te están sacando de quicio. Primero Alec Bell ve cómo te dan una paliza y no sale en tu ayuda y luego Beth Hastie la toma con tus gónadas. Tú mismo lo has dicho: estás nervioso. Eso es bueno. Significa que te corre sangre por las venas. Pero se supone que tú eres el racional, Don Tranquilo. Meterte en algo porque estás sensible... Bueno, no favorecerá tus aptitudes.

—¿Me estás diciendo que debería dejarlo?

—Te estoy diciendo que des un paso atrás. Lo único que sabes ahora mismo es que Hastie mintió a su jefe, y eso podría significar algo o nada. A lo mejor estaba echando un polvo con Alec Bell o había vuelto a casa a dormir un rato.

—Pero es curioso que no estuviera allí cuando se cargaron a Dennis.

—Estoy de acuerdo. Pero lo que estás diciendo es que ella sí estaba allí y puede que incluso participara. —Rebus hizo una pausa—. ¿Es correcto? ¿Es lo que piensas? Me estás diciendo que no mintió a Compston, que solo te mintió a ti delante de él porque el equipo debía tener una historia que contarte.

—Es posible.

Fox levantó la taza a falta de algo mejor que hacer.

—Alec Bell y yo no somos amigos —dijo Rebus—. Lo conocí hace demasiados años. No me hará confidencias.

—De hecho ya lo hizo: te dijo que había un topo.

—Era una fanfarronería. Quería que viéramos lo importante que es ahora. Dudo de que vuelva a hacerlo cuando hay un caso de asesinato detrás.

—Supongo.

Fox bebió un trago de café, intentando disimular su decepción.

—No digo que no debas hacer un seguimiento de todo esto, Malcolm. A veces el primer instinto es el acertado. Pero ándate con cuidado. Ricky Compston tiene un lado mezquino. Créeme, yo también lo tengo. Sé de qué hablo. Y se ha rodeado de gente que no es muy distinta de él. Te he dicho que necesitas pruebas sólidas, pero permíteme expresarlo de otra manera: asegúrate de que son incontestables.

Fox asintió lentamente.

—Bueno, gracias por reunirte conmigo. Y por el café.

—El café apenas lo has tocado.

Fox se puso en pie.

—¿Quieres que te lleve a Fettes?

—¿Vas hacia allí?

—Doug Maxtone me incorporará al grupo de Siobhan.

—Gracias por la oferta, pero iré más tarde.

Fox se detuvo antes de llegar al vestíbulo.

—¿Te has enterado de lo del Gimlet?

—¿Qué pasa?

—Alguien le prendió fuego anoche.

—¿Hay heridos?

—Creo que fue de madrugada. ¿Un mensaje de Joe Stark a Darryl Christie, quizá?

—En ese caso, su hotel podría ser el siguiente.

—Siempre hemos sabido que las cosas se complicarían. Maxtone cree que ya es hora de que enviemos a Stark y sus matones de vuelta a Glasgow.

—Y lleva razón. Saluda a Siobhan de mi parte. Y recuerda lo que te he dicho.

Fox le estrechó la mano y se marchó. Luego, Rebus fue a la cocina. Tenía el teléfono cargando en la encimera y vio que había dos llamadas perdidas, ambas de Cafferty. Pulsó el botón de rellamada y Cafferty lo cogió casi al instante.

—¿Es por lo del Gimlet? —preguntó Rebus.

—¿El Gimlet?

—Le prendieron fuego anoche.

—No tiene nada que ver con eso.

—¿Entonces?

—Necesito un favor. ¿Puedes reunirte conmigo en veinte minutos?

—¿Dónde?

—En el hotel G&V.

—¿El antiguo Missoni? En veinte minutos. ¿Puedes darme una pista?

Pero Cafferty ya había colgado.

Cuando Rebus entró en el hotel, Cafferty intentó llamar su atención con un gesto. Estaba sentado en el bar con un vaso grande de zumo de tomate en la mano.

—¿Aquí es donde te refugias? —preguntó Rebus al deslizarse en el banco. Cafferty se dio unos golpecitos en la nariz—. Al menos reconóceme que tengo medio cerebro —prosiguió Rebus—. El hecho de que nos reunamos aquí descarta que esta sea tu guarida.

—Pero sabes que no estoy en casa, ¿no?

—Pasé por allí y te llamé un par de veces. ¿Has ido a ofrecer tus condolencias a Joe Stark?

—Me diría por donde puedo metérmelas.

—¿Y Darryl Christie? ¿Has hablado con él?

Cafferty miró a su alrededor con afectación.

—¿Esto es una sala de interrogatorios?

—Quien incendió el Gimlet tenía a Darryl en mente.

—A menos que lo hiciera él mismo para cobrar el seguro. ¿Sabías que quiere vender el local?

—Algo había oído. ¿Tienes coartada para anoche por si acaso?

—¿Por qué iba a necesitarla?

—Porque si no lo hizo Darryl, obviamente lo interpretará como un mensaje de Joe Stark, y una trifulca entre ellos te alegraría el año.

—¿Y yo prendí fuego al lugar para asegurarme de que eso ocurriera? —Cafferty negó con la cabeza—. Siento decepcionarte —dijo, y se llevó el vaso a los labios.

—¿Lleva vodka? —preguntó Rebus.

—El suficiente para calmar los nervios.

—Es temprano incluso para ti. —Se acercaba un camarero, pero Rebus le indicó que se fuera. No solo reparó en lo cansado que parecía Cafferty. Había algo más, y le vino a la mente la palabra «atormentado»—. Y bien, ¿cuál es ese favor que querías pedirme? —dijo suavizando un poco el tono.

—No quiero ponerte en aprietos —respondió Cafferty—. No en ese tipo de aprietos. Pero tengo que encontrar a estos hombres.

Deslizó hacia Rebus un posavasos donde había dos nombres escritos en tinta azul.

Paul Jeffries.

Dave Ritter.

A primera vista, ninguno le sonaba de nada.

—De acuerdo —dijo Rebus—, dame una pista.

—Trabajaron para mí algunas veces en los años ochenta.

—¿Y fue la última vez que se tuvo noticias de ellos?

—Me encontré con Jeffries hará cosa de quince años en un casino de la ciudad. Solo hablamos un momento. Le pregunté a qué se dedicaba y mencionó algo relacionado con conducir. En aquella época yo tenía una compañía de taxis, y se lo dije. —Cafferty hizo una pausa—. Hasta ahí llegó nuestra conversación.

—¿Mostró interés en los taxis? —Cafferty negó con la cabeza—. Entonces, ¿conducía camiones, era transportista...?

—No lo dijo.

—¿Era un habitual del casino?

—Es posible. Yo no.

Cafferty pidió otra copa haciendo un gesto al camarero.

—¿Y qué casino era?

—El Milligan's.

—¿En Leith? ¿Sigue abierto?

—Ahora es un superpub de esos. Tres plantas de alcohol barato.

—El director del Milligan's era Todd Dalrymple, ¿verdad?

—Tienes buena memoria.

—No sé si sigue por allí. —Rebus se rascó la parte inferior de la mandíbula—. De acuerdo —dijo—, dame una descripción del señor Jeffries...

—Un metro ochenta más o menos, pelo corto claro con canas a la altura de las sienes y un diente dorado en la parte delantera.

—¿Tiene antecedentes?

—Es posible.

—¿Estaba limpio cuando lo conociste?

—No.

—¿Edad?

—Ahora debe de rondar los cincuenta y cinco.

—¿Última dirección conocida?

—Hace treinta años vivía con una amiguita en Granton.

—¿Cómo se llamaba la amiguita?

—He intentado recordarlo.

Rebus cogió el posavasos y lo estudió.

—Vamos con Dave Ritter entonces.

—Eran viejos amigos. Creo que fueron juntos al colegio.

—¿Dónde?

—En Fife. —Cafferty hizo una pausa—. Conocían Fife bastante bien.

—Descripción.

—Es más bajo que Paul. Un metro setenta aproximadamente. Un poco barrigón. Nunca anda lejos de una bolsa de patatas. Tiene el pelo liso y castaño, más bien largo. Parecía una peluca barata. Tiene más o menos su misma edad, es decir, unos cincuenta y cinco. No recuerdo nada sobre su vida amorosa. Tampoco vivía lejos de Paul.

Rebus esperó, pero Cafferty solo pudo encogerse de hombros.

—¿Eso es todo lo que tienes? —dijo cuando llegó la segunda copa y, con ella, un posavasos impoluto.

—No veo a Dave desde hace casi treinta años y no pregunté a Paul por él. Para serte sincero, es probable que no me acordara de él hasta más tarde. Era el callado. El que hablaba era Paul.

—¿Cuánto tiempo trabajaron para ti?

—Tres o cuatro años.

—¿En calidad de qué? ¿Soldados de infantería?

—Es una buena manera de expresarlo —dijo Cafferty—. Pensé que a lo mejor podrías localizarlos utilizando los ordenadores de la policía, el registro público...

—¿Y por qué debería tomarme la molestia?

—Porque quizá ellos puedan explicar qué está pasando aquí. —Cafferty vio que Rebus no lo entendía—. Las notas. Minton y yo. Y también el trabajador social de Linlithgow del que hablaba Siobhan Clarke.

—¿Crees que tiene algo que ver con esto? ¿Y Dennis Stark también?

—¿Stark?

Cafferty parecía realmente confuso.

—Dennis recibió una nota. Súmalo al agujero de bala de nueve milímetros...

Pero Cafferty sacudió la cabeza de nuevo.

—No tiene nada que ver con él —murmuró casi para sus adentros—. ¿Joe, quizá? No, Joe tampoco. —Volvió a recuperar la concentración y miró a Rebus a los ojos—. Tiene que ser un error —apostilló.

Rebus asintió.

—Eso mismo pensaba yo. Así que exponme tu teoría y déjame juzgar por mí mismo.

Cafferty hizo caso omiso.

—Hice una búsqueda rápida en Internet, pero no encontré ni

a Jeffries ni a Ritter. Llamé a un par de antiguos presos, pero no sirvió de nada.

—¿Qué te hace pensar que yo conseguiré algo?

—Eres la pajita a la que me agarro. —Cafferty sonrió forzadamente—. Ese era mi apodo para ti: Strawman.* ¿Te acuerdas?

—Me acuerdo.

—Estabas declarando contra mí en Glasgow y te confundieron con otro testigo llamado Stroman.

Rebus asintió.

—Realmente necesito saber qué quieres de esos dos hombres.

—Ya te lo he dicho.

—No me has convencido. ¿Hay algo más aquí, algo relacionado con Joe Stark?

—Olvídate de él.

Cafferty frunció el ceño.

—No es fácil cuando está arrasando con todo. ¿Cuánto tardará en atacar a Darryl Christie?

—Joe debería estar protegiéndose el trasero en lugar de patear el de los demás. —Cafferty saboreó un trago de Bloody Mary—. Ahora que Dennis no está, sin duda habrá enfrentamientos. Joe se ha rodeado de veteranos. Ya tenían cierta reputación, pero no están a la altura de los muchachos que Dennis tenía en nómina. A ello hay que sumarle que se me ocurre gente de Aberdeen y otros lugares a la que podría interesarle probar suerte en Glasgow ahora que se ha quebrado la armadura de Joe.

—¿Te han llegado rumores?

—Ni siquiera he necesitado la trompetilla. —Miró de nuevo a Rebus a los ojos—. ¿Me harás ese favor, John? —preguntó, señalando el posavasos que Rebus sostenía entre el pulgar y el índice.

—¿Tú qué crees?

---

* *Strawman* significa literalmente «hombre de paja». (*N. del t.*)

—Creo que tendrás que hacerlo, porque, de lo contrario, esos nombres te perseguirán hasta la tumba.

Rebus se puso en pie.

—¿A qué te referías al principio de la conversación cuando has dicho que no querías causarme problemas?

—Sinceramente, es mejor que no lo sepas. Confía en mí. Solo esta vez. ¿Lo harás?

A lo largo de los años, Rebus había visto muchas cosas en los ojos de su viejo enemigo: astucia, veneno y oscuridad. Pero ahora veía otra cosa: incertidumbre teñida de miedo. Cafferty levantó de nuevo el vaso, cuyo contenido ejercía de muy necesario analgésico.

—¿Cogerás el teléfono cuando llame? —preguntó Rebus.

Cafferty asintió mientras apuraba la bebida.

22

—Deberíamos traer a Beth Hastie para interrogarla —dijo Fox a Clarke. Estaban en la sala de Incidentes Graves de Fettes, en medio de la oficina, rodeados por una investigación con más sombras que luces. Clarke se cruzó de brazos, cosa que Fox interpretó como una invitación a continuar—. Estaba vigilando delante del hostal. Según dice, se tomó un descanso para ir al baño que coincidió con la salida de Dennis Stark. No me lo creo.

—¿Por qué no?

—Dice que fue a una estación de servicio cercana, pero no estaba abierta toda la noche, y las que lo estaban no dejan entrar a los clientes a partir de las once o las doce. En cualquier caso, ahora que Dennis ha sido asesinado, ¿no deberíamos entrevistar a los hombres de Compston de todos modos? Llevan semanas vigilando cada uno de sus movimientos. A lo mejor saben algo que nos vendría bien.

—Malcolm, no llevas ni cinco malditos minutos en esta investigación. Dime que esto no es una venganza.

—No lo es. —Señaló con la cabeza la puerta del santuario de Page—. Al menos díselo a él, Siobhan. No porque sea yo, sino porque es lo correcto. —Observó la oficina—. A menos que estés ocupada siguiendo alguna pista interesante

—Sabes de sobra que no la hay. Pero James está hasta arriba de trabajo, así que no sé si deberíamos abrir otro caso para Dennis Stark. En cuanto lo hagamos, su padre sabrá que otro asesino anda suelto.

—Quizá debería dejar que sigas buscando al propietario del perro extraviado de Rebus.

Fox miró fijamente a Clarke mientras deliberaba.

—Está bien, de acuerdo —dijo finalmente con un suspiro cuando se dirigía a la puerta.

—¿Quieres que...?

—Ah, tú también vienes, Malcolm. El plan es tuyo, no mío.

Cuando llamó a la puerta, vio que Rebus entraba en la sala y levantó un dedo para indicarle que estaba ocupada. Page dio permiso para entrar y Clarke abrió la puerta.

Rebus vio cómo se cerraba la puerta detrás de Clarke y Fox y fue hacia la mesa de Christine Esson.

—¿Qué hay? —dijo.

—El inspector Fox ha sido incorporado a la investigación —explicó ella.

—Parece que ya ha provocado un tsunami.

—Mar rizada, en todo caso.

Estaba mordisqueando la punta de un bolígrafo.

—¿Cómo va el caso?

—¿Sabes qué son las calmas ecuatoriales?

—¿Lo contrario a una mar rizada? —La vio sonreír—. ¿No estás demasiado ocupada, entonces?

—No tengo noticias sobre el perro, si es eso lo que estás pensando.

—No, no es eso.

Esson se recostó en la silla y lo observó.

—¿Vas a pedirme otro favor o me lo parece a mí?

Rebus dejó un trozo de papel encima de la mesa. En él detallaba lo poco que sabía sobre los dos nombres que le había facilitado Cafferty.

—Necesito todo lo que puedas conseguir: antecedentes penales; nacimientos, matrimonios y defunciones; cualquier cosa.

Esson tocó la nota con el bolígrafo, como si se resistiera a cogerla.

—¿Cuántos problemas me causará esto?

—Ninguno en absoluto.

—Pero ¿no guarda relación con el caso Minton/Stark?

—Podría ser.

—¿Te importaría aclarármelo?

—El problema es que no puedo, al menos hasta que sepa algo más sobre esos dos —dijo, dando unos golpecitos con el dedo encima de los nombres.

—¿Por qué yo?

—Porque entiendes de informática. Yo no sabría ni por dónde empezar.

—A juzgar por las fechas, esto me desgastará el cuero de los zapatos en lugar del ratón del ordenador. Son archivos viejos. Puede que todavía no estén digitalizados...

—Pídele a Ronnie que te ayude.

Ogilvie, sentado a una mesa situada al otro lado de la sala, estaba llamando por teléfono, pero observaba a Esson y Rebus, presa de la curiosidad.

—¿Y qué le decimos a Siobhan cuando pregunte?

—Estás siguiendo posibles pistas. —Rebus hizo una pausa—. No hace falta que digas que te las facilité yo.

—¿Por qué será que no me sorprende? —Finalmente cogió la nota y la examinó—. Déjamelo a mí, entonces.

—Fantástico —dijo Rebus—. Cuando salga Siobhan, dile que estoy en la cafetería.

Esson lo observó mientras abandonaba la sala.

—No, no pasa nada —farfulló—. No esperaba nada a cambio.

Luego desvió su atención hacia el monitor y se puso a trabajar.

Rebus había recorrido medio pasillo cuando se topó con el subinspector Charlie Sykes. Llevaba una galleta digestiva en la boca y estaba trasladando un montón de archivos de un despacho a otro. Rebus se detuvo delante de él y le impidió el paso. Extendió una mano, rompió la parte visible de la galleta y la dejó encima de la caja situada más arriba. Sykes frunció el ceño y masticó con fuerza para intentar tener la boca libre.

—Sigues con tu vida saludable, ¿eh, Charlie? —dijo Rebus.

—Pensaba que te habías jubilado.

—Han descubierto que aquí no se hace nada sin mí, lo cual nos convierte en seres casi antagónicos. —Rebus se lo quedó mirando—. Bonito traje. ¿Quién te está untando últimamente? Antes era Big Ger, ¿no?

Sykes frunció el ceño.

—En el cuerpo todo el mundo sabe quién era el verdadero amigo de Cafferty aquí.

Rebus sacudió la cabeza.

—Será mejor que te deje marchar, Charlie. Tienes que seguir fingiendo que casi estás haciendo algo de utilidad.

Rebus cogió el trozo de galleta que quedaba y se la metió a Sykes en la boca para que sus insultos quedaran amortiguados mientras él seguía su camino.

Darryl Christie iba vestido como si fuera inmune al frío: un traje bien confeccionado y camisa sin corbata. Los dos hombres que lo acompañaban llevaban chaquetas negras con cremallera, guantes y gorra. En West Parliament Square imperaba el típico bullicio turístico. La catedral de St. Gile's se elevaba por encima de Christie y sus escoltas. Cerca de allí se encontraban los tribunales y el ayuntamiento. Esa era la Edimburgo que anhelaban los visitantes, con el castillo en lo alto de la montaña y numerosas tiendas que vendían tartán y whisky. Joe Stark venía de George IV Bridge. Llevaba un chubasquero verde oscuro y una bufanda de lana roja, con una camisa blanca y corbata negra debajo. Christie reconoció a las figuras que lo flanqueaban. Eran Walter Grieve y Len Parker, ambos con corbata negra. Hizo un gesto a sus hombres y se dirigieron a la puerta de la biblioteca Signet. Antes, Christie se había asomado a las puertas de cristal y había visto a profesionales del mundo del derecho caminando de un lado a otro y manteniendo conversaciones en voz baja con sus compañeros. El Tribunal Superior de Justicia se encontraba a un minuto a pie, pero Christie no había estado nunca dentro.

Todavía.

Stark se acercó a él y dejó a sus viejos lugartenientes atrás. Cuando se encontraba a un metro de Christie, saludó con un gesto seco.

—Gracias por reunirse conmigo —dijo Christie.

—¿Por qué aquí?

Christie miró a su alrededor.

—Bonito y público —dijo—. Pensé que ambos estaríamos más seguros. —Stark se limitó a gruñir—. Lamento lo que le ha ocurrido a su hijo —continuó Christie, que más o menos había ensayado esos primeros minutos.

Stark lo fulminó con la mirada.

—¿Qué le ocurrió?

—Nada en lo que yo tuviera algo que ver, se lo prometo. He mantenido las distancias, aunque Dennis estaba pisoteando mi territorio. —Christie calló unos instantes—. Lo hice por respeto a usted, señor Stark.

—Estaremos aquí hasta que alguien nos dé un motivo para no estar —respondió Stark.

Tenía los ojos azules ligeramente blanquecinos de un anciano, pero seguían resultando amenazantes.

—¿Hasta que alguien le entregue a Hamish Wright, quiere decir?

—Lo importante es lo que Wright nos quitó.

—¿Y encontrar al que mató a Dennis?

—La policía cree que podría tratarse de un asesino en serie.

—¿Usted qué opina?

—Alguien se cargó a un abogado. No sé qué tiene que ver eso con mi hijo.

—También dispararon a Cafferty. ¿Lo sabía? Y me han dicho que Cafferty recibió una nota. —Stark entrecerró un poco más los ojos—. ¿Dennis conocía a Cafferty? —preguntó Christie. —Stark negó con la cabeza—. Tengo que decirle algo más: una de mis fuentes asegura que la nota que dejaron junto a Dennis es falsa.

Christie esperó a que el mensaje calara.

—¿Se está cachondeando de mí?

—No me atrevería a hacerlo. Tampoco han encontraba la bala, lo cual significa que, casi con toda seguridad, el pistolero se la llevó.

—¿Para qué?

—Para que no pudieran cotejarla con la que dispararon a Cafferty.

—¿Eran armas distintas? —El anciano asintió para indicar que lo entendía—. La policía no lo ha desvelado.

—Tendrán sus motivos.

—El cabrón que mató a Dennis quería que pareciese que había relación —reflexionó Stark, rascándose la barbilla—. Pero si no la hay...

—Se trata de un resentido.

Stark se lo quedó mirando.

—Usted debía figurar en esa lista.

—No lo dudo. Dennis y sus chicos no fueron muy amables con mis amigos. Y anoche, mi antiguo pub fue pasto de las llamas...

—Si fue usted quien le metió una bala a mi hijo, tiene las pelotas de granito viniendo a verme.

Christie se encogió de hombros.

—Estoy diciéndole la verdad, señor Stark. Pero hay algo curioso: Dennis llega a la ciudad y, casi de inmediato, alguien dispara a Big Ger Cafferty.

—No fue Dennis.

—Puede que Big Ger no lo vea así. —Christie extendió los brazos—. Es solo una opinión. ¿Sabe que ha desaparecido?

—¿Qué?

—No está en su casa. No ha dejado ni rastro, aunque es posible que se aloje en un hotel situado no muy lejos de aquí.

Stark dio un paso al frente.

—¿Intenta crear un enfrentamiento con él, hijo? Ahora mismo, Cafferty no es un serio contrincante.

—¿Eso les han dicho en Glasgow? —Christie sonrió casi con remordimiento—. A lo mejor es que se camufla mejor. Créame: sigue en la jungla. Solo tiene que preguntar por ahí.

Stark se tomó unos segundos para digerir todo lo que le había dicho y Christie le tendió la mano.

—Gracias por citarse conmigo, señor. Lo del respeto lo decía en serio. —Cuando el joven le rodeó la mano, lo hizo con mucha fuerza. La mirada de Christie era más siniestra y su voz más dura—. Pero, con respeto o sin él, si tiene intención de actuar contra mí o mi ciudad, piénseselo dos veces. No hay un cartel de «se vende» cuando sales de la M8.

Stark retiró la mano y empezó a frotársela cuando Christie se dio la vuelta.

—Ni yo ni los chicos de Dennis hemos tenido nada que ver con el incendio del pub —le dijo Stark—. Se lo pregunté.

Christie no miró atrás. Sus escoltas se situaron junto a él cuando pasaron delante de los tribunales. Llevaba el ceño fruncido y se metió las manos en los bolsillos del pantalón para entrar en calor.

—¿Todo solucionado? —preguntó uno de sus hombres.

—Estamos en ello —respondió Christie tras meditar unos instantes, aunque no terminaba de creérselo del todo.

Y a Joe Stark tampoco.

Rebus estaba sentado en la cafetería de Fettes tomando té y un bollo de jamón con ensalada. Tenía el teléfono en la mano. Su llamada al Milligan's Casino había sido recibida con sorpresa. Ningún empleado había oído hablar de Todd Dalrymple. Pero alguien había conseguido un listín telefónico y había encontrado a un tal Dalrymple T. Y también una dirección: Argyle Crescent, en Portobello. Rebus estaba a punto de marcar el número cuando apareció Siobhan Clarke, que pidió café y una galleta de caramelo y se sentó a su lado.

—¿Qué ha pasado arriba? —preguntó Rebus.

—Malcolm cree que deberíamos hablar con el equipo de Compston.

—Y probablemente tenga razón. —Se la quedó mirando—. Pero ¿te preocupan sus motivos?

—Sí, un poco.

Clarke dio un mordisco a la galleta.

—¿Page sigue de acuerdo con el plan? —preguntó Rebus.

—¿Qué plan?

—Fingir que el asesino de Minton y Dennis Stark son la misma persona.

—No sé si a la oficina del fiscal le entusiasma demasiado la idea. Lo consideran injusto para la familia.

—El hecho es que, en este caso, la familia significa Joe Stark.

—Lo sé... —Clarke se interrumpió y miró a lo lejos—. ¿Ha habido suerte con Internet? —Rebus tardó un momento en comprender que se refería al perro y no a los dos nombres que había dado a Christine Esson y negó con la cabeza—. ¿Y en qué andas ocupado hoy?

—En un par de cositas —mintió—. Podría ser algo o nada. —Dejó el teléfono encima de la mesa y cogió la taza de té—. Por cierto, ¿has descartado la posibilidad de que exista un vínculo entre Minton y ese ataque en Linlithgow?

—Bastante. ¿Por qué lo preguntas?

—Porque Cafferty lo mencionó.

—¿Ah, sí?

—Habló de los ataques a Minton, al propio Cafferty y al tipo de Linlithgow en la misma frase. Y otra cosa...

—¿Qué?

—La víctima de Linlithgow...

—¿Michael Tolland?

Rebus asintió.

—Cafferty dijo que era trabajador social.

—Así es.

—Sí, pero, sin conocerlo, ¿tú lo describirías así?

—No —respondió Clarke.

Rebus asintió de nuevo.

—Tú dirías «millonario» o «ganador de la lotería», ¿verdad?

—Sí.

—Entonces, ¿por qué no lo hizo Cafferty? Era como si eso no fuera lo importante.

Clarke pensó unos instantes.

—¿Crees que debería investigar un poco más?

Rebus se encogió de hombros, pero sabía que había plantado la semilla.

—Así que citaréis a Compston y los suyos, ¿eh? ¿Todavía quedan entradas?

—Seguramente pueda incluirte en la lista de invitados. —El teléfono anunció que había recibido un mensaje de texto y miró la pantalla—. Hablando del rey de Roma... —dijo—. El jefe me quiere en su despacho.

—Trabaja rápido cuando es necesario.

Clarke se levantó y apartó el café.

—¿Realmente crees que nos dirán algo?

—¿La banda de Compston? —Rebus ponderó su respuesta—. Lo dudo mucho.

—Entonces, ¿por qué nos molestamos?

—Porque es lo correcto.

—Es prácticamente idéntico a lo que dijo Malcolm.

Clarke sonrió cansinamente y se despidió.

Rebus desvió la mirada hacia su teléfono. «Deberías haber consultado el listín, John», se dijo. Tal vez Jeffries y Ritter también aparecían en él...

—¿Sí? —la voz era profunda y ronca, y de fondo se oía un perro ladrando.

—¿Señor Dalrymple? Me llamo John Rebus. Soy de la policía.

—¿Ah, sí? —respondió él. Luego—: ¡John B, cállate, por favor!

—Me gustaría hablar con usted.

Los ladridos eran cada vez más insistentes.

—Quiere salir a pasear —se disculpó Dalrymple—. Tengo que sacarlo.

—Tengo algunas preguntas que hacerle sobre la época en la que trabajó en el Milligan's Casino —continuó Rebus.

—Lo siento, no oigo nada.

—Podría encerrar al perro en otra habitación.

—Deme su número y le llamaré. Solo tardaré una hora o dos.

—¿Dónde lo lleva?

—¿Eh?

—A John B. ¿Dónde lo lleva de paseo?

—Normalmente al paseo marítimo.

—Lo veré allí.

—Estaré en la zona de Joppa, al lado de James Street. John B no pasa inadvertido; tiene el doble de energía que cualquier otro perro de la playa. Busque al viejo que las pasa canutas intentando seguirle el ritmo.

23

El viento había amainado y la temperatura superaba los cero grados por bien poco. El paseo marítimo era ancho y, hacia Portobello, estaba jalonado de locales de comida para llevar, salones recreativos y bares. Sin embargo, el extremo de Joppa era mucho más tranquilo, con casas y pisos que daban al estuario. La marea casi había bajado del todo y la arena estaba húmeda y tenía un tono amarillo pálido. Desde allí se divisaban Fife, Cockenzie y Berwick Law. Había mucha gente paseando a su mascota. Rebus vio un corrillo de perros saltando y pasando unos junto a otros cerca del agua. Uno de ellos ladraba con entusiasmo. Era un mestizo de pelaje negro y casi parecía estar sonriendo, maravillado ante el mundo. Un hombre unos años mayor que Rebus, vestido con unos pantalones de pana de color tostado y una chaqueta Barbour, observaba desde el otro lado del muro, silbando y gritando de vez en cuando sin que ello surtiera efecto alguno.

—¡Ven aquí, John B! ¡Vamos, chico!

Mirando al mar, Rebus se situó junto a Todd Dalrymple, que se lo quedó mirando.

—¿Es usted el policía?

—¿Por qué John B?

—Por John Bellany.

—¿El pintor?

—Se crio en Port Seton. Siempre me encantaron sus barcas de pesca... —Dalrymple se sonó la nariz ruidosamente—. ¿Usted tiene perro? —Rebus respondió negativamente—. Pues debería. Está demostrado que alargan la vida. Si es que no te provocan un infarto antes...

—Pero necesitan hacer ejercicio. No soy ese tipo de persona.

—Es una buena excusa para alejarte de tu mujer una hora. Y muchos pubs aceptan perros.

—De repente empieza a gustarme la idea.

Dalrymple entrecerró los ojos al sonreír.

—Y bien, ¿qué puedo hacer por usted, agente?

—Es una posibilidad remota. ¿Conoce usted a Big Ger Cafferty?

—Conozco el nombre.

—Antes frecuentaba el Milligan's.

—No mucho.

—Hace unos quince años se encontró allí con un viejo conocido, un hombre llamado Paul Jeffries.

Dalrymple empezó a llamar de nuevo a John B, y Rebus tuvo la sensación de que estaba haciendo tiempo mientras consideraba su respuesta. Al final se dio la vuelta.

—Conocía a Paul —dijo—. Trabajaba para mí.

Rebus intentó mostrarse inexpresivo.

—¿En calidad de qué?

—De conductor. Yo perdí el carnet y él se ofreció.

—¿Sabía que antes hacía algunos trabajos para Cafferty?

—Me lo contó.

—¿Tiene idea de qué clase de trabajos?

—Transportes. ¿A qué viene este interés repentino?

—¿Cuándo lo vio por última vez, señor Dalrymple?

—Hace tres semanas.

Rebus tosió, tratando de disimular su sorpresa.

—Está en una clínica. Más bien es un hospital de cuidados paliativos. No le queda mucho ahí arriba —dijo Dalrymple, que se dio unos golpecitos en la frente con el dedo.

—Lamento oír eso. Entonces, ¿sigue en la ciudad?

Dalrymple asintió.

—No me ha dicho qué pasa.

—¿Le suena el nombre de Dave Ritter?

—Era amigo de Paul, ¿verdad? Recuerdo que lo mencionó.

—Pero ¿no lo conoció?

—Creo que no. ¿Fue alguna vez al Milligan's en su época de máximo esplendor? —Rebus negó con la cabeza—. Vivimos algunas noches locas. El casino a rebosar, las mesas llenas y jugadores esperando su turno. Venían de las plataformas petroleras con los bolsillos cargados de dinero. También había trabajadores de los restaurantes chinos. Esa gente sabía lo que se hacía. Observaban a los crupieres nuevos para intentar detectar algún punto flaco. Venían mujeres guapas de punta en blanco, aunque pocas jugaban. Los empresarios pedían champán y puros de los caros...

—Me sorprende que Cafferty nunca intentara hacerse un hueco.

—Me hizo alguna propuesta, pero pronto se dio cuenta de que yo no era manco.

—Sabía que regentaba usted el local, pero ¿también era el propietario?

—Empecé con préstamos de mi familia. No les gustaba demasiado el negocio, pero no tardé en pagar las deudas. Sí, el casino era mío.

—¿Cuánto tiempo trabajó Paul Jeffries para usted?

—Dos o tres años.

—¿Y luego qué?

Dalrymple se encogió de hombros.

—Seguía yendo por allí. Paul era una especie de diamante en bruto. Nunca le contaba a nadie cómo se ganaba la vida.

—¿Se fue o lo despidió?

—Creo que el trabajo no le resultó tan emocionante como esperaba.

Rebus miró a Dalrymple de arriba abajo.

—Se nota que es usted culto y que viene de buena familia. Sin ánimo de ofender, señor, pero yo diría que no poseía usted un gran arsenal en caso de que Cafferty hubiera querido seducirle.

Dalrymple esbozó una ínfima sonrisa.

—Tenía amigos, agente. Bastantes amigos. Apostaban y acababan debiéndome dinero. Hablo de personas influyentes, políticos y similares. Puede que incluso un par de jefes de policía...

—¿Eso lo convertía en intocable?

—Pude convencer a Big Ger de que intentar desbancarme le acarrearía más problemas que beneficios.

Rebus asintió para indicar que lo entendía.

—Imagino que David Minton no era uno de sus jugadores...

—Vino un par de veces, siempre con una joven preciosa del brazo, como si con eso no nos diéramos cuenta de que el sexo débil no era su principal interés. —John B había saltado al agua, pero no consiguió convencer a otros perros de que lo siguieran—. Creo que tendremos que intervenir —dijo Dalrymple con un suspiro.

Llevó a Rebus a través de una abertura en el muro y sacó un collar de perro del bolsillo del abrigo.

—¿Puede darme el nombre de la clínica en la que está ingresado el señor Jeffries? —preguntó Rebus.

—Por supuesto. Pero le agradecería que me dejara algún hilo para salir del laberinto.

—¿A qué se refiere?

—¿De qué va todo esto?

—No puedo decírselo en este momento.

—Casi parece que no lo sepa.

A Rebus no le gustaba reconocer que no había errado mucho el tiro. Entre tanto, John B había decidido dar la bienvenida al nuevo amigo de su propietario y estaba sacudiéndose el agua de mar cerca de Rebus.

—Probablemente debería haberle avisado de eso —dijo Dalrymple mientras Rebus fulminaba al perro con la mirada.

—Compston se ha negado de plano —dijo Clarke a Fox—. Ya te imaginarás cómo fue la cosa. Hay que reconocerle a James Page sus méritos. Fue directo al jefe de policía.

—¿Y?

—Y le dijo que daríamos mala imagen si se enteraban los medios de comunicación. Hay un dispositivo de vigilancia contra Dennis Stark y los agentes que participaban en él se niegan a cooperar con la investigación del asesinato.

—Esa noticia no se filtraría.

—Dios no lo quiera —dijo Clarke.

—Estoy seguro de que el inspector Page dijo lo mismo.

Clarke asintió lentamente.

—Así que, ahora, Compston y los demás vienen hacia aquí.

—¿No hay ningún desastre más del que informarme mientras tanto?

—Que yo sepa, no.

—¿Qué crees que está haciendo Joe Stark?

—Ponerse furioso. —Pensó unos momentos—. Y tramar algo. Ya ha concedido una entrevista a un anodino periodista de Glasgow. Nos acusa de no mover un dedo.

—No he visto muchos indicios de ello.

Habían llegado al final de la escalera y se encontraban en la planta baja de Fettes. Salieron por detrás del mostrador de recepción y fueron a la sala de espera. Las paredes de cristal daban a Fettes Avenue. Clarke consultó la hora en el teléfono.

—A propósito —dijo—, a Page no le gusta la idea de que participes en las entrevistas.

—¿Por qué?

—Porque hasta esta mañana formabas parte del equipo de Compston. Estás demasiado involucrado.

—¡Precisamente por eso debería estar presente!

—Puedes escuchar las grabaciones. Si alguien me dice algo que sabes que es mentira, me lo haces saber.

—No es lo mismo.

—Lo sé, Malcolm, pero James tiene razón. —Se lo quedó mirando. Rebus exhaló un suspiro y se arrellanó en el asiento. Clarke le tocó la nuca—. Sabes que la tiene —añadió.

—No me digas que el puñetero John Rebus está invitado.

Fox se cruzó de brazos, desafiándola a que le diera la mala noticia.

—Estará entre bastidores, como tú. De hecho, debería decirle que están de camino.

Pero, cuando llamó, Rebus no cogió el teléfono.

—Aquí están —advirtió Fox cuando se aproximaron dos coches que conocía—. Y, aunque no soy un experto en técnicas automovilísticas, yo diría que no están de buen humor.

Rebus había llamado a Cafferty para darle la noticia, sobre todo porque estaba orgulloso de sí mismo. Solo le había llevado dos horas de pesquisas detectivescas a la antigua usanza. El mundo de Internet podía llorar de envidia. Pero cuando Cafferty le pidió la dirección, Rebus reculó un poco.

—Yo he de estar allí cuando vayas a verle —exigió.

—No, no estarás —repuso Cafferty—. Sabes que lo encontraré yo mismo si es preciso. Pero tardaré un tiempo, durante el cual podría llenarse el depósito de cadáveres...

Rebus desoyó la amenaza.

—O voy contigo o cuelgo ahora mismo.

Esperó, dejando que se impusiera el silencio. Imaginó el Milligan's en su momento cumbre de popularidad, una partida de póquer en marcha, con todo el dinero encima de la mesa, con ya solo dos jugadores. Ropa elegante, risas y volutas de humo, todo ello insignificante en aquel momento.

La llamada se cortó. Rebus miró el teléfono y sonrió con desgana. Tenía el Saab aparcado en una de las calles adyacentes al paseo marítimo. De camino encendió un cigarrillo, mientras sujetaba el teléfono con la otra mano. Con el pitillo colgándole de los labios y lanzándole el humo hasta los ojos, sacó las llaves del coche y abrió. Se montó e introdujo la llave en el contacto. Se quedó sentado con la puerta abierta hasta que apuró el cigarrillo, que apagó en el cenicero. Luego cerró la puerta y puso en marcha el motor.

Su teléfono empezó a sonar. Era Siobhan Clarke, pero no lo cogió. Estaba en una calle sin salida, así que dio media vuelta y se alejó de la playa, rumbo a Portobello High Street, pensando que quizá se deleitaría con una cena a base de pescado. El teléfono volvió a sonar cuando dobló a la derecha y se fundió con el tráfico que se dirigía a la ciudad.

Bingo.

—¿Sí? —dijo.

—Bien —le espetó Big Ger Cafferty—. Hagámoslo a tu manera. Dame la dirección y me reuniré allí contigo.

Rebus calculó que le llevaría veinte o treinta minutos llegar a la clínica.

—Te llamo en diez minutos para darte los detalles —dijo—. Estate preparado.

—Ya llevo puesto el abrigo.

Rebus colgó.

En realidad se encontraba a solo cinco minutos de su destino cuando envió el mensaje a Cafferty. Meadowlea era un moderno edificio de una sola planta situado en la zona de Grange, a poca distancia del hospital Astley Ainsley. Una llamada había confirmado que Paul Jeffries estaba ingresado allí y que no se encontraba bien.

—Primeros estadios de demencia con numerosas complicaciones. Esto es más un hospital de enfermos terminales que una residencia al uso —explicaron a Rebus.

Esperó casi quince minutos en el aparcamiento hasta que el taxi entró por la puerta y dejó a Cafferty, que llegó frunciendo el ceño.

—¿Estás esperando una condecoración o algo así? —preguntó.

—Una palabra de agradecimiento no estaría mal. Pero me conformaré con una explicación —contestó Rebus.

—Mejor quédate fuera de la habitación mientras hablo con él.

Pero Rebus negó con la cabeza. Cafferty emitió un sonido de exasperación e intentó abrir la puerta de cristal, pero estaba cerrada. Rebus pulsó el botón y esperó.

—¿Sí?

Rebus se acercó al interfono.

—He llamado antes. Venimos a ver al señor Paul Jeffries.

—Adelante.

Esta vez la puerta se abrió. Cafferty llevaba las manos detrás y miró a izquierda y derecha. Había pasillos largos, protegidos por más puertas. Rebus podía oler el desinfectante. En la antesala en la que se encontraban había dos sillas y una planta enorme en una maceta. A Rebus le parecía una variedad de palmera con unas gruesas hojas de color verde oscuro y brillante.

Se abrió una puerta y una trabajadora vestida de blanco les pidió que la siguieran.

—Esto está bien —dijo—. Paul no recibe muchas visitas. —Miró a Cafferty y le invadió la duda—. ¿Son amigos suyos?

—Yo solo hago de sherpa —respondió Rebus—. Pero el señor Cafferty conoce a Paul desde hace años.

Se detuvieron delante de una puerta con el nombre de «Paul»

escrito en ella. La asistenta llamó y abrió. Era un espacio independiente con cuarto de baño. Había una cama de hospital contra una pared, pero también una chimenea con dos sillas y un aparato de televisión con DVD. En una de las sillas estaba sentado un hombre viendo una partida de dardos con el volumen apagado.

—¿Les han comentado que es posible que no hable?

Rebus asintió y dio las gracias a la mujer. Luego la invitó a salir, rehusó su oferta de llevarles un poco de té y cerró la puerta. Cafferty se situó delante de Paul Jeffries y se agachó para establecer contacto visual.

—¿Te encuentras bien, Paul? —dijo.

En la habitación hacía un calor sofocante. Rebus se quitó el abrigo y miró a su alrededor. No había recuerdos de la vida de su ocupante. Tan solo unas cuantas películas y programas de televisión en DVD y unas flores de plástico en un jarrón. Ni cuadros ni fotos en las paredes. Encima de la mesita de noche había una radio, una jarra de agua y un vaso.

Cafferty pasó una mano por delante de la cara del paciente, que parpadeó sin más reacción evidente. Luego chasqueó los dedos varias veces y juntó las manos. El hombre se echó atrás, pero intentó proyectar la mirada hacia la partida de dardos, que seguía en marcha. Cafferty se incorporó, cogió el mando a distancia y apagó el televisor.

—Paul, capullo, soy yo —dijo.

Pero la figura seguía atenta a la pantalla en blanco. Iba enfundado en un chándal y probablemente llevaba una camiseta debajo. Ropa de usar y tirar. Barata. Fácil de poner y quitar. Tenía manchas de comida en la parte delantera y se cubría la entrepierna con una mano. De cara era como lo había descrito Cafferty, pero mayor, casi sin energía, y sus mejillas hundidas dejaban entrever que había perdido los dientes en algún momento y que ahora mismo no se molestaba en ponerse la prótesis. Cafferty miró a Rebus.

—Primeros estadios de demencia —explicó este.

—A lo mejor con una bofetada vuelve en sí.

—Dudo de que sea una técnica médica reconocida.

Cafferty también tenía calor. No se quitó el abrigo, pero se enjugó la frente con la manga.

—Venía a hablarte de Acorn House, Paul —dijo—. ¿Te acuerdas de Acorn House? ¿Te acuerdas de lo que pasó? ¡No puedes quedarte ahí sentado sin decir nada, cabrón!

Agarró a Jeffries de los hombros y empezó a sacudirlo. El hombre no oponía resistencia y Rebus temía que le rompiera el cuello. Dio un paso adelante y apartó a Cafferty.

—Por el amor de Dios —dijo.

Parecía que hubieran conectado a Cafferty a un generador.

—Es imposible que no sepa que estamos aquí y de qué va esto —dijo—. ¡El mamón está fingiendo!

Se zafó de Rebus y estaba poniendo a Jeffries de pie cuando se abrió la puerta.

—He traído un poco de té igualmente —dijo la asistenta.

Cuando vio la escena, se quedó boquiabierta y soltó la bandeja.

—No es lo que parece —dijo Rebus, consciente de lo ridículo que había sonado. La mujer había salido corriendo al pasillo, probablemente en busca de refuerzos—. Tenemos que irnos —exhortó a Cafferty.

—Aún no.

—Míralo, por el amor de Dios. Estás sosteniendo un cascarón vacío.

Cafferty se rindió y soltó a Jeffries, que tenía la boca abierta. Pero ahora gozaba de su atención. Cafferty se acercó tanto que sus narices casi se tocaban.

—No creas que esta es la última vez que me ves, Paul. Vendré una noche de estas y tendremos unas palabras. Solos tú y yo.

Rebus, con el abrigo debajo del brazo, sacó a Cafferty de la habitación. Habían llegado al vestíbulo cuando vieron a la asistenta viniendo en dirección opuesta, acompañada de un corpulento compañero. Rebus abrió la puerta principal e hizo salir a Cafferty. Luego la cerró y se quedó dentro.

Cuando Cafferty cayó en la cuenta ya era demasiado tarde. Rebus se volvió hacia los dos empleados con las manos en alto en un gesto de apaciguamiento.

—Lo siento —dijo—. Ha sido solo un poco de agresividad para intentar sacarlo de su estupor.

—Tenemos un circuito cerrado de vigilancia —dijo el hombre, señalando las cámaras colgadas del techo—. Daremos parte de esto.

—Como debe ser —dijo Rebus. Cafferty intentó abrir la puerta—. Pero si quieren que tranquilice a esa bestia, díganme si el señor Jeffries recibe otras visitas.

Ambos se miraron y dieron un paso atrás cuando el pie de Cafferty impactó en el cristal.

—El señor Dalrymple no viene desde hace semanas —dijo el hombre.

—Pero hay otro caballero —añadió su compañera—. Solo viene una o dos veces al año. Creo que iban juntos al colegio. Vive en Ullapool.

—¿Cómo se llama? —preguntó Rebus—. ¿Dave Ritter, quizá?

—¿Ritter? —Ambos asintieron—. Creo que sí.

Rebus se dio la vuelta y abrió la puerta, pero impidió que Cafferty volviera a entrar. Una vez fuera, cerró y lo llevó hacia el coche.

—Tengo algo —dijo.

—¿Qué?

—Cálmate y te lo diré.

—Dímelo ahora.

—Entra —dijo Rebus al abrir el Saab.

Bajó la ventanilla y se encendió un cigarrillo.

—Dame uno —exigió Cafferty desde el asiento del acompañante.

—Tú no fumas.

—Nunca es tarde para empezar. —Cafferty hizo un gesto con los dedos, pero Rebus le mostró el paquete vacío y su acompañante maldijo entre dientes—. Y ahora dime qué has averiguado.

—Tú primero. ¿Qué es Acorn House? ¿De qué me suena?

Cafferty se apoyó en el reposacabezas.

—Solo te lo diré una vez más: es mejor que no lo sepas.

Pero ahora Rebus lo sabía.

—Era una especie de prisión preventiva, ¿verdad? Recuerdo que fui una vez con una cuadrilla de Summerhall. Había un par de chavales a los que consideraban el equivalente carterista de Butch y Sundance. —Se quedó mirando a Cafferty—. Es el lugar del que estamos hablando, ¿verdad?

Cafferty miró con tal dureza el parabrisas que parecía que fuera a darle un puñetazo.

—Sí —dijo al final.

—¿Michael Tolland trabajaba allí? —dedujo Rebus—. Por eso te fijaste en que era trabajador social. Y Jeffries y su colega Ritter, ¿qué? —Guardó silencio unos instantes y pasó las manos por el volante mientras pensaba—. Acorn House cerró, ¿verdad? A finales de los años ochenta. —Se volvió hacia Cafferty—. ¿Qué me estoy perdiendo? David Minton debía de ser abogado por aquel entonces, ¿no? Se presentó al Parlamento pero no entró.

—Te estás fijando solo en los detalles —dijo Cafferty, que se apretó las sienes con los pulgares—. Vamos a tomar algo a algún sitio para que pueda contarte el resto...

24

—No quiero que se grabe esto —fueron las primeras palabras de Ricky Compston cuando se sentó en la improvisada sala de interrogatorios. Fettes, que en su día fue la central de Lothian y Borders, siempre había sido más una base administrativa que una comisaría de policía funcional: no había celdas ni salas de interrogatorios. Siobhan Clarke había pedido prestado un equipo de grabación y lo había colocado encima de la mesa. Pero Compston se cruzó de brazos en un gesto desafiante—: Estoy dirigiendo una operación encubierta —continuó— y la mínima filtración podría ponerla en peligro.

—¿No cancelará el dispositivo de vigilancia? —preguntó James Page.

Se había quitado la chaqueta y remangado la camisa para demostrar que iba al grano. Había un montón de documentos delante de él, coronados por fotografías de la escena del crimen e imágenes *post mortem* de las víctimas.

—Hasta que el jefe dé la orden, no. —Compston se volvió hacia Clarke—. Si pone en marcha esa máquina, yo me voy. No podrá decir que no la he avisado.

—¿Esta es su idea de cooperación? —replicó ella.

Compston la miró fijamente.

—Joe Stark acaba de mantener una reunión con Darryl Christie. No sé qué ocurrirá ahora, porque han traído a mi equipo aquí, que es el último lugar donde debería estar. De modo que, sí, inspectora Clarke, para responder a su arrogante preguntita, yo diría que estoy cooperando.

—Dennis Stark fue asesinado mientras ustedes vigilaban —comentó Clarke.

—Gracias. No me había dado cuenta.

—Beth Hastie estaba sola. ¿Es una práctica habitual?

—Lo idóneo habría sido que tuviera compañía.

—¿Por qué no la tenía?

—Joe y sus compinches habían ido a Glasgow. Tuve que dividir al equipo. Andábamos algo cortos de personal.

—Pero no estaba delante del hostal cuando Dennis salió a pasear. Sus compañeros dicen que Dennis lo hacía a menudo.

Compston asintió.

—Ocurrió un par de veces —dijo.

—¿Y, aun así, Hastie abandonó su puesto? ¿No se molestó en llamar para intentar que la cubriera alguien?

—Era de madrugada. Estábamos agotados. Probablemente nadie habría respondido.

—Pero no lo intentó —insistió Clarke.

Compston miró a Clarke, luego a Page y de nuevo a Clarke.

—¿Qué coño es esto? —preguntó.

—Una investigación por asesinato.

—Qué locuaz, ¿eh? —dijo Compston a Page.

—Creo que no tardará en descubrir que la inspectora Clarke es algo más que eso —repuso Page.

Compston soltó un teatral suspiro.

—La cagamos, y creo que somos conscientes de ello. Me responsabilizo plenamente, como ya le he comunicado al jefe de policía.

Clarke estaba dando golpecitos con el bolígrafo en una libreta nueva de papel pautado.

—¿Cómo cree que acabó muerto Dennis Stark? —preguntó.

—Con una bala de nueve milímetros, si no me equivoco.

—Pero ¿fue cuestión de mala suerte? ¿Sale a pasear y acaba topándose con un desconocido que le pega un tiro? ¿Qué posibilidades hay de que ocurra algo así?

—No muchas —reconoció Compston—. Sea como sea, era un objetivo.

—¿Sea como sea?

—Bueno, hay un asesino que va dejando notas al lado de sus víctimas...

—En realidad, las víctimas suelen recibir la nota mucho antes. Es el error que cometió el asesino de Stark.

—¿Ah, sí?

—No es la misma caligrafía —reveló Page.

—¿Es un imitador? —dijo Compston.

—Alguien que está resentido —precisó Clarke—, y pensó que creeríamos que se trataba de la misma persona que asesinó a lord Minton.

—Lo cual explica en parte nuestro interés en su equipo —apostilló Page—. ¿Qué me diría si le aseguro que la agente Hastie le mintió?

—Diría que no le creo.

—Tenía que responder a una llamada de la naturaleza, ¿verdad? En una gasolinera cercana...

Compston puso los ojos en blanco.

—Eso lo dice el capullo de Fox, ¿verdad?

—Allí cerca no hay ninguna estación de servicio que abra toda la noche —continuó Clarke.

—¿Y?

—Y las que están abiertas no permiten que los clientes utilicen los baños.

—Sigo sin entender nada.

—Quien siguió a Dennis Stark hasta el callejón sabía que cabía la posibilidad de que estuviera fuera a esa hora, pero no podía saber que el dispositivo de vigilancia estaba inactivo. —Clarke hizo una pausa—. ¿O sí?

Compston captó el mensaje y soltó una carcajada.

—¿Insinúa que fuimos nosotros? ¿Después de años de operaciones coordinadas para acabar con toda la banda, mi equipo decide tomar medidas drásticas que conseguirán todo lo contrario? —Miró alternativamente a Clarke y Page—. ¿Sabe lo ridículo que suena eso?

—Entonces, ¿es una mera coincidencia? ¿Hastie se esfuma, Dennis sale a dar un paseo y el asesino está esperándolo?

—Tiene mucho más sentido que lo que ustedes proponen. —Compston se puso en pie—. Ya estoy harto. En el mundo real me espera trabajo de verdad. Les dejo con sus unicornios y sus cielos de gominola.

—Primero tenemos que hablar con Beth Hastie —afirmó Clarke.

—¿Por qué?

—Porque no parece haber sido sincera del todo. Esa historia que se inventó podría ser beneficiosa para ustedes. También es posible que la creara solo para el inspector Fox. A lo mejor ya sabían que Hastie no estaría delante del hostal.

Compston negó con la cabeza y soltó otro impostado suspiro.

—Si Beth se queda, ¿el resto del equipo puede volver al trabajo?

—Me gustaría que usted se quedara también —respondió Page—. Puede que tengamos un par de preguntas más.

—Menuda pérdida de tiempo —farfulló Compston, cosa que Clarke interpretó como un «sí».

Hicieron una pausa de cinco minutos, el tiempo suficiente para tomar un café rápido y confabularse. Habían metido a Hastie en la sala y le habían confiscado el teléfono para que no tuviera la posibilidad de recibir información de su jefe. Compston se encontraba en la sala de espera. Ya había ordenado a sus tropas que se marcharan.

—¿Todo esto nos está llevando a alguna parte? —preguntó Page—. Detestaría pensar que estamos cabreándolos porque sí.

Clarke se encogió de hombros.

—Fox está un poco resentido, ¿verdad? Ese golpe en la cara que se llevó...

—Puede que esté resentido, pero también tiene razón. La historia que ha contado no cuadra. Además, es muy lógico que queramos interrogar al equipo que supuestamente estaba vigilando a la víctima.

—Cierto. —Pero Page no parecía convencido del todo. Vació el vaso de cartón—. Vamos allá.

Beth Hastie no puso objeciones a que se grabara la conversación. Pronto, Clarke se dio cuenta de que había preparado un guión.

—Me aburrí y fui a dar una vuelta con el coche. Esa es la verdad. Pensaba que por media hora no pasaría nada y me ayudaría a mantenerme despierta.

—¿Dónde fue?

—Di una vuelta por la costa y volví.

—¿Y eso coincidió con el momento en que Dennis Stark salió del hostal?

—Exacto.

—¿Es consciente de que puede parecer una gran coincidencia?

—Supongo que sí, pero eso no significa que no sea lo que ocurrió.

—¿Se lo ha reconocido al inspector Compston?

—Lo haré en cuanto salga de aquí.

—¿Sabía que Dennis tenía problemas para dormir, que a veces daba un paseo nocturno?

Hastie negó con la cabeza.

—Nadie lo había mencionado. Era la primera vez que cubría el turno de noche.

—¿Nadie lo mencionó? —Clarke parecía incrédula, pero Hastie negó de nuevo con la cabeza para subrayar su argumento.

—Sin embargo, no dejo de pensar en una cosa —continuó—. Si hubiera estado allí, lo habría seguido a pie. Y si hubiera hecho eso...

—¿Tal vez habría impedido el asesinato? —aventuró Page.

Hastie se lo quedó mirando.

—No —dijo—. Me refiero a que quizá también habría tenido que dispararme a mí. Por eso me siento muy aliviada de haberme ido a dar esa vuelta en coche. De lo contrario, ahora tal vez estaría al lado de Dennis Stark en una camilla del depósito de cadáveres.

Se recostó en la silla y parecía que iba a echarse a temblar solo de pensarlo.

Joe Stark llegó a Fettes con uno de sus hombres —Walter Grieve— y un compinche de Dennis. Había sido idea de Grieve el invitar a los chicos de Dennis. Lo último que necesitaban ahora eran desencuentros. Jackie Dyson fue elegido porque era el único al que Joe no había tenido motivos para criticar o dar una bofetada en el pasado. Era más o menos un recién llegado, lo cual, argumentaba Grieve, significaba que podía ser accesible.

Sí, Joe sabía que corrían tiempos inciertos. Dyson y el resto empezarían a preguntarse a quién eran leales. ¿Se unirían contra el viejo orden u obedecerían? Ya les había dado unas cuantas libras para sacarlos del apuro y les prometió un papel más destacado en la organización. Aun así, no vendría mal incorporar a Dyson, conocerlo un poco mejor durante el trayecto en coche y alimentarle el ego. Luego el remate final:

«Si quieres ver gratitud, hijo, yo te la enseñaré. Si oyes susurros y habladurías, ven a contármelo. Así es como verás la mejor versión de mí», acompañado de un guiño y una palmadita en la rodilla.

Aparcaron delante del edificio principal y se apearon. Stark y Grieve llevaban trajes que no desentonarían en un funeral y Dyson ropa vaquera y piel cuarteada. Cuando llegaron a la puerta salía una pareja. Stark miró al hombre a los ojos sin decir nada, pero los observó mientras se dirigían a su coche.

—Ese es Ricky Compston —dijo a Grieve.

—Pensaba que lo conocía.

—¿Quién es Ricky Compston? —preguntó Dyson.

—Antes trabajaba en el DIC de Glasgow. Las últimas noticias que tengo de él es que ha sido ascendido a Gartcosh. —Stark volvió a detenerse en el umbral—. Gartcosh. —murmuró para sus adentros—. Delitos graves y crimen organizado...

—¿Nos estamos preguntando qué hace en esta parte del país? —preguntó Walter Grieve sin necesitar realmente una respuesta.

—Esos cabrones van a por nosotros —repuso Stark enseñando los dientes—. Se han enterado de lo de Dennis y creen que somos vulnerables. —Volvió a salir del edificio y llamó a la pareja, que se alejaba rápidamente—. ¡Eh, Compston!

La mujer se dio la vuelta, pero el hombre no. Stark le hizo una peineta de todos modos y volvió a entrar como un vendaval.

La funcionaria de recepción lo reconoció e intentó sonreír.

—Hemos venido a ver a Page —dijo Stark.

—¿Tienen ustedes cita?

—Mi hijo ha sido asesinado. ¿De qué me sirve a mí una puta cita?

La mujer se ruborizó.

—Creo que está ocupado —acertó a decir finalmente. Pero ya era demasiado tarde. Stark había bordeado el mostrador y se dirigía a las escaleras que había detrás—. ¡No puede hacer eso! —exclamó.

—Ya lo ha hecho —dijo Dyson, que siguió a Stark.

Los tres llegaron a la primera planta y preguntaron por Page al primero que vieron.

—En el piso de arriba.

Y allí fueron. Page se encontraba en el pasillo hablando con una mujer cargada de notas de casos.

—¡Page! —gritó Stark—. ¡Tengo que hablar con usted!

—¿Cómo han entrado aquí?

—¿Hablamos aquí o en un sitio más íntimo? Ambas opciones me valen.

Al fondo del pasillo aparecieron unos agentes. Parecían dispuestos a intervenir, pero Page les indicó que se fueran.

—A mi despacho —dijo a Stark—. Pero solos usted y yo.

Page se encaminó a la sala de Incidentes Graves. Los miembros de brigada los miraron embobados, excepto Charlie Sykes, que estaba escribiendo un mensaje de móvil. Parecía que Grieve y Dyson iban a quedarse en la oficina contigua, pero Clarke los hizo volver al pasillo y cerró la puerta.

—Encantadora —dijo Grieve.

—Voy a mear —anunció Dyson.

Había un lavabo a escasos metros con solo dos inodoros de pared y un cubículo. Se bajó la bragueta y empezó a silbar desafinadamente hasta que se abrió la puerta. El recién llegado ocupó el inodoro de al lado y lo saludó. Ambos se miraron fijamente.

—Yo a ti te conozco —dijo Dyson—. Estabas tirado delante de un pub... ¿Eres poli?

—¿Qué coño estás haciendo aquí? —exclamó Malcolm Fox, que se subió la bragueta y se dirigió al lavamanos.

—El señor Stark necesita desahogarse y me ha traído para que le haga compañía.

—He visto a Walter Grieve fuera, pero nunca pensé...

—Pareces saberlo todo de nosotros —dijo Dyson maliciosamente, y se volvió hacia Fox—. Lo único que yo sé de ti es que casi te parto la cara. No entiendo por qué no te identificaste como pasma en ese momento. Tampoco entiendo por qué sigo en la calle. ¿No lo denunciaste?

Pasó al lado de Fox y se lavó las manos.

—¿Compston no te habló de mí? —preguntó Fox—. Soy Malcolm Fox, enlace local.

—¿Compston? Acabo de oír ese nombre fuera ahora mismo. Entonces, ¿es cierto? ¿Ha venido un equipo de Gartcosh a apretarnos las tuercas?

—Mira, sé quién eres. Eres Jackie Dyson. Es decir, sé que ese es el nombre que estás utilizando...

—¿De qué coño hablas?

—De meterse en el personaje. Entiendo que tengas que hacerlo, pero...

Dyson se dio la vuelta y empujó a Fox con tanta fuerza que chocó contra la puerta del cubículo.

—¿Te estoy oyendo bien? —le espetó—. ¿Me estás diciendo que la poli tiene un infiltrado en nuestro equipo?

Fox tragó saliva.

—No —acertó a decir—. No me refería a...

Pero Dyson no estaba escuchando. Con las manos goteando aún, abrió la puerta y salió al pasillo. Fox se sentó en el inodoro. Le latía el corazón a toda velocidad.

—Es él —murmuró—. Tiene que serlo. Me lo dijo Alec Bell...

Fox guardó silencio y tragó con fuerza. ¿Era posible que Alec Bell hubiera mentido?

Ricky Compston iba golpeando el volante con la palma de la mano mientras conducía.

—Tanto trabajo, tanta planificación...

—¿Realmente piensa que estamos jodidos?

—La razón por la que he realizado una vigilancia mínima es que yo soy la persona a la que Joe podría haber identificado. Y entonces nos lo encontramos de morros. —Sacudió la cabeza, y su enojo trataba de acallar la desesperación—. ¡No debíamos estar allí! Para mí, la culpa es de Page y, sobre todo, del gilipollas de Malcolm Fox.

—La verdadera culpable soy yo —dijo Hastie en voz baja.

Se impuso el silencio en el coche unos instantes. Luego, Compston se la quedó mirando.

—¿Qué les ha dicho?

—La verdad.

—¿Lo mismo que me contó a mí?

—No del todo. La vuelta que di en coche fue más larga. Necesitaba aclararme las ideas.

—Por el amor de Dios, Beth...

—¿Qué pasará ahora?

—O terminamos pronto con esto o hacemos las maletas y nos largamos.

—Me refería a mí.

—Negligencia. —Compston la miró de nuevo. Su expresión era seria, pero no parecía que fuera a protestar—. Supongo que es lo mínimo que puede pasarle.

—¿Señor?

—¿No disparó a Dennis Stark?

—No.

La respuesta vino acompañada de una breve carcajada.

—¿Y no está cubriéndole las espaldas a Alec Bell?

—Creo que...

—Sé que piensa que Alec mea colonia, y si le dice que haga algo, probablemente nunca se lo cuestiona. —Compston hizo una pausa—. ¿Aquella noche le dijo que se ausentara?

—Por supuesto que no. Pero ¿y usted?

—¿Yo qué?

—Supongo que no tiene usted una buena coartada.

—Que la jodan, agente Hastie. Se acabó.

—Me alegra comprobar que nadie ha perdido el espíritu de equipo.

Compston pasó de golpear el volante a apretarlo con fuerza.

—No solo acaba de cruzar la línea; se ha cagado encima de ella. Por lo que a mí respecta, eso es todo. Volverá usted a sus antiguas tareas.

—Para que conste en acta, señor: ¿puedo decir algo?

—Si no queda más remedio.

—Es usted el jefe más inútil e ignorante que he tenido en todo mi vida. Y, créame, eso lo sitúa en lo alto de una lista muy larga.

25

Estaban sentados en el salón de Rebus. Cafferty daba sorbos a una botella de cerveza. Rebus había optado por un café instantáneo. Quería mantener la cabeza despejada, mientras que Cafferty tenía pinta de querer pasarse al whisky una vez se hubiera terminado el aperitivo.

—Acorn House —dijo Rebus—. Es un entorno seguro para desgraciados y escoria hasta que tienen... ¿qué? ¿Dieciséis años?

—Eran otros tiempos. Lo que entonces la gente consideraba aceptable... —Cafferty tenía la mirada clavada en la moqueta—. Lo has visto hace poco: todas esas historias sobre famosos y políticos de la época a los que les parecía perfectamente razonable codearse con pedófilos.

—Madre mía...

Cafferty miró a Rebus a los ojos.

—¡Yo no! ¡Al menos reconóceme eso!

—De acuerdo, tú no manoseabas a los chicos de Acorn House. —Rebus hizo una pausa—. Pero ¿lo hacía alguien? ¿Michael Tolland?

—Que yo sepa, Tolland era solo el hombre de las llaves. Controlaba quién entraba y quién salía. El lugar tenía cierta fama. Los niños salían corriendo. Había coches esperándolos fuera. Volvían al día siguiente con ropa nueva y dinero en el bolsillo.

Rebus intentó recordar si corrieron rumores en su momento. Es posible. En algún lugar situado por encima de su rango salarial...

—Cerraron Acorn House antes de que se llevara a cabo una investigación —continuó Cafferty.

—¿Estamos hablando de algo en concreto? ¿Algo en lo que estuvieran involucrados tus compañeros Jeffries y Ritter?

—Por aquel entonces yo no era un pez gordo en la ciudad. Hablamos de 1985. Pero estaba moviéndome... —Cafferty parecía absorto en sus recuerdos. Se sentó al borde del sofá, con las piernas separadas y los codos apoyados en las rodillas. Con un guante rodeaba el botellín de cerveza—. Había una tierra de nadie, una zona gris en la que la gente como yo podía conocer a personalidades importantes.

—¿Gente como David Minton?

Cafferty negó con la cabeza.

—Nunca conocí a Minton. Pero era amigo de un parlamentario llamado Howard Champ. ¿Lo recuerdas?

—De oídas. Murió hace unos años.

—Yo lo conocía vagamente. Una noche recibí una llamada. Se había producido un incidente. Creo que utilizaron la palabra «accidente».

—¿En Acorn House?

—En uno de los dormitorios. Y, para complicar más la situación, había un chaval muerto.

Rebus notó que estaba aguantándose la respiración mientras escuchaba.

—Algo había salido mal. Un adolescente había fallecido.

—¿Fue Howard Champ quien te llamó?

—Pidió a otra persona que lo hiciera —precisó Cafferty—. Supongo que fue Tolland, aunque en aquel momento yo no sabía quién era.

—¿Te contó qué había sucedido?

—Solo que Howard Champ necesitaba mi ayuda.

—¿Fuiste a Acorn House?

—¡Ni se me pasó por la cabeza pisar ese sitio!

—¿Así que mandaste a un par de hombres? ¿A Jeffries y Ritter? —Cafferty asintió lentamente—. ¿Y se ocuparon ellos del problema? —Rebus se notaba la sangre borboteándole en los oídos al hablar—. ¿Cómo lo hicieron?

—Se llevaron el cuerpo.

—¿Dónde?

—A un bosque situado cerca de donde se criaron.

Rebus pensó unos momentos.

—¿No hubo repercusiones?

—Desaparecían niños continuamente. Este no tenía familia, tan solo un trabajador social estresado que acabó recibiendo un crucero y una cocina nueva.

—Pero el muchacho que murió tenía nombre, ¿verdad?

—Nunca lo supe.

Rebus exhaló ruidosamente, se puso en pie y abandonó el salón un minuto. Luego volvió con dos vasos de whisky de malta. Cafferty cogió uno y asintió en señal de agradecimiento. Rebus se acercó a la ventana y contempló el silencioso y ordenado mundo.

—¿Qué coño hacemos con todo esto? —preguntó.

—Dímelo tú.

—Tolland estuvo allí... Tú organizaste el entierro... Howard Champ fue el culpable. ¿Qué pinta aquí David Minton?

—No estoy seguro.

—Si es una venganza de algún tipo... han esperado treinta años. No lo entiendo.

—Yo tampoco.

—Y Jeffries y Ritter son los blancos más obvios, pero no les ha pasado nada.

—Cierto.

La ligera carcajada que soltó Rebus no destilaba humor alguno.

—No tengo una sola respuesta que dar.

—Quizá no debería habértelo contado. Es posible que esté

dándole demasiada importancia y viendo fantasmas donde no los hay...

—Es posible.

—Pero ¿tú no lo piensas?

—¿El chico tenía parientes cercanos?

—No.

—Tiene que haber archivos en algún sitio.

—¿Tú crees?

—No tengo ni idea. —Rebus se pasó la mano por el pelo—. Tiene que haber alguien que trabajara en Acorn House o que residiera allí.

—Pero ahora mismo solo puedes aferrarte a mi palabra, y eres el único al que se lo voy a contar. —Ambos se miraron—. Hablo en serio. No estaríais abriendo una caja de Pandora. Sería una habitación entera. Todo quedó en secreto. Acorn House fue clausurado sin un solo murmullo. No se me ocurre nadie que fuera a darte las gracias por sacarlo a la luz.

—¿No hablarás con la policía?

—Una investigación policial no llevará a ningún sitio.

Rebus bebió un trago de whisky mientras ordenaba sus pensamientos.

—¿Qué sacaste de ello en su momento?

—¿A qué te refieres?

—¿Howard Champ te pagó?

—Me lo ofreció.

—¿Lo rechazaste?

—Sabía que me debía una. Eso era más importante.

Rebus asintió.

—Un gánster abriéndose camino. Te venía bien tener a un parlamentario local en el bolsillo. ¿Nunca hablaste de esto con nadie?

—No.

—¿Y Jeffries y Ritter?

—No eran tan tontos como para ir abriendo la boca por ahí.

—Pues alguien lo sabía. O bien lo supo en todo momento o bien lo averiguó más tarde. Tolland fue el primero en morir. A lo mejor le remordía la conciencia.

—¿A quién pudo decírselo?

Rebus se encogió de hombros.

—Pero, con Howard Champ muerto desde hacía mucho tiempo, la lista de objetivos era bastante reducida: el propio Holland, luego Minton y después tú. —Rebus hizo una pausa—. ¿Quién crees que sería el siguiente?

—¿Aparte de Jeffries y Ritter? —Cafferty se encogió de hombros—. Otros trabajadores quizá, o algún niño que lo sabía pero guardó silencio.

—Algunos son más fáciles de localizar que otros. Minton era una figura pública... Tú también, por cierto... Y Tolland apareció en todos los periódicos cuando ganó la lotería.

—Con el dinero que tenía, ¿por qué no le hizo chantaje en lugar de cargárselo?

—Supongo que el dinero no le interesaba.

Rebus se volvió hacia la ventana y la panorámica que ofrecía.

—¿Puedes averiguar algo? —preguntó Cafferty.

—¿Yo solo? La verdad es que no lo sé.

—¿Lo intentarás?

—Tampoco tengo otra cosa que hacer, ¿no?

Rebus miró a Cafferty, y este le regaló una sonrisa que era una mezcla de alivio y gratitud.

—Pero recuerda —dijo al momento, y la sonrisa se le esfumó—: Puede que haya gente que no quiera que el caso de Acorn House salga a la luz.

Rebus asintió solemnemente y se llevó de nuevo el vaso a los labios.

Fox recorrió el pasillo con el teléfono pegado a la oreja. Era la tercera vez que intentaba localizar a Alec Bell, y en esta ocasión decidió responder.

—¿Qué emergencia hay? —dijo Bell.

—Te has tomado tu tiempo para responder.

—He tenido una reunión larga con Ricky. ¿Qué puedo hacer por ti, Fox?

—Me dijiste que Jackie Dyson era vuestro topo.

—¿Ah, sí?

—Sabes que sí. Necesito saber si mentías.

—¿Por qué?

—Porque me lo he encontrado en Fettes.

—Una cosa es encontrárselo...

—Ahora sabe que soy policía. Por lo visto, ninguno de sus hombres se lo había dicho.

—¿Has hablado con él?

—También sabe que conozco la existencia del topo. —Fox oyó a Bell expulsar aire entre los dientes—. Lo cual significa que me mentiste...

—No lo hice.

—¿Estás seguro?

—No debió de gustarle que se haya enterado alguien que no es miembro del equipo. Aunque supongo que tampoco importa.

—¿Por qué?

—En la reunión he sabido que Joe Stark vio al jefe. Eso significa que estamos jugando la prórroga.

—¿Seréis reemplazados por otro equipo?

—Quién sabe.

—¿Y Dyson?

—Barajará sus opciones. Se infiltró en la banda mucho antes de que la Operación Júnior recibiera la luz verde.

—Es él, ¿verdad? —insistió Fox—. Él es el topo.

—Imagino que él no lo admitió...

—En absoluto. Ni siquiera me pidió disculpas por haberme pegado. ¿Crees que habría utilizado el cuchillo si yo no hubiera intervenido?

—En su momento dijiste que te preocupaba que se hubiera pasado al otro bando. Puedo asegurarte que no es así. Ricky habló con él hace un día o dos.

Fox digirió la información.

—Entonces, ¿eso es todo? ¿Volvéis a Gartcosh?

—Ojalá pudiera decir que ha sido divertido.

—O al menos productivo. ¿Crees que la banda seguirá buscando?

—Joe tiene varias cosas de las que ocuparse. Los matones de Dennis eran justamente eso. Quién sabe cómo se llevarán con el viejo. Antes, Joe ha mantenido una reunión con Darryl Christie. Todo parecía bastante amigable. No tengo ni idea de qué han hablado. La próxima vez necesitaremos gente que sepa leer los labios. Aunque dudo que haya una próxima vez. Hay algo que probablemente te llenará de alegría: han mandado a Beth a casa. Se cabreó con Ricky y ahí se acabó todo. Regodéate todo lo que quieras.

—No es mi estilo.

Alec Bell suspiró ruidosamente.

—Beth lo pasó mal los primeros años. Se formó en la policía. No recibió amor de su familia. Sus padres bebían y se peleaban. Tuvo que cuidar de sí misma, de su hermano y de su abuela. Ese es el tipo de persona a la que acabas de joder. Espero que eso te ayude a dormir por las noches.

—¿Qué pasa con Beth, Alec? ¿Ella te ayuda a ti a dormir por las noches?

La llamada se cortó justo cuando Siobhan Clarke aparecía en lo alto de la escalera. Fox agarró con fuerza el teléfono y salió a su encuentro.

—¿Cómo han ido las entrevistas? —preguntó.

—Compston no nos ha dejado grabarlo. Tengo notas que re-dactar.

—¿Y los otros?

—Solo hemos hablado con el jefe y con Hastie.

—¿Os ha contado algo?

Clarke asintió.

—Que la crea o no ya es otra cuestión. ¿Quieres oírlo?

Fox asintió.

—Y si puedo hacer algo más...

—Lo pensaré. —Clarke parecía distraída y miró la pantalla del móvil—. Pensaba que John quería participar en esto, pero de repente no dice nada.

—¿Debería preocuparnos?

—Normalmente significa que alguien está en apuros. —Sonrió con desgana—. ¿Ya has terminado la jornada? Me vendría bien una copa.

—Me han dicho que el Gimlet ha ardido.

—Según los investigadores, fue provocado.

—Eso explicaría por qué se reunieron Christie y Stark.

—¿Te has enterado de eso? —Clarke asintió—. Supongo que sí.

—Ambos se comportaron muy bien. ¿Qué nos dice eso?

—Si te soy sincera, Malcolm, a mí me dice la raíz cuadrada de cero. ¿Y a ti?

—Olvidaba que los Stark no son de tu jurisdicción.

Clarke sonrió.

—Solo el hijo. Y solo si realmente tiene relación con lord Minton.

—Cosa que ahora parece menos probable. ¿Correcto? Así que, ¿habrá que iniciar otra investigación?

—Ahora que Joe Stark ya sabe que la nota era una maniobra de distracción, probablemente sí.

—¿Por eso vino aquí? ¿Cómo lo averiguó?

—Acabas de decirme que antes se ha reunido con Darryl Christie...

—¿Christie tiene a alguien en Fettes?

—Estamos hablando de la policía de Escocia, Malcolm. Siempre hay alguien a quien le gusta hablar.

Clarke intentó localizar de nuevo a Rebus.

—Mándale un mensaje —le aconsejó Fox—. Dile que más tarde estaremos en el Ox y que invitamos nosotros.

—Quizá lo haga. —Se lo quedó mirando—. ¿Cómo estás?

—Bien.

—Ha habido un poco de drama a la hora del almuerzo, ¿no? Se han colado Joe Stark y sus matones.

—Me he perdido toda la acción —mintió Fox—. Bastante típico, ¿eh?

—¿Lo del Ox lo decías en serio?

—Solo si realmente quieres hablar con John.

—¿Y si no?

—Hay otros lugares. Algunos incluso sirven comida.

—Me parece bien.

—Entonces, quizá haga tiempo escuchando esa grabación de Beth Hastie —dijo Fox—. Solo por interés, como comprenderás...

26

Acorn House ya no era Acorn House. El otrora reformatorio seguía en pie, pero se había convertido en una clínica privada, especializada en tratamientos cosméticos. Rebus lo dedujo por el gran cartel clavado en la pared de ladrillo rojo. La aislada casa de estilo victoriano estaba construida con el mismo material. Se encontraba al borde de Colinton Village, un barrio adinerado del extrarradio de la ciudad que daba la bienvenida a los visitantes con un letrero que decía: «Una aldea de conservación histórica». La calle principal estaba a rebosar de gente que volvía a casa del trabajo, así que Rebus detuvo el Saab sobre la acera y dejó el espacio justo para que pasaran los transeúntes. Vio que Siobhan Clarke lo había llamado de nuevo. Sabía que no podía hablar con ella, todavía no. Era rápida y notaría que ocurría algo. Podía mentirle, pero no se quedaría tranquila hasta que supiera qué inquietaba a Rebus.

No tenía intención de entrar en el edificio. ¿Para qué? Habría cambiado y, de todos modos, apenas recordaba el interior de su única visita al lugar. Tan solo quería dar un vistazo. El jardín que se extendía delante de la casa había sido sustituido por gravilla para crear un aparcamiento que pudiera alojar a media docena de clientes y otros tantos trabajadores. Las casas situadas a ambos lados se encontraban bastante lejos. Imaginó las ventanas cubiertas con cortinas de visillo, quizá incluso los postigos de madera originales, de los que podían cerrarse desde dentro. Era un gran centro penitenciario anónimo en el que podía ocurrir prácticamente cualquier cosa sin que la sociedad lo supiera o, muy posiblemente, sin que le importara. Niños que habían cometido pequeños hurtos, habían quemado cosas o habían llevado a cabo atracos en comercios y viviendas. Niños que se enfadaban rápido, carentes de empatía y una buena educación. Niños asilvestrados.

Niños problemáticos.

Rebus había realizado una búsqueda rápida en Internet, pero apenas encontró nada interesante. Era como si Acorn House —que existía antes que Internet— no solo hubiera quedado relegado a la historia, sino que prácticamente había sido borrado de ella.

Sacó el teléfono y llamó a Meadowlea.

—Soy John Rebus. Antes he ido a visitar a Paul Jeffries. Disculpas de nuevo por lo de mi amigo. Debo reconocer que no fuimos del todo sinceros con usted. Trabajo para la policía.

—¿Sí?

Rebus reconoció la voz del hombre, el mismo que había hablado con él en la puerta.

—Lo siento —dijo—. Antes no me he quedado con su nombre.

—Trevor.

—De acuerdo, Trevor. ¿Recuerda que me habló del amigo que había visitado al señor Jeffries? Me pareció entender que iban juntos al colegio.

—Fue Zoe quien lo mencionó.

—Por supuesto —se disculpó Rebus—, pero el nombre de Dave Ritter les sonaba a ambos.

—Eso es.

—Quería saber cuándo fue la última vez que el señor Ritter fue a visitarlo.

—Hace un par de meses.

—Entonces, ¿no se le espera en breve? ¿Llama con antelación?

—Creo que sí.

—¿Tiene un teléfono de contacto?

—No lo sé.

—¿O su dirección de Ullapool? ¿El señor Jeffries tiene una agenda? Quizá podría echar un vistazo.

—¿Paul tiene problemas?

—No le mentiré: es posible. ¿Ha recibido alguna visita extraña? ¿Le ha llegado alguna carta o nota que pareciera un poco rara, incluso amenazante?

—Nada de eso.

A Trevor parecía inquietarle la idea.

—Estoy seguro de que no hay nada de qué preocuparse, pero si llega algo, hágamelo saber. Le daré mi número de móvil. Y si puede facilitarme las fechas de las visitas de Dave Ritter y cualquier cosa sobre él que pueda haber en la habitación del señor Jeffries...

—Husmear en las pertenencias de nuestros residentes va contra las normas.

—En ese caso, puede que tenga que pedir una orden de registro. —Rebus endureció el tono—. Piense qué será menos estresante para sus residentes.

—Veré qué puedo hacer.

—Gracias. ¿Me llamará si ocurre algo fuera de lo común, por poco que sea?

—Se lo prometo.

—Perfecto. Gracias de nuevo.

—Pero tiene que darme su palabra...

—¿De qué?

—De que nunca permitirá que vuelva ese chiflado amigo suyo.

Cafferty compró curry y fue al piso de Quartermile. Comió directamente de los envases: *rogan josh* de cordero, arroz pilaf y *saag aloo* regados con la media botella de Valpolicella que quedaba. Se le había pasado por la cabeza volver a visitar a Paul Jeffries, para comprobar cuánto quedaba del viejo Paul mientras esperaba a que le despertasen accionando la palanca adecuada.

La palanca adecuada.

Eso le había llevado a otro asunto: había estado dándole vueltas a la idea de si necesitaba o no una pistola. ¿Viviría más seguro con una? No lo sabía a ciencia cierta. Siempre había tenido a una tropa musculada a su alrededor, pero ¿en quién podía confiar? Andrew Goodman podía prestarle a algunos hombres. Pero no serían los hombres de Cafferty, no como Dennis, con sus soldados, o Joe, con sus leales compinches. Darryl Christie todavía no había encontrado lugarteniente. Tenía infantería, pero a nadie, aparte de él mismo, para dirigirla. Cuando empezó a vibrar el teléfono, vio que era Christie. A su pesar, sonrió, se limpió la grasa de los dedos y engulló un último bocado.

Era como si funcionaran en la misma longitud de onda.

—Justamente estaba pensando en usted —reconoció Cafferty al contestar.

—Cosas buenas, espero.

—Siempre, Darryl. ¿Qué ocurre?

—La policía ha engatusado a Joe Stark diciéndole que su hijo formaba parte de todo esto por lo de las notas. Pero no es cierto.

—Entiendo por qué quieren que Joe no se entere de nada. —Cafferty se chupeteó un dedo—. Cuando empiece a tomárselo como algo personal...

—Bueno, estamos entrando en esa fase. Así que yo de usted no me alejaría mucho de la habitación del hotel.

—Hay una alternativa.

—¿Usted y yo? ¿Formamos equipo y acabamos con la amenaza?

—Así se libran las guerras a menudo.

—¿Y si formo equipo con Joe? Ahora que Dennis ya no está, necesita a alguien que lo sustituya, ¿no?

—Dudo que a los hombres de Dennis les gustara la idea. Tendría que ganárselos uno por uno, y ese no es su estilo.

—Entonces nos queda *El bueno, el feo y el malo*: usted, Joe y yo en un cementerio preguntándonos a quién disparamos primero.

Cafferty sonrió.

—¿En esa escena no había también un tesoro enterrado?

—Así es.

—¿Y al final quedan vivos dos de tres?

—¿Cree que hay muchas posibilidades de que eso ocurra?

—En los tiempos que corren, prefiero no jugar demasiado, hijo. Cuando uno se hace mayor se da cuenta de lo mucho que detesta perder.

—Pues ponga tierra de por medio. Conserve todo lo que tiene.

—Suena bien.

—Es la única opción inteligente, se lo prometo.

Christie colgó. Cafferty dejó el teléfono en la encimera, cogió el vino, se lo terminó y contuvo un eructo agrio.

«Ponga tierra de por medio». Esas fueron sus palabras, pero Cafferty sabía que Christie no visualizaba las cosas así. Al final de su versión de la película, Cafferty tenía una soga alrededor del cuello. Eso, o yacía frío e inerte en el suelo.

Cerró los ojos con fuerza y se pellizcó el tabique nasal.

—Y luego está Acorn House —se dijo al rememorar la única vez que habría deseado poner tierra de por medio...

Joe Stark observaba desde la ventana del hotel un desfile de autobuses nocturnos. Oía los trenes frenar cada pocos minutos en uno de los andenes de la estación situada enfrente. También oía los anuncios por megafonía y a algún que otro transeúnte ebrio profiriendo gritos. Su casa de Glasgow era una construcción no adosada de los años sesenta ubicada en un barrio tranquilo, la misma casa en la que se había criado Dennis. Joe había estado pensando en el chico y afloraban en él sentimientos encontrados. No es que no lo echara de menos. Sin embargo, Dennis había estado preparándose para derrocarlo; Joe lo sabía con certeza. Era avaricioso y lo ansiaba. Walter y Len lo habían mencionado en más de una ocasión; habían oído rumores en pubs y discotecas de Glasgow. Habría sido cuestión de tiempo, más de semanas que de meses. Los muchachos de Dennis probablemente estaban reunidos en otra habitación conspirando. O quizá decidiendo si debían conspirar o no. Joe sabía que no podía parecer débil. Debía mostrarse lleno de ira y dispuesto a vengarse.

Pero ¿quién estaba en el punto de mira? ¿Acaso importaba? Podía asesinar a Cafferty, a Christie o, ya puestos, a un completo desconocido. Lo que contaba era asesinar a alguien.

«Era un buen muchacho», había dicho Walter Grieve, porque era el sentimiento que uno estaba obligado a expresar. Pero, con mirarlo solo una vez, Joe supo que no lo pensaba de verdad, y con razón. Porque, al derrocar a su padre, Dennis y su banda también se habrían visto forzados a quitar de en medio a Walter y Len.

Lo cierto era que Joe deseaba poder sentir otra cosa que un resonante vacío. Había intentado obligarse a llorar en privado, pero no lo había conseguido. Si su esposa siguiera viva, sería distinto. Todo sería distinto. Poco a poco, mientras miraba por la ventana, Joe Stark empezó a sustituir las imágenes de su hijo por las de su querida Cath.

Y finalmente sus testarudos ojos empezaron a inundarse de lágrimas.

El coche blanco estaba aparcado justo delante del de Rebus. Este no había encontrado sitio en Arden Street, así que dejó el Saab en la calle contigua. Cuando se acercó a la puerta principal del edificio, alguien bajó la ventanilla del conductor del Evoque.

—¿Podemos hablar un momento? —dijo Darryl Christie.

—Estoy ocupado.

—Solo serán cinco minutos. Puedo subir, si quiere.

—De ninguna manera.

—Pues entre.

Christie subió la ventanilla, salieron del aparcamiento y se dirigieron hacia el parque Meadows.

—¿Me lleva a un lugar bonito? —preguntó Rebus.

—Conducir me ayuda a pensar. ¿Sigue ocupado?

—No está mal.

—¿Se ha enterado de lo del Gimlet?

—Una triste pérdida para muy pocos.

—Es posible, pero fue allí donde aprendí todo lo necesario. Podríamos llamarlo apego sentimental.

—¿Tiene idea de quién pudo hacerlo?

Christie lo miró con dureza.

—¿Esa pregunta no es para la policía? Aunque nadie de los suyos parece interesado. Me pregunto a qué se debe.

—Probablemente piensan que fue para cobrar el seguro.

—Usted y yo sabemos que no es así. —Christie hizo una pausa. Circulaban por Melville Drive en dirección a Tollcross—. Joe Stark dice que no fue él.

—¿Le cree?

—No estoy seguro. Pero la cuestión es que Dennis ha sido asesinado y han incendiado mi pub. ¿No le parece el comienzo de una guerra?

—Solo si usted lo permite.

—Bien, sé de sobra que yo no tuve nada que ver con el ataque a Dennis, y si su banda no incendió el Gimlet...

—¿Alguien está revolviendo las cosas?

—Es mi principal teoría, y ambos sabemos quién sostiene la cuchara larga. —Rebus esbozó una media sonrisa—. Es un viejo dicho anglosajón: «Se necesita una cuchara larga para cenar con el diablo».

—He oído lo mismo sobre la gente de Fife. Usted se crio allí, ¿verdad?

—Pero no estamos hablando de mí, ¿no?

—No.

—Estamos hablando de Cafferty.

—Sí, claro. —Doblaron a la izquierda y enfilaron Brunstfield. Rebus se dio cuenta de que era un circuito. Tomarían la siguiente bifurcación y acabarían en Marchmont —. Piénselo —dijo Christie tranquilamente—: Cafferty pone al clan Stark en mi contra, sabiendo que Joe no es lo bastante fuerte para dirigir Edimburgo él solo. La vieja guardia y la nueva acaban enfrentadas y Cafferty se mantiene al margen.

—Olvida que Cafferty recibió una nota y una bala.

Ahora era Christie quien sonreía.

—No se da cuenta, ¿verdad? Nadie vio quién disparaba. Podría ser un chanchullo: Cafferty se convierte en la víctima para que nadie descubra que fue él el responsable de la desafortunada muerte de Dennis.

Rebus negó con la cabeza.

—Mire, hay cosas que usted no sabe y que no puedo contarle, pero creo que corre el peligro de malinterpretarlo todo. Deme unos días y quizá pueda demostrárselo.

—No sé si dará tiempo.

—Se lo pido, Darryl. Puede que tenga razón en que han intervenido otras fuerzas, pero Cafferty no es el hombre.

—¿Pero usted sí es el suyo?

—Nunca lo he sido y nunca lo seré.

Estaban acercándose a Marchmont Road.

—¿Qué le hace estar tan seguro sobre Cafferty? —preguntó Christie.

—En un par de días quizá tenga una respuesta para usted.

—¿No puede decirme nada ahora que me deje tranquilo?

—Creo que Cafferty está igual de nervioso que usted. Lo cual me hace sentir agradecido de que ninguno de los dos utilice una pistola de nueve milímetros.

—No irá a decirme que Cafferty no puede conseguir una si lo considera necesario.

—Ya puestos, usted también.

—Y tal vez un policía, ¿eh?

En ese momento entraron en Arden Street. Christie detuvo el coche en mitad de la calle para dejar salir a Rebus.

—Unos días —le recordó este.

—Ya veremos —respondió Darryl Christie, que arrancó antes de que Rebus tuviera tiempo de cerrar la puerta del todo.

Miró hacia el lugar donde antes estaba aparcado el Evoque. Un vecino ya había ocupado el sitio. Maldiciendo entre dientes, Rebus sacó las llaves del coche del bolsillo.

SÉPTIMO DÍA

27

Alec Bell y Jake Emerson estaban de servicio en el Vauxhall Insignia, con el motor en marcha para que el habitáculo no se congelara. Ambos sostenían un vaso de café y habían iniciado la vigilancia hacía solo veinte minutos. Emerson no era el compañero favorito de Bell, pero habían enviado a Beth Hastie a casa. Emerson era joven y aprendía rápido, pero tenía tendencia a pavonearse. La música que le gustaba era totalmente desconocida para Bell, y su vida personal —buena parte de la cual giraba en torno a las redes sociales— casi tenía menos sentido para él.

—¿A Beth le abrirán un expediente disciplinario? —preguntó. Bell se encogió de hombros—. Nos falta una persona. ¿Reclutarán a alguien? Puedo proponer un par de nombres.

—Según dice Ricky, nos iremos todos a casa más pronto que tarde.

Bell estiró el cuello para ver la puerta principal del moderno hotel. Formaba parte de una nueva construcción situada cerca de la estación de Haymarket. Se oían los trenes traqueteando y, de vez en cuando, un tranvía anunciaba su presencia con un anticuado sonido metálico que, según Emerson, era digital.

—No es el sonido auténtico ni de broma.

La banda había ocupado cuatro habitaciones del hotel. Seis de ellos las compartían y Joe Stark disfrutaba de una para él solo. La fachada del edificio era de cristal y unas puertas correderas conducían a la recepción. Allí había unas cuantas sillas y sofás de moderna factura, además de un televisor de pantalla plana sintonizado en Sky News. La sala de desayunos se encontraba en la misma planta y en el entrepiso había una barra. Eso era casi todo cuanto sabía el equipo. Joe y sus hombres habían pasado una noche tranquila. Habían cenado en un restaurante indio cercano y luego se tomaron un par de pintas en Ryrie's. No había habido reuniones, clandestinas o de otra índole, ni problemas. El registro del turno anterior, que se había prolongado seis horas, estaba prácticamente vacío.

El Insignia estaba aparcado en una zona de pago detrás de una hilera de taxis, a no más de quince metros de las escaleras del hotel. Jake Emerson bostezó ruidosamente e intentó insuflarse algo de vida a sí mismo.

—Me encanta esta parte del trabajo —dijo con desgana—. Por eso me incorporé al DIC.

—Si quieres, luego intentamos organizar una persecución automovilística.

—Como no consigamos unos neumáticos decentes... —Tamborileó con los dedos encima del salpicadero—. Esto no dejaría atrás ni a un Segway.

—Espera —interrumpió Bell—. Hay movimiento. Parece que Walter Grieve ha salido a fumar.

Grieve estaba subiéndose el cuello del abrigo. Mientras se encendía el pitillo, miró a su alrededor y luego cruzó la calle en dirección a la estación.

—¿Lo sigo a pie? —preguntó Emerson.

—No hasta que yo lo diga. —Bell observó a Grieve pasar por delante de la entrada de la estación—. ¿Dónde va? —dijo—. A lo mejor ha salido a estirar las piernas...

Sí, porque Grieve volvió a cruzar la calle. Ahora estaba en la acera, detrás de ellos. Pasó junto al coche, se detuvo para tirar el cigarrillo al suelo y lo apagó con el zapato. Entonces se dio la vuelta con una sonrisa que indicaba que los había descubierto. Se acercó a la ventanilla del lado del acompañante y dio unos golpecitos con los nudillos.

—¿Qué hago? —preguntó Emerson.

Pero Bell ya estaba pulsando el botón y bajó la ventanilla hasta la mitad. Grieve apoyó ambas manos y se agachó hasta que su rostro estuvo casi dentro del coche.

—¿Todo bien, agentes? —dijo—. Traigo información de parte del señor Stark. La mayoría volvemos a Glasgow. Tenemos un entierro que organizar. Puede que dos de los muchachos se queden un día más. Les han dicho que hay un castillo que merece la pena ver. Eso les facilitará las cosas. ¿De acuerdo?

Manteniendo su falsa sonrisa, se enderezó, dio un puñetazo en el techo y siguió su camino.

—Dios —murmuró Emerson.

Le temblaba un poco una mano cuando se llevó la taza de café a los labios. Bell sacó el teléfono y esperó a que Ricky Compston lo cogiera.

—¿Alguna noticia? —preguntó Compston, que sonaba casi dolorosamente esperanzado.

—Solo una confirmación, la verdad.

—¿Confirmación de qué?

—De que la Operación Júnior ha sido cancelada.

Albert Stout vivía en el pueblo de Gullane, en una casa eduardiana no adosada que daba a un campo de golf. Cuando Rebus cerró la puerta del Saab ya había unas cuantas almas aguerridas allí, apenas visibles a través de la niebla matutina. Había llamado antes y Stout estaba esperándolo. A Rebus no le caía bien el viejo. Como periodista había sido taimado, deshonesto y un grano en el trasero para la policía de Lothian y Borders. En la casa hacía frío y olía a humedad. En el vestíbulo había montones de periódicos mohosos y la escalera estaba prácticamente cubierta de libros. La moqueta parecía tan andrajosa como su dueño. Las polillas habían visitado su deforme chaqueta de color beige y llevaba una canosa barba de tres días.

—Bueno, bueno —dijo Stout entre risas—. Nunca pensé que volvería a verle.

—Siento decepcionarle. —Rebus entró en una estancia que hacía las veces de salón y oficina—. ¿Sigue escribiendo sus memorias?

—Me mantiene alejado de fechorías. —Stout le indicó que se sentara. El sofá estaba lleno de documentos, así que Rebus se acomodó en un reposabrazos mientras Stout cogía la silla de piel situada detrás de la mesa de trabajo—. Dígame: ¿la joven Laura continúa trabajando?

—¿Laura Smith? —El hombre asintió—. Sigue resistiendo.

Hasta su jubilación, Stout había sido el corresponsal de sucesos de *The Scotsman*, un papel que ahora desempeñaba Laura Smith.

—Le deseo suerte. El sector está en las últimas.

—Lleva diciendo eso veinte años.

—Es lo que pasa a menudo cuando el paciente está conectado a una máquina. A veces es más piadoso apagarla.

Stout se quedó mirando a su invitado, con las manos entrecruzadas encima de la barriga. A Rebus le extrañó su pérdida de peso. Aunque en su día lo apodaban el Necrófago por su habilidad para aparecer de repente en la escena del crimen, siempre había sido corpulento y llevaba el cinturón abrochado en el primer agujero. Todavía no se le veía cadavérico, pero casi.

—Aun así —reflexionó Stout—, Laura aguanta el tipo, lo cual denota como mínimo su tenacidad. —Guardó silencio unos momentos—. No esperaría usted una taza de té, supongo...

—No quiero ocasionarle molestias.

—En eso estamos de acuerdo. ¿Qué le ocurre, inspector? —Calló de nuevo—. No, ya debe de estar jubilado, ¿verdad?

—Pues la verdad es que sí, pero la policía de Escocia me ha ofrecido un poco de trabajo, así que...

—Un trabajo de índole arqueológica, imagino.

—Por eso estoy aquí hablando con un fósil.

Parecía que Stout fuera a ofenderse, pero acabó soltando una carcajada.

—Usted no se corte —dijo.

—Estoy investigando un centro de evaluación llamado Acorn House. —Stout puso cara de sorpresa—. Sobre todo a mediados de los años ochenta. ¿Recuerda al ganador de la lotería, el que fue asesinado hace unas semanas? Había trabajado allí.

—¿Ah, sí?

La silla crujió cuando Stout se recostó en ella.

—Y estamos repasando su historial y buscando a alguien que pudiera tener algo contra él...

Stout sonrió fugazmente. De repente, sus ojos cobraron vida y se clavaron en los de Rebus.

—Yo creo que están haciendo algo más que eso. ¿Me equivoco?

Rebus consideró sus opciones.

—No se equivoca —reconoció al fin—. He oído algunas cosas sobre Acorn House, cosas que me llevan a pensar que el lugar debería haber sido derruido y que algunos tendrían que haber ido a la cárcel.

—Tenía cierta fama.

—¿Qué sabía en aquel momento?

—Rumores básicamente, insinuaciones. Abogados, parlamentarios, figuras públicas... Taxis que los dejaban de madrugada y volvían a recogerlos antes del amanecer. Niños —niños, repito— en habitaciones de hotel con hombres que podrían ser su padre o su abuelo... Se me acercaban incautas criadas que sentían la necesidad apremiante de desahogarse con alguien como yo por el precio de una copa.

—¿Algún nombre?

—¿Nombre?

—De esas figuras públicas.

—Muchos nombres, Rebus. Muchos nombres interesantes.

—¿Podría darme unos cuantos?

Stout lo observó.

—Podría dármelos usted a mí y yo le digo lo que pienso.

Rebus sacudió la cabeza.

—Yo no trabajo así.

—Y yo no trabajo para usted, así que tenga la amabilidad de responder a una única pregunta: ¿ha venido a descubrir la verdad o a asegurarse de que permanece oculta?

—¿A qué se refiere?

—Cuando el ganador de la lotería fue asesinado, ¿el atacante pudo llevarse algo? ¿Diarios o una confesión?

—No tengo ni idea.

—¿Y no es eso lo que le preocupa?

—No.

—¿Cómo sé yo que no está mintiendo?

—No lo sabe.

Stout le lanzó una mirada fulminante, pero Rebus no pestañeó.

—Umm —dijo el hombre al final. Separó las manos y las apoyó en la mesa—. Lo que ocurrió allí fue un escándalo. O debería haberlo sido. Pero nunca hubo pruebas fehacientes. Le pedí dinero a mi director dos veces para montar un dispositivo de vigilancia y ver quién entraba y salía, e incluso para untar a unos cuantos.

—¿Se negó?

—Lo cierto es que dijo que sí, pero luego le hicieron cambiar de opinión.

—¿Alguien habló con él?

—Al propietario nada le gustaba más que codearse con los poderosos. Lo invitaban a cenas, le servían el mejor coñac y le encendían los puros. Y luego le susurraban al oído que ciertas cosas jamás debían ser investigadas.

—¿Incluido Acorn House?

—Especialmente Acorn House. Todas las historias quedaban enterradas.

—¿Y los otros periódicos?

—Lo mismo. Oías rumores constantemente, pero no podías publicarlos.

—¿Ninguno de los trabajadores o los niños dio un paso al frente?

—Uno o dos —respondió Stout—. Hablaron conmigo y con otros, pero necesitábamos algo concreto.

—¿Qué posibilidades tengo después de tantos años?

—Prácticamente ninguna.

—Pero tiene que haber antiguos residentes de Acorn House en algún sitio.

—Sin duda. Pero probablemente no hablarán, aunque ahora mismo el clima es más comprensivo con las víctimas. Estarán demasiado asustados o no querrán enfrentarse a los recuerdos. Aunque hablen, estarían incriminando a los muertos y a los que están a punto de morir, y sería la palabra de unos contra la de otros.

Rebus recorrió la habitación con la mirada. Había tantos libros, revistas y periódicos, tantas investigaciones...

—¿Publicó usted algo?

—Una revista satírica sacó un par de artículos sin mencionar nombres. Hoy sería diferente. Alguien lo publicaría en Internet sin preocuparse de posibles demandas. Además, todos los chavales tienen teléfonos. Habría mensajes y fotos. En aquel momento, siempre podía guardarse un secreto.

—David Minton —dijo Rebus repentinamente, y esperó la reacción de Stout.

—¿Lord Minton, el que murió recientemente? ¿Qué le pasa?

—Uno de sus amigos íntimos era Howard Champ.

Stout esbozó una sonrisa ínfima.

—Me está dando nombres —dijo.

—Y quiero saber qué piensa de ellos.

—Si sumamos al millonario de la lotería, yo veo a dos hombres que murieron después de sufrir un ataque en su casa y a uno que falleció por causas naturales. ¿Me está diciendo que el ganador de la lotería y el lord fueron asesinados por la misma persona y que el vínculo es Acorn House? Así que quizá una de las víctimas, que ya es mayor y está furiosa... —Stout se pasó las manos por la cara—. Bien, bien, bien.

—Nada de esto debe ser de dominio público —le advirtió Rebus.

—Tendrá que perdonar los instintos de un viejo escritorzuelo. No puedo evitarlo.

—¿Puede darme un poco de información? Estoy perdido.

Stout escrutó a su visitante, y Rebus recordó qué se sentía al ser interrogado por él: el nivel forense de la inquisición, cada error o inconsistencia diseccionados.

—Sé que no le caigo bien —dijo—. El sentimiento es mutuo, se lo aseguro. Pero siempre me exasperó que ciertos hombres pudieran hacer... Bueno, lo que quisieran. Todo es una cuestión de estatus. Todo se reduce a órdenes jerárquicos y privilegios.

—No intento tapar nada, Albert. Todo lo contrario.

—Ya lo veo —Stout suspiró—. La persona a la que busca es Patrick Spiers.

—¿Por qué?

—Trabajaba por su cuenta. Era terco, pero muy bueno. Era incapaz de trabajar para una organización. Le tenía demasiado apego a su libertad. Lo que más le gustaba era una buena investigación enrevesada que se prestara a un ensayo extenso de cinco o diez mil palabras. Pero entonces el Cuarto Estado empezó a otorgar menos espacio a ese tipo de artículos y más a los juegos de azar y los cotilleos sobre famosos. El pobre Patrick se vino abajo.

—¿Escribió un artículo sobre Acorn House?

—Sí, aunque yo no llegué a verlo nunca. No se lo habría enseñado a un sabueso rival antes de que fuera publicado.

—¿Y nunca llegó a la imprenta? —Stout negó con la cabeza—. ¿Dónde puedo encontrarle?

Stout sonrió con pesar.

—¿Tiene una güija? Asistí a su funeral hace menos de tres semanas...

La buena noticia es que recuperaremos nuestras mesas —dijo Doug Maxtone a Fox.

Este estaba subiendo las escaleras de Fettes con el teléfono en la oreja mientras se peleaba con un vaso de té ardiendo y un sándwich de atún envuelto en film.

—¿Se van?

—Parece que Joe Stark y sus hombres vuelven a Glasgow. Todos excepto un par.

—¿Cree que es la última vez que los veremos?

—A lo mejor creen que Hamish Wright no está en la ciudad.

Fox maldijo en silencio cuando se le derramaron unas gotas de líquido en la solapa.

—¿Sabemos quién se queda aquí?

—Compston me dio sus nombres: Callum Andrews y Jackie Dyson. Me dijo que no los perdiéramos de vista, por si acaso.

—¿Pero no una vigilancia intensiva?

—¿Bajo qué pretexto? El hecho es que ahora la guerra en las calles es menos probable.

—A menos que Joe Stark haya ido a casa a reagruparse.

—En cualquier caso, cuando James Page se harte de usted, aquí le espera su silla.

—Gracias por hacérmelo saber.

Fox había llegado a la sala de Incidentes Graves. Esson y Ogilvie estaban sentados a sus respectivas mesas. Fox saludó mientras guardaba el teléfono y se limpió la solapa con un pañuelo.

—¿Has tenido un accidente?

—Nunca se me han dado bien los malabarismos. ¿Estáis ocupados?

—Rebus quiere que compruebe un par de nombres. No he avanzado mucho, que digamos.

—¿Has visto a Siobhan?

—Está reunida con el jefe.

—¿Sabéis de qué se trata?

Esson negó con la cabeza. El teléfono de Fox estaba sonando de nuevo. Vio que llamaban de la residencia de ancianos de su padre, así que fue al pasillo para gozar de más intimidad.

—Malcolm Fox —dijo.

—Es su padre, señor Fox.

El tono le dijo casi todo cuanto necesitaba saber.

—¿Sí?

—Lo han trasladado al hospital.

—¿Qué ha pasado?

—Se... Se está apagando, señor Fox.

—¿Apagando?

Pero Fox sabía a qué se refería. El cuerpo iba desconectando poco a poco, preparándose para el final. Colgó el teléfono y volvió a la oficina. Esson vio que le ocurría algo. Fox cogió el té de su mesa y lo dejó encima de la de ella.

—Tengo que salir. Sería una lástima desperdiciarlo —le dijo.

—¿Estás bien, Malcolm?

Fox asintió de manera poco convincente y se dio la vuelta. Entonces se dio cuenta de que había cogido el sándwich de atún, lo dejó al lado del té y se marchó.

Tenía que cruzar la ciudad de punta a punta, lo cual le daba mucho tiempo para pensar. El problema era que se sentía aturdido, sus procesos mentales confusos e incoherentes, como el rumor de una conversación ininteligible en una cafetería abarrotada. Sintonizó Classic FM y dejó que lo inundara la música, ajeno a todo excepto a mantener la distancia de seguridad con el vehículo que circulaba delante. Otra persona —Rebus, o puede que incluso Siobhan— habría pisado el acelerador, adelantando imprudentemente, obligada a apresurarse, pero él no era así. Pensó en llamar a Jude, pero creyó que podía esperar. Al fin y al cabo, apenas sabía nada y solo serviría para que le entrara el pánico.

El hospital era un edificio gris de nueva construcción situado en el sureste de la ciudad. Encontró aparcamiento y franqueó la puerta principal. La mujer de recepción le indicó que se dirigiera a otro mostrador, donde la empleada lo remitió a urgencias. Recordó el día que despertó allí después de que Jackie Dyson lo dejara inconsciente. Dyson era uno de los dos soldados que iban a quedarse en la ciudad. Curioso. Si la labor de Dyson consistía en estar cerca de la acción, ahora esa acción se había mudado a Glasgow. Lejos de la banda, ¿cómo podía recabar información? Sin embargo, tal vez cumplía órdenes de Joe Stark y discutir levantaría sospechas.

Mientras Fox esperaba en el mostrador de recepción, una enfermera que pasaba por allí le sonrió. Luego se detuvo y retrocedió.

—Estuvo usted aquí el otro día —dijo.

—Y usted fue lo primero que vi al despertar —respondió él.

—¿Las lesiones le están causando efectos secundarios? —preguntó.

—No he venido por eso. He recibido una llamada de la residencia donde vive mi padre. Lo han ingresado aquí.

—¿Cómo se llama?

—Mitchell Fox. Mitchell o Mitch.

La enfermera bordeó el mostrador, realizó la consulta en el ordenador y anunció el número de sala.

Fox asintió en señal de agradecimiento.

—¿Pone qué le pasa?

—Parece que ha sufrido un ataque.

—No suena bien.

—Le darán más información arriba —dijo.

Esta vez, su sonrisa era la de una profesional sanitaria, una evasiva de manual.

Fox volvió al vestíbulo principal, cogió el ascensor, siguió las indicaciones del pasillo y abrió las puertas de cuidados intensivos. Explicó quién era y por qué estaba allí, y lo llevaron a la cama donde yacía su padre, cuyo rostro era del mismo color cemento que el exterior del edificio. Estaba conectado a unos monitores y le habían puesto una máscara de oxígeno que le cubría la boca y la nariz. Le habían quitado la ropa y llevaba una bata de color verde pálido. Fox miró a izquierda y derecha, pero no parecía haber ningún médico cerca.

—Pronto vendrá alguien a hablar con usted —dijo la enfermera, que comprobó los monitores y fue a ver al siguiente paciente.

Mitch Fox llevaba una pulsera con su nombre en la muñeca izquierda y en la yema del dedo, un sensor. La gráfica que había colgada a los pies de la cama no tenía significado alguno para Fox. Buscó en vano una silla vacía. Al final se levantó un visitante de una de las otras camas y Fox aprovechó la oportunidad. Sentado junto a las máquinas, pendiente de los pitidos rítmicos y las pantallas que iban cambiado sutilmente, apoyó una mano en el antebrazo de su padre.

Y esperó.

28

Rebus se topó con Siobhan Clarke cuando salió del baño más cercano a la sala de Incidentes Graves. Estaba hinchando los carrillos y expulsando aire.

—¿Tan mal ha ido? —preguntó Rebus.

—La investigación se ha estancado —dijo—. Estamos esperando a que pase algo. Y, mientras tanto, la oficina del fiscal quiere que otro equipo investigue el tiroteo de Stark.

Rebus asintió, preguntándose cuánto podía contarle, si es que podía contarle algo. Entonces tuvo una idea.

—¿Habéis investigado más a fondo lo de Michael Tolland?

—Estamos en ello. —Se lo quedó mirando—. ¿Por qué?

—Tengo la sensación de que ahí hay algo. ¿Seguro que no hay ninguna nota escondida en su casa?

—Los de Linlithgow la pusieron patas arriba. —Seguía mirando a Rebus a los ojos—. ¿Hay algo que debas decirme?

Rebus negó con la cabeza y la siguió hasta su oficina. Ronnie Ogilvie y Christine Esson parecían estar compartiendo un sándwich. Clarke se dirigió a su mesa para escuchar sus mensajes y Rebus se situó delante de Esson.

—No he conseguido información sobre esos dos nombres —le advirtió.

—He encontrado a Paul Jeffries —respondió Rebus, cerciorándose de que Clarke no pudiera oírlo.

Esson le lanzó una mirada fulminante.

—¿Cuándo pensabas decírmelo?

—Te lo estoy diciendo ahora para que puedas centrarte en Dave Ritter. Es posible que esté viviendo en Ullapool. Comprué-balo. Podrías ponerte en contacto con la policía de allí. Es posible que sea una barraca en la que solo trabaje el jefe Murdoch, pero diles que es urgente. —Rebus percibió la mirada de Esson—. De acuerdo, Christine, siento que no te hayas enterado hasta ahora. He estado distraído con otras cosas. —Vio el té en la esquina de la mesa—. ¿Te sobra?

—Está frío.

—Me conformaré.

Rebus bebió un sorbo.

—Lo ha dejado ahí Malcolm.

—¿Ah, sí?

—Recibió una llamada y se fue corriendo.

—¿Cuánto hace de eso?

—Hará tres cuartos de sándwich de atún.

Rebus frunció el ceño y salió al pasillo a llamar por teléfono.

—¿Sí, John? —dijo Fox. Hablaba en voz baja, ya que no conocía el protocolo sobre el uso de los móviles. En su día había carteles por todas partes advirtiendo que podían interferir con las máquinas, así que no apartaba la mirada de las lecturas, pero no vio picos o mínimos repentinos.

—¿Dónde estás, Malcolm?

—En el hospital. Mi padre ha empeorado.

—Lo siento. ¿Se recuperará?

—Todavía no he hablado con nadie.

—Estoy seguro de que todo irá bien.

—Sí, puede. —Fox se aclaró la garganta—. Escucha: Joe Stark se ha ido de la ciudad con toda la banda, excepto dos.

—¿Ah, sí?

—A lo mejor tu amigo Cafferty se queda tranquilo. Y Darryl Christie también.

—Es posible —coincidió Rebus—. Hablando de Cafferty, ¿en qué hogar de ancianos está tu padre? ¿No era Meadowlea?

—¿Eso no es más bien un centro médico, un hospital para enfermos terminales? —Fox vio que se acercaba una doctora que a duras penas había dejado atrás la adolescencia, pero cogió la carpeta con confianza y la estudió concienzudamente—. Tengo que dejarte —dijo a Rebus.

—Llámame si necesitas cualquier cosa.

—Gracias. —Fox guardó el teléfono y se puso de pie—. Soy su hijo —anunció a la doctora, que había terminado de leer las notas y asintió. Luego pasó junto a él para comprobar los monitores, el gotero y el oxígeno—. ¿Puede decirme algo?

—Hoy le haremos pruebas.

—Me dijeron que había tenido un ataque. ¿Puede ser una embolia? No parece que vaya a recuperar la conciencia en breve.

—A veces el cuerpo deja de funcionar para poder repararse.

—¿Y las otras veces?

La doctora miró al paciente.

—Sabremos más dentro de poco. Su padre es mayor, señor Fox...

—¿Qué significa eso?

—Usted mismo lo ha dicho: el cerebro y el cuerpo pueden decidir que ha llegado la hora.

Y ahí estaba de nuevo aquella sonrisa, la misma que le había dedicado la enfermera de urgencias. Observó a la doctora acercarse a otro paciente. Parte de él quería enfrentarse a ella, arrastrarla otra vez hasta la cama de su padre. Pero ¿con qué propósito? Fox volvió a sentarse y notó un peso que caía sobre él. Había llegado el momento de llamar a Jude. Había llegado el momento de empezar a prepararse.

Patrick Spiers no tenía una casa en Gullane. La dirección que le había facilitado Stout llevó a Rebus a un edificio alto de los años sesenta situado en Wester Hailes. Era una de esas ocasiones en que agradecía que su coche no tuviera valor para los ladrones. Por otro lado, el músico de jazz Tommy Smith se había criado allí, así que todo era posible. Tal vez los niños que lo miraban mal desde sus BMX acabarían convirtiéndose en artistas y músicos. O en especialistas médicos. O en trabajadores sociales. Sin embargo, cuando Rebus brindó a un grupo de gente una sonrisa de ánimo, solo recibió miradas fulminantes.

El ascensor funcionaba, así que Rebus lo cogió para ir a la sexta planta, tratando de no pensar en qué podía contener la bolsa de polietileno con las asas atadas que había en la esquina.

No sabía qué se encontraría. Stout había mencionado a una hija adulta, pero no creía que viviera con su padre. Nunca había tenido esposa, solo una sucesión de «parejas». El viejo periodista confirmó que Spiers había muerto de cirrosis hepática, «y probablemente de otras afecciones».

Rebus se detuvo en el pasadizo. Estaba cubierto parcialmente con cristal, a su vez cubierto de grafitis. Pero gozaba de una panorámica hacia el sur, donde la nieve cubría los montes Pentland más allá de la circunvalación. Las farolas ya estaban encendidas, aunque el sol apenas se había escondido detrás del horizonte. En el suelo se proyectaban sombras alargadas. Rebus pensó en cuántas horas de luz había habido: no llegaban a ocho; siete y media quizá. En aquella época del año, cuando los niños iban al colegio era de noche y cuando volvían estaba oscureciendo. A menudo se preguntaba si los delitos aumentaban en invierno. La oscuridad cambiaba el estado de ánimo de la gente. La oscuridad lo cambiaba todo. Y, bajo el manto de la penumbra, cualquier cosa podía pasar desapercibida.

Estaba delante del piso 6/6. La cortina de la ventana estaba echada, pero detrás del panel de cristal ahumado de la puerta principal había luz. Los vecinos habían instalado barrotes de hierro, creando un muro más adecuado contra posibles incursiones. O bien Patrick Spiers tenía más fe en sus congéneres o bien no había nada de valor en el interior.

El timbre funcionaba y Rebus esperó. Desde dentro se oyó una voz de mujer.

—¿Quién es?

—Trabajo para la policía —respondió Rebus—. ¿Podríamos hablar un momento?

Oyó que la mujer ponía la cadena antes de abrir la puerta unos centímetros.

—¿Me enseña la placa? —dijo la joven, a la que solo veía media cara.

—Me temo que no tengo —contestó—, pero puedo darle un número de teléfono.

—¿Y cómo sabré que estoy hablando con la policía y no con un compinche suyo?

—Habla usted igual que su padre. —Rebus sonrió amigablemente—. Creo que él tampoco era una persona confiada.

—Y con razón.

—No lo dudo.

—¿Qué clase de policía no lleva placa?

—La clase de policía que se ha jubilado hace poco pero trabaja en calidad de civil.

—¿Para la policía?

—Eso es.

Rebus se sopló las manos y se las frotó, pero todavía no se había ganado la confianza de la chica.

—¿De dónde ha sacado esta dirección?

—De Albert Stout.

—Ese viejo depravado...

—El mismo.

—Siempre seguía a mi padre a todas partes. ¿Lo sabía? Por si podía robarle alguna noticia.

—No va usted a hacer que Scout se gane mi simpatía.

—Pero ¿es amigo suyo?

—En absoluto. He ido a hacerle unas preguntas como parte de una investigación en la que participo y... —Rebus se interrumpió—. Me estoy quedando tieso aquí fuera.

—¿Sabe que acabamos de enterrar a mi padre?

—Sí. Lo sentí mucho cuando me enteré.

—¿Lo sintió por qué? ¿Lo conocía?

—Esperaba que él pudiera ayudarme.

—¿Y por eso lo siente? —Rebus asintió—. Bueno, supongo que es una respuesta sincera.

Segundos después y tras pensarlo un poco, la mujer quitó la cadena y lo dejó pasar. Rebus se quedó en el umbral del salón contemplando el desastre.

—Madre mía —dijo.

—No es tanto como parece.

Había montañas de archivadores que llegaban hasta el techo, abultados manuscritos atados con cordel y tres anticuadas máquinas de escribir sobre una mesa abatible, cada una de ellas con una hoja de papel mecanografiada hasta la mitad. También había un ordenador antiguo y un montón de disquetes apilados junto a él. En un rincón había un televisor; no era un último modelo, pero al menos no era en blanco y negro. Casi todos los carteles colgados en la pared permanecían ocultos detrás de las cajas, pero Rebus pudo distinguir a Muhammad Ali, Bob Dylan y John Lennon.

—Su padre era de la vieja escuela —comentó Rebus.

—Incluso para el porno.

La hija de Spier agitó una revista. En ella aparecía una rubia con los senos al aire y unos dientes de un blanco imposible.

—Dentro de un par de años podría enviarla al programa *Antiques Roadshow*.

La mujer se lo quedó mirando y soltó una carcajada, tapándose los ojos con la otra mano. Rebus supo que estaba a punto de llorar.

—¿Por dónde empiezo? —preguntó, y dejó caer la revista porno al suelo.

Rebus estaba estudiando las anotaciones del lomo de algunos archivadores. Parecían seguir un orden cronológico. Se mencionaban varios periódicos y revistas, a veces con un par de líneas sobre las noticias que había aportado Spiers e incluso los honorarios recibidos.

—No me he quedado con su nombre —dijo Rebus sin dejar de observar los archivadores.

—Molly.

Rebus se volvió hacia ella y se estrecharon la mano. Tenía poco más de treinta años, medía alrededor de un metro setenta y tenía el pelo negro y rizado y un lunar prominente en la barbilla. Llevaba una alianza en la mano izquierda.

—Soy John Rebus —dijo—. ¿Su marido no está con usted, Molly?

—Parece que es usted investigador, sí. —Estaba jugando con el anillo—. Rompimos hace un par de meses.

—¿Vive usted en Edimburgo?

—En Glasgow —respondió—. Papá también vivió allí.

—¿Cuánto tiempo estuvo en Edimburgo?

—Casi una década.

—¿Y su madre?

—Me abandonó para poder ir a la India a «encontrarse a sí misma».

—¿Ah, sí? ¿Y cómo le va?

—Fatal, espero.

Molly volvió a reírse.

—¿Es usted hija única?

—Que sepamos, sí. En sus tiempos, papá era bastante granuja. —Observó a Rebus, que a su vez estaba examinando las cajas—. ¿Qué está buscando?

—Una bellota en el bosque —farfulló.*

—La gente suele decir «una aguja», ¿no? Una aguja en un pajar.

—Su padre escribió un artículo sobre un lugar llamado Acorn House —le explicó Rebus.

—Me suena. —Rebus la observó mientras se dirigía hacia otra balanceante torre de archivadores—. Ayúdeme con esto —dijo.

A media altura había dos cajas que llevaban escrito ACORN HOUSE. Rebus retiró tres o cuatro de arriba, después dos más, y Molly cogió las cajas en cuestión.

—No pesan mucho —comentó.

Porque estaban vacías, con la salvedad de una hoja de papel en cada una. Las palabras que contenía la primera dejaron helado a Rebus.

«¡Se lo han llevado todo! ¡Se lo han llevado todo, joder!».

La segunda nota consistía en una breve serie de números.

—¿Alguna idea? —preguntó a Molly.

—¿Fechas? —Se encogió de hombros. Luego miró de nuevo—. Papá tiene cajas con disquetes. Algunos llevan numeración...

Molly se pasó otros diez minutos buscando hasta que sacó un disquete de una caja y lo sostuvo en alto.

—Este —dijo.

Rebus lo cogió. Era un cuadrado de plástico negro con una pegatina. En ella había anotado a lápiz unas cifras que coincidían con las de la nota. Había una delgada tapa de metal pulido que, al desplazarse lateralmente, permitía ver el endeble disco marrón, es decir, la cinta que contenía los datos.

—«Formateado para IBM PS/2 y compatibles» —recitó Rebus—. «1,44 MB, alta densidad MFD-2HD».

—Me atrevería a decir que en su época era tecnología punta —comentó Molly, cruzándose de brazos.

—Veamos que hay dentro, entonces.

---

* *Acorn* significa «bellota» en inglés, una referencia a Acorn House. (*N. del t.*)

Pero tropezaron con el primer obstáculo. El ordenador de Patrick Spiers estaba protegido con contraseña. Molly propuso varias opciones, pero ninguna acertada. Rebus sacó el disquete y maldijo en silencio.

—Lo siento —dijo Molly afectada.

—No es culpa suya, pero tendré que llevármelo. ¿Le parece bien?

La mujer asintió.

—¿Eso es una excusa para huir? ¿No quiere ayudarme a seguir buscando por si acaso?

—Ojalá tuviera tiempo, Molly. Pero si aparece algo sobre Acorn House... —Le entregó una tarjeta de visita—. De hecho, si ve cualquier cosa que pueda interesarme...

—Lo llamaré —dijo ella.

Cuando salía, Rebus se dio media vuelta para despedirse de ella, pero Molly no estaba prestando atención. De repente le pareció diminuta y agotada, empequeñecida por la vida de su padre, por las historias que había escrito y no había tenido tiempo de contar.

29

Rebus había llamado a Cafferty desde casa para informarle de los progresos que había hecho y pedirle ayuda. Aproximadamente una hora después sonó el interfono. Abrió la puerta y esperó la entrega. Era una caja de cartón transportada por un joven para el cual el acné estaba constituyendo un auténtico desafío. Llevaba la cabeza afeitada y una chaqueta con capucha debajo de un chaleco negro acolchado.

—¿Todo bien? —dijo a modo de saludo.

Rebus le mostró dónde debía depositar la caja. Había hecho sitio en la mesa del salón. No reconoció la marca del ordenador, que consistía en una voluminosa unidad con una pantalla de catorce pulgadas.

—En su día era una joya —le aseguró el joven antes de conectarlo—. MS Works y Word.

—Mientras pueda reproducir esto...

Rebus le tendió el disquete. El muchacho lo introdujo en la ranura y esperó mientras el ordenador se agitaba y producía zumbidos. Luego hizo clic con el ratón.

—Parece un viejo archivo de Word —comentó—. Y no contiene gran cosa.

—¿Podría haber algo oculto?

—¿Oculto?

—A veces pasa —dijo Rebus—. Encriptaciones y ese tipo de cosas.

—No habla con la persona adecuada.

—Da igual —contestó Rebus, que sabía que podía llevar el disquete al laboratorio forense si era preciso.

Por ahora tenía un solo archivo de sesenta y cinco kilobytes con el original nombre de «Doc 1». Acompañó al joven a la salida y añadió un billete de diez libras a lo que le hubiera pagado ya Cafferty. Se tomó su tiempo en la cocina, donde abrió una botella de IPA y la sirvió en un vaso de pinta. Luego volvió al ordenador. Dejó la bebida cerca del ratón, se encendió un cigarrillo y dio un par de caladas, y después acercó la silla y abrió el documento.

¡Los cabrones se lo han llevado todo! Todas las notas, todas las entrevistas, todas las especulaciones estrambóticas, además de las pocas fotos que tenía. Hasta el último recorte había desaparecido cuando llegué a casa. No hay indicios de que hayan forzado la puerta, solo las dos cajas abiertas para que captara bien el mensaje: «Podemos hacer esto y mucho más». Eso es lo que están diciéndome. Así que, aquí estoy, pasada la medianoche, atolondrado por el alcohol pero decidido a redactar tanto como pueda recordar mientras me pregunto quién me ha robado la noticia. Hay un villano llamado Cafferty. Al parecer es amigo de Howard Champ, y Champ es uno de los hombres que utilizan Acorn House —y sin duda otros lugares parecidos— como su patio de recreo sexual. Pero Champ tiene otros amigos. Nuestro estimado David Minton, para empezar. Controlan los periódicos o, más bien, conocen a los propietarios de los medios de comunicación, lo cual es aún mejor. O quizá lograron que interviniera la policía. ¿La Unidad Especial? ¿El MI5? Querrán proteger a los suyos. No quieren un escándalo. Es terrible para los negocios, ¿sabéis? Pero la policía no permitirá que descubran a su querido jefe. ¿Sabía que estaba acercándome? Permitidme que os cuente lo descuidado que estaba volviéndose. Todos y cada uno de ellos creían vivir en un universo paralelo en el que nunca los descubrirían.

Bueno, allá va...

Rebus leyó una hora más. Solo había quince páginas, pero era suficiente. Con alcohol o sin él, la memoria de Spiers no se había visto afectada. Recordaba fechas, nombres y lugares. Había hablado extraoficialmente con empleados de hotel, taxistas e incluso un par de muchachos de Acorn House, pero no daba nombres. ¿Quizá no los publicó para protegerlos? Probablemente.

Sin embargo, mencionaba a Bryan Holroyd, un niño que escapó, según sus compañeros, porque estaba harto del acoso de Howard Champ.

Bryan Holroyd. A Rebus le dio la sensación de que la temperatura de la habitación caía en picado. ¿Era el niño muerto? ¿El «accidente»?

En ese momento sonó el interfono y no hizo caso, pero quienquiera que estuviese fuera no pensaba rendirse. Se acercó a la ventana y vio a Siobhan Clarke, que había retrocedido unos pasos y estaba mirándolo. Rebus volvió al telefonillo y pulsó el botón. Apagó la pantalla del PC antes de abrir la puerta y oyó los pasos de Clarke al subir la escalera de piedra.

—Eh, tú —dijo Rebus, invitándola a entrar—. ¿Tenemos noticias del padre de Malcolm?

—¿Te lo ha contado?

Rebus asintió. Se encontraban en el salón. Clarke vio el ordenador y sabía que era una nueva incorporación. La caja en la que iba guardado estaba en el suelo.

—Pensé que ya era hora de modernizarme —bromeó Rebus.

—¿Qué está pasando? —preguntó Clarke pausadamente.

—Es uno de mis clientes privados.

—John...

—¿Qué?

Clarke suspiró.

—Da igual. He venido aquí a echarte un rapapolvo. ¿Quieres quedarte de pie o prefieres sentarte?

Rebus cogió la cerveza que le quedaba y se dirigió a la butaca. Clarke se sentó en el sofá.

—Cuando quieras —le dijo.

—Antes, déjame preguntarte una cosa: ¿qué posibilidades hay

de que alguno de los nuestros esté contando historias a Darryl Christie?

—¿Contando o vendiendo?

—Ambas cosas.

Rebus se encogió de hombros.

—Es una certeza incontestable.

—¿Y si yo fuera un cliente buscando un buen soplo?

—¿Qué ha pasado?

—Joe Stark se presentó en Fettes hecho una furia porque descubrió que la copia que dejaron a Dennis era una imitación. Eso ocurrió después de que mantuviera una reunión con Darryl Christie.

Rebus asintió.

—Bueno —dijo—, podrías preguntar a Charlie Sykes cuánto le costó ese traje hecho a medida.

—Eso mismo pensé yo.

—Entonces, ¿ya te caigo bien? ¿El rapapolvo queda pospuesto?

—Me temo que no. He hablado por teléfono con Laura Smith. No estaba contenta.

—Es una periodista de sucesos. Supongo que va con el sueldo.

—¿Tienes idea de por qué está tan molesta conmigo esta vez?

—Cuéntame.

—Porque habló con Albert Stout por teléfono, que se burló de ella porque está cociéndose una noticia enorme y él está al corriente y ella no. Mencionó tu nombre antes de colgar. Así que Laura quería saber por qué no le había dicho nada. Tiene la sensación de que lo nuestro es unilateral, cuando se supone que somos amigas.

—Trabar amistad con periodistas es un error. Siempre te lo he dicho.

—No hace gracia, John. ¿Tiene que ver con esto? —preguntó Clarke, señalando el ordenador con la cabeza.

—Sí —reconoció Rebus.

—¿Y con lord Minton y Michael Tolland?

—Y con Cafferty también.

—Entonces es más asunto mío que tuyo.

—Todavía no puedes comentárselo a Page.

—¿Por qué no?

—Porque no. Pon alguna excusa a Laura Smith.

—Se lo olerá.

—Pues que se lo huela.

Rebus se levantó como un resorte y echó a andar por el salón.

—Te está comiendo por dentro, John. Lo sabes, y yo también lo sé. Ya es hora de que te sinceres. Los problemas entre dos...

—Puede, pero no bromeo cuando digo que no debes comentar nada, al menos por ahora.

—¿Por qué?

—Porque es básicamente plutonio en un disquete —repuso Rebus.

Y luego se lo contó.

Joe Stark había vuelto a casa y estaba sentado en la cama de la que había sido, durante los primeros diecinueve años de su vida, la habitación de Dennis. Joe recordó cuando le dijo que iba a trasladarse a un piso con unos amigos. Un año después Dennis se compró una casa para él. Joe nunca preguntó cuánto le había costado ni cómo podía permitírsela. Siempre había visto que al chico se le daba bien gestionar el dinero sin tirar la casa por la ventana. Por supuesto, más tarde, con la parte de la empresa que poseía Dennis, los botines se compartían. Habían dejado de ser padre e hijo para convertirse en socios comerciales. Joe había recibido consejo de Walter Grieve y Len Parker, que argumentaban que debía imponer su autoridad en los ámbitos del negocio que supervisaba Dennis. Además, tenía que hacerlo pronto, antes de que otros se prepararan para llenar el vacío.

En ese momento sonó el teléfono de Joe. Vio que era Jackie Dyson y decidió responder.

—Jackie —dijo—. ¿Me traes noticias?

—Lo que necesito es una respuesta sincera, Joe.

—Depende de la pregunta.

—¿Nos dejó a los dos aquí para que haya menos posibilidades de que actuemos contra usted?

—Tienes cerebro, hijo. —Stark no pudo evitar sonreír—. Pero hay otra forma de verlo: podríamos decir incluso que estoy protegiéndoos. Las cosas están poniéndose feas en casa.

—¿Y sigue buscando el alijo de Wright?

—¿Piensas que lo encontraremos algún día? Creo que perdimos nuestra mejor oportunidad hace tiempo.

—¿Y el asesino de Dennis?

—Tiene que ser Christie o Cafferty, al menos que se te ocurra algo mejor. Por eso quiero que los vigiles.

—Entonces, eso haré.

—Primero tendrás que encontrar a Cafferty. Christie me ha dicho que está desaparecido.

—No hay problema.

—Y si te enteras de algún rumor entre los muchachos...

—Sé a quién debo mostrar lealtad, señor Stark.

—Habrá cierta reestructuración, Jackie. Cuando vuelvas a Glasgow, tu vida cambiará para mejor. Mucho, no sé si me entiendes.

—Estoy ansioso por saberlo.

—Buen chico.

Stark colgó el teléfono y se tumbó en la cama de su hijo. Había grietas en el techo. De niño, Dennis tenía miedo de que cayeran trozos de yeso y lo golpearan.

«Si eso ocurre —le había aconsejado Joe—, golpéalos tú también. Se romperán antes que tú».

Y ambos se habían echado a reír.

Cafferty observaba desde la esquina a Siobhan Clarke, que se alejó de Arden Street en su Astra. Parecía distraída y estaba pálida. En otro momento lo habría visto, pero ese día no, así que Cafferty echó a andar de nuevo hasta la puerta del edificio de Rebus y pulsó el timbre.

—¿Se te ha olvidado algo? —dijo la voz de Rebus.

—Ha salido pitando —respondió Cafferty—, así que tendrás que aguantarme a mí.

La puerta se abrió y Cafferty subió los dos tramos de escalera.

—Veo que has recibido el ordenador —dijo.

—No quiero saber de dónde ha salido.

—Oliver me dijo que le habías dado propina. Es un bonito gesto. ¿Qué quería Siobhan?

—El padre de Fox está a las puertas de la muerte. Decidió contármelo en persona.

—Quizá eso explique por qué parecía que hubiera recibido malas noticias. ¿Ella y Fox están muy unidos? —Cafferty se había situado delante del ordenador y en pantalla aparecía la primera página del documento—. ¿Hay algo jugoso? —preguntó.

—Empieza preguntándose si entraste en su casa y robaste las pruebas.

—No lo hice.

—También dice que el jefe de policía de la época, Jim Broadfoot, estaba metido hasta el cuello.

—No me cabe ninguna duda. ¿Al final no lo armaron caballero?

—Sí, pero está muerto.

—En efecto.

—Más adelante menciona a un niño desaparecido. Bryan Holroyd. ¿Podría ser él?

—Nadie me dijo su nombre.

—Intentaré encontrar una foto.

—¿Todavía habrá archivos?

—¿De Acorn House? Lo dudo. Pero la mayoría de los niños que fueron allí han tenido problemas.

—¿Y la policía lo guarda todo? —Cafferty asintió y consultó su reloj—. Creo que te mereces una copa. Invito yo.

—No me apetece una copa.

—Dudo que hayas dicho eso en tu vida. Ya te advertí que no sería agradable.

—Así es —contestó Rebus.

—Y la bebida puede ir de maravilla para los recuerdos desagradables.

Rebus asintió lentamente.

—De acuerdo.

Sacó el disquete de la ranura y se lo guardó en el bolsillo.

—Probablemente sea una precaución innecesaria —dijo Cafferty.

—Probablemente —coincidió Rebus—. Pero eso no me impedirá hacer copias en cuanto tenga la oportunidad. Y hablando de precauciones...

—Dime.

—Si me entero de que has vuelto a Meadowlea a visitar a Paul Jeffries sin mí...

—Reconozco que se me ha pasado por la cabeza.

—Los trabajadores tienen mi número de teléfono. Si me dicen que han oído tu aliento aunque sea al final de la calle, hemos terminado.

—Antaño, a un hombre le estaba permitido divertirse.

—Para la gente como tú y como yo esos días se han terminado.

—Entonces, ¿qué nos queda?

Rebus cogió las llaves de casa de encima de la mesa.

—Ahora lo verás —dijo.

30

Jude, la hermana de Fox, vivía en una casa adosada en Saughton-
hall. Se había ofrecido a pasar a recogerla, pero dijo que llamaría a
un taxi.

—Entonces te espero fuera.

—¿Porque quieres pagar tú? Tengo dinero, Malcolm.

Finalmente había esperado en el vestíbulo del hospital, equi-
distante a las dos entradas. Jude apareció por las puertas correderas con unos tacones de ocho centímetros y enfundada en unos
vaqueros ajustados, una camiseta sin forma y una cazadora de
piel. Llevaba al menos dos fulares y su melena, que le llegaba hasta
los hombros, parecía inerte. Tenía la tez pálida y los pómulos pro-
minentes, y se había excedido con la sombra de ojos.

Se detuvo aproximadamente a un metro de él y se colocó bien
el centelleante bolso. No hubo abrazo ni beso en la mejilla.

—¿Cómo está?

—No ha vuelto en sí.

—¿Y dicen que ha sido una embolia?

—¿Has bebido, Jude?

—¿Te parecería mal que lo hubiera hecho?

—Tendrías que tomarte un café o algo.

—Estoy bien.

—¿Seguro?

—¿Cogemos el ascensor?

—Sí.

—Perfecto. —Jude se acercó a la pared y pulsó el botón. De repente, Fox recordó a Jude de niña, vestida con la ropa y los zapatos de su madre, haciendo un desfile de moda en el dormitorio de sus padres. En otra ocasión se había embadurnado de maquillaje y perfume—. ¿Vienes?

Fox se situó junto a ella delante del ascensor. Cuando se abrieron las puertas apareció un empleado empujando una silla de ruedas vacía.

—Muy amable —le dijo Jude—, pero creo que puedo caminar.

Una vez que la silla de ruedas hubo salido, entraron y esperaron a que se cerraran las puertas.

—En momentos como este —dijo Fox mirando al suelo —me gustaría haber visitado a papá más a menudo.

Jude lo miró con cara de pocos amigos.

—Lo que cuenta no es la frecuencia, sino la intención.

Fox la miró a los ojos.

—¿A qué te refieres?

—Papá siempre ha sabido que solo ibas por cumplir.

—Eso no es cierto.

Pero Jude no estaba escuchando.

—Ibas porque era lo que había que hacer y para poder sentirte bien después por haber cumplido. —Su mirada lo desafió a negarlo—. Creías que era lo que se esperaba de ti. No era algo que hicieras por amor, como pagar el taxi a tu hermana.

—Por Dios, Jude...

—Papá también se daba cuenta de lo mucho que te aburrías, allí sentado intentando no mirar el reloj con demasiada frecuencia o de manera excesiva obvia.

—Hermana, tú sí que sabes cómo hacer leña del árbol caído.

Jude sonrió comprensivamente.

—Sí, ¿verdad? Pero era necesario decirlo antes de que aflore el complejo de mártir en todo su esplendor. Era lo siguiente, ¿no?

Se oyó un pitido y las puertas se abrieron, y una voz automatizada les informó de que habían llegado a su planta. Fox salió primero. Habían bajado las luces, y la más intensa era la del puesto de enfermería. Mitch había sido trasladado a una habitación para él solo. Fox tenía miedo de preguntar por qué. Tal vez una muerte lenta no era algo que tuviesen que presenciar los otros pacientes y sus visitantes. A Jude se le cortó la respiración cuando vio a su padre. Se acercó rápidamente a la cama mientras Fox cerraba la puerta para que los tres gozaran de cierta privacidad. Había una ventana que daba al ala principal. Las cortinas estaban abiertas y la luz de la habitación apagada. Fox buscó el interruptor, pero Jude negó con la cabeza.

—Está bien así —dijo, y tocó la frente de Mitch.

Se le cayó el bolso y había varios objetos esparcidos por el suelo: teléfono, pintalabios y encendedor. Fox se agachó a recogerlos.

—Déjalo —dijo ella—. Lo importante no es eso.

—Pero es algo que puedo arreglar —respondió su hermano, que se irguió con las pertenencias de Jude en la mano.

Su expresión se suavizó.

—Supongo que tienes razón —dijo en voz baja.

Luego, se dio la vuelta, lo abrazó y rompió a llorar.

Siobhan Clarke había pasado casi una hora entera sentada en el sofá, contemplando las estanterías que tenía enfrente. Estaba inclinada hacia delante, con los codos apoyados en las rodillas y la cara entre las manos. Se había preparado una taza de té, pero no la había tocado. Las palabras «Acorn House» seguían resonando y a veces chocaban con nombres como Champ, Broadfoot y Holroyd. Rebus le hizo prometer que no hablaría con James Page hasta que tuviera la oportunidad de indagar un poco más. Más nombres: Tolland y Dalrymple, Jeffries y Ritter. Rebus la había bombardeado con ellos, como si fueran puntos que había que unir para que pudiera aparecer la imagen.

Tolland...

Todavía conservaba la carpeta que le había facilitado Jim Grant. Recordaba las imágenes del DVD, a la esposa hundida. Ella Tolland, con unos ojos tristes el día de su boda, su marido controlándola, agarrándola del brazo.

—No era solo timidez, ¿verdad, Ella? —preguntó Clarke en voz alta—. Creo que lo sabías. Él te contó algo o siempre lo sospechaste.

Clarke se incorporó y miró a izquierda y derecha. Vio la carpeta en el suelo, medio escondida debajo del sofá. La cogió y se puso a buscar las fotografías, consciente de que no había manera de saberlo con seguridad, del mismo modo que no había pruebas palpables de que Acorn House —albergara los horrores que albergara— estuviera relacionado con los ataques a Tolland, Minton y Cafferty.

—Estaría bien tener pruebas —reflexionó, sabiendo que concedería a Rebus un par de días más. Porque, aunque podían achacársele muchas cosas, cuando él le hincaba el diente a un caso, ya no lo soltaba—. Ve a por ellos, John —dijo, y bostezó mientras las fotografías se le deslizaban por el regazo y caían al suelo.

Fox estaba en la cama cuando sonó el teléfono. Lo había puesto a cargar, así que se levantó y miró la pantalla antes de contestar.

—John —dijo—. ¿Qué pasa?

—Quería saber cómo está tu padre.

—No tenemos noticias. ¿Qué hora es?

—¿Te he despertado? Son solo las once.

—No todos somos noctámbulos.

—Cuando te hagas mayor no necesitarás tantas horas de sueño.

—¿Alguna novedad por tu parte? Eso me ayudará a no pensar en mi padre.

—Se pondrá bien o no, Malcolm. No puedes hacer nada excepto estar allí.

—Mi hermana cree que ni siquiera hago eso. Por lo visto, más que cariñoso soy responsable. Mírame: aquí estoy acostado en lugar de estar velándolo.

—¿Tu hermana está en el hospital?

—Hemos decidido turnarnos. —Fox se sentó en la moqueta, con la espalda apoyada en la pared y las rodillas dobladas—. ¿Ves a tu hija alguna vez?

—Una o dos veces al año.

—Si yo tuviera hijos...

—¿Intentas hacerme sentir culpable? Sammy sabe que puede visitarme cuando quiera.

—Pero ¿sabe que quieres que lo haga? Me parece que no siempre se nos da bien sincerarnos. Sabemos hacerlo con amigos y desconocidos, pero a nuestra familia le ocultamos cosas.

—¿Desearías haberle contado más cosas a tu padre?

—Le he contado muchas, pero puede que Jude tenga razón. Obvié las cosas difíciles.

—Es tu padre. No hace falta que se lo digas.

—¿A qué te refieres?

—Probablemente te conoce mejor que nadie. Sabe exactamente cómo te sientes y qué callas.

—Puede. —Fox se frotó la nuca y notó que estaba tenso—. En fin. Yo quería saber si hay noticias.

—En el pasado ocurrieron cosas terribles. Es posible que ello explique los ataques a Cafferty, Minton y el ganador de lotería de Linlithgow.

—Entonces, ¿hay una conexión?

—Conexión y motivos.

—Felicidades.

—Es un poco pronto para eso.

—Pero estás haciendo progresos, enseñando un par de cosas a los jóvenes.

—Parece el final de una larga canción. Los hombres como

Cafferty y Joe Stark... y, ya puestos, yo también... estamos en las últimas. Nuestra manera de hacer las cosas parece... No sé.

—¿Del siglo pasado?

—Quizá sí.

—El juego de pies sigue contando para algo, John. Súmale el instinto y tienes una fórmula que funciona.

Oyó a Rebus terminarse una copa y se lo imaginó en casa tomando un último whisky antes de acostarse. Casi podía saborearlo, aceitoso, de color cobre, rico en turba.

—Debería dejar que vuelvas a la cama —dijo Rebus después de exhalar con satisfacción.

—¿Le darás la noticia a Siobhan?

—Seguramente prefiera conocerla por ti.

—Tienes razón. Le mandaré un mensaje.

—Incluso podrías llamarla.

—A lo mejor está en la cama.

—O a lo mejor no. Arriésgate por una vez en la vida.

Fox esbozó una sonrisa tímida.

—No te prometo nada —dijo antes de colgar.

Luego se tumbó boca arriba en la cama con las manos entrelazadas encima del pecho. Tenía los ojos abiertos y miró el techo. Aún tardaría en conciliar el sueño, así que se levantó, cogió el teléfono y fue a la cocina. Llenó la tetera y la encendió. Puso una bolsita de té en una taza y se acomodó en un taburete. Sí, podía llamar a Siobhan, pero era tarde y no tenía noticias. ¿La despertaría un mensaje? Empezó a escribir uno, pero lo borró. Cuando el té estuvo preparado, volvió a coger el teléfono. No había mensajes ni llamadas perdidas. Pulsó el icono de las fotos y encontró una que había hecho a Siobhan con el sol de invierno detrás, su rostro casi indistinguible.

—Sigue en lo tuyo, Malcolm —se dijo.

Abrió otra foto y utilizó el índice y el pulgar para agrandarla. Era la factura telefónica detallada de Hamish Wright. La mayoría de las llamadas eran a otros móviles. Un miembro del equipo de Compston había anotado la información en el margen: esposa, aseguradora, cliente, cliente, taller, sobrino, cliente, empresa de ferris, restaurante. Pero también había llamadas a fijos —de nuevo a la esposa y a una tía de Dundee—, además de un 0131 de Edimburgo. El Gifford Inn. Y al lado había escrito: «Los trabajadores nunca han oído hablar de él. Creo que el número está equivocado». Un número equivocado un lunes por la noche, una semana antes de su desaparición, y la llamada duró casi tres minutos. Fox no conocía el Gifford, pero lo buscó. Se encontraba en St. John's Road, en la zona de Corstorphine. Había pasado por allí cientos de veces, pero nunca prestaba atención a los pubs. Sin embargo, apostaría algo a que John Rebus lo conocía.

El juego de pies sigue contando para algo... Súmale el instinto...

Arriésgate...

Arriésgate...

Arriésgate...

—¿Y bien, Malcolm? —se dijo en voz alta—. ¿Qué pasa con eso?

Media hora después estaba de nuevo en la cama, con las manos debajo de la cabeza y adaptándose a la oscuridad mientras daba vueltas a las cosas.

OCTAVO DÍA

31

Rebus enseñó la caja a Christine Esson, que estaba sentada delante de su ordenador y parecía recelosa.

—De la pastelería —dijo, y la depositó encima de la mesa.

Esson la abrió y miró el contenido.

—Rosquillas de mermelada —dijo.

—Es mi manera de pedir disculpas.

—¿Por qué?

—Por no decirte que había encontrado a Paul Jeffries yo mismo.

Ronnie Ogilvie se acercó a la mesa y cogió una rosquilla, que sostuvo entre los dientes mientras volvía a su silla. Esson le lanzó una mirada asesina, pero él no pareció inmutarse.

—Los otros tres son tuyos si te das prisa —le dijo Rebus.

Esson cerró la caja y la guardó en el cajón.

—Gracias —dijo.

Entonces reparó en que Rebus le había tendido un trozo de papel y esperaba que lo cogiera.

—Bryan Holroyd —explicó—. No puedo darte demasiada información. Lo siento también por eso. En los años ochenta era adolescente y pasó una temporada en un centro de evaluación llamado Acorn House. Lleva años cerrado, pero el hecho de que estuviera allí significa que probablemente tenía antecedentes penales...

—¿Crees que habrá algo en el archivo? ¿Pasado cierto tiempo, no se eliminan documentos?

Rebus se encogió de hombros.

—Puede que incluso haya información sobre Acorn House. Era un centro de menores antes de que cambiaran la denominación. Pero, hagas lo que hagas, sé discreta.

—¿Ah, sí?

—Podrían saltar las alarmas.

—¿Y eso por qué?

—Probablemente no ocurra.

—Eso no responde a mi pregunta.

Rebus agitó ligeramente el papel.

—Te he traído rosquillas —le recordó.

Tras diez segundos en punto muerto, Esson suspiró y cogió el papel.

—¿Qué tiene más probabilidades de hacer saltar las alarmas, una búsqueda en Internet o una visita al archivo?

—Solo hay una manera de averiguarlo. —Rebus le dedicó lo que esperaba que fuese una sonrisa ganadora—. ¿Siobhan no ha llegado todavía?

—Como puedes comprobar —dijo ella señalando la mesa vacía.

—A lo mejor ha pasado la noche consolando a Malcolm...

—¿Y por qué iba a hacer eso?

La voz llegaba desde la puerta. Clarke entró en la oficina, sacó el portátil del bolso y lo dejó en su mesa.

—Su padre sigue en el hospital —explicó Rebus—. Le dije que te llamara.

—No lo ha hecho.

—La verdad es que se estaba haciendo tarde, aunque tampoco parece que hayas tenido un sueño reparador.

—Gracias por el voto de confianza.

Clarke se quitó el abrigo y la larga bufanda de lana roja. Esson había sacado de nuevo la caja.

—¿Una rosquilla? —preguntó.

—Justo lo que necesitaba —respondió Clarke, que cogió una y asintió para darle las gracias.

—Sobra una —dijo Rebus.

—Para luego —replicó Esson.

—Le he dado a Christine el nombre de Bryan Holroyd —explicó Rebus a Clarke—. Creo que ella es más diplomática que yo.

Clarke asintió.

—Aunque si al cargo del archivo está el mismo sobón que la última vez que fui, puede que debas aparcar la diplomacia y recurrir a un espray de pimienta.

—Sabré apañármelas —le aseguró Esson—. Pero primero tengo que apañármelas con la última rosquilla.

—Gracias por restregármelo —murmuró Rebus, que se dirigió hacia la puerta.

Estaba a mitad de camino cuando Esson volvió a llamarlo.

—Sí —dijo con tono esperanzado.

—¿No vas a preguntarme por Dave Ritter?

—He supuesto que no tenías nada.

—Pues te equivocas. —Hizo una pausa—. Más o menos. Las fuerzas de la ley y el orden de Ullapool nunca han tenido tratos con él y tampoco hay registros que indiquen que viva en Escocia ahora mismo.

—Bien, gracias por comentármelo.

—Sin embargo, hay un hombre llamado David Ratner. La policía local lo conoce muy bien.

—¿En Ullapool?

—En Ullapool —confirmó Esson. Ahora era ella quien tendía un trozo de papel a Rebus, que fue digiriendo los detalles a medida que escuchaba—. Detenciones por delitos menores: ebriedad y alteración del orden público, gritos en la calle...

—Podría ser él.

—Podría.

Rebus se la quedó mirando.

—¿Cuándo pensabas decírmelo?

—Lo tenía en la punta de la lengua cuando has decidido pedirme otro favor.

—¿De qué va esto? —preguntó Clarke, con la boca llena de masa y los labios salpicados de azúcar.

—Uno de los matones de Cafferty —le recordó Rebus—. Al que no maltratamos delante de sus cuidadores.

—¿Está viviendo en las Tierras Altas bajo nombre falso?

—Podría ser.

—¿Irás allí?

Rebus asintió pensativamente.

—Aunque solo sea para protegerlo de Cafferty.

—Eres todo corazón —dijo Clarke.

Rebus se volvió hacia Esson.

—Soy todo corazón —le dijo—. Es una confirmación oficial.

Suspirando y poniendo los ojos en blanco, Esson le ofreció la caja.

Rebus solo había necesitado consultar un mapa dos minutos para conjeturar que la ruta más rápida hasta Ullapool era la A9 en dirección Inverness y luego la A835 rumbo al oeste. Llenó el depósito del Saab, rezó una oración para que la vieja tartana sobreviviera al viaje, y amontonó agua, tabaco y patatas fritas en el asiento del acompañante, además de un CD de oferta que le prometía las mejores canciones de rock de los años setenta y ochenta.

La A9 no le gustaba. La había recorrido varias veces hacía un par de años, cuando trabajaba en otro caso. Parte de ella era de doble carril, pero había tramos largos y serpenteantes que no lo eran, y uno solía quedarse atrapado en ellos detrás de un convoy de camiones o vetustas caravanas tiradas por coches sin potencia suficiente. Inverness se encontraba a doscientos cincuenta kilómetros de Edimburgo, pero le llevaría tres horas cubrir esa distancia, y puede que hora y media llegar a su destino final.

Habiendo sido testigo de la reacción de Cafferty en el asilo, decidió no mencionar el viaje hasta que hubiera regresado a Edimburgo. Cuando cruzó el puente de Forth Road, vio que su sustituto empezaba a cobrar forma hacia el oeste. Al parecer, el proyecto estaba respetando el calendario y el presupuesto, a diferencia de la ruta del tranvía de Edimburgo. Todavía no había cogido un tranvía en la ciudad. A su edad, el autobús era gratis, pero tampoco lo utilizaba.

—Tú y yo —dijo al Saab, y dio al volante una palmada tranquilizadora.

La zona norte en dirección a Perth tenía doble carril y era relativamente tranquila, pero una vez rebasada la ciudad, la carretera se estrechaba y los nuevos radares no ayudaban. Desearía haber solicitado un coche patrulla y conductor, con luces azules y sirena. Pero entonces se habría visto obligado a explicar el propósito del viaje.

«Un niño fue asesinado y tengo que hablar con el hombre que se lo llevó y lo enterró...».

El hecho de que David Ratner hubiera tenido problemas recientemente significaba que al menos podía estar disponible para responder a unas preguntas. Por otro lado, ¿qué talante mostraría? Rebus pensó en ello mientras conducía. Cafferty había ayudado a encubrir un delito, posiblemente un asesinato. Dadas las circunstancias, ya debería encontrarse bajo custodia, pero eso no ayudaría a resolver el misterio. No abriría la boca, y su abogado lo devolvería a la calle de inmediato. De esa manera, tal como había argumentado Rebus a Siobhan Clarke, al menos cabía la posibilidad de extraer conclusiones. Las represalias podían llegar después si la oficina del fiscal lo consideraba factible. Rebus era cuando menos realista. A lo largo de los años había visto a gente culpable salir en libertad y a personas (relativamente) inocentes sufrir castigos. Había sido testigo —tan furiosamente impotente como Albert Stout o Patrick Spiers— de cómo los ricos y poderosos dominaban el sistema. Había llegado a la conclusión de que quienes tenían influencia podían ser más astutos y despiadados que aquellos que carecían de ella.

—El mundo y el submundo —murmuró para sus adentros.

Rebus adelantó a un vehículo articulado. Después se vio detrás de un Megabus con un dibujo sonriente saludándolo desde la parte trasera y anunciando sus ventajosas tarifas. Ocho lentos kilómetros después, se imaginó a sí mismo golpeando a su alegre torturador con un palo. El CD tampoco ayudaba: no reconocía la mayoría de las canciones, y las baladas roqueras sumadas a una melena cardada nunca habían sido lo suyo. Puso la radio hasta que perdió la señal cuando empezaron a aparecer altas montañas nevadas a ambos lados de la carretera. En la cuneta se acumulaba una nieve teñida de gris a causa del humo de los tubos de escape, pero estaba nublado y la temperatura era de unos dos grados. No se había planteado la posibilidad de que la ruta presentara dificultades o estuviese impracticable. ¿En qué estado se encontraban sus neumáticos? ¿Cuándo los había revisado por última vez? Miró los suministros que había dejado en el asiento del copiloto.

—Todo irá bien —se dijo mientras pasaba a toda velocidad un BMW, que adelantó al autocar justo cuando un camión que se acercaba hacía sonar la bocina.

No había aparcamiento en Corstorphine, así que Fox acabó detrás del McDonald's de la rotonda de Drum Brae. Junto al aparcamiento había unas cuantas tiendas y una enorme Tesco detrás. Imaginó que el Gifford Inn abriría a las once y faltaban cinco minutos. Caminando por St. John's Road, se detuvo en una tienda de guitarras y contempló el escaparate. Jude siempre había querido una guitarra, pero su padre nunca lo permitió.

—En cuanto me vaya de casa, me compraré una —gritó cuando tenía catorce años.

—Deja la llave encima de la mesa —había respondido Mitch.

El propio Fox la había sorprendido una década después regalándole una por su cumpleaños. No era eléctrica, sino acústica, e iba acompañada de un libro de autoaprendizaje y un CD. La guitarra pasó un año o dos en un rincón de su habitación, hasta que Fox la visitó un día y ya no estaba. Nunca hablaron de ello.

No había clientes madrugadores en el Gifford cuando abrió la puerta. Parecía uno de esos lugares que se llenan a la hora del almuerzo. En todas las mesas había una carta plastificada y los platos especiales del día estaban anotados en una pizarra situada al lado de la barra. Los suelos eran de madera y había numerosos espejos y relucientes tiradores de latón. Un veinteañero estaba colocando los taburetes.

—Estaré con usted en un segundo —dijo.

—No hay prisa. No voy a tomar nada.

—Si es usted comercial, tiene que llamar al jefe y concertar cita.

—Soy policía.

Fox le mostró la placa.

—¿Ha ocurrido algo?

—Solo tengo que hacer un par de comprobaciones.

—¿Seguro que no quiere tomar nada? Invita la casa.

—Un Appletiser, quizá.

—No hay problema. —El camarero comprobó la disposición de los taburetes y fue detrás de la barra a coger una botella de la nevera—. ¿Hielo?

—No, gracias.

Fox se sentó en un taburete. Sacó el teléfono, buscó la foto de la factura telefónica de Hamish Wright y leyó el número en voz alta.

—Somos nosotros, sí —dijo el camarero.

—¿Es una cabina?

—En realidad no.

Señaló el teléfono fijo, que se encontraba entre la barra y el pasaplatos.

—¿Es solo para uso del personal?

El camarero se encogió de hombros.

—A veces un cliente habitual necesita un taxi o hacer una apuesta. Normalmente llevan su teléfono, pero si no...

—¿Y también reciben llamadas?

—¿Se refiere a mujeres buscando a su marido? —El camarero sonrió—. A veces pasa.

—Hace tres semanas llamó un tal Hamish Wright. Era un lunes por la noche y la llamada duró un par de minutos.

—No conozco a nadie que se llame Hamish Wright.

—Vive en Inverness y regenta una empresa de transportes.

—Sigue sin sonarme.

—¿Quién más estaba trabajando aquella noche?

—Puede que Sandra. O Denise. Jeff se ha ido de vacaciones y Ben estaba enfermo esos días. Tenía gripe, también conocida como escaqueo.

—¿Podría preguntar a Sandra y Denise? —el camarero asintió—. Ahora mismo, quería decir —añadió.

Fox bebió un sorbo mientras el camarero realizaba las llamadas. Volvió a encogerse de hombros.

—Sandra recuerda que la policía llamó para preguntar. Les dijo que probablemente se habían equivocado.

—¿Pero no recuerda la llamada?

—Tenemos muchas cosas que hacer. Cuando el bar está lleno andamos muy ocupados...

—¿Hamish Wright nunca se ha tomado una copa aquí?

—¿Cómo es físicamente?

Fox cogió el teléfono y buscó una foto de Wright en Internet. Era de un periódico de Inverness y en ella aparecía delante de uno de sus camiones. El camarero entrecerró los ojos.

—Debo decir que me resulta familiar —comentó—. Pero probablemente sea porque se parece a la mayoría de los hombres que vienen por aquí.

—Mire de nuevo —insistió Fox.

En ese momento se abrió la puerta y entró un anciano con un periódico doblado en la mano.

—Buenos días, Arthur —dijo el camarero y el cliente asintió—. Hace frío otra vez, ¿eh?

—Se hiela uno —respondió.

El camarero colocó un vaso debajo de un dispensador de whisky mientras el hombre contaba monedas encima de la barra. Fox se volvió hacia el recién llegado.

—¿Le suena de algo el nombre de Hamish Wright?

—¿Tiene dos piernas? —preguntó el anciano.

—Creo que sí. ¿Por qué?

—Porque si las tiene, seguramente podría jugar con los Rangers. Con lo mal que lo están haciendo...

El camarero soltó una carcajada y sirvió la bebida. Fox se dio cuenta de que estaba perdiendo el tiempo. Apuró la bebida y fue al baño. De camino pasó junto a una gramola y un tablón de anuncios. Había un recorte de *The Evening News* sobre el dinero que había recaudado el bar para la beneficencia, además de tarjetas de empresas de la zona que ofrecían sus servicios. Al volver del lavabo, Fox volvió a detenerse delante del tablón y cogió una tarjeta para mostrársela al camarero.

—CC Self Storage —comentó.

—¿Qué pasa?

—Lleva el nombre de su propietario, Chick Carpenter. ¿Lo conoce?

—No.

—Es de Broomhouse. No está precisamente a la vuelta de la esquina. Entonces, ¿por qué se anuncia?

El camarero se encogió de hombros con una expresión indefinida.

—¿Wee Anthony no trabaja allí? —dijo el bebedor de whisky mientras se sentaba a la que probablemente era su mesa habitual.

Fox se quedó mirando al camarero.

—¿La tarjeta la colgó Wee Anthony?

—Es posible.

—Deduzco que es cliente habitual. —El camarero volvió a encogerse de hombros—. ¿Y alguna vez recibe llamadas?

—Supongo que sí. En raras ocasiones.

—¿Hace tres semanas también?

—Eso es algo que debería preguntarle usted mismo.

—Entonces, eso haré —respondió Fox, que se guardó la tarjeta en el bolsillo superior de la chaqueta.

Buscó monedas en los pantalones y dejó un par de libras encima de la barra.

—Invitaba la casa —le recordó el camarero.

—Mido mucho las copas que acepto gratis —repuso Fox, que se dio la vuelta y se marchó.

Llamó a Siobhan Clarke desde el aparcamiento y le preguntó qué opinaba.

—¿Quién lleva el caso, Malcolm? —preguntó.

—Alguien disparó a Dennis Stark.

—¿Y dónde está la relación?

—Stark estaba buscando a Hamish Wright. ¿Y si Wright o uno de sus amigos decidió pagarle con la misma moneda?

—De acuerdo...

—Wright llamó al Gifford, un hombre que frecuenta el lugar trabaja para Chick Carpenter, Carpenter recibió una paliza de Dennis Stark...

—Mucha gente se la tenía jurada a la víctima. Pero estamos buscando a alguien que intentó que pareciera que era parte de un patrón.

—Para despistarnos, sí. Lo último que querrían es que Joe Stark fuera a por ellos.

—Es un buen argumento. —Clarke pensó unos instantes—. ¿Dónde estás?

—En el coche, delante de una tienda de mascotas.

—¿Estás pensando aceptar el perro que te ofreció John?

—Dios me libre.

—Creía que estabas en el hospital.

—He ido a primera hora. Jude me dijo que la sustituyera más tarde.

—¿Noticias?

—No ha habido cambios desde anoche.

—A nadie le parecería mal que te tomaras unos días libres...

Fox no consideró la propuesta.

—Estoy planteándome pasar por CC Self Storage. A menos que pienses que no debería.

—Aquí no puedes hacer gran cosa —reconoció Clarke—. Aunque nos falta uno.

—¿Ah, sí?

—Christine ha ido al archivo a hacer un recado para John.

—Es un plan de creación de empleo con patas.

—Adivina dónde está ahora mismo.

—Sorpréndeme.

—Camino de Ullapool.

—¿Qué hay en Ullapool?

—La última vez que fui, recuerdo pescado con patatas y un ferry.

—¿Y cuál de esas cosas le interesa a él?

—Tiene que hablar con alguien.

—Parece que no quieres contarme mucho más.

—Puede que en unos días.

—¿Pero ahora no? —Fox puso en marcha el motor—. ¿Debo informar después de la visita al almacén?

—Por supuesto.

—Eso haré, entonces.

32

Sobre Ullapool se cernían densas nubes grises. Rebus circuló lentamente por el paseo marítimo y enfiló la cuesta que comenzaba en el puerto. Pronto llegó a un cartel que le agradecía la visita, así que dio media vuelta. Unas hileras de casas adosadas ocultaban una gran tienda Tesco. Un autobús turístico se había detenido delante de un pub que parecía servir bebidas y comida para llevar. Rebus aparcó el coche y al bajar estiró la espalda e hizo rotar los hombros. Había parado a repostar en un centro comercial situado a las afueras de Inverness y complementó sus provisiones con un pastel de carne calentado en el microondas y una botella de Irn-Bru. Ahora desearía haber esperado y comido en Ullapool. En lugar de eso, se encendió un cigarrillo y puso rumbo al puerto. Las gaviotas cabeceaban en el agua, aparentemente inmunes al gélido viento. Rebus se abotonó el abrigo y apuró el pitillo antes de entrar en una tienda. Sus productos incluían redes, cubos y palas para pescar camarones —pese a que todavía faltaba mucho para el comienzo de la temporada—, además de periódicos y comida. El tendero parecía vigilarlo, consciente de que no había ido al mercado a comprar.

—Estoy buscando esta dirección.

Rebus le mostró el trozo de papel que le había dado Christine Esson.

—¿Ha visto la tienda Tesco? —preguntó el propietario.

—Sí.

—La siguiente a la izquierda.

El hombre le devolvió el papel.

Rebus esperó a que dijera algo más y finalmente sonrió.

—¿Ha visto el nombre que hay al lado de la dirección?

—Sí.

—Entonces sabe por qué estoy aquí.

—Me atrevería a decir que es usted policía o algo así.

—¿El señor Ratner tiene cierta fama?

—Por lo visto le gusta más la bebida a él que él a la bebida.

—¿Cuánto hace que vive aquí?

—Seis o siete años. Salía con una chavala de la ciudad, pero no llegaron a nada. Pensábamos que se iría, pero aquí sigue.

—¿Tiene trabajo?

—Creo que está cobrando el paro. Antes hacía trabajos de construcción cuando se lo ofrecían.

Rebus asintió en señal de gratitud.

—¿Algo más? —preguntó.

—¿Sabe que tiene mal carácter?

—Sí.

—Casi siempre le pasa después de la hora del cierre. Ahora debería estar bien.

—¿Y probablemente lo encontraré en casa?

—Si no lo encuentra, no le llevará mucho tiempo visitar los antros de la zona.

Rebus le dio las gracias, compró un paquete de tabaco que no necesitaba y subió de nuevo la cuesta para buscar el coche.

—La próxima a la izquierda —recitó al pasar por delante de Tesco.

Se detuvo frente a una casa adosada y abrió la valla metálica, que le llegaba a la altura de las rodillas. El jardín no estaba cuidado, pero tampoco era un páramo. Las cortinas de la ventana del piso de abajo estaban descorridas, a diferencia de las de arriba. Buscó en vano un timbre, así que llamó a la puerta con los nudillos. No obtuvo respuesta, así que probó una segunda vez. Oyó a alguien toser. Tenía la sensación de que el ocupante de la casa estaba bajando del piso de arriba. La puerta se abrió un par de centímetros, y unos ojos parpadearon para adaptarse a la tenue luz.

—¿Señor Ratner? —preguntó Rebus—. ¿David Ratner?

—¿Quién es?

Rebus ya había decidido cómo jugaría sus cartas.

—Un viejo amigo suyo —dijo, empujando la puerta con el hombro.

Ratner se tambaleó y tropezó con los dos primeros escalones. Cuando se hubo recuperado, Rebus estaba dentro y la puerta cerrada.

—¿Qué coño pasa? —gritó el hombre con voz quejumbrosa.

Rebus estudió el vestíbulo. Las paredes desnudas de linóleo no habían visto una capa de pintura desde los años ochenta y la escalera estaba cubierta con una moqueta harapienta. La casa rezumaba el aroma de un varón soltero que no se lavaba.

—Al salón —dijo, haciéndolo sonar como si fuera una orden.

La descripción de Dave Ritter que le había dado Cafferty era poco detallada, pero encajaba con el hombre que tenía delante, que buscaba la mejor manera de deshacerse de aquel invitado no deseado para poder retomar su noviazgo con el alcohol barato. La buena noticia era que Ratner/Ritter no era corpulento. Era casi tan raquítico como su amigo Paul Jeffries. Rebus empezaba a preguntarse si la enormidad de un solo crimen había bastado para destruirlos a ambos.

Sin mediar palabra, el hombre se dirigió a una estancia que contenía dos butacas compradas en una tienda de segunda mano y un televisor que parecía nuevo. También había botellas y latas, y varios envases de comida rápida aportaban ornamentación adicional.

—¿Viene mañana la mujer de la limpieza? —preguntó Rebus.

—Qué gracioso.

El hombre estaba agitando las latas, pero no encontró una gota en ninguna.

—¿Le llamo Ratner o Ritter?

El hombre se quedó helado unos instantes, pero eso bastó para convencer a Rebus.

—¿Quién le envía?

—Big Ger.

Rebus estaba delante de la puerta del vestíbulo, una puerta que él mismo había cerrado. Si el hombre quería salir, debería hacerlo por la ventana.

—Es un nombre del pasado. Y prefiero Ratner —dijo antes de desplomarse en una de las butacas.

—Ahí va otro nombre del pasado. —Rebus hizo una pausa para mayor efecto—: Acorn House. —Ratner pareció apoltronarse un poco más, encorvó los hombros y maldijo entre dientes—. ¿No tiene nada que decir? —añadió Rebus—. Pues es una lástima, porque es usted el que tendrá que escupirlo...

Ratner se lo quedó mirando.

—¿Ha visto a Paul? —aventuró.

—Últimamente no es un conversador ingenioso, ¿eh?

—Pobre capullo. Al menos a mí aún me quedan algunas neuronas. ¿Qué le contó Cafferty?

—Que ambos trabajaron para él en su día. Solucionando problemas. Mencionó una zona boscosa en Fife.

—Historia antigua.

—Lo era hasta hace poco. Las circunstancias han cambiado.

—¿Sí?

Rebus decidió sentarse en la otra butaca. Sacó el tabaco e hizo un gesto con él. Ratner cogió uno y dejó que Rebus se lo encendiera.

—Gracias —dijo. Rebus se encendió otro y exhaló el humo hacia el techo—. ¿Ha venido a matarme?

—Detesto tener que decírselo, Dave, pero no es usted tan importante.

—Nunca se lo he contado a nadie, así que, si alguien ha estado cotilleando, tiene que buscar en otra parte.

—¿Recuerda a Michael Tolland?

Ratner repitió el nombre en voz baja un par de veces.

—¿Era el que nos abrió la puerta?

Rebus asintió lentamente.

—¿Quién más estaba dentro?

—El parlamentario...

—¿Howard Champ?

Ahora era Ratner quien asentía.

—Y su colega Minton, el puto abogado de Su Majestad. Se pasaba el día metiendo en la cárcel a gente como Paul y como yo, y por la noche iba a dar por detrás a chavales jóvenes en Acorn House. A partir de entonces, yo maldecía cada vez que pasaba por delante de aquel lugar. En un momento dado se habló de abrir una investigación, pero supongo que Minton cerró la puerta y tiró la llave bien lejos.

—Imagino que no fue el único trabajo que hizo para Big Ger, que no fue la última vez que se deshizo de un cuerpo.

—Hubo unos cuantos, pero nunca niños. Fue solo esa vez. Creo que no hay día que no piense en ello. Aquellos hombres poniéndose otra vez su traje, colocándose los gemelos, temblorosos y pálidos, no de vergüenza, sino por miedo a ser descubiertos —dijo, meneando la cabeza.

—¿Cafferty no estaba allí?

—No, por Dios.

—Pero eso significaba que le debían una.

Ratner asintió.

—Estoy seguro de que consiguió algunos favores. Excepto de... —Se calló y clavó la mirada en Rebus—. Supongo que ya no importa, ¿o sí?

—¿Quién más estaba allí?

—Llegó justo cuando nos íbamos. Intentó poner una excusa, pero Paul y yo sabíamos a qué había ido, igual que todos los demás.

—¿Era el jefe de policía?

—¿Se refiere a Broadfoot? Ah, mencionaron su nombre. Pensaron en llamarlo para deshacerse del cadáver, pero Champ propuso a Big Ger.

—Pero ¿él no estaba allí?

—El tipo que se presentó era Todd Dalrymple.

—¿Del Milligan's Casino?

—El mismo. Estaba felizmente casado, pero eso no significaba mucho para algunos de ellos. El jefe de policía también tenía esposa, ¿no?

—¿Lo sabía Cafferty?

—¿Lo de Dalrymple? —Ratner negó con la cabeza otra vez—. Sacó un fajo de billetes de cincuenta y nos lo repartimos a medias.

—Paul Jeffries acabó siendo su chófer.

—Así es.

—Y Dalrymple sigue visitándolo.

Ratner sonrió amargamente.

—Para asegurarse de que Paul no se ha vuelto un bocazas, además de senil.

Rebus asintió y el silencio inundó la habitación. Ratner se levantó poco a poco, pero solo para encender la luz del techo.

—¿Seguro que no ha venido a matarme? —preguntó cuando volvió a sentarse—. Porque, si le soy sincero, creo que se lo agradecería. No sé si lo ha notado. Por aquel entonces era un cabrón vicioso, lo reconozco. Pero la gente puede cambiar...

—¿Le ha sentado bien contárselo a alguien después de todos estos años? —Rebus asintió de nuevo—. Sí, es evidente, aunque para responder a su pregunta: no voy a matarle, pero puede que lo haga otro.

—¿Ah, sí?

—Alguien disparó a Big Ger. Alguien mató también a Minton y a Tolland.

—Demasiada coincidencia.

Cuando se terminó el cigarrillo, Ratner tiró la colilla en una de las latas vacías. Momentos después, Rebus hizo lo mismo con la suya.

—Acorn House parece ser el nexo de unión, ¿no cree? Por eso estamos pensando en la víctima. Se llamaba Bryan Holroyd, por cierto.

—Ah, la víctima... —Ratner guardó silencio otra vez. Se levantó con torpeza, fue a la ventana y metió las manos en los bolsillos. Después volvió la cabeza hacia Rebus—. Entonces, ¿Cafferty lo ha descubierto?

—¿Descubrir qué?

—Le dijimos que era misión cumplida. ¿Qué íbamos a hacer? Sabíamos que se pondría furioso y que probablemente nos enterraría a los dos con sus propias manos.

Rebus se incorporó un poco.

—¿De qué está hablando?

—El chico no estaba muerto. Todo el mundo actuaba como si lo estuviera, y eso nos dijeron, así que nos lo tomamos al pie de la letra. Lo recogimos y estaba flácido, como un cadáver. Lo metimos en el coche y fuimos a Fife. Salimos, abrimos el maletero...

—¿Y?

—¡Y pasó por mi lado como un relámpago! Casi me muero allí mismo. Iba prácticamente desnudo, pero se fue corriendo.

—¿Salieron detrás de él?

—Escrudiñamos ese maldito bosque hasta el amanecer, congelados hasta la médula.

—¿Escapó?

La voz de Rebus apenas era más que un susurro.

—Es imposible que sobreviviera. Iba casi desnudo y no había un refugio en varios kilómetros a la redonda. Estuvimos atentos a las noticias, pero nunca mencionaron que hubiesen encontrado un cuerpo. Pensamos que se había tapado con unas hojas y había muerto. Que se descompuso y desapareció para siempre.

—Pero, suponiendo que no fuera así, tendría nombres, ¿no?

Quizá no el de usted, pero sí el de Minton y el de Tolland. Probablemente estaba allí tumbado mientras hablaban de ir a buscar a Cafferty. Tres nombres.

—¿Champ también está muerto? —preguntó Ratner.

Rebus asintió.

—Por causas naturales. Hace unos años.

—Entonces no tiene sentido. ¿No era a él a quien debía guardarle más rencor? ¿Y por qué ha tardado tanto en actuar?

—Ni idea. —Pero Rebus sabía que el hombre tenía razón—. Tampoco sé cómo era Holroyd.

—Delgado, pálido, pelo oscuro, cara de niño... Dudo mucho que eso le ayude después de todo este tiempo. —Ratner hizo una pausa—. ¿Cree que ha sido él?

—Es posible.

—¿Y se lo contará a Cafferty?

—Tengo que hacerlo.

—¿Sabe que me matará?

—Si no le digo dónde puede encontrarle, no.

Ratner se lo quedó mirando fijamente.

—¿Haría eso?

—Puede. Pero necesito una declaración suya. Necesito todo lo que acaba de contarme.

—¿Una declaración? Entonces, ¿es usted poli?

—Lo era.

Ratner volvió a sentarse en la butaca.

—Ese chico nos perseguía, ¿sabe? Creo que fue eso lo que le hizo perder la cabeza a Paul al final. Y mire lo bien que me ha ido a mí la vida...

Rebus estaba buscando la función de grabadora de su teléfono y miró a Ratner un segundo.

—Es lo mínimo que se merece, cabrón —dijo.

33

—¿Es usted Anthony? —preguntó Fox—. ¿O Wee Anthony?

Había aparcado delante de CC Self Storage. El Aston Martin de Chick Carpenter no estaba allí. En la fachada del edificio de dos plantas había una plataforma de carga protegida por una persiana automática, además de una puerta de madera maciza con la palabra RECEPCIÓN pintada. El hombre que se acercaba a él había salido por esa puerta, obviamente alertado por el ruido del coche. Medía algo menos de metro setenta y Fox recordó que era el compañero que había visto a Carpenter recibir una paliza de manos de Dennis Stark y Jackie Dyson.

El hombre pensaba que salía a recibir a un nuevo cliente, pero ahora no estaba tan seguro. Miró a derecha e izquierda, como si temiese que el recién llegado trajera refuerzos. Fox sacó la placa, que no sirvió precisamente para tranquilizarlo.

—No pasa nada —dijo Fox—. Solo necesito hablar un momento con usted. ¿Cómo está su jefe, por cierto?

—¿Mi jefe?

—Me han dicho que le dieron una paliza.

—¿Ah, sí?

Fox sonrió.

—¿Se ha enterado de que mataron a Dennis Stark?

—¿Quién es Dennis Stark?

Fox se cruzó de brazos con gran afectación.

—¿De verdad quiere jugar a esto, Anthony? ¿Es usted Anthony?

338

—Finalmente, el hombre asintió—. ¿Y también le dieron apellido el día del bautizo, Anthony?

—Wright.

Fox notó que empezaban a girar sus engranajes mentales.

—Bien, señor Wright —dijo—. Soy el inspector Malcolm Fox.

—No sé quién lo mató, pero nosotros no tuvimos nada que ver —balbuceó Wright.

—Pero entenderá que debo hacerle unas preguntas. Aquí o en la oficina. Usted elige.

—¿Necesito un abogado o algo así?

Fox probó con una mirada de perplejidad.

—¿Y por qué iba a necesitar un abogado? Solo estamos charlando.

—Debería llamar a Chick...

—Preferiría que no lo hiciera. Hablaremos con él por separado.

—De todos modos, ¿qué pinto yo en todo esto?

—Estaba usted presente cuando su jefe sufrió la agresión, ¿verdad?

—¿Cómo lo sabe?

Fox descubrió que disfrutaba improvisando sobre la marcha.

—Obviamente, a los amigos de Stark les gustaría que encontremos a su asesino. Han estado hablando abiertamente.

—Pero ya le he dicho que nosotros no tenemos nada que ver.

Fox asintió.

—¿Sabe por qué vinieron a la ciudad?

—Buscaban a alguien.

—¿Sabe a quién?

—A un tipo que tiene una empresa de transportes.

—Se llama Hamish Wright. El mismo apellido que usted. —Wright se pasó la lengua por los labios, mirando de nuevo a izquierda y derecha como si estuviera buscando una vía de escape. Fox dio un paso hacia él—. ¿Frecuenta usted el Gifford Inn, Anthony?

—A veces.

—Hace tres semanas, Hamish Wright llamó a ese pub. Habló con usted.

—Eso no es cierto.

—Los trabajadores no opinan lo mismo. —Fox sacó el teléfono y abrió la foto de la factura del transportista—. Además, aquí hay llamadas de Hamish Wright a su sobrino. ¿Qué ocurriría si llamara a ese número?

—Regístreme.

Fox marcó el número y esperó. El teléfono que Wright llevaba en el bolsillo estaba en silencio, pero ambos pudieron oír la vibración.

—¿Piensa cogerlo? —dijo Fox.

—¿Qué coño quiere?

Fox colgó y volvió a guardarse el teléfono en el bolsillo.

—Es usted el sobrino de Hamish Wright —afirmó—. Tienen buena relación, ¿verdad?

—¿Y qué pasa?

—¿Por qué le llamó desde el teléfono fijo del pub?

—Allí no siempre hay cobertura.

Fox asintió.

—Pero debía de ser importante. Fue poco antes de que desapareciera.

—No ha desaparecido. Siempre está trabajando.

—Esa es la historia que contó su tía, pero ambos sabemos que miente. —Fox hizo una pausa—. Supongo que todo esto es una novedad para la banda de Stark, pero ¿su jefe lo sabe? —Wright negó con la cabeza—. ¿Seguro?

—Totalmente.

—¿Sabe que están buscando algo más que a su tío? Tiene algo que creen que les pertenece.

—¿Ah, sí?

—¿Ya estamos con los jueguecitos otra vez, Anthony? ¿Sabe dónde está Hamish? ¿Está en la ciudad?

—No tengo ni idea.

—Porque, como podrá imaginarse, es uno de nuestros principales sospechosos.

—Mi tío sería incapaz de matar a nadie.

—Trabajaba para los Stark y transportaba drogas y quién sabe qué más por todo el país. No es precisamente la Madre Teresa.

—Yo no sé nada de eso.

—Entonces no tendrá inconveniente en que eche un vistazo a su registro de clientes.

—En cuanto obtenga una orden judicial...

—Nadie ha dicho que vaya a quedar constancia de ello, ¿eh?

—Vuelva con una orden judicial y podrá consultar todo lo que quiera.

Ahora fue Wright quien se cruzó de brazos. Actuaba casi con petulancia, y Fox supo que no iba por buen camino.

—¿De qué necesitaba hablar con usted, Anthony? ¿Le contó que estaba a punto de huir?

—En absoluto. Hablamos de asuntos familiares.

Fox empezaba a exasperarse y estaba quedándose sin munición.

—Sería una lástima que Joe Stark descubriera quién es usted en realidad.

Se dio la vuelta y abrió la puerta del coche.

—No haría usted eso.

—Entonces dígame la verdad, Anthony.

Fox volvió la cabeza y vio que la nuez de Wright se movía de arriba abajo.

—Saldrá de su escondite cuando todo esto quede olvidado.

—¿Ha hablado con él? ¿Sabe dónde está?

Wright negó con la cabeza.

—Pero ese era el plan desde que supo que iban a por él. Cuanto menos supiera su familia, mejor.

—Sabe que esto no quedará en el olvido, ¿verdad? Al menos hasta que Joe Stark sepa quién mató a su hijo. Su tío vivirá con miedo hasta que toda la banda haya sido encarcelada.

Wright asintió. Fox hizo ademán de meterse en el coche, pero retrocedió.

—¿Su padre es hermano de Hamish? ¿Ha hablado de esto con él?

—Murió el año pasado. Quizá lo vio usted en los periódicos. A papá le encantaban las motos, así que lo acompañó una comitiva de doce moteros.

Fox señaló un reluciente modelo de moto aparcado cerca de la plataforma de carga.

—¿Es suya? —preguntó.

—Y antes fue de mi padre. Me dejó cinco en su testamento.

—Qué suerte —dijo Fox en voz baja, preguntándose de repente si su padre habría redactado sus últimas voluntades.

Beth Hastie lo observaba desde su coche. Estaba agachada, pero creía que Fox no la habría visto aunque se hubiera subido al techo desnuda. Malcolm Fox era un hombre atareado. También sabía con quién había estado hablando: era el mismo hombre que estaba presente cuando Chick Carpenter recibió una paliza. ¿A qué venía ese repentino interés? Cuando Fox se marchó, el hombre se acercó a una moto y se puso a limpiar las piezas cromadas con un pañuelo. Hastie sacó el teléfono y llamó a CC Self Storage. La atendió una mujer.

—Hola —dijo Hastie—. Esto le parecerá una tontería, pero respondí a un anuncio de un señor que vendía un casco y he perdido los datos de contacto. Lo único que recuerdo es que dijo que trabajaba para ustedes. ¿Es posible?

—Debe de ser Anthony. Es un apasionado de las motos.

—Anthony, sí. ¿Y su apellido es...?

—Wright. Anthony Wright. Si espera un momento, puedo ir a buscarlo...

Pero Hastie ya había colgado. Entrecerró los ojos y se mordió el labio inferior. Luego realizó otra llamada.

—¿Sí? —dijo una voz al otro lado.

—¿Puedes hablar?

—Date prisa.

—Estoy en el guardamuebles.

—¿Y?

—Sigo pensando que hay que hacerlo a plena luz del día. Pero lo importante es el empleado que estaba aquel día con Carpenter.

—¿Qué?

—Se llama Anthony Wright.

—De acuerdo.

—¿Hay relación?

—¿Puedes comprobarlo?

—Veré qué puedo hacer.

—Que sea rápido.

La llamada se cortó. Hastie se quedó mirando el teléfono y luego pegó los labios a la pantalla antes de guardarlo y poner el coche en marcha.

34

Rebus supo desde el momento en que salió de Edimburgo que pondría rumbo al norte desde Ullapool. Su hija Samantha vivía en Kyle of Tongue, en la escarpada costa septentrional. Había llamado para saber si estaría en casa, aunque no pudo precisar la hora de llegada. La carretera que partía de Ullapool era espectacular, si bien el cielo empezó a oscurecerse mucho antes de llegar a su destino. Cuando detuvo el coche delante del bungaló, Samantha apareció en el umbral. Su hija Carrie ya tenía casi dos años. Rebus solo la había visto un par de veces: una en el hospital de Inverness el día después de nacer y otra en Edimburgo. La niña lo esquivó cuando intentó besarla, y Rebus se dio cuenta de que no había pensado en traerle un regalo. Abrazó a Samantha y entraron en el acogedor salón, donde había juguetes por todas partes y un sofá de tres plazas.

—¿Keith no está? —preguntó Rebus.

—Tiene que hacer horas extra.

—Eso está bien. —Su compañero formaba parte del equipo que estaba desmantelando el reactor nuclear de Dounreay—. ¿Ya ha empezado a brillar en la oscuridad?

—Me lo preguntaste la última vez. Y la anterior.

Ocupó el asiento que le ofreció su hija, y esta se quedó de pie. Entre tanto, Carrie seguía con sus juguetes; el mundo adulto no le interesaba. Samantha peinaba algunas canas y había perdido peso.

—Tienes buen aspecto —dijo Rebus por cortesía.

—Tú también —se sintió obligada a responder—. Voy a encender la tetera.

Así que Rebus permaneció allí sentado, con los ojos clavados en la niña, sin saber muy bien qué decir o hacer. Estaba pensando en Malcolm Fox y en su padre, y también en sus progenitores. Había fotos enmarcadas en una pared, entre ellas una de Rebus con la recién nacida durmiendo en sus brazos. Notó un leve dolor en el pecho, que estaba frotándose con el pulgar cuando volvió Samantha.

—Así que has ido a Ullapool —dijo, esperando en el umbral mientras la tetera hervía—. Pensaba que te habías jubilado.

—La policía de Escocia ha descubierto por las malas que no puede vivir sin mí.

—Y viceversa, me atrevería a decir. ¿Qué tal el viaje?

—Bien.

—Pero ¿tienes que volver?

Rebus se encogió de hombros.

—Ahora estoy aquí. Tenía muchas ganas de verte.

Samantha asintió y fue de nuevo a la cocina. Esta vez volvió con una bandeja con dos tazas de té decoradas con motivos florales, una jarra de zumo para Carrie y un plato de galletas digestivas, una de ellas con un poco de mantequilla. Esta se la dio a Carrie, que empezó a devorarla.

—Creo que cuando eras pequeña ya existían —comentó Rebus—. Digestives o Reach Tea, pero untadas con mantequilla Lurpak a modo de premio.

Samantha le tendió el té y se sentó en la silla de enfrente.

—¿Todo bien? —preguntó, incapaz de disimular su preocupación.

—Sí.

—¿Seguro?

—No he venido aquí a traer malas noticias.

—Me preocupaba un poco que...

—No hay ningún problema, te lo juro.

—Pero sigues bebiendo y fumando.

—Solo con fines medicinales.

Samantha sonrió y miró a su hija.

—Siéntate al lado del abuelo, Carrie, que vea cómo has crecido.

Al principio, la niña se mostró reacia, pero luego fue gateando hasta Rebus, trepó por las piernas y se sentó en su regazo.

—No me aplastes —bromeó Rebus mientras Samantha hacía una foto con el teléfono.

Carrie, que recompensó a su abuelo con una risotada, quedó cautivada por los dos juguetes que llevaba en la mano.

Y se quedó allí, muy contenta, mientras padre e hija se ponían al día.

Decidió volver por Inverness. Llevaba un rato sin cobertura, pero su teléfono sonó finalmente para indicarle que tenía una llamada perdida de Siobhan Clarke y otra de Malcolm Fox. Cuando hizo un alto para poner gasolina y tomar café en el mismo centro comercial de las afueras de Inverness, sacó el móvil.

—Eh —le dijo a Clarke—. ¿Qué pasa?

—Malcolm y yo estábamos pensando en ir a buscar un comida hindú. ¿Te apuntas?

—Llegaré tarde.

—Puede que aún estemos aquí. Pensábamos ir a ese sitio que te gusta.

—¿El Newington Spice? Vale, intentaré llegar, pero no te prometo nada.

—¿Dónde estás?

—En Inverness.

—¿Qué tal te ha ido en Ullapool?

—Tengo cosas que contarte, pero mejor en persona, cuando haya hecho un par de comprobaciones.

—He estado pensando en la mujer de Tolland. Estoy bastante segura de que lo sabía. Me da lástima.

—Pensaba que estaba muerta.

—Eso no me frena, por lo visto.

—Cada cual a lo suyo. ¿Sabes por qué me ha llamado Malcolm?

—Hoy no le he visto. Ha ido a cubrir el turno con su padre.

—¿Ha habido algún cambio?

—Que yo sepa no.

—De acuerdo. A lo mejor le llamo.

—Supongo que a las once ya habremos salido del restaurante.

—Decidles que me guarden una bolsa con las sobras.

—Así lo haré.

Rebus marcó el número de Fox y esperó.

—Hola, John —dijo Malcolm.

—¿Cómo está tu padre?

—Estable.

—¿Estás con él ahora mismo?

—Estoy tomando café de hospital y ahora le pasaré el testigo a Jude.

—¿Así puedes ir a comer hindú con Siobhan?

—¿Te lo ha dicho?

—Dudo que llegue a tiempo. Estoy en el norte.

—¿Dónde?

—En Inverness.

—¿Algo relacionado con Hamish Wright?

Rebus se tomó unos instantes para atar cabos. Wright: el transportista desaparecido que llevó a los Stark hasta Edimburgo.

—Solo pasaba por allí.

—Resulta que su sobrino trabaja en CC Self Storage.

—¿Ese es el lugar que regenta el amigo de Darryl Christie?

—Sí. Los Stark le dieron una paliza al propietario, pero no sabían que su mano derecha estaba emparentado con la persona a la que están buscando.

—Parece que has hecho el trabajo como todo un tenaz detective.

—No te equivocas mucho.

—¿Y cuál será tu próximo movimiento?

—Puede que solicite una orden de registro para comprobar si Hamish Wright ha alquilado un trastero.

—Aunque lo haya hecho...

—Puede que no esté a su nombre, sí, así que quizá necesitemos un perro rastreador.

—Lo tienes todo muy claro.

—¿Tú actuarías de otra manera?

—Desde luego que no. —Rebus hizo una pausa—. ¿Recuerdas de lo que hablábamos? ¿De padres e hijos...?

—Sí.

—He ido a Tongue a ver a Sammy.

—¿Todo bien?

—Mucho.

—Entonces los dos hemos tenido resultados hoy.

El teléfono de Rebus empezó a vibrar. Tenía otra llamada.

—He de colgar —dijo a Fox.

El nombre que aparecía en pantalla era el de Cafferty, y Rebus todavía no estaba preparado para esa conversación. Rechazó la llamada y se puso a buscar información sobre Hamish Wright. Descubrió que la gasolinera se encontraba a unos cinco minutos en coche de la empresa de transportes.

—Un desvío rápido —se dijo, poniéndose el cinturón de seguridad cuando salía de la gasolinera.

La zona industrial era igual que cualquier otra: estructuras corrugadas anodinas detrás de muros altos o vallas aún más altas. Hamish Wright Highland Haulage no era difícil de encontrar gracias a una gran pancarta de tartán encima de la puerta y los mismos distintivos en los camiones aparcados detrás de la alambrada. Unos focos iluminaron la escena y las puertas se abrieron para que saliera un camión cargado. Rebus entró en las instalaciones. Una caseta prefabricada parecía la única oficina que necesitaba Hamish Wright. Estaba cerrada, pero con las luces encendidas. Entonces se abrió la puerta y salió otro conductor, doblando unos documentos y dirigiéndose a su cabina. Saludó a Rebus con la cabeza cuando este llamó a la puerta de la caseta.

—¿Qué pasa ahora? —dijo una voz desde dentro.

Rebus abrió la puerta y entró. La mujer sentada a la mesa rondaba los cincuenta y cinco años y estaba apagando un cigarrillo en un cenicero abarrotado. En la papelera que tenía al lado había media docena de vasos de café vacíos y estaba ocupada con un ordenador portátil y un montón de papeles.

—¿Señora Wright? —aventuró Rebus.

—¿Quién es usted?

—Me llamo Rebus. Trabajo para la policía de Escocia.

La mujer se puso pálida.

—¿Sí? —dijo en un tono que era poco más que un susurro.

—Solo quería saber si su marido ha vuelto de su viaje de trabajo.

Su semblante se relajó un poco y fingió interés en el documento que había en lo alto del montón.

—Todavía no —respondió.

—¿No ha llamado? ¿Han mantenido contacto de algún tipo? Debe de estar usted al corriente de sus movimientos.

—¿Qué quiere?

Lo miró por encima de sus gafas de concha.

—Se la ve muy ocupada —comentó Rebus.

—¿Y a usted qué le importa?

Rebus se encogió de hombros.

—¿Le ha preguntado a su sobrino? A lo mejor sabe algo.

—¿Mi sobrino?

—El de Edimburgo.

Rebus esperaba una reacción, pero se sintió decepcionado. La mujer agitó el dedo índice para interrumpirlo al tiempo que atendía una llamada telefónica.

—Acaba de irse —dijo, consultando el reloj de pared—. Mañana hacia las siete, sí. —Vio que Rebus no pensaba moverse de allí—. Espera un segundo, haz el favor —dijo a su interlocutor. Después, a Rebus—: ¿Algo más?

Rebus volvió a encogerse de hombros.

—Espero que esta noche no haya nada ilegal en los camiones. Imagino que tampoco harán muchos negocios con Joe Stark después de la jugada que le hizo su marido...

La mujer le lanzó una mirada que habría tumbado a simples mortales y le dio la espalda para retomar la conversación donde la había dejado.

—Lo siento, Timothy —murmuró—. Pensaba que todos los gilipollas se habían ido ya a casa, pero siempre queda alguno...

Rebus observó el interior: mesa, archivadores y calendarios de pared. Sin haber averiguado absolutamente nada, salió y dejó la puerta entreabierta para que pudieran colarse el aire nocturno y el olor a gasolina. El conductor del vehículo pesado estaba realizando las últimas comprobaciones y Rebus se le acercó.

—¿Trayecto largo? —preguntó.

—Aberdeen, Dundee y Newcastle.

—Podría ser peor, ¿no?

—Supongo.

Rebus señaló la oficina.

—¿Cómo le va ahora que Hamish no está? Ya sé que se hace la dura, pero...

El camionero hinchó las mejillas.

—Está pedaleando bastante fuerte.

—¿Cree que podrá con todo?

—El tiempo lo dirá.

—¿Y Hamish? ¿Cree que volveremos a verle?

—¿Me toma el pelo?

El hombre se incorporó y miró a Rebus. Luego se pasó el dedo índice por la garganta.

—¿En serio? —Rebus abrió unos ojos como platos en un intento por mostrarse sorprendido—. ¿Lo asesinaron los Stark?

—Oí que se lo llevaron de aquí en un coche. Iban dos delante y Hamish y otro detrás. Fue la última vez que alguien vio al pobre hombre.

—¿Ella lo sabe? —preguntó Rebus, señalando de nuevo hacia la caseta.

—Lo sabe todo el mundo —respondió el camionero—. Pero nadie dice nada.

—¿Se enteró de lo que le pasó a Dennis Stark?

—El universo siempre encuentra la manera de equilibrar las cosas. —El hombre estaba subiendo al camión—. Imagino que no necesitará que le lleve a Aberdeen...

—Ahora mismo no.

—Es una lástima. Con un poco de compañía el tiempo pasa más rápido.

El hombre cerró la puerta, puso en marcha el motor y realizó unas cuantas comprobaciones más. Cuando el camión empezó a recorrer la explanada, Rebus se dirigió a su coche. La mujer de Wright lo observaba desde el umbral. Rebus se detuvo y fue hacia ella, que desapareció y cerró de un portazo.

Chick Carpenter vivía en una moderna casa de dos plantas situada cerca del zoo. Las otras veces que Darryl Christie lo había visitado pudo oír e incluso oler el lugar: chillidos, aullidos y estiércol. Recordó cuando iba de excursión con el colegio, subiendo la empinada cuesta y bajándola de nuevo, contemplando las vitrinas de cristal de la casa de los reptiles, o esperando con un helado en la mano a que empezara el desfile de los pingüinos. Ahora había dos osos panda, aunque no los había visto. Había más pandas que parlamentarios conservadores; era la broma que se hacía en muchos pubs. Carpenter y su mujer se habían presentado vestidos de panda en la fiesta de Halloween que Christie había celebrado en el hotel.

Chrissie esperaba detrás de la puerta y la abrió en cuanto pulsó el timbre. Lo abrazó y lo besó en ambas mejillas.

—Te vas a morir —le reprendió sin apartar la mirada de la camiseta negra de cuello de pico que llevaba debajo del traje—. Entra, rápido. Chick está en la sala.

—¿Cuándo te darás por vencida y huirás conmigo? —bromeó.

—Podría ser tu madre.

—Estás en la flor de la vida, Chrissie, incluso vestida de panda.

Chrissie le dio una palmadita juguetona en el hombro y lo acompañó a la sala de estar, que se encontraba junto al enorme comedor, una estancia acogedora con paredes de color rojo oscuro y suelos de roble. Chick Carpenter estaba tumbado en el sofá leyendo una revista de golf.

—Pasa, Darryl, pasa —dijo—. Sírvele una copa, Chrissie.

—Tomaré agua, gracias.

—¿Estás seguro?

—Tengo que conducir.

—Todavía no estás por encima de la ley, ¿eh?

Al sentarse, la sonrisa de Carpenter se convirtió en una mueca de dolor. Todavía tenía los ojos hinchados.

—Me dijeron que acabaste con una costilla rota.

—Llevo un corsé debajo de la camisa. Casi me parten la nariz también.

—Siento no haber venido a visitarte antes...

Carpenter desdeñó las disculpas con un gesto.

—Tienes un negocio que dirigir.

—Eso no importa. —Darryl aceptó el vaso de agua que le ofreció Chrissie, que cerró las puertas al salir—. ¿Crees que fueron a por ti para llegar hasta mí?

—¿Quieres decir que era un mensaje? —Carpenter negó con

la cabeza—. Están buscando algo que Hamish Wright les robó. Habían visitado otros dos almacenes de la ciudad. Me avisaron de que quizá me harían una visita.

—Pero nadie más acabó en urgencias.

—Fue culpa mía por ponerme en plan bocazas. Ya sabes cómo soy. Habíamos tenido problemas con los ordenadores todo el día y me apetecía gritarle a alguien.

—¿Dennis no me mencionó en ningún momento?

Carpenter negó con la cabeza.

—Lo único que les interesaba era Hamish Wright —dijo con una sonrisa.

—¿Dónde está la gracia?

—La verdad es que no la tiene. Pero resulta que el sobrino de Wright trabaja para mí.

—¿En serio?

—Se llama Anthony Wright. No sabe que lo sé.

—¿Y cómo lo has averiguado?

—La empresa de transportes de Wright está en Inverness. Anthony ha mencionado varias veces que va a montar en bicicleta allí los fines de semana. Dice que tiene familia por la zona.

—¿Has atado cabos? —Christie asintió pensativo—. Pero ¿los Stark lo saben?

—No.

Con esfuerzo, Carpenter se agachó a coger un vaso, que parecía contener ginebra con tónica. Bebió un sorbo con la mirada clavada en su visitante.

—Supongo —dijo a la postre Christie— que te preguntarás si el tío de Anthony ha alquilado un almacén recientemente.

—Supones bien, pero su nombre no aparece en los registros.

—Lo inteligente sería utilizar un alias.

—Por eso he sido exhaustivo. Por una vez en la vida no hay nada raro en ningún almacén.

—¿Crees que Anthony puede conocer el paradero de su tío?

—Es un buen muchacho —advirtió Carpenter—. No me gustaría que le hicieran daño.

—Dios me libre. —Christie se bebió todo el vaso de agua del grifo y se secó los labios con el dorso de la mano, mirando fijamente a Carpenter en todo momento—. Chick, quiero que hagas algo por mí. Tienes que vigilar de cerca a Anthony. Si deja alguna pista, házmelo saber. Si de repente debe irse a algún sitio, me avisas. ¿Entendido?

—Claro y alto, Darryl.

Aunque acababa de dejar el vaso en el suelo, Carpenter parecía tener la boca seca. Christie asintió satisfecho y se puso de pie.

—¿Puedo preguntarte una cosa? —dijo Carpenter, levantándose con dificultad—. ¿Sabes quién mató a Dennis Stark?

Christie le tendió el vaso vacío.

—Si alguien me toca a mí o a mis amigos, debe pagar un precio —dijo.

Al abrir las puertas correderas y cruzar el salón, donde Chrissie veía la televisión con el volumen bajo, Christie supo que estaba jugándosela. Sus últimas palabras sentarían bien a Carpenter y a otros como él, pero, en cambio, si llegaban a oídos de Joe Stark...

—Buenas noches, Chrissie —dijo.

—Cuídate, colega.

—Siempre lo hago.

35

Siobhan Clarke volvió a consultar el reloj: eran casi las diez y media.

—No va a venir —le dijo Fox.

—Lo sé. —Cogió un trozo de *naan* que sobraba y empezó a masticarlo. Ella y Fox eran los últimos clientes del Newington Spice—. ¿Vuelves al hospital?

—Es posible.

—¿Quieres compañía?

—Deberías dormir un poco.

—Le dijo la sartén al cazo.

—¿Otro día duro?

—Page está recibiendo críticas por el estancamiento de la investigación. Está de peor humor a cada hora que pasa. Me he visto obligada a decirle que hace más de una semana que no tenemos un día libre. Todo el mundo está agotado. —Hizo una pausa—. Además, yo también he tenido que echar una bronca.

—¿A quién?

—A Charlie Sykes.

—¿Por malgastar espacio?

—Porque es posible que le haya contado cosas a Darryl Christie. A Charlie no le ha sentado nada bien.

—Ya me imagino.

—Lo amenacé con represalias a menos que lo reconociera. Le dije que si lo hacía, ya podía ir despidiéndose de su preciada pensión.

—¿Y?

—Trabaja para Christie.

—¿Quieres que hable con Asuntos Internos?

Clarke negó con la cabeza.

—Se quedará con nosotros siempre y cuando le diga a Christie que han terminado.

En ese momento se acercó un camarero.

—Caballero... Señora... ¿Estaba todo a su gusto?

—Delicioso —dijo Fox.

—¿Postre? ¿Café?

—Quizá un café. ¿Y tú, Siobhan?

Clarke asintió y se puso en pie.

—Vuelvo en un segundo —dijo a Fox, y el camarero le indicó dónde se encontraban los aseos.

Mientras se lavaba las manos vio que habían dejado varias cartas de comida para llevar en el alféizar.

—La publicidad da beneficios —se dijo, y recordó que David Minton, que vivía en la otra punta de la ciudad, había recibido un folleto del Newington Spice.

Al pasar junto a la barra, se detuvo para comentárselo al camarero.

—¿Realmente viene gente caminando desde la otra punta de la ciudad? —preguntó.

—Nos gusta pensar que merecemos un desvío —dijo el camarero con una sonrisa—. Pero dudo que paguemos a alguien para repartir publicidad tan lejos. Quizá se llevaron el folleto a casa después de comer aquí.

—Parecía que lo habían deslizado por debajo de la puerta.

El camarero se encogió de hombros, todavía con una sonrisa en los labios. Cuando Clarke llegó a la mesa, Fox notó que algo había cambiado.

—¿Qué pasa? —preguntó.

—Probablemente nada.

—Cuéntame.

—Había un folleto de este restaurante en el vestíbulo de Minton. El camarero dice que solo reparten publicidad en esta zona.

—¿Y?

—Como te decía, probablemente no sea nada. —Pero había sacado el teléfono y se levantó otra vez—. Necesito hacer una llamada...

Clarke salió del establecimiento, lejos de la música enlatada y el zumbido de la cafetera. El número de Jim Grant figuraba en su lista de contactos. Cuando lo cogió, se disculpó por llamarlo tan tarde.

—Estoy en el pub, por si le apetece venir.

—Puede que en otra ocasión. ¿Recuerda que hablamos en la cocina de Michael Tolland?

—¿Cómo iba a olvidarlo?

—Me dijo que Tolland comía fuera a menudo y que compraba comida para llevar...

—Sí.

—Y que tenía dinero suficiente para poder hacer pedidos desde lejos.

—Correcto.

Su tono dejaba entrever que no sabía adónde quería llegar con todo aquello.

—¿Cómo lo supo? ¿Fue por los folletos que había en el cajón de la cocina?

—Supongo que fue eso.

—¿No se acuerda?

—Si le soy sincero, no.

—¿Cree que podría volver a su casa y comprobarlo?

—¿Mañana por la mañana, quiere decir?

—Ahora mismo sería mejor.

—Creo que no estoy en condiciones de conducir.

—¿Puede pedir que le lleve alguien?

—¿Debo suponer que no se está ofreciendo?

Clarke no hizo caso del comentario.

—Estoy interesada en un restaurante llamado Newington Spice, en la parte sur de Edimburgo. Envíeme un mensaje cuando lo haya comprobado.

—Si lo que necesita es comida...

—Mándeme un mensaje —le espetó Clarke antes de colgar.

Rebus estaba a medio camino entre Perth y Edimburgo cuando recibió un mensaje de Christine Esson:

Ha sido un día largo en las minas de sal. Me debes una pastelería entera. No he descubierto mucho y con Holroyd no ha habido resultados. Búsqueda en Internet, etc., y es como si nunca hubiera existido. Encontré un nombre. David Dunn. Me sorprende que no lo conozcas. Regentó el Gimlet hasta que se incendió.

Maldiciendo para sus adentros, Rebus la llamó.

—Es tarde —dijo ella.

—Háblame de Davie Dunn.

—Solo estuvo en Acorn House unas semanas, poco antes de que cerraran. Robos en comercios, drogas y cierta actividad en bandas. Pero se reformó. Consiguió trabajo como chófer de furgoneta, aprobó el examen para conducir camiones de gran tonelaje y empezó a hacer viajes de larga distancia. Trabajó una temporada en Hamish Wright Highland Haulage.

—¿Algo más?

—Tengo un montón de anotaciones. Las mecanografiaré mañana por la mañana.

—Eres una estrella, Christine.

—La más brillante de todas las constelaciones.

Rebus colgó e hizo otra llamada. Darryl Christie parecía estar conduciendo cuando la atendió. Rebus lo oyó bajar la radio.

—¿Qué quieres? —preguntó Christie con la educación mínima.

—Necesito hablar con Davie Dunn.

—Yo no te lo impediré.

—Pero es improbable que esté en el Gimlet.

—Restriégamelo, claro que sí.

—Ambos sabemos que el incendio lo provocaste tú, Darryl. Así era más fácil vender el terreno a un supermercado.

—No lo hice, de verdad.

—Entonces, dame el número de Davie y te creeré.

—¿Para qué necesitas hablar con él?

—Eso queda entre él y yo.

—Si le pregunto me lo dirá.

—Pero ese premio te será negado a menos que yo hable primero con él.

—Eres un tipo elocuente, no lo puedo negar. —Luego, tras una pausa—: Prueba en el Brogan's.

Rebus miró la hora.

—¿Estará abierto?

—Probablemente no, pero juegan una partida de cartas nocturna. Cuando abran la puerta, dales mi nombre...

A aquellas horas de la noche no había tráfico en el puente de Forth Road y se llegaba rápido a la ciudad. El Brogan's era un pub de Leith. Rebus se notó agotado cuando aparcó el Saab y se apeó. Le daba miedo pensar cuántos kilómetros había conducido. Tenía el cuello rígido como un palo y notaba punzadas en las rodillas. ¿Cómo se llamaba la película que Siobhan quería llevarle a ver? *¿No es país para viejos?* Sin duda era viejo, y dudaba que fuese a recorrer un tramo tan grande del país en lo que le quedaba de vida.

Desde el exterior, el Brogan's parecía desierto, pero Rebus empujó la gruesa puerta de madera y luego la golpeó con los nudillos.

—Está cerrado —gritó alguien.

—Darryl Christie dijo que no habría problema.

Al instante oyó ruido de pestillos y se abrió la puerta. El hombre que estaba de guardia parecía un cliente habitual al que habían pagado con un par de copas gratis. Era corpulento sin resultar amenazante. Rebus saludó gesticulando con la cabeza.

—En la sala trasera —dijo el hombre, que volvió a echar los pestillos.

Rebus pasó junto a la barra, que estaba cerrada, y enfiló un estrecho pasillo con unos cáusticos lavabos a un lado. Oía a gente hablando en voz baja y alguna que otra risa. La sala trasera medía unos cuatro metros cuadrados. Habían colocado una mesa circular en el centro y alrededor de ella se apiñaban cinco hombres. Otros cuatro estaban sentados en taburetes al lado de la barra, todavía operativa. No había camarero y todo apuntaba a que se servían ellos mismos. Rebus conocía un par de caras y levantó las manos para indicar que no tenía intención de causar problemas.

—Ponte a la cola —dijo uno de los hombres sentados a la mesa mientras contaban fichas y se preparaban para la siguiente mano.

—Solo necesito hablar un momento con Davie —anunció Rebus.

Davie Dunn se dio la vuelta y vio al recién llegado por primera vez.

—¿Quién eres?

—Se llama Rebus —dijo uno de sus compañeros—. Del DIC.

Dunn pensó unos momentos, hizo retroceder la silla y se levantó. Rebus señaló la chaqueta colgada del respaldo.

—A lo mejor la necesitas. Y las fichas también.

—¿No has dicho que sería un momento?

—No hay forma de saberlo —respondió Rebus encogiéndose de hombros.

Ambos se dirigieron a la salida, y el centinela pareció molesto por que volvieran a importunarlo tan pronto. En la acera, Rebus se encendió un cigarrillo y ofreció uno a Dunn, que lo rechazó.

—¿Te importa que demos un paseo? —dijo Rebus—. Me vendría bien estirar las piernas.

—¿De qué coño va todo esto?

Pero Rebus echó a andar sin mediar palabra. Al cabo de un momento, Dunn le dio alcance y recorrieron varios metros en silencio. Rebus notó que se le destensaban las articulaciones, y se alegró de estar ejercitándose.

—Es por Acorn House —dijo finalmente.

—¿Y qué es eso, si se puede saber?

—Es el centro de evaluación en el que pasaste unas semanas a mediados de los ochenta.

—Es agua pasada.

—Por lo visto ya no.

—¿A qué te refieres?

—¿Conociste a un chaval llamado Bryan Holroyd?

—No.

—¿Estás seguro?

—La verdad es que no recuerdo mucho de aquellos días.

—¿Es porque no quieres recordar? He oído algunas historias y sé qué pasó allí.

—¿Ah, sí?

—Niños que sufrieron abusos de hombres mayores. Hombres que deberían haber sido sensatos.

—Debió de ser muy escabroso.

—¿A ti nunca te pasó?

Dunn negó con la cabeza.

—Oí los rumores, eso sí. Pero bueno, en todos los lugares donde viví siempre había rumores. Era una manera de infundirte el temor de Dios para que no te apartaras del camino.

—En Acorn House ocurrieron cosas terribles, Davie.

—Y yo te digo que nunca vi nada. Solo estuve allí un mes o mes y medio.

—Tu nombre apareció en algunos informes. ¿Conoces a un periodista llamado Patrick Spiers?

—Recuerdo el nombre.

—¿Habló contigo?

—Más que hablar, fue un incordio. Le dije lo mismo que acabo de decirte a ti, pero no era lo que él quería oír.

—Estaba intentando presentar pruebas contra unos hombres muy importantes. Supongo que te dijo sus nombres...

—También puedes suponer que no le escuché.

—¿Y Michael Tolland? Debes de recordarlo.

Dunn asintió.

—Era majo. Repartía tabaco y alguna que otra botella de sidra.

—¿Y nunca pedía favores a cambio?

Estaban acercándose al puerto. Algunos rezagados de los bares y restaurantes de la zona volvían a casa o esperaban en vano algún taxi. Rebus hizo un alto en el puente, esperando a que Dunn respondiera, el Water of Leith oscuro y silencioso debajo de ellos.

—Reconduje mi vida, Rebus —dijo Dunn finalmente—. Me casé y tuve dos hijos. Eso es lo único que me importa.

—¿Nunca te amenazó nadie o te pagó para que guardaras silencio?

—No.

—Así que acabaste conduciendo camiones.

—Eso es.

—Para Hamish Wright.

—Sí.

—Que ahora ha desaparecido y ha dejado atrás a unos gánsteres de Glasgow furiosos.

—Son los mismos que intentaron darme una paliza y luego

quemaron el pub. ¿Cómo es posible que no te esfuerces por atraparlos?

—Porque ahora mismo me interesa Acorn House. Por otro lado, si hay algo que quieras contarme sobre Hamish Wright...

—Hace años que no tengo relación con él.

—Supongo que se lo habrás contado a Darryl...

—Sí.

—No es una persona a la que uno quiera mentir.

—No entiendo qué tiene que ver esto con Acorn House.

Rebus se volvió hacia él.

—Darryl Christie me dijo dónde podía encontrarte. Querrá saber de qué hemos hablado.

—¿Y?

—Y te diré algo: lo que le cuentes es cosa tuya.

Dunn ladeó la cabeza.

—Te escucho —dijo.

—¿Y si te digo que alguien parece dispuesto a castigar a quienes participaron en los abusos en Acorn House?

Dunn tardó un momento en digerir las palabras de Rebus.

—¿De verdad? —preguntó.

—Es muy probable.

—Me dijeron que Tolland había muerto durante un robo en su casa.

—A David Minton le pasó lo mismo. Era amigo de Howard Champ, el parlamentario. ¿Llegaste a conocerlo?

—A veces pasaba por allí —dijo Dunn con frialdad, y luego se asomó a la barandilla y escupió al agua.

—Sé que esto no puede ser fácil, Davie, pero debo pedirte que me cuentes algo...

—¿Para detener a un chaval de Acorn House que ha decidido que es el día del juicio final? —Dunn torció la boca en una sonrisa triste—. ¿Sabes qué le digo yo a eso?

—¿Qué? —preguntó Rebus, aunque ya conocía la respuesta.

—Que tengan suerte.

Dunn se dio la vuelta y echó a andar en dirección contraria, con los hombros caídos y las manos en los bolsillos.

Rebus se planteó salir detrás de él, pero se quedó donde estaba, con el filtro del cigarrillo entre los dedos mucho después de que se apagara. No pudo evitar pensar que aquel hombre tenía razón, y él ya no era policía. ¿Qué importaba si Bryan Holroyd seguía ahí fuera, cargándose a quienes abusaron de él y a sus cómplices?

Pero, en cierto modo, sí importaba. Siempre había importado y siempre importaría. No por las víctimas o los artífices, sino por el propio Rebus. Porque, si nada de eso importaba, entonces él tampoco. Pasaron junto a él un par de borrachos con paso vacilante y una sonrisa en la cara.

—¡No saltes! —gritó uno de ellos.

—Hoy no —respondió Rebus, y sacó el teléfono para ver quién llamaba a horas tan intempestivas.

Era Cafferty, naturalmente.

NOVENO DÍA

36

A media mañana, Rebus se citó con Cafferty en una cafetería de George IV Bridge.

—¿Seguiremos fingiendo que te hospedas en el G&V?

Cafferty siguió removiendo el café. Había ocupado una gran mesa situada junto a una ventana que daba a Candlemaker Row y Greyfriars Kirkyard. Rebus, que llegaba tarde, no se molestó en unirse a la larga cola del mostrador.

—Tendría que haberte pedido uno —dijo Cafferty, y se llevó la taza a los labios—. Imagino que traes noticias...

—El niño que murió, Bryan Holroyd, en realidad no murió.

—Cafferty escupió el café y dejó la taza encima del platillo—. Por eso quería que nos reuniéramos en un sitio público —añadió Rebus—. Había menos posibilidades de que te diera un ataque.

—¿A qué coño te refieres con que no murió?

—Se recuperó milagrosamente en el maletero del coche. Cuando Dave Ritter lo abrió, Holroyd saltó y echó a correr por el bosque. Ritter y Jeffries salieron detrás de él, pero al final tuvieron que abandonar. Creyeron que moriría congelado.

—Vaya dos cabrones.

—Lo ocultaron durante semanas para que no te enteraras.

—¿Te lo contó Ritter? ¿Dónde se esconde? Quiero hablar con él largo y tendido.

Rebus negó con la cabeza.

—Eso no ocurrirá.

—Entonces, ¿ese Holroyd va a por nosotros? ¿Después de todos estos años?

Cafferty no estaba convencido.

—A menos que tengas una teoría mejor.

Cafferty se agarró al borde de la mesa con ambas manos, como si estuviera a punto de volcarla en cualquier momento. Recorrió la cafetería con la mirada. Los pensamientos se arremolinaban en su cabeza y su respiración era cada vez más dificultosa.

—Nada de accidentes coronarios, por favor —dijo Rebus.

—Tienen que pagarlo, John. No permitiré que esos dos mierdas se salgan con la suya.

—Al menos ahora tenemos una pista sobre la persona a la que estamos buscando. El único problema es que, al parecer, Holroyd se ha esfumado. No hay rastro de penas de cárcel, ni número de la Seguridad Social ni pago de impuestos.

—¿Estás seguro?

—Lo ha investigado Christine Esson. Es exhaustiva como un buscador de oro.

—A lo mejor huyó del país en aquel momento y acaba de volver.

—No hay ningún pasaporte a su nombre.

—Entonces se lo ha cambiado.

—Lo cual complica mucho más nuestro trabajo. Tampoco ayuda que solo cuente con una descripción física imprecisa, y habrá cambiado un poco en treinta años. Sin embargo, tenemos algo: hay uno vivo aquí mismo, en Edimburgo. O en Portobello, para ser más exactos.

—¿Quién?

—Todd Dalrymple. Ritter me dijo que estaba allí aquella noche.

—Pero a Todd siempre le han gustado las mujeres. Lleva casado tres décadas por lo menos.

—El jefe de policía también lo estaba —dijo Rebus.

—¿Vamos a hablar con Dalrymple?

—Yo desde luego que sí, y estás invitado si crees que podrás abstenerte de causar daños estructurales importantes. —El teléfono de Rebus estaba sonando. Era Siobhan—. Tengo que cogerlo —dijo, y se llevó el móvil a la oreja al pasar junto a la cola, una cola que ahora llegaba hasta la puerta—. ¿Sí? —dijo al salir a George IV Bridge.

—Te echamos de menos ayer por la noche.

—Ya sabías que podía pasar. ¿Qué tal la comida?

—Tan buena como siempre. Pero hay algo raro: en el vestíbulo de Minton había un folleto de comida para llevar de ese restaurante.

—¿Y?

—Dicen que no reparten propaganda tan lejos del local. ¿No te parece un poco raro que también hubiera un folleto en la cocina de Michael Tolland?

—¿En Linlithgow?

Rebus estaba sacando un cigarrillo del paquete, pero sus palabras lo dejaron inmóvil.

—He pedido a un agente del DIC local que haga unas comprobaciones —dijo Clarke.

—¿Qué piensas?

—Si estuvieras vigilando una calle, o una casa en concreto, y no quisieras levantar sospechas...

—Nadie presta demasiada atención a alguien que deja folletos en los buzones. —Rebus volvió a guardar el paquete de tabaco en el bolsillo—. Puede que haya algo ahí.

—Ahora voy al Newington Spice a hacer unas preguntas al jefe. Pero, mientras tanto...

—¿Estás pensando si Cafferty también tiene uno? Es bastante fácil de averiguar. Está aquí conmigo.

—Fantástico.

—¿Algo más?

—El padre de Malcolm sigue igual.

—¿Y Malcolm?

—Apenas dice nada.

—¿Ah, sí?

—Tengo la sensación de que está elaborando sus propias teorías. Quizá tenga que recordarle que supuestamente forma parte de un equipo.

—¿Detecto ciertos celos?

—Debes de tener el teléfono estropeado. Hablamos luego.

Clarke colgó. Rebus pensó en contactar con Fox, pero ¿qué iba a decirle? Cuando volvió adentro, Cafferty casi se había terminado el café. Dos estudiantes, una de ellas con una bandeja, se habían detenido delante de la mesa y estaban observando las sillas vacías. La dura mirada de Cafferty había logrado disuadirlas por el momento y, cuando Rebus pasó junto a ellas, se fueron en busca de una presa más fácil.

—¿Y bien? —preguntó Cafferty.

—Los folletos de comida para llevar los dejan en los buzones, ¿verdad? —dijo Rebus.

—Menudo tostón.

—¿Has recibido alguno del Newington Spice?

—¿Y cómo quieres que lo sepa?

—¿Podemos ir a echar un vistazo?

—¿Por qué?

—Siobhan Clarke quiere poner a prueba una teoría.

—¿Una teoría sobre restaurantes indios?

—Y sobre el hombre que te disparó.

Cafferty se lo pensó un momento y luego se puso de pie.

—Es una lástima —dijo—. Me lo estaba pasando bien ahuyentando a los estudiantes.

Ambas volvieron sobre sus pasos, intentando que no resultase demasiado evidente, mientras Cafferty y Rebus se dirigían a la salida.

—¿Y qué significa? —preguntó Cafferty.

Fueron en el Saab de Rebus desde Merchiston hasta Portobello, sorteando el lento tráfico de media mañana. Cafferty estaba observando el folleto del Newington Spice. Solo habían tenido que remover la basura dos minutos para encontrarlo.

—¿Cuándo llegó? —preguntó Rebus.

—Estás de broma, ¿no? ¿Cómo voy a saberlo?

—Imagino que no importa. Siobhan cree que el pistolero realiza un reconocimiento de cada propiedad antes de actuar.

—Entonces, ¿estamos buscando a un varón blanco de unos cuarenta años que se gana la vida repartiendo publicidad?

—¿Lo ves? Ya estamos llegando al fondo de la cuestión.

Cafferty sonrió con desgana.

—¿Vamos a casa de Dalrymple?

—A esta hora del día puede que tengamos más suerte en la playa.

—¿Quieres que haya testigos para impedir que me lo cargue?

—No lo había pensado.

Esta vez fue Rebus quien sonrió.

—La verdad es que me alegro. O mejor dicho, me tranquiliza.

—¿Que Bryan Holroyd viviera?

—Sí.

—¿Crees que su «muerte» infundió el temor de Dios a Howard Champ y los demás?

—Puede. Desde luego tuvo un efecto colateral. Desde el momento en que ocurrió, Acorn House tuvo los días contados.

—Pero había muchos Acorn House; en Londres, en Irlanda del Norte, en todas partes...

—¿Has estado informándote?

—Patrick Spiers tenía unas cuantas cosas que decir al respecto. —Rebus miró a su pasajero—. ¿Tienes idea de quién pudo revolver su casa y llevarse sus archivos?

—No fui yo, si es lo que estás pensando.

—¿Cuál es tu teoría?

—La Unidad Especial —dijo Cafferty—. ¿Un parlamentario, un abogado importante y el jefe de policía? No iban a permitir que saliera a la luz de ninguna manera.

Rebus asintió.

—Y, después de todos estos años, ¿crees que seguirán interesados?

—Esos archivos habrán sido destruidos. ¿Dónde están las pruebas?

—Bryan Holroyd es una prueba.

—Solo si la gente se para a escucharlo.

—Después de todo lo que se ha sabido estos últimos años, creo que es posible.

—Entonces, gente como Dave Ritter y yo tendremos que comparecer en los juzgados, ¿eh?

—Yo diría que tu papel fue mínimo.

—Dudo que nadie más lo vea así —repuso Cafferty mientras Rebus se acercaba a la rotonda de Sir Harry Lauder.

Aparcaron en James Street y se dirigieron al paseo, donde se abotonaron los abrigos para protegerse del fuerte viento que soplaba del mar del Norte. Había menos dueños y perros que antes, pero Rebus vio a Todd Dalrymple poniendo la correa a John B junto a la orilla.

—Esperaremos aquí —dijo a Cafferty mientras aguardaban cerca del rompeolas.

—¿Es él? —preguntó Cafferty, mirando a lo lejos.

—Es él —confirmó Rebus.

Pasaron tres o cuatro minutos más hasta que Dalrymple se acercó lo suficiente para reconocer a Rebus. Parecía feliz en la playa, pero, cuando vio a Cafferty, fue como si se le viniera el mundo encima.

—Big Ger —dijo con una sonrisa desganada al tenderle la mano.

Pero Cafferty no sacó las suyas de los bolsillos y, cuando John B mostró interés en él, lo apartó con el pie, ante lo cual Dalrymple tiró de la correa.

—Tenemos que hablar, Todd —dijo Rebus.

—¿Aquí?

—En casa.

Dalrymple miró a ambos alternativamente.

—¿Es estrictamente necesario?

—¿Tienes miedo de lo que pueda pensar tu mujer? —terció Cafferty con desdén.

A Dalrymple le temblaba el labio.

—No, pero... ¿A qué te refieres?

—Es sobre Acorn House —dijo Rebus.

—¿Acorn House?

—Sabemos que estuvo allí la noche que se llevaron a Bryan Holroyd.

—¿A quién?

Cafferty se abalanzó sobre él y lo agarró de las solapas. John B empezó a ladrar, retrocediendo pero enseñando los dientes.

—Si ese perro intenta algo, le retuerzo el cuello —advirtió Cafferty.

—¡No pasa nada, John B! ¡Tranquilo, chico!

Cafferty situó su cara a apenas dos centímetros de la de Dalrymple.

—Nos lo contarás todo, gordo de mierda.

—¿Qué se supone que he hecho?

—Para empezar —intervino Rebus—, fue usted testigo de una enorme cortina de humo.

—Orquestada por él —protestó Dalrymple mientras Cafferty lo agarraba con más fuerza.

El perro seguía ladrando y parecía dispuesto a atacar.

—Cómplice más que artífice —precisó Rebus—. Pero lo importante es esto, Todd: usted podría ser el siguiente de la lista.

—¿Qué lista?

—La del hombre que me disparó —dijo Cafferty.

—Y que mató a lord Minton y a Michael Tolland —apostilló Rebus—. Motivo por el cual debemos ir a su casa. —Metió una mano en el bolsillo del abrigo de Cafferty y sacó el folleto del restaurante—. Para comprobar si ha recibido uno de estos.

—¿Qu-qué? —Dalrymple parecía absolutamente perdido. Cafferty lo soltó con un ligero empujón. Aun así, Dalrymple apenas podía mantenerse erguido y tenía los ojos clavados en el folleto que sostenía Rebus—. ¿Esto es una broma?

—¿Tenemos pinta de estar divirtiéndonos? —preguntó Cafferty.

Tras dar al hombre un momento para recuperarse, Rebus hizo un gesto con la mano.

—Detrás de usted —dijo.

Recorrieron la corta distancia que mediaba hasta Argyle Crescent mientras John B iba tirando de la correa con ganas de llegar a casa. Dalrymple abrió la puerta y llamó a Margaret, pero no hubo respuesta.

—Habrá salido —dijo aliviado.

Quitó la correa a John B y el perro fue a su cama, situada en un rincón del comedor, desde donde observaba a los visitantes con desconfianza.

—No hay folletos en el vestíbulo —comentó Rebus.

—Los tiramos directamente a reciclar.

—¿Y dónde están?

—En una caja en la cocina. Voy a por ella.

Cafferty se había sentado en el sofá y Rebus se situó delante de la chimenea. Era un salón abarrotado con demasiados muebles, desde el reloj de pie en una esquina hasta el reposapiés que Rebus tuvo que saltar. Había llamativos cuadros de escenas portuarias en dos de las paredes. Rebus intuyó que eran de John Bellany. Cuando Dalrymple regresó con la caja del reciclaje, la dejó encima del reposapiés y se puso a buscar. Rebus decidió ayudarlo agachándose e inclinando la caja para esparcir el contenido por la moqueta.

—Bingo —dijo, tras pasar un par de minutos en cuclillas junto a la montaña de papeles, y sostuvo en alto el folleto del Newington Spice.

—Pero ¿qué significa eso? —preguntó Dalrymple.

—El asesino finge ser repartidor de publicidad. Así conoce la casa y la calle y luego actúa. Supongo que no recordará cuando llegó esto...

—¿Hace unos días? —dedujo Dalrymple, cuyo rostro fue empalideciendo a medida que calaban las palabras de Rebus.

—¿No has recibido una nota? —preguntó Cafferty.

—¿Una nota? ¿Como la que apareció en los periódicos?

Dalrymple negó con la cabeza.

—Se refiere a esto —dijo Rebus, que estaba sacando un trozo de papel blanco doblado de la caja.

Obviamente no lo habían visto y lo tiraron junto a todo lo demás. Rebus desdobló el papel y lo sostuvo en alto.

El mismo mensaje del mismo puño y letra.

—Mierda —dijo Big Ger Cafferty.

Sanjeev Patel, el propietario del restaurante, estaba esperando a Siobhan Clarke y le abrió la puerta. El personal estaba ocupado en la cocina, y Clarke podía percibir el olor a cebollas fritas y a una mezcla de especias. Hablaban a gritos, pero las voces resultaban afables. Entre tanto, un camarero estaba poniendo manteles y cubertería en el salón principal. Patel acompañó a Clarke hasta la zona de la barra, donde toda la noche iban llegando clientes para recoger su comida para llevar. Iba vestido con traje negro, camisa blanca y corbata azul marino, y parecía un empresario de pies a cabeza, pero Clarke sabía que había empezado de adolescente como pinche de cocina. Había nacido y se había criado en Edimburgo y, como ella, era seguidor del Hibernian FC, tal como evidenciaban las paredes situadas detrás de la barra, cubiertas de fotos autografiadas de jugadores pasados y presentes.

—Desde luego no repartimos propaganda en Linlithgow o en la Ciudad Nueva —dijo después de que Clarke declinara la oferta de un café.

—¿Utilizan a una empresa en concreto?

Patel asintió.

—¿Quiere que le dé sus datos?

—Por favor.

El hombre fue a consultar un ordenador portátil detrás del mostrador. Anotó varias líneas en una libreta de pedidos del restaurante, arrancó la hoja y se la ofreció.

—¿Cree que quizá un miembro de la plantilla...?

—Esto debe ser confidencial, señor Patel —advirtió Clarke.

—Por supuesto.

Clarke recordó el montón de folletos que había en los baños y lo mencionó. Patel asintió.

—En el de caballeros también hay —dijo.

—Supongo que alguien se los metió en el bolsillo.

Patel se encogió de hombros.

—No tengo conocimiento de que hayan desaparecido de repente.

—Pero seguramente no es usted quien limpia los lavabos.

—Eso es cierto. Ya no. ¿Quiere que pregunte al personal?

Clarke asintió.

—Y también si ha venido alguien sospechoso que haya cogido los folletos pero no se haya quedado a comer, por ejemplo, o que preguntara si podía utilizar los lavabos aunque no pidiera comida.

—Entendido. —Hizo una pausa—. ¿Podría haber otra explicación?

—No se me ocurre ninguna.

—Comprenderá que no me gustaría que la reputación del restaurante se viera afectada.

—Yo pensaba que no existía la mala publicidad.

—Es una teoría que no me apetece poner a prueba —respondió Patel con una sonrisa.

—Intentaré ser diplomática —dijo Clarke al levantarse. Encima de la mesa había una muestra de menús junto a un gran cuenco de frutos secos—. ¿Con qué frecuencia los reimprimen, por cierto?

—Una vez al año más o menos. Para reflejar el cambio de precios. La última vez añadimos los pedidos por Internet. Son muy populares entre los estudiantes.

—¿Cuándo entraron en vigor estos menús?

—A principios de noviembre.

—¿Hace solo tres meses? Bueno, ya es algo. —Clarke cogió un folleto y estudió la información que había al dorso—. ¿Siempre han trabajado con VamPrint?

—Los dos últimos años.

—¿Tiene su número de teléfono?

Patel se acercó de nuevo al portátil para buscarlo. Clarke le dio las gracias y él le abrió la puerta. Había una tienda justo enfrente, y entró a comprar chicles y un botellín de agua.

—Es más barata del grifo, cariño —le advirtió la cajera.

El teléfono de Clarke empezó a sonar y lo sacó del bolso. Era John Rebus.

—¿Qué puedo hacer por ti? —dijo mientras quitaba el precinto de la botella al salir de la tienda.

—Estoy en Portobello con un hombre llamado Todd Dalrymple. —El tono de Rebus le indicaba que siguiera atenta—. Recibió un folleto y una nota. Lo tiró a la papelera, así que acaba de descubrirlo. Como es comprensible, Dalrymple está asustado y creo que deberíamos sacarlos de aquí a él y a su mujer, lo cual nos da la oportunidad de tender una trampa a nuestro asesino.

Clarke estuvo a punto de ser arrollada por un autobús. Retrocedió hasta el borde de la acera y esperó a que se abriera un hueco entre el tráfico.

—Creo que tendrías que empezar por el principio —dijo.

—Mejor cara a cara. ¿Cuánto tardas en llegar aquí?

—¿Veinte minutos?

—Mientras tanto les diré que vayan recogiendo sus cosas.

Clarke oyó a una mujer gritando de fondo.

—¿La señora Dalrymple? —intuyó.

—No se lo ha tomado muy bien. Creo que Cafferty no sabría qué es la sutileza aunque la tuviera delante sosteniendo su propia definición en el diccionario.

—¿Cafferty está ahí?

—¿No te lo acabo de decir?

—Veinte minutos —repitió Clarke, que cruzó la calzada para ir a buscar su coche.

Una vez que se hubo incorporado al tráfico, llamó a Christine Esson.

—¿Sí, jefa? —dijo Esson.

—Prométeme que nunca volverás a utilizar esa palabra.

—Lo intentaré.

—¿Está Ronnie en la oficina?

—Sí.

—¿Y tú estás ocupada?

—Estoy intentando expulsar el polvo de los pulmones después de un día en los archivos.

—¿El sobón estaba de servicio?

—Por suerte no.

—Bueno, tengo algo que requiere tu atención.

—Dispara.

Clarke oyó a Esson pedir a Ogilvie que se acercara a su mesa mientras preparaba papel y bolígrafo. Apartó los ojos de la carretera el tiempo suficiente para leer la información que le había facilitado Sanjeev Patel.

—Necesito que los visitéis a ambos. Preguntad por la gente que reparte folletos puerta por puerta y también por los que los imprimen y se encargan de almacenarlos.

—¿Y a qué se debe esto?

—Encontramos folletos del Newington Spice en casa de lord Minton, y también en la de Big Ger Cafferty y la víctima de ese ataque en Linlithgow.

—Entendido —dijo Esson—. ¿Nos dividimos?

—Sería más rápido.

—¿Tienes alguna descripción con la que empezar?

—Absolutamente ninguna.

—¿Hombre o mujer?

—Será una cosa u otra, desde luego. Ponte en contacto conmigo cuando hayáis terminado.

—Sí, jefa —dijo Esson, y colgó el teléfono antes de que Clarke pudiera responder.

Todd y Margaret Dalrymple estaban en el piso de arriba llenando una maleta y Cafferty miraba por la ventana del salón. Rebus había hecho pasar a Clarke, que ahora estaba observando el lugar, incluida la moqueta, todavía salpicada de basura para reciclar.

—No saldrá a plena luz del día —recordó Rebus a Cafferty, aunque solo obtuvo un gruñido por respuesta—. Pero no dudes que te convertirás en una bonita diana si lo hace. —Luego entregó a Clarke la nota y el menú de comida para llevar—. Como te decía, no sabemos con certeza cuándo llegó. La tiraron directamente a la papelera sin darse cuenta.

—¿Y Cafferty también recibió un folleto?

Rebus asintió lentamente. Había en sus ojos, avivados ante todo tipo de desafíos y posibilidades, un brillo que Clarke no había visto desde hacía tiempo.

—Así que fuiste a Ullapool —le dijo.

Rebus asintió de nuevo.

—Y hablé con un tal Dave Ritter. Estaba en Acorn House aquella noche y supuestamente debía deshacerse del cuerpo en una tumba excavada en un bosque de Fife. Pero resulta que Bryan Holroyd estaba haciéndose el muerto. Huyó y no dieron con él.

—Entonces, ¿Holroyd está detrás de esto? —preguntó Clarke, sosteniendo la nota en alto.

—Yo diría que hay muchas posibilidades.

—¿Y cómo encaja el hombre que está arriba? —dijo, señalando el techo.

—Dalrymple era otro de los clientes de Acorn House. Eso es lo que me contó Ritter, y por eso Cafferty y yo decidimos hacerle una visita.

—¿Su mujer lo sabe?

—Como te he dicho, Big Ger anda un poco falto de diplomacia.

—Necesitarían asesoramiento matrimonial.

—No es nuestro problema.

—No sé si necesitaremos un piso protegido o dos.

—Ya sé por dónde vas.

Clarke pensó unos instantes.

—Tengo que contarle todo esto a Page.

—Por supuesto. Pero ten en cuenta lo que te he dicho: esta es nuestra única oportunidad de atraparlo. No tenemos ni idea de dónde está Holroyd ni de cuál es su aspecto. Lo único que sabemos es que vendrá aquí muy pronto. —Rebus hizo una pausa—. Por eso me ofrezco como cebo. Dalrymple y yo somos más o menos de la misma edad y constitución. Eso bastará para engañar a Holroyd hasta que se acerque.

—¿Y entonces qué? Llevará pistola, recuerda.

—Agentes armados en un coche sin identificar aparcado fuera. Al primer signo de problemas, vienen corriendo.

Clarke señaló el rincón donde John B dormía en su cesta.

—¿Sabrá Holroyd que los Dalrymple tienen un perro?

—Es posible. Pero yo también tengo acceso a uno, recuerda.

—No creo que Page acepte, John. No eres policía.

—Y tú puedes defender mi postura.

—Puedo intentarlo. Pero no estoy segura de querer hacerlo. —En el piso de arriba volvieron a oírse gritos, que atravesaron el techo e hicieron que John B irguiera las orejas y se mostrara inquieto—. ¿Y qué pasa con él? —añadió Clarke, señalando a Cafferty.

—No quiere ver a Holroyd muerto, si te refieres a eso.

Cafferty se volvió hacia ellos con una expresión más solemne que airada.

—Lo que yo quiero —dijo, con los ojos clavados en los de Clarke— es pedirle perdón.

Clarke le aguantó la mirada unos instantes antes de desviar de nuevo su atención hacia Rebus.

—Necesito que me expliques esto otra vez —dijo—. Tan lenta y metódicamente como puedas...

37

Darryl Christie no era un gran fan de Glasgow. A diferencia de su ciudad, estaba creciendo de manera descontrolada. Y todavía quedaban vestigios de la vieja enemistad entre católicos y protestantes. Por supuesto, también existía en Edimburgo, pero nunca había definido el lugar, como sí ocurría en Glasgow. Allí la gente hablaba diferente y poseía una locuacidad que se traducía en un contoneo físico. Ellos eran, como cantaban en las gradas de los estadios de fútbol, «el pueblo». Pero no eran el pueblo de Darryl Christie. Edimburgo podía parecer monótona en comparación, con la cabeza siempre por debajo del pretil, encerrada en sí misma. En el referéndum de independencia, Edimburgo votó «no» y Glasgow «sí». Noche tras noche, esta última hacía desfilar su lealtad a la cruz de San Andrés por todo George Square, o protestaba frente a la sede de la BBC por la parcialidad de los medios de comunicación. El debate político había quedado reducido a una amalgama de carnaval y enfrentamientos, de modo que uno no sabía nunca si la gente estaba contenta o furiosa.

Darryl Christie había ponderado las consecuencias que ello tendría para sus varios intereses empresariales y llegó a la conclusión de que ambos resultados probablemente le favorecerían, así que al final no votó.

El lugar que estaba buscando era un restaurante situado cerca de Buchanan Street. Las aglomeraciones de la hora del almuerzo empezaban a amainar y, al mirar por la ventana, vio mesas vacías pendientes de limpiar. Joe Stark estaba sentado solo en un rincón, con la servilleta de algodón blanco metida en el cuello de la camisa y untando un trozo de pan en salsa. Los demás comensales parecían justamente eso, que era lo que habían acordado. Sí, fuera había un BMW con un par de vigilantes, pero no pasaba nada. Christie regresó al Range Rover e indicó a sus hombres que se quedaran allí a menos que los ocupantes del BMW entraran. Luego abrió la puerta del restaurante.

—¿Señor Christie? —dijo el encargado—. Un placer. El señor Stark está esperando. ¿Le gustaría ver la carta?

—No es necesario.

—Solo una copa, ¿entonces?

—No, gracias.

Christie se acercó a la mesa de Joe Stark, cogió una silla y se sentó. Entonces, al darse cuenta de que estaba de espaldas a la sala, se levantó de nuevo y se situó al lado de Stark en el banco.

—Ni siquiera dejo que las prostitutas se acerquen tanto —le advirtió Stark—. Vaya a sentarse ahí. Le juro que no vendrá nadie por detrás con un cuchillo de carnicero.

Christie hizo lo que le ordenaban, pero movió la silla hasta que formó un ángulo recto con la mesa.

—¿Qué tal la comida? —preguntó.

—No está mal. ¿Sabe que todavía no me han entregado el cuerpo de mi hijo? ¿Se están cachondeando de mí o qué?

—Es una investigación por asesinato. Funciona así.

—¿Ya puede darme un nombre?

Stark apartó el plato, pero siguió mordisqueando el trozo de pan.

—¿Un nombre?

—Supongo que por eso ha venido.

—Todavía no sé quién mató a Dennis.

—Entonces, ¿de qué me sirve?

Stark se quitó la servilleta y la tiró encima del plato.

—La última vez que nos vimos, le dije que le respetaba. ¿Lo recuerda?

—Me lo tatuaré en los huevos.

Christie se lo quedó mirando. Stark evitó el contacto visual. Se terminó el vaso de vino tinto y se hurgó entre los dientes con la punta de la lengua.

—Esto es absurdo —dijo Christie, que hizo ademán de levantarse, pero Stark lo agarró del antebrazo.

—Siéntese, hijo. Ha venido desde Edimburgo. Ya que estamos, diga lo que tenga que decir.

Christie consideró sus opciones y volvió a sentarse. Estaba a punto de hablar cuando Stark hizo un gesto al encargado, que se dirigió hacia ellos.

—Un expreso doble para mí, Jerry. Y lo que quiera mi invitado.

—Nada —dijo Christie.

El encargado hizo una reverencia y se fue. Unos clientes estaban recogiendo sus cosas. Christie se dio cuenta de que las caricaturas de las paredes representaban a estrellas del pop escocesas, aunque solo reconoció a unas cuantas.

—¿Y bien? —dijo Stark, recostándose para dedicar su plena atención al joven.

—Estaba en Edimburgo buscando a Hamish Wright porque había cogido algo que usted consideraba que le pertenecía.

—Sí.

—Y durante la búsqueda fue a CC Self Storage.

—Dennis y sus chicos visitaron al menos tres guardamuebles.

—Pero supongo que lo que no sabía Dennis es que el sobrino de Wright trabaja allí.

—¿Es eso cierto?

De repente, Stark no pudo evitar mostrar más interés.

—Y yo creo que el sobrino podría saber dónde está su tío.

Stark sonrió tímidamente.

—Hijo, yo sé dónde está su tío.

—¿En serio?

—Está enterrado en el campo, a las afueras de Inverness. Dennis dejó que Jackie Dyson se encargara de él. Pensó que nadie era tan bueno arrancándole la verdad como Jackie. Al lado de ese cabrón, Dennis parecía Greenpeace.

—¿Wright está muerto?

—Sí —dijo, asintiendo. No parecía preocupado en absoluto—. No queríamos que nadie se enterara. Lo mejor era que la policía y todos los demás pensaran que seguimos buscándolo.

—¿Para que no creyeran que lo mataron ustedes? —Ahora era Christie quien asentía—. Entonces, ¿por qué me lo cuenta?

Stark lo miró fijamente.

—Porque ya ha acudido a mí dos veces. Eso me hace pensar que tal vez podamos ayudarnos mutuamente, ahora y en el futuro. Una especie de alianza contra los chacales de Aberdeen y Dundee.

—¿Están empezando a acecharle?

—Huelen la sangre, hijo. Yo puedo ofrecer a los hombres de Dennis la luna, pero alguien le ofrecerá a uno de ellos Marte o Venus como gratificación. Si supieran que tengo amigos... Bueno... —dijo Stark, encogiéndose de hombros.

—¿Cómo serían las cosas?

—Ya habrá tiempo para eso. —Stark dio una palmada a Christie en la pierna—. Por ahora ha hecho que me interese por el sobrino.

—Y usted también ha despertado mi interés. ¿Realmente cree que podríamos trabajar juntos?

—Solo hay una forma de averiguarlo. Dennis estaba preparándose para dejarme en la cuneta. Lo sabía todo el mundo. Len y Walter no paraban de comerme la cabeza. Sus chicos actuarán contra mí o llegarán a la conclusión de que necesitan refuerzos de fuera de la ciudad. O está usted conmigo o está con ellos. Pero, míreme, hijo. No voy a durar mucho y, cuando estire la pata, un buen pedazo de Glasgow sería suyo. Si se pone de mi parte. Por otro lado, si se alía con ellos, estará rodeado de animales salvajes: jóvenes, hambrientos y estúpidos.

Había llegado el café de Stark, junto con una galleta de amaretto que remojó y sostuvo entre los labios para sorber el denso líquido negro.

—Yo también tomaré uno —dijo Christie al encargado cuando ya se iba.

Y eso devolvió a Joe Stark su sonrisa y ambos se prepararon para hablar de negocios.

Anthony Wright había tenido problemas varias veces: exceso de velocidad, una redada antidroga de ínfima importancia y desorden público. Gracias a ello, Fox pudo encontrar su dirección. Era un dúplex en Murrayburn, no muy lejos de su lugar de trabajo. Anthony ocupaba la planta superior. Sus vecinos del piso de abajo no habían limpiado las ventanas hacía tiempo y las persianas de listones necesitaban un repaso. Por lo que pudo ver de la residencia superior, el propietario estaba un poco más orgulloso de su casa: las cortinas parecían nuevas, al igual que la puerta principal, con su ventana esmerilada semicircular y sus detalles de latón. Fox, que sabía que Anthony no había llegado de trabajar, miró por el buzón, pero atisbó poca cosa: unas escaleras con moqueta roja ocupaban todo su campo de visión. En las paredes había fotos enmarcadas de motocicletas y pilotos vestidos de cuero.

Volvió al coche y esperó con la radio a bajo volumen. Era una calle tranquila, aunque en modo alguno aburguesada. Tenía la sensación de que, si seguía mucho rato allí, acabaría saliendo algún vecino a curiosear. Se había percatado de que no había motos delante del dúplex ni tampoco en el patio adoquinado. ¿Cuántas había dicho Anthony que tenía? ¿Cinco? Volvió a bajar del coche y rodeó el edificio. En la parte de atrás había un pequeño jardín vallado con solo una caseta. Al fondo se divisaba un parque, que en realidad era una extensión de hierba trillada en la que podía disputarse un partido improvisado de fútbol, además de una serie de rampas de cemento cubiertas de grafitis y probablemente utilizadas por skaters. Al otro lado del parque se elevaban tres edificios y, a su lado, dos hileras de garajes individuales.

Fox se abrochó el abrigo y echó a andar por la ruta pavimentada para no mancharse los zapatos de barro. Pasó junto a él un coche trucado y barato cuyos ocupantes apenas habían dejado atrás la adolescencia. Llevaban las dos ventanillas delanteras bajadas para hacer partícipe al mundo de su gusto en lo que ellos consideraban música. No prestaron atención a Fox. Él no era como Rebus, no tenía aspecto de policía. Un agente al que había investigado cuando trabajaba en Asuntos Internos dijo que parecía «un gerente desalmado y sin corazón de la empresa más aburrida del planeta», lo cual estaba bien. Le habían llamado cosas peores. Normalmente significaba que estaba a punto de obtener resultados. Y el hecho de que no destacara entre la multitud podía acabar siendo útil. Para los chavales del coche casi ni existía. Si lo hubieran considerado una amenaza, el vehículo se habría detenido y se habría producido una escena. En cambio, llegó a los garajes sin incidentes.

Había una docena de ellos, y todos menos uno estaban cerrados. En el último asomaba un coche al que estaban cambiándole un neumático. En el garaje había electricidad y la emisora Radio 2 se encargaba de la banda sonora mientras un hombre con un mono azul bastante presentable llevaba a cabo su tarea.

—Bonito coche —comentó Fox. El hombre tenía el pelo blanco y barba incipiente, y llevaba un cigarrillo colgando de los labios—. Es un Ford Capri, ¿verdad? No se ven muchos últimamente.

—Porque no se encuentran repuestos. Y el motor da problemas.

La capota estaba levantada, así que Fox echó un vistazo. No entendía mucho de coches y, a su juicio, el motor era como cualquier otro.

—¿Está buscando uno? —preguntó el hombre—. Sé que hay coleccionistas. He recibido ofertas.

—A mí me van más las motos —respondió Fox—. Un amigo mío vive cerca de aquí. Tiene una buena colección.

—¿Anthony? —El hombre señaló con la cabeza el garaje situado enfrente—. Las guarda ahí.

Fox se volvió hacia la persiana cubierta de grafitis. Tenía la habitual maneta con cerradura central, pero habían añadido resistentes pernos y cerrojos a ambos lados de la puerta.

—Supuestamente iba a enseñármelas —le explicó Fox—, pero no está en casa.

—Viene a menudo. Da una vuelta con una, vuelve y coge otra. ¿Cuál es su favorita?

—Me gustan las Moto Guzzi —dijo Fox al recordar la marca de una de las fotos que había visto en la escalera.

—Son casi tan fiables como mi Capri —dijo el hombre con desdén, y tiró la colilla—. Las más antiguas son las mejores con diferencia.

—Me sorprende que no las tenga en el guardamuebles donde trabaja. —Fox estaba estudiando el lugar—. Hay más seguridad que aquí.

—Pero esto es más cómodo y Anthony es precavido. Siempre cierra las puertas rápido para que nadie pueda ver lo que hay dentro.

Fox asintió.

—¿Conoce a su tío? —preguntó como no dándole importancia.

—¿A su tío?

—El tío Hamish. Vive en Inverness y vino aquí hace unas semanas. Pensaba que Anthony querría enseñarle su colección.

—¿Regordete? ¿Cincuentón? ¿Pelirrojo con pecas?

Fox pensó en las fotografías que había visto.

—Parece él —dijo.

—Anthony no nos presentó, pero sí, estuvo aquí. —El hombre se limpió las manos con un trapo—. Debo decir que usted no se parece a los amigos de Anthony.

—¿Y cómo son?

—Para empezar, más jóvenes que usted.

—Vamos a tomar copas en el Gifford.

La desconfianza del hombre remitió.

—Ha mencionado ese lugar. Parece que le gusta.

—Está bien.

El hombre esbozó una media sonrisa.

—Pensaba que era policía o algo así. Lo siento.

—No pasa nada —respondió Fox.

—Tampoco es que lo parezca, cuidado.

Fox asintió lentamente.

—Me llamo Malcolm —dijo.

—George Jones. Le daría la mano, pero...

Enseñó a Fox unos dedos manchados de aceite.

—No hay problema. Será mejor que vaya a ver si ha vuelto ya. Buena suerte devolviendo el Capri a la carretera.

—Eso es imposible —dijo Jones, dando una palmada en el techo—. Más que un garaje, esto es un hospital para enfermos terminales. Solo quiero que el paciente se sienta cómodo hasta el final.

La expresión de Fox se endureció. Se despidió con desgana, dio media vuelta y sacó el teléfono para llamar a Jude. Pensaba sustituirla en un par de horas, pero sabía que podía volver allí más tarde. Se imaginó llamando a Ricky Compston para darle la noticia: «Tengo a Hamish Wright y su botín. Están los dos aquí cuando los quiera...».

Casi estaba sonriendo cuando Jude cogió el teléfono.

—Ya era hora de que llamaras —dijo—. Los médicos quieren hablar con nosotros.

—¿De qué?

—Yo deduzco que están preparándose para desconectarlo.

—¿Qué?

Pero Jude estaba sollozando y no pudo añadir nada más.

38

Esson y Ogilvie se plantaron delante de la mesa de Siobhan Clarke para presentar los informes, cuya conclusión era que no habían encontrado gran cosa de interés.

—¿Nada? —se vio obligada a preguntar.

Ogilvie llevaba las manos a la espalda y dejó que hablara su compañera.

—Tenemos una lista completa de trabajadores de las dos empresas y echaremos un vistazo para ver si alguien hace saltar la alarma, pero no soy muy optimista.

—La empresa que reparte los folletos...

—Higher Flyer —recordó Esson a Clarke.

—Higher Flyer, eso es. ¿Trabajan en Linlithgow y alrededores?

—Solo en Edimburgo y Glasgow. No hay muchos restaurantes entre sus clientes. Sobre todo se dedican a espectáculos cómicos y cosas así, y surten a los pubs y discotecas. Cubren las zonas donde viven Minton y Cafferty, pero depende del cliente. El Newington Spice especificó que repartieran solo en el barrio.

—La mayoría de los repartidores son estudiantes —intervino Ogilvie.

—Nuestro hombre rondaría los cuarenta años —comentó Clarke, que desvió la mirada hacia la puerta del despacho de James Page—. Siempre suponiendo que la teoría de John sea correcta.

—¿Qué hace ahí? —preguntó Esson, señalando hacia la oficina.

—Intentando convencer al inspector jefe Page de que un policía retirado y ahora civil debe convertirse en cebo de un asesino en serie armado.

—No ocurrirá, ¿verdad?

Clarke se quedó mirando a Esson.

—John puede ser bastante convincente.

—Lo he sufrido en mis propias carnes. De vez en cuando estaría bien buscar una aguja en un pajar y encontrarla.

Clarke se pellizcó el tabique nasal.

—¿Qué hay de VamPrint? —preguntó.

—Tienen un almacén para todo lo que imprimen —respondió Esson—, pero, en el caso del Newington Spice, todo su stock iba a Higher Flyer o al propio restaurante. Eso no significa que uno de sus trabajadores no haya podido coger unos cuantos. De nuevo, comprobaremos todos los nombres de los empleados en el sistema.

—Lo que sí sabemos es que nadie apellidado Holroyd trabaja para ninguna de las dos empresas —afirmó Ogilvie.

Esson estaba a punto de añadir algo cuando se abrió la puerta del despacho de Page. Rebus pasó junto a la mesa de Clarke sin mediar palabra ni establecer contacto visual. La puerta seguía abierta y, momentos después, Page se asomó e indicó a Clarke que entrara. Page estaba sentado de nuevo a su mesa, volteando un bolígrafo con ambas manos.

—Al menos no ha habido gritos —dijo Clarke—. Pero John debe de sentirse decepcionado... —Vio la mirada de Page—. ¿Le ha dado autorización?

—Con la condición de que varios miembros de nuestro equipo y dos agentes armados anden cerca. Como dice John, ha estado trabajando en esto en todo momento y en ciertos aspectos nos ha dejado en ridículo.

Clarke se sintió ofendida.

—No sé si eso es del todo justo.

—Yo tampoco. Pero no habríamos sabido nada de Acorn House si John no nos lo hubiera dicho.

—Qué le ha contado, ¿señor?

—Que hombres con cargos de autoridad abusaron de niños y todo fue encubierto. Un chico al que dieron por muerto después de un juego sexual... —La mirada de Page era de dolor—. Es espantoso oírlo, hasta el último detalle.

—Coincido.

—Y cuando esto haya terminado, debemos asegurarnos de que se haga algo. El jefe debe estar dispuesto a que se inicie una investigación.

—¿Una investigación en la que se destape a uno de los nuestros como pedófilo?

Page hizo otra mueca.

—¿Qué alternativa tenemos?

—Estoy bastante convencida de que el jefe le planteará unas cuantas.

—¿Cree que lo barrerán todo debajo de la alfombra? El mundo ha cambiado, Siobhan. Esto saldrá a la luz de un modo u otro.

—Bueno, si necesitamos a un periodista de sucesos...

—¿Su compinche Laura Smith? Es posible que lleguemos a eso, pero los medios de comunicación no hicieron demasiado la última vez.

—Uno o dos lo intentaron —dijo Clarke, encogiéndose de hombros.

Page estaba pensativo, mirando el bolígrafo mientras jugaba con él.

—Debo autorizar el uso de armas de fuego.

—Sí, señor. Le dejo continuar.

Clarke se dio la vuelta.

—Usted también irá, por supuesto. John más o menos insistió.

Clarke se detuvo en el umbral, se volvió y asintió, y luego se dirigió a la sala principal.

Rebus estaba allí, hablando con Esson y Ogilvie. Miró a Clarke, sonrió y le guiñó un ojo.

Rebus había hecho acopio de suministros: un par de bocadillos, periódico y varios CD para pasar el rato. Pero resultó que no podía utilizar el equipo de música; para empezar, no tenía reproductor de discos compactos. Había mando a distancia y, cuando pulsaba el botón, salía música de los altavoces instalados en las esquinas superiores de la pared, pero nada que le apeteciera escuchar. Ni siquiera al perro parecía gustarle. Al principio, el terrier actuaba con desconfianza, sobre todo después de captar el aroma de otro can. Los Dalrymple se habían llevado la cesta y a John B, además de la comida y los cuencos de agua. Pero Rebus encontró pienso en un armario y sirvió un poco al terrier en un cuenco de sopa que colocó en el suelo de la cocina. Al llegar al refugio de gatos y perros, el reencuentro había sido bastante emotivo.

—Le hemos puesto Brillo —dijo el trabajador que llevó al perro a la sala de espera. Al reconocer a Rebus, tiró de la correa—. ¿Seguro que solo lo necesita un par de días?

—Eso es —respondió Rebus sin establecer contacto visual con el empleado.

Se levantaba cada diez minutos a mirar por la ventana. Faltaba poco para las diez y llevaba cerca de cuatro horas allí. El coche sin distintivos no estaba justo enfrente. No quería ahuyentar a Holroyd. Había dos agentes, aunque no parecían muy contentos cuando les dijeron que tal vez deberían montar guardia toda la noche. Rebus sacó el móvil y miró la pantalla. Los agentes tenían su número y él el de ellos. Al primer indicio, llamarían. Esson y Ogilvie también estaban fuera, haciéndose pasar por amantes que regresaban a casa. Esson ya había enviado un mensaje quejándose de que iban a salirle ampollas, a lo cual Rebus había contestado que su compañero debía llevarla a caballito.

A falta de una cama, Brillo se había acomodado en el sofá, pero cada vez que Rebus se movía pensaba que iba a sacarlo de paseo.

—Lo siento, colega —dijo Rebus, y no por primera vez.

Subió las escaleras y fue al baño. Luego entró en el cuarto de invitados. Siobhan Clarke estaba tumbada en la estrecha cama individual leyendo un libro a la luz de una lámpara de mesa.

—Espero que esta vez hayas bajado la tapa —protestó.

—Por estas cosas nunca he vuelto a casarme.

Clarke sonrió con aire cansado.

—¿Hiciste alguna foto cuando estuviste en el norte?

—No.

—Menudo abuelo de pacotilla.

—Sam nos hizo una a Carrie y a mí. A lo mejor me la envía por correo electrónico.

—Lo hará si se lo pides.

Rebus asintió.

—¿Qué lees?

—Dijo él, cambiando de tema. Es Kate Atkinson.

—¿Está bien?

—Alguien vuelve constantemente de entre los muertos.

—No está mal, dadas las circunstancias.

—Supongo. ¿Realmente crees que vendrá?

—Puede que esta noche no.

—¿Sabes el fastidio que será tener que seguir solicitando a esos pistoleros?

—Son divertidos, ¿eh?

—La alegría de la huerta —dijo Clarke, sonriendo de nuevo.

—Tengo que bajar.

—No dejo de pensar en Caperucita Roja. Eres el lobo disfrazado de la abuela.

—Yo no recuerdo que Caperucita Roja matara a nadie.

—Tienes razón. Pon en marcha la tetera, abuelita.

Rebus fue a la cocina, donde le esperaba Brillo, siempre esperanzado. Lo acarició y llenó la tetera. Miró hacia la puerta de la cocina, que daba a un cuidado jardín con la habitual zona de entablado. Había una luz de emergencia encima de la puerta trasera, pero la bombilla estaba fundida y no había sido sustituida. A Rebus le pareció ventajoso. Abrió y respiró el aire nocturno. No podía oler ni oír el mar, y el exceso de contaminación solo permitía atisbar las estrellas más brillantes. Recordó el viaje hacia el sur, desde Tongue hasta Inverness, la carretera serpenteante y estrecha al principio, y ni un solo coche en decenas de kilómetros. El cielo estaba tachonado de estrellas, y había visto un búho y varios ciervos por el camino, aunque no le importaban demasiado. Seguía absorto pensando en Carrie.

Brillo había salido al jardín a hacer sus necesidades, así que Rebus dejó la puerta entreabierta mientras servía el té. Llevó una taza al piso de arriba y, a su regreso, encontró al perro en la cocina, inquieto por su ausencia.

—Ya estoy aquí —le dijo.

Después cerró la puerta trasera, pero sin poner el pestillo. No tenía sentido complicar las cosas innecesariamente.

Fox estaba en el coche cuando llamó Clarke.

—Hola —dijo.

—Espero no molestar.

—Estoy delante del hospital —mintió Fox—. Ahora mismo me iba a casa.

—¿Qué tal está Mitch?

—Bastante mal. Me llamó Jude para decirme que en breve lo desconectarán. Exageraba, pero no mucho. Dicen que se encuentra en «estado vegetativo persistente».

—¿No es un poco pronto para eso? ¿Seguro que estás bien para conducir?

—Sin problemas. ¿Estás en casa?

—En el cuarto de invitados del señor y la señora Dalrymple, que huele a lavanda.

—¿Y el señor y la señora Dalrymple lo saben?

Clarke le expuso la situación.

—John está abajo ejerciendo de cebo y fuera tenemos a un par de tiradores de primera.

—John es civil.

—Díselo a él. Convenció a James Page de que este era el único plan que merecía la pena... Un momento, he recibido un mensaje... Mierda, tengo que irme.

La llamada se cortó súbitamente. Fox dejó el teléfono en el asiento del acompañante y se llevó un trozo de chicle a la boca. Había aparcado en la calle que conducía a los edificios altos, a medio camino entre la casa de Anthony Wright y el garaje. No había signos de vida y la temperatura estaba bajando. Se alegraba de que Siobhan no hubiera indagado demasiado. Aquel caso era suyo y de nadie más. No solo por Compston, Bell y Hastie, sino también por su padre, que siempre lo había considerado más apto para una oficina que para la calle. Y, sin embargo, allí estaba, vigilando y esperando.

—Esto es asunto mío.

Y tenía cuentas que saldar.

Rebus atendió la llamada de los policías armados.

—Se acerca alguien. Corpulento. Parece que no está para bromas.

—No intervengáis hasta que yo os lo diga —les recordó Rebus antes de colgar.

En ese momento sonó el timbre y fue al vestíbulo. Clarke ya había bajado la mitad de las escaleras, pero Rebus le indicó que subiera y no abrió la puerta hasta que hubo desaparecido.

—¿Qué coño haces? —preguntó.

—Estoy en mi derecho —repuso Cafferty, que se abrió paso.

—¿Derecho a estropearlo todo? —le dijo Rebus, que cerró la puerta de golpe y siguió a Cafferty hasta el salón—. Holroyd sabe cómo eres físicamente. Te vio por tu bonita ventana en saliente, ¿recuerdas?

—¿Y?

—Y cuando te vea aquí...

—Pensará que la Navidad ha llegado un poco tarde este año.

—Olvídalo —dijo Rebus. Sonó el teléfono y contestó—: Falsa alarma —anunció al agente armado.

—¿Qué está haciendo aquí? —preguntó Clarke al unirse a la fiesta.

—Dice que está en su derecho —le explicó Rebus.

—Tiene que irse —dijo Clarke a Cafferty—. Está poniendo en peligro esta investigación.

—¡Yo soy esta investigación! —le espetó Cafferty—. Soy yo quien ha estado en peligro.

—Precisamente por eso no puede estar aquí. Imagínese que le alcanza una bala perdida...

Clarke negó con la cabeza.

—Tengo que verle.

—Y lo hará. En el juicio. Pero eso solo ocurrirá si lo atrapamos, y su presencia aquí lo hace imposible. O se marcha ahora mismo o aviso a mi equipo.

Clarke se hallaba muy cerca de él. Medía quince centímetros menos, pero no iba a flaquear. Cafferty respiraba con dificultad, preparado para embestir. Pero Rebus vio que empezaba a calmarse.

—Con un par de huevos, como siempre, Siobhan. Puede que John no le haya enseñado muchas cosas, pero eso sí.

—Váyase ahora mismo —reiteró Clarke, y Cafferty levantó las manos en un gesto de rendición—. Tengo dos agentes fuera que se cerciorarán de que no merodea por la zona. Querrán verle montarse en un coche o un taxi, ¿entendido?

Todavía con las manos en alto, Cafferty se dirigió a la salida. Clarke cogió el teléfono y expuso la situación a Esson y Ogilvie. Rebus abrió la puerta a Cafferty, que se detuvo un momento y miró a Clarke.

—Te informaré en cuanto tenga noticias —dijo Rebus.

Cafferty asintió, pero no parecía convencido en absoluto. Luego se dirigió a la verja, donde le esperaban Ogilvie y Esson. Rebus cerró de nuevo la puerta y fue al salón. Clarke le lanzó una mirada amenazante y, tras responder encogiéndose de hombros, volvió a sentarse en la butaca y esperó a que Brillo se le subiera en el regazo.

DÉCIMO DÍA

39

Siobhan Clarke se quedó dormida en la cama con la ropa puesta. Habían decidido dejarlo a las 6:45. Durmió a ratos en la habitación de invitados de los Dalrymple y, en el trayecto a casa, notaba como si le hubieran vertido pegamento en la cabeza. Ahora eran pasadas las nueve y estaba sonando el teléfono. Fue tambaleándose hacia la pared donde lo tenía cargando y llegó justo cuando finalizó la llamada. No reconoció el número. El teléfono estaba totalmente cargado, así que lo desenchufó y se lo llevó a la cama. Pero ahora estaba despierta y sabía que no volvería a conciliar el sueño.

—Una ducha —murmuró al levantarse de nuevo.

Había una cafetería que le gustaba a la vuelta de la esquina y salió a buscar el café más fuerte que pudieran prepararle, una taza grande con tres dosis de expreso. Se sentó en un taburete junto a la ventana y observó el tráfico que avanzaba lentamente hacia la rotonda de Leith Street. Entonces volvió a sonar el teléfono; era el mismo número. Esta vez respondió. Era Sanjeev Patel, del Newington Spice.

—Espero no interrumpirla —dijo.

—¿Qué puedo hacer por usted, señor Patel?

—He estado pensando un poco en este asunto y he hablado con mis trabajadores sobre el misterio. Creo que he hecho algunos progresos.

—¿Ah, sí?

—Uno de nuestros clientes habituales se lleva a menudo unos

cuantos folletos para dárselos a amigos y conocidos. ¿Es posible que hayan llegado a manos de la persona a la que están buscando?

—Supongo que sí. —Clarke contuvo un bostezo—. ¿Qué puede decirme sobre ese cliente?

—Se llama Jordan. Es su nombre de pila. Me temo que no sé su apellido. Creo que vive en Newington, pero, como siempre pasa a recoger el pedido, no tengo la dirección.

—¿Cuántos años tiene más o menos?

—Veintipocos.

—Buscamos a una persona un poco mayor.

—Entiendo. —Patel hizo una pausa—. Entonces, ¿no hace falta que le envíe su foto?

—¿Tiene una foto?

—Del décimo aniversario del restaurante. Invitamos a algunos clientes habituales. Pensaba mandársela en un mensaje de texto.

—Hágalo, por favor. Y le agradezco las molestias que se ha tomado.

—No hay problema, inspectora. Dígame: ¿averiguaron algo cuando hablaron con la imprenta y la empresa de repartos?

—Poca cosa, si le soy sincera.

—Dicen que la sinceridad es la mejor política, así que permítame decirle algo: parece usted agotada.

Clarke dibujó una sonrisa forzada.

—Estoy tomando cafeína por vía intravenosa.

—La cafeína es un dios falso. Aire fresco y ejercicio, confíe en mí.

—Lo tendré en cuenta. Mientras tanto, envíeme esa foto.

—En cuanto cuelgue. Espero verla pronto por el Newington Spice. Y al señor Rebus también.

Clarke colgó y se terminó el café. Se dirigía al mostrador a pedir otro cuando el teléfono anunció que había recibido un mensaje. Era la foto, en la que aparecía media docena de hombres alrededor de una mesa abarrotada de comida. Todos parecían trabajadores, salvo uno. Sí, Jordan tenía entre veinte y veinticinco años. Llevaba el pelo muy corto y tenía los ojos pequeños y hundidos. En los brazos llevaba tatuados lo que parecían símbolos célticos. Clarke utilizó el pulgar y el índice para agrandar la imagen. Lo conocía de algo. Entonces lo recordó: trabajaba en el depósito de cadáveres. Clarke cerró la foto y buscó a Deborah Quant en su lista de contactos. Pulsó su número y se llevó el teléfono a la oreja.

—Nunca te he dado las gracias —respondió Quant.

—¿Por qué?

—Por llamarme en medio de aquella cena para que pudiera escaparme.

—Entonces ha llegado el momento de que me devuelvas el favor. Tienes un asistente, se llama Jordan. Veinteañero, con tatuajes en los brazos...

—Jordan Foyle, sí.

—¿Hace mucho tiempo que trabaja ahí?

—Casi un año. Antes estuvo en el ejército. Creo que le costó adaptarse a la vida civil.

—¿Hoy trabaja?

—No hay razón para pensar que no. ¿Se ha metido en un lío?

—Probablemente no. Solo necesito hablar con él un momento.

—Yo voy para allí ahora mismo. Estaré trabajando con unos cadáveres hasta las dos. Luego doy una clase de patología.

—Entonces pasaré a verte.

—A lo mejor tendrás que saludarme desde la sala de observación. Hoy es un día ajetreado.

—Perfecto. Nos vemos luego.

Clarke colgó y se apoyó el teléfono en los labios. Había descartado la idea de un segundo café. Ya empezaba a temblar. Al volver a casa, pensó en ponerse en contacto con Rebus. Tal vez le apetecía dar una vuelta. Sin embargo, el pobre se había pasado toda la noche en Argyle Crescent. Seguramente estaba durmiendo. Además, Jordan Foyle no era Holroyd, a menos que hubiera hecho un pacto con el diablo. Exmilitar. Había oído que los reclutas podían pasarlo mal. Volvían a casa de lugares como Afganistán y nunca llegaban a adaptarse. Muchos pasaban por los calabozos y cumplían condena. Esperaba que Jordan Foyle estuviese entre los más afortunados.

Cinco minutos después, pasó por delante de la cafetería, esta vez entre el tráfico que avanzaba lentamente. Había bajado la ventanilla unos centímetros, siguiendo el consejo de Sanjeev Patel de que respirara aire fresco, aunque la hora punta no era especialmente fresca. Una vez rebasada la rotonda se dirigió a North Bridge, puso el intermitente derecho y dobló por Blair Street hasta llegar a Cowgate, donde se encontraba el depósito de cadáveres. Era un cubo gris y anodino con varias furgonetas negras también anodinas aparcadas delante de las puertas de carga. Clarke procuró no bloquear ninguna cuando aparcó. La entrada para el público se encontraba al otro lado del edificio, pero abrió la de personal, recorrió el corto pasillo —el mismo en el que se había encontrado a Jordan Foyle— y subió las escaleras que iban de la zona de almacenamiento a la sala de autopsias. La sala de observación estaba separada de esta última por una partición de cristal. Había una hilera de sillas, se sentó y saludó a Quant, que hizo lo propio e indicó a su compañero patólogo que tenían visita.

Clarke intentó no mirar el cuerpo que yacía sobre la camilla metálica, ni tampoco las varias palanganas llenas de vísceras y órganos, o los conductos de drenaje por los que discurrían los líquidos. Había un altavoz en el techo que le permitía oír lo que decían. El ambiente era relajado y profesional, y Quant grababa sus hallazgos a medida que avanzaba el reconocimiento. El ayudante, vestido con ropa quirúrgica, botas de goma verdes de media caña y mascarilla, no era Jordan Foyle. Tenía como mínimo diez años más que él y trabajaba en el depósito de cadáveres desde que Clarke podía recordar. Pero entonces se abrió la puerta y entró Foyle cargado con una bandeja de instrumental y un montón de envases desechables, que depositó dando la espalda a Clarke. Cuando se dio la vuelta, preguntó a Quant si necesitaba algo más.

—Todo bien, Jordan, pero a la inspectora Clarke le gustaría hablar contigo.

Quant señaló hacia la sala de observación, y Foyle miró a Clarke, asintió y salió. Clarke fue a su encuentro, pero vio que estaba alejándose por el pasillo mientras se quitaba los guantes de látex.

—¡Jordan! —gritó.

Pero Foyle echó a correr. Clarke tardó un segundo en reaccionar y luego salió detrás de él. Ya había bajado las escaleras y lo perdió de vista. Cuando entró en el aparcamiento, Foyle estaba doblando la esquina del edificio y quitándose la ropa quirúrgica. Después enfiló High School Wynd y Clarke tropezó. ¿A pie o en coche?

—Mierda —dijo, intentando decidirse.

Clarke salió a la carrera, pero Foyle ya estaba en lo alto de la colina en dirección a las escaleras de Infirmary Lane. Clarke sacó el teléfono y llamó a la sala de control de zona, donde se identificó y pidió refuerzos.

Los escalones estuvieron a punto de derrotarla y acabó utilizando el pasamanos hasta llegar arriba, donde tenía una decisión que tomar: ¿izquierda o derecha por Drummond Street? ¿Hacia el Pleasance o Nicolson Street? No había rastro de Foyle ni nadie a quien pudiera pedir indicaciones. Maldijo entre dientes y se llevó una mano al pecho. El corazón le latía con fuerza. En ese momento sonó el teléfono. Había un coche patrulla a dos minutos de allí y sus ocupantes querían saber qué estaban buscando. Clarke les facilitó una descripción, y puso énfasis en los tatuajes y las botas de goma. Luego volvió a bajar las escaleras y deshizo el camino hasta el depósito de cadáveres. Quant seguía en la sala de autopsias. Clarke golpeteó el cristal y con gestos le dijo que necesitaba hablar con ella. Quant se reunió con ella en el pasillo. Siobhan estaba enjugándose el sudor de la cara.

—Foyle ha escapado —explicó jadeando.

—¿De verdad?

Quant todavía llevaba la mascarilla y tenía las manos en alto, pues no quería tocar nada con aquellos guantes manchados de vísceras.

—Necesito su dirección.

—Vive con sus padres —precisó Quant—. O su madre, mejor dicho. Su padre murió hace un mes o dos.

—La dirección —repitió Clarke.

—Debe de estar en su informe de personal. Tendrás que llamar a la oficina de administración.

—¿Sabes el número?

Clarke sacó el teléfono y marcó a medida que Quant iba recitando.

—Deberías sentarte a recuperar el aliento —le aconsejó.

Pero Clarke ya había echado a andar, esperando que alguien atendiera la llamada.

Cuando llegó al coche ya tenía la dirección: Upper Gray Street, en Newington. Llamó a los agentes del coche patrulla.

—Seguimos buscando —dijo uno de ellos.

Clarke les facilitó la dirección y dijo que se reuniría con ellos allí. De camino, llamó a Rebus, que parecía bastante grogui.

—Puede que tenga algo —le dijo, y le contó lo sucedido con Foyle.

—No puede ser Holroyd.

—Ya lo sé.

—¿Pues a qué te refieres?

—El padre de Foyle murió hace un par de meses. Interesante coincidencia, ¿no crees?

—Apenas he dormido tres horas. Pensar no figura en lo alto de mi lista de prioridades.

—Ha huido, John.

—Podría ser por muchos motivos. Un poco de hierba en el bolsillo, multas de aparcamiento de las que ha pasado...

—¿Puedes reunirte conmigo en su casa de todos modos? Estoy a punto de llegar. —Le dio la dirección—. Está muy cerca de tu casa.

—De acuerdo —dijo Rebus—. ¿Crees que irá allí?

—Iba en esa dirección. Y va a pie. Tengo que reconocer que, para ir con botas de agua, corre como un rayo.

—Si alguna vez has intentado huir del fuego enemigo con botas militares, creo que unas botas de agua te parecerán buen calzado para unos Juegos Olímpicos.

—Me inclino ante tu conocimiento superior.

—Si es él, deberás andarte con cuidado.

—Lo sé.

Clarke puso el intermitente, abandonó Newington Road, torció por Salisbury Place y giró a la izquierda por Upper Gray Street, donde vio a dos policías uniformados en mitad de la calle. Uno estaba llamando por teléfono y el otro parecía a punto de explotar. Ambos se apartaron cuando Clarke detuvo el coche y bajó la ventanilla, sosteniendo el teléfono en la mano que tenía libre.

—El cabrón tiene una pistola —dijo el agente de tez rubicunda.

—¿Habéis dejado que se lleve vuestro coche?

—Cuando llegamos estaba saliendo de casa. Se cambió de calzado y llevaba una mochila al hombro. Entonces sacó la pistola. Quizá era falsa, pero es imposible saberlo.

—¿Oyes eso? —dijo Clarke a su interlocutor.

—Estoy de camino —respondió Rebus.

Denise Foyle estaba sentada a la mesa de la cocina con una taza de té edulcorado. Había un ordenador portátil encima de la mesa y una impresora en el suelo. Ganaba algo de dinero vendiendo en eBay, según había explicado a Siobhan Clarke.

—Pero no lo entiendo —reiteró por sexta o séptima vez—. No entiendo lo que me está diciendo.

Le faltaba poco para cumplir los cincuenta y llevaba el pelo teñido de rubio ceniza. Lucía joyas en el cuello y las muñecas, y unos grandes pendientes que parecían plumas de pavo real. Aunque trabajaba desde casa, cuidaba al detalle el maquillaje, al igual que las uñas, que llevaba pintadas y muy cuidadas.

Clarke estaba sentada enfrente de ella y Rebus apoyado en el fregadero. No se había afeitado y llevaba la misma ropa que el día anterior.

—¿De dónde ha sacado la pistola? —preguntó Denise Foyle.

—Tenemos una teoría —le dijo Clarke—. Pero ahora mismo lo que nos preocupa es traer de vuelta a Jordan sano y salvo.

—¿Sano y salvo?

—Lleva un arma de fuego, señora Foyle, y ha apuntado a dos agentes desarmados. Eso significa que debemos tomárnoslo en serio. Hemos avisado a nuestro equipo de respuesta armada. —Hizo una pausa significativa—. No queremos que le ocurra nada, así que sería de utilidad que respondiera unas cuantas preguntas. ¿Tiene idea de dónde puede haber ido?

—Tiene amigos.

—Nos vendría bien algún detalle.

—Probablemente tenga varios números de teléfono.

Clarke asintió en un gesto de satisfacción.

—Y también una foto reciente de Jordan. Tenemos una, pero la calidad no es muy buena.

—Aquí tiene que haber algunas de Navidad. —Foyle señaló el ordenador—. Aunque tampoco fue muy festiva...

—¿Su marido falleció? —preguntó Rebus.

Foyle se volvió hacia él.

—A principios de diciembre —dijo—. Habíamos ido a Chesser Avenue. Siempre compramos un árbol a la misma organización benéfica, Bethany Trust. Mark acababa de apagar el motor cuando se desplomó. —Se le llenaron los ojos de lágrimas—. Hubo algunas señales de aviso. Al parecer, había ido al médico por dolores en el pecho. Pero me enteré después...

—¿Tiene una foto por alguna parte?

—En la repisa de la chimenea.

—¿Le importa si...?

Foyle negó con la cabeza y Rebus salió de la cocina y se dirigió al salón, que se encontraba a la derecha. Aún había media docena de tarjetas de condolencia encima de la repisa, además de una selección de fotos del difunto. En la más reciente se veía a un hombre de unos cuarenta y cinco años, con el pelo entrecano y una sonrisa que no se reflejaba en sus ojos, igual que sucedía en una imagen muy anterior del día de su boda. Rebus se centró en esa instantánea, ya que en ella aparecía Mark Foyle en su versión más joven. La cogió y estudió el rostro, aunque no sabía muy bien qué estaba buscando. Le hizo una foto con su cámara. Cuando salió de Ullapool, anotó el número de móvil de Dave Ritter. Entonces añadió la foto a un mensaje de texto —«Es improbable, pero ¿podría tratarse del mismo niño?»— y lo envió.

En un mueble esquinero había más marcos con fotos familiares, en su mayoría de Jordan Foyle: en la escuela primaria y secundaria y luego de adolescente, como recluta del ejército. Tenía los brazos cruzados y una sonrisa de oreja a oreja. Una foto posterior había sido tomada por un compañero y en ella aparecía en el desierto. Su convoy había hecho un alto en el camino y otro soldado lo tenía agarrado del cuello juguetonamente. Rebus volvió a la cocina. Denise Foyle estaba sonándose la nariz con un trozo de papel y Clarke le ofreció otro para que pudiera secarse los ojos.

—Jordan y su padre tenían una relación difícil —explicó Clarke a Rebus—. Mark no era precisamente un padre moderno y cariñoso.

—¿Cómo conoció a su marido, señora Foyle? —dijo Rebus.

—En una discoteca, lo típico.

—¿Aquí, en Edimburgo?

Foyle negó con la cabeza.

—En Glasgow. Vivía allí en aquella época.

—¿A qué se dedicaba?

—Era mecánico de coches.

—¿Pero era de Edimburgo?

Foyle negó con la cabeza una vez más.

—Se crio en Glasgow.

—¿Tenía familia allí?

—Yo creo que se pelearon. Nunca hablaba de ellos.

—¿Nunca?

Foyle sacudió la cabeza.

—No vino nadie a la boda.

—¿No llegó a conocerlos?

—Creo que sus padres ya estaban muertos.

—¿Tenía amigos del colegio?

—Cuando yo lo conocí no. —Hizo una pausa—. ¿Adónde quieren llegar? ¿Qué tiene que ver esto con Jordan?

—¿Por qué se mudaron?

—Yo vivía aquí. Trabajaba de secretaria. A Mark no le gustaba la idea, pero lo convencí. —Volvió a guardar silencio—. Tal vez no debería haberlo hecho. Creo que nunca se adaptó del todo.

—¿Le importaría que dé un vistazo a la habitación de Jordan? —preguntó Rebus.

Foyle negó con la cabeza al tiempo que se enjugaba las lágrimas.

Rebus fue al piso de arriba. En la puerta de la habitación de Jordan Foyle había un póster de una supermodelo de antaño. La cama estaba deshecha y asomaban prendas de ropa de una cajonera y un estrecho armario. En las paredes había fotografías de sus días en el ejército, y algunas de mujeres de senos grandes. Probablemente tenía un ordenador portátil, pero había desaparecido. Entre la ropa que sobresalía del armario, Rebus vio un rectángulo de muselina manchado de aceite. Y debajo de la cama, un pequeño montón de folletos del Newington Spice. En el piso de abajo, Denise Foyle estaba contándole a Clarke por qué su hijo había abandonado el ejército.

—Afganistán lo destrozó. Nunca sabré qué vio allí, pero cuando volvió parecía un fantasma. Se despertaba de noche gritando o lo oía sollozando en el lavabo a las tres de la mañana. No sé si le ofrecieron terapia, pero desde luego nunca la recibió y, si se lo aconsejaba, me saltaba al cuello. Pero parecía que mejoraba. Encontró trabajo e incluso una novia con la que salía intermitentemente...

—También necesitaremos su número de teléfono —interrumpió Clarke.

—Pero, cuando murió Mark... Nunca habían estado unidos. Más bien lo contrario. Pero ocurrió algo. No me pregunten qué.

En ese momento sonó el timbre. Rebus fue a abrir la puerta y vio a los dos agentes del coche patrulla.

—Lo ha abandonado —dijo uno de ellos.

—¿Dónde?

—En el aparcamiento de Cameron Toll. Pero se ha llevado las puñeteras llaves.

—Será divertido redactar el informe, ¿eh? —Rebus se permitió una sonrisa—. En unos minutos tendremos una foto reciente. Hay que distribuirla junto con una descripción. Será mejor que se pongan manos a la obra, porque ustedes dos son los únicos que saben cómo va vestido.

—¿No tendríamos que pasar una revisión médica? —preguntó el otro policía.

Rebus entrecerró los ojos.

—¿Por qué?

—Estrés postraumático. Nos han apuntado con una pistola.

—Un chaval que ha participado al menos en una misión en una zona de guerra —respondió Rebus—. Si alguien tiene que pasar una revisión es él.

Y cerró la puerta de golpe.

40

—Tienes un aspecto lamentable —dijo Jude cuando Fox la encontró fumando un cigarrillo en la puerta del hospital.

—Bueno, si hemos de ser francos el uno con el otro...

Jude se miró la ropa, que no se había cambiado.

—De acuerdo, ha sido un golpe bajo. Lo siento —dijo, intentando no temblar.

—¿Quieres mi abrigo?

Fox ya estaba quitándoselo.

—Es muy noble por tu parte —respondió ella, y permitió que se lo echara por encima de los hombros.

—No lo manches de ceniza.

Aquello casi merecía una sonrisa, hasta que recordó por qué estaban allí.

—Entonces, ¿firmamos la sentencia de muerte o no?

—Es un acuerdo de no reanimación...

—¡Ya sé lo que es, Malcolm! Pero estamos hablando de papá, el único que tenemos. Y si escribimos nuestro nombre en ese formulario, lo perderemos.

—¿No crees que ya lo hemos perdido?

—A veces ocurren milagros.

—No he visto muchos últimamente.

—Me he pasado media noche leyendo sobre eso en Internet. Pacientes que despiertan de un coma años después, famélicos y preguntando qué hay para desayunar. Ocurre, Malcolm.

Jude volvió a dar una calada.

—Han hecho todas las pruebas, Jude.

—Todas no. Eso también lo he buscado. Lo único que digo...

Jude se puso a toser con la cabeza gacha. La tos cesó, pero seguían temblándole los hombros, y Fox se dio cuenta de que estaba llorando y la abrazó. Tenía el pelo grasiento, pero la besó en la cabeza.

—Entraremos cuando estés preparada —dijo—, no antes.

—Entonces nos quedaremos aquí hasta que nos congelemos.

Pero Fox sabía que no hablaba en serio.

Aquello se había convertido en una cacería. Habían repartido fotografías de Jordan Foyle entre los medios de comunicación, que clamaban por obtener más información. Lo único que les habían dicho es que iba armado y era potencialmente peligroso. Sin embargo, se había filtrado la historia del robo del coche patrulla, y el jefe de policía había llamado exigiendo respuestas. James Page también quería respuestas, y no se mostró demasiado satisfecho al final de la reunión con Clarke y Rebus.

—¿Creen que Mark Foyle era Bryan Holroyd, eso me están diciendo? ¿Y no tienen pruebas palpables?

—Tiene lógica —argumentó Rebus—. El padre muere y el hijo decide vengarle por el daño que sufrió.

—¿El hijo que nunca tuvo una relación muy estrecha con su padre? ¿La familia estaba al corriente de los abusos que había sufrido Bryan Holroyd?

Clarke y Rebus se miraron.

—La mujer parece que no —reconoció finalmente Clarke.

—¿Y me están diciendo que el hijo sí?

—Los folletos del restaurante, la muselina del cajón de Minton... Es nuestro hombre —insistió Rebus.

—Lo que yo digo es que podría haber una docena de motivos por los que ha tomado este camino.

—Yo no lo creo.

Page se quedó pensativo y miró a Rebus y Clarke.

—He tenido que contarle al jefe que ha participado usted en el caso, John. Ni que decir tiene, cuando se calmen las cosas, se me caerá el pelo.

—Lamento oír eso.

Page suspiró.

—Una cosa está clara: Portobello es un auténtica redada.

—¿Está seguro?

Page lanzó a Rebus una mirada penetrante.

—Ha huido, John. ¿Qué haría un buen soldado?

—Abortar la misión —reconoció Rebus.

—Además, esos dos agentes armados ya han sido destinados a otro sitio. Todo el mundo está alerta, vigilando trenes, autobuses y vías de salida de la ciudad. Incluso el aeropuerto. ¿Tiene dinero?

—Tarjetas de débito y de crédito —dijo Clarke—. Hemos pedido a su banco que nos avise de cualquier nueva transacción. Lo mismo con su proveedor de telefonía móvil. Su madre cree que el pasaporte de Jordan ha desaparecido, y también un ordenador portátil y quizá algo de ropa.

—¿La han interrogado formalmente?

—Está en una sala de St. Leonard's. También llevarán allí a la novia de Jordan. Esson y Ogilvie se encargarán de ello. Además, vigilarán las redes sociales por si está hablando con alguien.

—¿Christine y Ronnie están en su sano juicio?

—Estamos todos cansados, señor —respondió Clarke con una sonrisa.

—Entonces deberían descansar. Tenemos a la mitad del cuerpo buscando al objetivo. No hay mucho que hacer hasta que lo traigan.

—Sí, señor —dijo Clarke, que se dio media vuelta.

Pero Rebus no se movió.

—Sobre esta noche...

416

—He dicho que no, John. ¿Hace falta que hable más claro?

Page se lo quedó mirando.

—De acuerdo —respondió Rebus, que salió detrás de Clarke.

Al mirarlo, Page probablemente pensó que estaba metiéndose las manos en los bolsillos de la chaqueta para demostrarle lo harto que estaba. Pero en realidad estaba comprobando algo.

Sí, todavía tenía las llaves de Argyle Crescent...

Anthony Wright sacó la llave y estaba a punto de meterla en la cerradura cuando vio que alguien había forzado la puerta y la había cerrado de nuevo.

—Mierda —dijo.

Un allanamiento de morada era justo lo que necesitaba después de las últimas dos semanas. Abrió la puerta y aguzó el oído. Debía tomar una decisión: ¿subir haciendo ruido para intentar asustar a quien estuviera allí o ir de puntillas para sorprenderlo? Optó por lo segundo, así que subió los escalones silenciosamente, alerta por si aparecía de repente un tipo delante de él. Se detuvo en el estrecho distribuidor y aguzó de nuevo el oído. ¿Qué se habrían llevado? El ordenador portátil y el reproductor de CD. No tenía seguro, pero alguien en el Gifford podría proporcionarle reemplazos. Entonces recordó las llaves de sus motos, que guardaba en un cajón de la cocina, además de los varios candados del garaje. Cuando pensó qué más tenía allí, le dio un vuelco el corazón. Dejó el casco en el suelo y se dirigió a la puerta del salón.

Allí le esperaban un hombre y una mujer.

El hombre estaba sentado en la única butaca que había, con las piernas abiertas y una pistola en el regazo. La mujer estaba a un lado de la puerta y lo llevó hacia el centro de la sala.

—¿Es usted Anthony? —dijo el hombre.

—Yo le conozco.

Wright entrecerró los ojos intentando recordar.

—Permítame que le dé una pista.

El hombre fingió que propinaba un cabezazo a alguien.

—Dennis Stark. Estaba usted con él aquel día. Casi le rompe la nariz a mi jefe.

El hombre asintió.

—Nos habríamos ahorrado muchos dolores de cabeza si hubiera sabido quién era usted.

—¿Y quién soy?

—El sobrino de Hamish Wright. Vi las fotos del funeral de su padre —apareció en todos los periódicos— y allí estaba el tío Hamish. Eso explica por qué me dijo que el material estaba en el guardamuebles. Le creí al noventa por ciento, y resulta que estaba contándome el noventa por ciento de la verdad. ¿No es así?

—No sé de qué me habla.

—Hablo de esto. —El hombre rebuscó en el bolsillo y sacó varias llaves, que fue tirando a los pies de Wright—. Cuatro motos, Anthony. Además de la que lo ha traído hasta aquí. También hay llaves de candados. Así que necesito saber dónde las guarda. —Hizo una pausa—. No era fácil sonsacarle nada a su tío, pero yo lo conseguí. Y entonces la palmó. A veces es lo que pasa con el dolor. El cuerpo decide que ya ha tenido suficiente. Puedo hacer lo mismo con usted, Anthony. O podemos hacernos la vida fácil.

—Le digo con total sinceridad...

Antes de que terminara la frase se habían abalanzado sobre él y, utilizando cinta aislante, le inmovilizaron las piernas a la altura de los tobillos y las manos detrás de la espalda. El hombre lo echó al suelo, le puso la rodilla en la garganta y a punto estuvo de romperle la nuez. Luego le cubrió la boca con la mano y la apartó para ponerle más cinta aislante, rodeándole la cabeza dos veces.

Cuando terminaron se quedaron delante de él mientras se retorcía en el suelo. El hombre le propinó una patada en el vientre, y Wright gimió y cerró los ojos a causa del dolor. La mujer todavía no había dicho nada. Salió de allí y volvió con varios objetos de los cajones de la cocina: cuchillos, tijeras y brochetas de kebab.

—Bien —dijo el hombre, observando el montón de instrumentos mientras la mujer los dejaba en el suelo.

Le levantó la barbilla y la besó en los labios. Wright quería decirles que estaban locos, pero solo pudo gemir por debajo de la mordaza. Ahora el hombre estaba agachado y le apuntaba a la frente con el cañón de la pistola, así que se vio obligado a cerrar los ojos de nuevo.

—Yo maté a Dennis, ¿sabe? —dijo el hombre—. No fue solo porque lo odiara. Tuve que distraer a todo el mundo. Además, decía que iba a visitar otra vez el lugar donde usted trabaja, Anthony, y como es donde me dijeron que estaba guardado el material... —Hizo una pausa y se rascó la mejilla pensativamente—. Pero ahora Joe ha vuelto a Glasgow, lo cual significa que puedo hacerme con ello sin que nadie se entere. —Miró a su alrededor y cogió las llaves de los candados—. Un garaje sería la respuesta obvia. Asienta si voy bien encaminado.

Wright negó con la cabeza y recibió un golpe de pistola en la sien izquierda. Con las llaves entre los dientes, el hombre cogió un cuchillo y hundió lentamente dos centímetros en el hombro de la víctima. Pese a la mordaza, Anthony Wright intentó gritar.

41

Malcolm Fox estaba de nuevo en el camino que conducía a los garajes. Jude le había enviado media docena de mensajes acusándolo de insensible. Estaban junto a la cama de Mitch cuando le dijo que tenía que salir un rato.

—¿Cuánto rato?

—Unas horas.

—¿Unas horas?

Eso es lo que dijo el médico que podía quedarle a su padre. Unas horas.

Días.

Tal vez una semana.

Fue antes de firmar los formularios, y Jude no paraba de llorar. El especialista le había preguntado si quería un sedante, pero lo rehusó. Sus mensajes llegaban como mazazos cada veinte minutos. Fox tenía las manos apoyadas en el volante, con Classic FM sintonizada a un volumen casi imperceptible. Un niño montado en una BMX había pasado por allí cuatro veces y lo había mirado con curiosidad, pero sin llegar a detenerse. George Jones —el hombre del Capri— estaba trabajando otra vez en el coche y lo había guardado hacía solo un cuarto de hora, tras lo cual, limpiándose el aceite de las manos con un trapo, había vuelto a pie hacia los edificios. Fox se llevó un caramelo de menta a la boca y lo chupó con la esperanza de que le aclarara la cabeza. Se le cayó el paquete al suelo y estaba agachándose a recogerlo cuando pasó un coche en dirección a los garajes y se detuvo entre las dos hileras. Se abrieron las puertas delanteras. Conductora y pasajero. Estaba oscureciendo, así que no podía distinguir sus rostros. El hombre recorrió una hilera de garajes y después la otra, y no se detuvo hasta que encontró el que era propiedad de Anthony Wright.

—Vamos allá —murmuró Fox.

Se bajó del coche, cerró la puerta con cuidado y se acercó a pie, intentando parecer un trabajador que volvía a casa. Oyó una puerta metálica que se abría. Perdió de vista a ambas figuras, así que apretó el paso. Cuando estuvo lo bastante cerca para ver la matrícula del coche, decidió memorizarla, pero pronto se dio cuenta de que ya la conocía.

Era uno de los coches de la Operación Júnior.

Maldijo entre dientes y aceleró la marcha. Dentro del garaje se había encendido una luz. Al aproximarse, vio que las motocicletas estaban tapadas con fundas de polietileno. Sin embargo, las dos figuras se encontraban junto a la pared del fondo, hurgando en el contenido de lo que parecía una caja de embalaje. Incluso de espaldas reconoció a Beth Hastie. Cuando el hombre se dio la vuelta, vio que era Jackie Dyson. Este besó a Hastie en la mejilla y Fox frenó en seco, pero ya era demasiado tarde. Dyson lo había visto de reojo. Se dio la vuelta y le apuntó al pecho.

—No seas tímido —dijo—. Pasa.

—¿Qué coño está pasando aquí? —preguntó Beth Hastie.

—Todo encaja —dijo Fox, que levantó las manos y dio unos pasos al frente.

—¿Ah, sí?

—Hastie te encubrió cuando seguiste a Dennis aquella noche hasta el callejón. ¿Cuánto hace que estáis juntos?

—¿Qué vas a hacer con él? —preguntó Hastie a Dyson.

—Tendré que pensarlo. De momento, coge el rollo de cinta del coche.

Hastie hizo lo que le ordenó y lanzó una mirada fría a Fox al pasar junto a él.

—Así que lo que dicen es cierto —dijo Fox a Dyson—. Policías de incógnito que se pasan al otro bando. Pero no creo que puedas salirte con la tuya.

—¿Eso piensas?

—No soy el tío más listo del mundo y lo he averiguado.

—Hasta que nos has tenido delante me parece que andabas a ciegas. —Hastie había regresado con la cinta adhesiva—. Pon las manos detrás —ordenó Dyson.

Fox obedeció sin apartar la mirada del hombre.

—Esa nota que dejaste al lado de Dennis no fue muy inteligente. No nos engañaste más de medio día.

—Pero enturbió las aguas, ¿no? Había menos posibilidades de que Joe se diera cuenta. Como lo de incendiar aquel pub. Fue la manera de dar a Darryl Christie algo en que pensar para que no se interesara demasiado en el alijo de Wright. —Dyson examinó el trabajo de Hastie—. Ahora los tobillos —le exhortó.

—¿Desde cuándo tienes la pistola? —preguntó Fox.

Dyson sonrió con frialdad.

—Era un seguro por si los Stark me descubrían en algún momento. Cuando Compston me dijo que había otra nueve milímetros en circulación, me pareció cosa del destino.

Fox notó que le envolvían la parte baja de los pantalones con cinta adhesiva. Intentó flexionar las muñecas, pero Hastie había hecho un buen trabajo y casi no tenía movilidad.

—Ahora quítale la funda a una moto —dijo Dyson—. Te vamos a envolver como si fueras una momia, Fox.

Era un modelo rojo brillante, aerodinámico y preparado para correr. Dyson la elogió mientras extendían la lona en el suelo. Hastie tiró a Fox de un empujón. Luego se agachó y le tapó la boca con cinta adhesiva. Con ayuda de su amante, empezó a cubrir a Fox con su improvisada mortaja. A medida que le ponían más cinta se dio cuenta de que se ahogaría a menos que dejaran una abertura en algún sitio.

Y una abertura no parecía formar parte de su plan.

Intentó zafarse de sus ataduras y lanzó un grito ahogado de socorro. Dyson sonreía mientras ultimaba su labor. La funda era translúcida y Fox vio a ambos ponerse de pie. Después vaciaron el cajón y llevaron el contenido a la parte trasera del vehículo. Fox intentó dominar el pánico y respirar contenidamente. La cinta que llevaba en las muñecas había cedido un poco, pero no lo suficiente. Con los labios y la mandíbula intentó romper la cinta, restregando la cara contra la fina capa de plástico, pero no encontró ningún reborde que le ayudara a arrancarse la mordaza.

Su respiración era cada vez más entrecortada y la adrenalina le recorría todo el cuerpo.

Pero no dejaba de observar.

Fueron de un lado para otro hasta que estuvieron satisfechos. Luego se abrazaron y besaron a escasos metros de la figura que se retorcía en el suelo. Dyson apretó la mano a Hastie y esta salió fuera. El hombre se quedó mirando fijamente a Fox. Entonces apagó la luz y salió. La improvisada mortaja empezaba a llenarse de vapor, pero alcanzaba a distinguir la silueta de Dyson estirándose para cerrar la puerta y encerrarle en su tumba.

Hubo un movimiento repentino.

Un grito de mujer.

Alguien había golpeado a Dyson desde atrás. A Fox le pareció que habían utilizado un martillo. La pistola cayó al suelo y otra figura la recogió. El atacante le propinó un segundo golpe, y después un tercero y un cuarto. Dyson cayó primero de rodillas y luego de cara contra el asfalto. Fox creyó oír un segundo grito a lo lejos. Beth Hastie trataba de escapar. Fox descubrió que estaba aguantando la respiración y se notaba la sangre en los oídos. Y ahora Dyson —como mínimo inconsciente— estaba siendo arrastrado por los pies, hasta que desapareció. Fox dedujo que estaban metiéndolo en el maletero de su coche, cosa que confirmó al oír cómo se cerraba la puerta. Ahora había una figura borrosa en el umbral del garaje, al parecer estudiando la situación. Se adentró en la oscuridad y se arrodilló delante de Fox como si fuera a ponerse a rezar. Pero entonces vio un brillo de acero y un cuchillo empezó a cortar la funda. La figura rasgó el polietileno y vio el rostro de Fox.

Era Darryl Christie.

Miró a Fox de arriba abajo, despegó la cinta adhesiva y se la arrancó de la boca. Fox dio varias bocanadas y tuvo la sensación de que iba a vomitar en cualquier momento.

—Dyson mató a Dennis —dijo, y Fox asintió ligeramente.

—Nos lo dijo Anthony. A él también lo han atado.

La segunda figura esperaba a un par de metros de distancia y Fox se dio cuenta de que era Joe Stark.

—Joe es un tradicionalista —explicó Christie—. No hacen falta pistoleros, solo un buen martillo. Me parece admirable.

—Tenemos que irnos —protestó Stark.

Christie volvió a ponerse en pie y se desempolvó las rodillas.

—Voy a dar el aviso —dijo a Fox—. La caballería no tardará en llegar.

—¿Y Hastie...?

—Ha salido corriendo como si le fuera la vida en ello, cosa que probablemente sea cierta. Es posible que nunca deje de correr.

Christie echó a andar y se detuvo solo para admirar la motocicleta roja. Luego se montó en el coche y dio marcha atrás hasta que Fox lo perdió de vista. Joe Stark no iba en el asiento del acompañante. Su coche probablemente estaba cerca. Un pequeño charco de líquido brilló bajo la luz de la luna; era lo que quedaba de Jackie Dyson. Fox se preguntaba si algún día conocería su nombre real, el nombre de la persona que fue antes de infiltrarse en los bajos fondos.

Pero supuso que no tenía importancia.

El primer joven apareció minutos después, con la capucha puesta y una bufanda que le tapaba media cara. Estudió a la figura tumbada en el suelo y la oyó pedir ayuda, pero no dijo nada y procedió a llevarse la motocicleta roja. Un par de minutos después llegaron más figuras encapuchadas, que recogieron el resto del botín y dejaron a Fox esperando al coche patrulla con sus luces parpadeantes. Siobhan Clarke también estaba allí, ayudando a liberarlo y escuchando su historia.

—Será mejor que comprobemos si Anthony está bien —dijo, frotándose las manos para reactivar la circulación.

—Eso haremos. —Se le había caído el teléfono del bolsillo y Clarke lo cogió y se lo dio—. Tienes un mensaje.

Fox miró la pantalla. Tres palabras.

«Se ha ido».

42

Rebus estaba sentado en el salón, iluminado por una única lámpara situada en el rincón opuesto. Las cortinas estaban abiertas unos centímetros y había quitado el cerrojo de la puerta trasera. Brillo estaba acurrucado a sus pies mientras él realizaba una llamada. Ya había recibido un mensaje de Dave Ritter asegurando que no sabía con certeza si la foto era de Bryan Holroyd, y también una larga llamada de Deborah Quant diciendo que no podía creerse que hubiera tenido al asesino delante de sus narices en todo momento.

—Ocurre a menudo, Deb —le había dicho Rebus, pensando en que los abusadores de Acorn House habían seguido con su vida como si tal cosa.

El tono de llamada cesó y fue sustituido por la voz de Malcolm Fox.

—No es buen momento, John.

—Acaba de decírmelo Siobhan. Siento lo de tu padre.

—Estoy en el hospital ahora mismo.

—¿Qué tal está Jude?

—Extrañamente tranquila.

—¿Y tú?

—Gran parte de mí sigue encerrado en ese garaje.

—¿Fue Jackie Dyson entonces?

—Con la colaboración de su amante. Tenemos que interrogar a Christie y Stark.

—Lo haremos. Aunque supongo que nunca encontraremos un cuerpo ni el coche en el que se lo llevaron.

—Pero fue un asesinato de todos modos.

—¿Seguro que estaba muerto?

—Tenía que estarlo.

—Sé qué haría un buen abogado con eso en los tribunales.

—Aun así...

—El jefe no querrá que salga a la luz. Un agente infiltrado se vuelve un salvaje y asesina a dos personas.

—Aun así... —repitió Fox. Luego—: Habría muerto si Christie no hubiera acudido al rescate. Fue una estupidez no llevar refuerzos.

—Bienvenido a mi mundo. Has tardado bastante.

—No sé si puedo hacer esto.

—Tómatelo con calma, Malcolm. Tu padre acaba de morir. Es normal que estés desanimado. Ahora tienes que centrarte en el funeral. Espera una semana o dos antes de decidir si dejas un trabajo que empiezas a hacer bien.

—Sí, quizá sí. —Fox suspiró ruidosamente—. ¿Estás en casa?

—¿Dónde sino?

—Me han dicho que finalmente tenéis un sospechoso por el asesinato de Minton.

—La ciudad está fuertemente acordonada. No irá a ninguna parte. —Rebus hizo una pausa—. Será mejor que cuelgue. Siento lo de tu padre.

—Gracias.

—Si puedo hacer cualquier cosa, solo tienes que decírmelo. Habrá un velatorio. Veremos cómo te sientes entonces. —Rebus volvió la cabeza y vio a Jordan Foyle en el umbral con una palanca en la mano. —Hablamos luego —dijo antes de colgar.

Brillo se había despertado y mostró interés en el recién llegado.

—Tú no eres Dalrymple —dijo Foyle, que dio unos pasos al frente.

Llevaba una fina chaqueta de algodón con estampado de camuflaje y una sudadera con capucha.

—¿No has traído la pistola? —preguntó Rebus.

—¿Quién eres? —Foyle estaba delante de él blandiendo la palanca. Rebus apoyó los brazos en la butaca para que viera que no representaba una amenaza—. ¿No te he visto en el depósito de cadáveres? Tú eres el tipo con el que sale la profesora Quant.

Rebus lo reconoció inclinando ligeramente la cabeza.

—Me llamo John Rebus. He estado investigando el caso de Acorn House. Tu padre se cambió el nombre, pero se llamaba Bryan Holroyd, ¿verdad?

Foyle abrió más los ojos.

—¿Cómo lo sabes?

—Yendo al grano, hijo, ¿cómo lo sabes tú?

—¿Dónde está Dalrymple?

—Se acabó, Jordan. Lo que necesitamos ahora es una investigación sobre Acorn House. Para que eso ocurra, necesitamos que testifique al menos uno de los abusadores, es decir, que esté vivo. Estuviste en Afganistán, ¿verdad? Yo serví en Irlanda del Norte durante el conflicto. Nunca lo olvidas. Uno cambia para siempre. No digo que yo sepa por lo que has pasado... —Rebus hizo una pausa—. Mira, ¿por qué no te sientas? Parece que te vaya a dar un síncope. Hace frío esta noche para huir, pero aquí estarás a salvo. En la mesa de la cocina hay un sándwich y un par de latas de Irn-Bru. Sírvete.

—¿Quién eres?

—Antes era policía. Hace años que conozco a Big Ger Cafferty. Quería que le ayudara a encontrar al que le disparó.

—No puedo creerme que fallara.

—Minton compró la pistola en el mercado negro. Probablemente la mira esté torcida. El hecho de que la comprara significa que se tomó en serio tu nota. Cafferty está algo más acostumbrado a las amenazas, así que al principio no le hizo caso. ¿Michael Tolland también recibió una? —El joven asintió—. Pues debió de tirarla, porque no la encontramos nunca. Por eso los investigadores tardaron un poco en relacionar los casos.

—Sabes que tendré que matarte de todos modos, ¿no?

—No, no lo harás. Te quitarás un peso de encima y me contarás toda la historia. A menos que antes quieras tomar algo.

El joven permaneció inmóvil y Rebus dejó que se impusiera el silencio para que hiciera sus cálculos.

—Tengo que coger mi mochila —dijo Foyle al final.

—¿Dónde está?

—En el jardín.

—¿La pistola está dentro?

Foyle asintió.

—Pero lo que necesito no es eso.

—¿Y qué es?

—Lo que debes oír no es mi historia, sino la de mi padre.

—¿Y está en la mochila? —El joven asintió de nuevo—. Vete, entonces —dijo.

—Tú vienes conmigo para que no llames a nadie. Es más, dame tu teléfono.

Foyle extendió el brazo que le quedaba libre y Rebus le entregó el teléfono. Luego se levantó lentamente y echó a andar por delante de Foyle, cruzó la cocina y salió al jardín. Una vez que hubieron recuperado la mochila, volvieron dentro, y Rebus le propuso que soltara la palanca.

—Me parece que no —respondió Foyle.

—Hay agentes armados por toda la ciudad, Jordan. Si te ven blandiendo cualquier cosa más sólida que un pañuelo blanco, dispararán. Anoche había un par de ellos esperando. —Foyle no pudo contenerse y se acercó a la ventana para mirar por la abertura de la cortina—. Ahora no están —dijo Rebus para tranquilizarlo—. Nadie pensaba que vendrías. Nadie excepto yo. Por eso he dejado la puerta abierta.

Tras comprobar otra vez si había alguien en la calle, Foyle se sentó en el borde del sofá y estudió a Brillo mientras se quitaba la mochila.

—¿Es tuyo? —preguntó.

—Más o menos.

—Nunca me dejaron tener una mascota. Papá no quería.

—Hablé con tu madre. Parece que era una persona difícil.

—Por eso escribía un diario. Supongo que era su manera de pedir perdón.

—¿Tu madre no sabe que existe?

Foyle negó con la cabeza.

—Me lo dio una noche y me pidió que no se lo enseñara a nadie. Él ya sabía que estaba enfermo... —Se interrumpió—. Es más fácil que lo leas tú mismo. —Se levantó del sofá y tendió a Rebus una libreta encuadernada en piel y cerrada con una goma elástica—. Creo que iré a por ese sándwich —añadió el joven antes de salir.

Rebus retiró la goma y se puso a leer.

Lo primero que debes saber, Jordan, es que mi nombre real no es Mark Foyle. Mark era un muchacho al que conocí cuando dormía a la intemperie en Londres. Era adicto y murió un invierno. Éramos más o menos de la misma edad y todavía conservaba una tarjeta de la Seguridad Social, así que fue bastante fácil adoptar su identidad. Hasta entonces era Bryan Holroyd. Ese es mi nombre de nacimiento. Mi cumpleaños es justamente un mes antes de lo que tú crees. Aunque no voy a celebrar más cumpleaños. No le he dicho nada a tu madre, pero he ido a varios médicos y no tiene buena pinta. Podrían operarme, pero no quiero. Cuando llega el momento, llega el momento. Ya engañé una vez a la muerte y probablemente fue suficiente. Antes de acudir a una visita con el médico estaba en una cafetería, con los típicos pensamientos macabros, cuando empezó a sonar la canción. Al principio no sabía dónde la había escuchado, pero luego recordé. Abrí el Shazam y la encontré: «Even Dogs in the

430

Wild».* Es de un grupo llamado The Associates. Resulta que son escoceses. Sonaba aquella noche, cuando me llevaron al bosque de Fife para enterrarme. En ese momento volvieron todos los recuerdos y de repente me sentí una mierda por cómo te había tratado. No podía quererte. Simplemente no podía. Quizá después de leer esto entenderás por qué...

Rebus dejó de leer y vio a Jordan Foyle sentarse de nuevo con un sándwich club en una mano y una lata abierta en la otra. El joven masticó sin decir nada y con los ojos clavados en Rebus, que bajó la mirada y retomó la historia.

Durante un tiempo pensé que era gay. No me sentía así, pero había mantenido relaciones sexuales con un hombre, así que, ¿me convertía eso en gay? Cuando Denise mostró interés, intenté evitarla, pero ya conoces a tu madre. ¡Es muy persistente! Y más tarde, cuando me despertaba llorando, ella me tranquilizaba. Sabía que le ocultaba algo, pero decía que ya se lo contaría cuando me sintiera preparado. Ese día no llegó nunca. Puede que le enseñes esto y puede que no. Es decisión tuya. Ha sido el amor de mi vida. Probablemente me salvó la vida, y esa es la verdad. Entonces se quedó embarazada y naciste tú. Fui frío contigo desde el principio. Quería aislarte del mundo, de todos los depredadores que hay ahí fuera. Temía incluso que yo acabara convirtiéndome en uno. Así que te aparté y sé que eso te dolió. No servirá que a mí también me doliera...

—Las primeras páginas tratan sobre todo de la familia —dijo Jordan Foyle, que bebió un trago—. Lo que te puede interesar está más adelante.

* Ian Rankin escogió esta canción para ponerle el título original a su novela en inglés. Se ha optado por simplificar su título en castellano por dos razones fundamentales: en primer lugar, se trata de un tema de The Associates, un grupo que gozó de cierta popularidad en Escocia, pero que es poco conocido aquí; y en segundo lugar, una traducción literal del título hubiera provocado que la referencia a la canción fuera muy difusa. (N. del t.)

Rebus pasó varias páginas hasta que vio algunos nombres que reconoció y empezó a leer de nuevo.

Habían estado bebiendo y tomando drogas, y obligándome a tomarlas a mí también. Cualquier cosa para entumecer los sentidos. Aquellos hombres tenían apetitos enormes y nada les impedía satisfacer esos apetitos al máximo. No nos escuchaban ni a mí ni a los otros niños. Éramos el populacho. David era David Minton, un abogado importante. Durante años me entraban náuseas si lo veía en un periódico o en la televisión. Su amigo era un parlamentario llamado Howard Champ. Jimmy era James Broadfoot y, lo creas o no, era el jefe de policía de la ciudad. ¿Ves? Eran ese tipo de gente: poderosos y engreídos. A Todd Dalrymple le gustaba mirar o pasar el rato con esos cabrones. Creo que era propietario de un casino en la ciudad. Mickey Tolland trabajaba en Acorn House. Todos los que trabajaban allí sabían lo que pasaba, pero el que lo organizaba era él. Y, ¿sabes qué? Ganó la puta lotería hace unos años. Tuve que apagar el televisor cuando apareció su sonrisa de idiota en las noticias. También estaba casado. Feliz como un cerdo revolcándose en la mierda. Eran todos unos cabrones.

El que me estranguló fue Champ. Le gustaba. Pero en lugar de seguirle el juego, fingí que me desmayaba y tenía convulsiones. Luego me quedé quieto y contuve la respiración. Pensaba que me descubrirían cuando alguien me tomara el pulso, pero estaban tan asustados que obviamente no lo hicieron bien. Mencionaron a un tal Cafferty. Él lo arreglaría. Es decir, se desharían de mi cuerpo. Al rato llegaron aquellos dos hombres. Para entonces me habían envuelto en una sábana, lo cual me parecía bien; podía respirar un poco sin que se dieran cuenta. Me metieron en el maletero del coche y eso fue todo. Se llamaban Paul y Dave, pero es lo único que sé. Y llevaban la radio puesta. No, en realidad era una cinta, porque uno de ellos la quitó. No le gustaba la canción. Era la misma canción que oí en aquella cafetería, «Even Dogs in the Wild». La escuché y no podía creerme lo que decía la letra. Era casi como si la hubieran escrito para mí. Decidí en aquel preciso instante que compraría este diario y lo escribiría, que haría algo por ti mientras siguiera con vida.

Rebus volvió a alzar la vista. Atraído por el sándwich, Brillo estaba sentado a los pies de Foyle, que le daba trozos de pollo y bacón y lo acariciaba al mismo tiempo.

—¿Hablaste con él? —preguntó Rebus.

—No me lo dio hasta la noche antes de morir. Pero esa mañana le di un abrazo en el piso de arriba. No éramos muy comunicativos. Y todo por lo que pasó en ese lugar. Su vida arruinada y mi relación con él también por culpa de esos cabrones. —Foyle señaló con la cabeza el libro—. Salió corriendo y se pasó la noche entera temblando en el bosque, tapado con hojas y todo lo que pudo encontrar. Luego robó ropa y comida en una casa y llegó tan lejos como pudo. Pasó una temporada en Londres y después en Glasgow. Fue allí donde conoció a mamá. —Hizo una pausa—. ¿Hablaba en serio cuando ha dicho lo de la investigación?

—Sí.

—¿Serviría de algo?

—Quizá acabaría con unas cuantas reputaciones.

—¿Y yo cumpliría condena por asesinato?

—Puedes alegar responsabilidad atenuada. Si a ello le sumamos estrés postraumático no tendrás problemas.

—¿Qué significa eso?

—Cumplirás unos años, pero no muchos.

—Si me entrego.

—¿Qué otra cosa vas a hacer? ¿Huir a Londres?

—Ese hombre, Cafferty, pondrá precio a mi cabeza.

—No, no lo hará. Quería encontrar a tu padre para pedirle perdón. Supongo que también se disculpará contigo.

—¿A pesar de que intenté matarlo?

—Sí —confirmó Rebus.

Foyle volvió la cabeza hacia la mochila que tenía encima del sofá.

—Después de acabar con Dalrymple me planteé seriamente volarme la cabeza.

—No deberías hacer eso —dijo Rebus—. ¿Te importa si cojo el teléfono?

Foyle entrecerró los ojos.

—¿Para qué?

—Quiero ver si puedo conectarme a Internet. Necesito escuchar una canción.

Foyle se lo pensó unos momentos y luego le entregó el móvil. Pero antes de hacer nada, Rebus abrió el final del diario y leyó las últimas palabras de Bryan Holroyd.

Nunca te quise, hijo. No me lo permití y me lo llevaré conmigo a la tumba. Desearía poder cambiar el pasado, pero no puedo. Lo único que puedo ofrecerte es esta historia. He estado muy orgulloso de ti y detestaba lo que te ocurrió cuando eras soldado. No somos máquinas, Jordan, aunque a veces el mundo nos trate así. Cuida de tu madre y de ti. Y no te hagas más tatuajes espantosos.

Jordan Foyle estaba llorando en silencio cuando cogió a Brillo en brazos y hundió el rostro en su pelaje.

Los asistentes al crematorio de Mortonhall casi llenaban la más pequeña de las dos capillas. Fox y su hermana se sentaron en el primer banco. Los demás estaban ocupados por empleados y residentes de la clínica de Mitch Fox, y Rebus y Clarke se quedaron atrás. El programa incluía una fotografía del difunto en la primera página, sonriendo a quien sostenía la cámara y probablemente realizada dos o tres décadas antes.

—Se parece a Malcolm —comentó Rebus a Clarke.

—Por lo visto Jude ha salido a su madre —susurró ella.

El oficio fue breve, solo dos cánticos y algunos detalles biográficos por parte del pastor, además de una oración. Ni Fox ni su hermana hablaron. Todo el mundo se levantó y el ministro los llevó al exterior, donde había varias coronas. Rebus estrechó la mano a Jude y se presentó como un «amigo de Malcolm». Fox también le dio la mano.

—¿Vienes al hotel? —preguntó.

Rebus negó con la cabeza.

—Tengo cosas que hacer. Ya sabes cómo funciona.

—Yo voy —terció Clarke, que dio a Fox un abrazo y un beso en la mejilla.

—¿Nos vemos luego en el Ox? —preguntó Fox.

—Trata de impedírmelo —repuso Rebus, que buscó el tabaco en el bolsillo antes de dirigirse al aparcamiento.

Era un día despejado; el sol estaba bajo y proyectaba sombras alargadas. Tuvo que quitar hielo del cristal del Saab utilizando el borde de una tarjeta de crédito, decisión de la que se arrepintió cuando esta se partió en dos. De camino a casa llamaría al banco para informales de ello. O quizá podía esperar hasta el día siguiente.

Junto al coche había una figura vestida de negro. Era Cafferty, enfundado en un abrigo tres cuartos con el cuello levantado.

—Sigo queriendo hablar con el muchacho —dijo.

—Ya sabe lo que quieres decirle.

—Aun así, quiero hablar con él.

Rebus se encogió de hombros y dio unos golpecitos en la ventanilla del coche. Brillo esperaba dentro con impaciencia.

—Le he preguntado a Page y dice que no. Siempre puedes visitar a Jordan en la cárcel.

—Si vivo hasta entonces. —Cafferty miró al pequeño grupo de asistentes congregados frente al crematorio. Estaban llegando nuevos dolientes para la próxima ceremonia, en su mayoría en coche, algunos a pie—. Odio estos sitios —farfulló con un escalofrío.

—Como todos, ¿no?

—En mi testamento he ordenado que me entierren.

—¿En un lugar consagrado?

Rebus dio una última calada al pitillo y lo pisó con el tacón.

—Estoy dispuesto a arrepentirme de mis pecados en el último momento.

—Será mejor que empieces ya. Te llevará tiempo.

Ambos sonrieron y Cafferty se miró la punta de los zapatos.

—Christie se ha unido a Joe Stark —comentó.

—Eso me han dicho.

—Lo cual significa que quizá acabe dirigiendo Glasgow.

—Si no lo encerramos por complicidad en un asesinato.

—Pues mucha suerte. ¿Es cierto que Holroyd dejó un diario? —Rebus asintió—. ¿Daba algún nombre?

—El tuyo incluido.

—¿Crees que llegará a abrirse una investigación?

—Me atrevería a decir que algunos querrán estrangularla nada más nacer. —Rebus había sacado las llaves del coche—. ¿Quieres que te lleve?

Cafferty negó con la cabeza y señaló la ventanilla.

—¿Te quedas el perro?

—Puede.

—A lo mejor es buena idea. Ahora que estás jubilado podrías dar largos paseos y tomar el aire. A mí también me gusta pasear al perro.

—Ahora que ya no te busca nadie armado con una pistola, ¿no?

—A pesar de eso, cada vez que pasa un coche... Siempre me pregunto si parará y Darryl Christie me invitará a subir.

—Si te llevamos a juicio, ¿testificarás?

—Por supuesto. —Cafferty hizo una pausa—. Pero a favor de la defensa, no de tu gente.

Saludó fugazmente y se fue.

—Todavía crees que puedes con él, ¿verdad? —dijo Rebus.

Cafferty se detuvo sin darse la vuelta y levantó el dedo índice. Rebus sabía qué significaba aquel gesto.

«Todavía puedo librar una batalla...».

No lo dudó ni por un segundo.

Rebus se montó en el Saab y acarició a Brillo antes de arrancar. Vio cómo desaparecía la figura de Cafferty y luego cogió un CD del asiento del acompañante y lo puso en el reproductor. Había llegado por correo a primera hora de la mañana. El disco se titulaba *The Affectionate Punch*. Fue directo a la canción número siete y escuchó a Billy Mackenzie cantar sobre un niño, un niño asustado, ignorado, abandonado. Padres e hijos, pensó: Malcolm y Mitch Fox, Dennis y Joe Stark, Jordan Foyle y Bryan Holroyd. El teléfono lo avisó de que había recibido un mensaje. Era de Samantha. Había enviado la foto que le pidió, en la que aparecían él y Carrie. La contempló unos instantes y se la mostró a un perplejo Brillo. Luego subió el volumen de la radio, salió de la plaza de aparcamiento dando marcha atrás y volvió a la ciudad.

GANADORES DEL
PREMIO RBA
DE NOVELA NEGRA

Francisco González Ledesma, *Una novela de barrio*
I Premio RBA de Novela Negra, 2007

El comisario Ricardo Méndez, policía curtido en mil lances a punto de jubilarse, deberá aportar toda su experiencia para desentrañar un caso que mezcla acontecimientos frescos con heridas aún abiertas del pasado. Todo ello en una Barcelona que nada tiene que ver ya con la ciudad ruda pero honesta que patrulló tiempo atrás.

Andrea Camilleri, *La muerte de Amalia Sacerdote*
II Premio RBA de Novela Negra, 2008

Michele Caruso, director de la RAI en Palermo, se niega a que el auto de procesamiento de Manlio Caputo, hijo del líder de la izquierda siciliana y acusado del homicidio de su novia, abra el informativo regional de la tarde. Y es que «una pura y simple noticia de sucesos» no es pura ni simple en Sicilia.

Philip Kerr, *Si los muertos no resucitan*
III Premio RBA de Novela Negra, 2009

Un año después de abandonar la KRIPO, Bernie Gunther trabaja en el hotel Adlon, donde se aloja la periodista norteamericana Noreen Charalambides. Noreen y Gunther se aliarán dentro y fuera de la cama para seguir la pista de una trama que une las altas esferas del nazismo con el crimen organizado estadounidense.

Harlan Coben, *Alta tensión*
IV Premio RBA de Novela Negra, 2010

Bolitar siempre ha soñado con la voluptuosa mujer que acaba de entrar en su despacho para pedirle ayuda. La antigua estrella del tenis Suzze T y su marido, Lex, una estrella del rock, son clientes, y a lo largo de los años Bolitar ha negociado multitud de contratos para ellos. Pero ahora que ella está embarazada de ocho meses, Lex ha desaparecido.

Patricia Cornwell, *Niebla roja*
V Premio RBA de Novela Negra, 2011

La doctora Kay Scarpetta se encuentra ante una difícil encrucijada: la resolución lógica de una serie de brutales asesinatos que está cometiendo una retorcida mente criminal en Savannah (Georgia) y su instinto de mujer, que le dicta normas que van más allá de las pruebas imputables y de la ciencia forense.

Michael Connelly, *La caja negra*
VI Premio RBA de Novela Negra, 2012

¿Qué relación puede guardar un asesinato reciente con un crimen acontecido dos décadas atrás? El inspector Harry Bosch debe plantearse dicha pregunta cuando, por alguna extraña razón, la investigación de un homicidio le hace regresar a la peor época que recuerda de su larga trayectoria profesional: las revueltas raciales que arrasaron Los Ángeles en 1992.

Arnaldur Indriðason, *Pasaje de las Sombras*
VII Premio RBA de Novela Negra, 2013

Alertados por una inquilina preocupada por uno de sus vecinos, dos policías encuentran el cadáver de un anciano sobre la cama. El análisis forense dictamina que fue asfixiado. El registro del domicilio del difunto saca a la luz unos recortes de prensa sobre una joven que en 1944 fue estrangulada. ¿Pueden ambas muertes estar relacionadas pese a las seis décadas que las separan?

Lee Child, *Personal*
VIII Premio RBA de Novela Negra, 2014

Un francotirador ha intentado acabar con la vida del presidente de Francia, pero ha fallado y ha huido. Tal como se ha llevado a cabo, el atentado solo puede haber sido obra de un hombre. Es peligroso y muy escurridizo. El exmilitar Jack Reacher es el único capaz de atraparlo, aunque no va a ser tarea fácil.

Don Winslow, *El cártel*
IX Premio RBA de Novela Negra, 2015

Año 2004. Art Keller, el agente de la DEA, lleva tres décadas librando la guerra contra la droga en una sangrienta contienda con Adan Barrera, jefe de La Federación, el cártel más poderoso del mundo, y autor del brutal asesinato de su pareja. Keller paga un alto precio por meter a Barrera entre rejas: la mujer a la que ama, sus creencias y la vida que quiere vivir. Una historia realista de poder, corrupción, venganza, honor y sacrificio.

Ian Rankin, *Perros salvajes*
X Premio RBA de Novela Negra, 2016

La jubilación no va con John Rebus. Siobhan Clarke ha estado investigando la muerte de un importante abogado cuyo cuerpo fue hallado junto a una nota amenazante. En el otro extremo de Edimburgo, Big Ger Cafferty ha recibido una nota idéntica y una bala a través de la ventana. Entre tanto, el inspector Malcolm Fox aúna fuerzas con un equipo de agentes de Glasgow que está persiguiendo a una conocida familia de gánsteres. Así que cuando la inspectora Siobhan Clarke le pide ayuda, Rebus no necesita barajar demasiado sus opciones.

IAN RANKIN

JOHN REBUS

1. Nudos y cruces

El secuestro y posterior asesinato de dos muchachas ha conmocionado a Edimburgo. Ahora acaba de desaparecer una tercera chica en las mismas circunstancias y todo el mundo se teme lo peor. El inspector John Rebus es uno de los policías que pretende dar caza al asesino. Ni su vida personal ni sus vicios se interpondrán en su camino.

2. El escondite

En una casa ocupada, aparece el cadáver de un yonqui. A nadie parece importarle, aunque el lugar está ornamentado con parafernalia satánica: una estrella de cinco puntas y dos velas consumidas al lado de un cuerpo dispuesto como si hubiera sido crucificado. Solo el inspector John Rebus tiene claro que esa muerte no es accidental.

3. Uñas y dientes

La ciudad se ve sumida en el terror: hay un psicópata suelto que mata y después ingiere una parte del cuerpo de su víctima. En calidad de experto en asesinos en serie, el inspector John Rebus se desplaza hacia el sur a aportar sus conocimientos al caso. Allí Rebus no está en su ambiente y topa con algunos prejuicios... y también con una atractiva psicóloga.

4. Jack al desnudo

Durante una redada, la policía descubre a Gregor Jack, un popular político escocés, en compañía de una prostituta. Es un pequeño escándalo que puede desprestigiar a Jack. Y ese no será el único golpe que reciba: Elizabeth, su mujer, acaba de desaparecer. El inspector Rebus deberá descubrir qué hay detrás de todo ello.

5. El libro negro

Tras la brutal agresión a un colega muy cercano, el inspector Rebus empieza a investigar hasta tener entre manos un caso relacionado con el incendio de un hotel, un cuerpo no identificado y una larguísima noche de horror y muerte. Si quiere resolver el misterio, Rebus deberá enfrentarse a los oscuros secretos de su compañero.

6. Causas mortales

En pleno agosto, el festival teatral de Edimburgo está en su apogeo. Nadie podría imaginarse que en ese ambiente pueda aparecer un cadáver con evidentes signos de tortura. Todos los indicios apuntan a la culpabilidad de un grupo de activistas políticos. Rebus deberá esforzarse para acabar con el terror en una ciudad repleta de turistas.

7. Let it Bleed

Mientras Edimburgo permanece sumida en el frío invierno, el inspector John Rebus se ve asediado por los interrogantes. ¿Han secuestrado a la hija de lord Provost o solo se ha fugado de casa? ¿Por qué un concejal ahora destruye documentos que deberían haber sido eliminados hace años? ¿Y por qué recibe Rebus sorprendentes invitaciones?

8. Black and Blue

John Rebus simplemente intenta hacer su trabajo. Está tratando de atrapar a un criminal que podría llevarle hasta el legendario asesino John Biblia. Sin embargo, la suerte no está de su parte: está siendo objeto de una investigación interna dirigida por un policía que tiene buenas razones para querer acabar con él.

9. El jardín de las sombras

El inspector Rebus está abrumado por el papeleo que le está generando su actual investigación. A este trabajo tan pesado se le añaden más problemas: acaba de estallar una guerra entre bandas en las calles de Edimburgo. ¿Podrá John Rebus enfrentarse a todo eso y además ocuparse de su hija, que acaba de ser atropellada?

10. Almas muertas

Una llamada de un antiguo compañero le trae al inspector John Rebus recuerdos y también un sentimiento de culpabilidad. Por si eso fuera poco, Edimburgo parece haberse transformado en un manicomio donde un chico ha desaparecido, un pedófilo frecuenta el zoo y un asesino convicto quiere jugar al ratón y al gato con Rebus.

11. En la oscuridad

Escocia está a punto de recuperar su Parlamento tras siglos de espera. El inspector John Rebus forma parte del comité de seguridad oficial. Todo tiene que salir a la perfección y dejar atrás viejas supersticiones. Una misión que se antoja difícil de conseguir cuando aparecen varios cadáveres vinculados al edificio que será sede del Parlamento.

12. Aguas turbulentas

Una estudiante ha desaparecido en Edimburgo y el inspector John Rebus tiene poca información para avanzar en la investigación. Tan solo cuenta con dos pistas: una muñeca de madera encerrada en un pequeño ataúd y una partida de rol que se juega de forma virtual. Afortunadamente, su compañera Siobhan Clarke le echará una mano.

13. Resurrección

Parece que el inspector John Rebus esta vez ha llevado demasiado lejos su insubordinación. Por ello, es enviado a un centro de la policía para someterse a un reciclaje profesional. Allí hay otros policías que, como él mismo, gozan de una dudosa reputación. Y también hay sombras que emborronan el pasado.

14. Una cuestión de sangre

Al norte de Edimburgo, un exmilitar irrumpe en un colegio privado y mata a tiros a dos jóvenes de diecisiete años. Un caso claro. El único interrogante que tiene que resolver el inspector Rebus es ¿por qué? El progresivo interés que siente el policía por el asesino le llevará a descubrir demasiados secretos y mentiras en torno a su figura.

15. Callejón Fleshmarket

El cuerpo de un inmigrante ilegal aparece en una zona de viviendas protegidas de Edimburgo. ¿Es un ataque racista o algo muy distinto? El inspector Rebus quiere entregarse de lleno al caso pero tendrá que enfrentarse a otras preocupaciones, como el cierre de su antigua comisaría o el fantasma de la prejubilación.

16. Nombrar a los muertos

En julio de 2005 los miembros del G8 se reúnen en Escocia. La policía no da abasto ante las numerosas manifestaciones de protesta y los altercados. Solo hay un policía que se ha quedado al margen de todo: John Rebus. No estará mucho tiempo de brazos cruzados, porque el aparente suicidio de un político le pone sobre la pista de un asesino.

17. La música del adiós

La carrera del inspector John Rebus está llegando a su fin. El policía intenta cerrar algunos asuntos antes de jubilarse, hasta que un caso se interpone en su camino. Un poeta ruso disidente acaba de morir en un atraco. Curiosamente aparece en la ciudad una delegación de hombres de negocios rusos. Y para Rebus estas casualidades huelen mal.

18. Sobre su tumba

Hace ya algún tiempo que John Rebus se ha retirado como policía, pero eso no evita que se vea inmerso en una extraña investigación. Una serie de desapariciones aparentemente sin relación entre ellas se produce desde hace años. Rebus quiere llegar al fondo del asunto. El problema es que parece que nadie más quiere.

19. La Biblia de las Tinieblas

John Rebus ha regresado al cuerpo de policía con menor graduación y un chip en su hombro. Ahora está trabajando en un caso de hace treinta años en el que parece que ha existido juego sucio. El policía Malcolm Fox también está investigando por su lado, y parece que pasado y presente van a colisionar de una forma letal.

20. Perros salvajes

La jubilación no va con John Rebus. Siobhan Clarke ha estado investigando la muerte de un importante abogado cuyo cuerpo fue hallado junto a una nota amenazante. En el otro extremo de Edimburgo, Big Ger Cafferty ha recibido una nota idéntica y una bala a través de la ventana. Entre tanto, el inspector Malcolm Fox aúna fuerzas con un equipo de agentes de Glasgow que está persiguiendo a una conocida familia de gánsteres. Así que cuando la inspectora Siobhan Clarke le pide ayuda, Rebus no necesita barajar demasiado sus opciones.

IAN RANKIN

MALCOLM FOX

1. Asuntos internos

A nadie le gusta el departamento de Asuntos Internos, dedicado a investigar a otros policías. Ahí es donde trabaja Malcolm Fox. Acaba de resolver con éxito un caso, así que debería sentirse satisfecho, pero sus problemas personales no lo permiten. Además, el trabajo nunca se detiene y un nuevo policía corrupto aparece en el horizonte.

2. El muerto imposible

Parece que hay alguna que otra manzana podrida en el cuerpo de policía de Fife. Hasta allí se desplazan Malcolm Fox y su equipo de Asuntos Internos. Sin embargo, lo que encuentran allí no es un simple caso de corrupción, sino un asunto con fuertes implicaciones políticas, que hunde sus raíces en el pasado hasta desvelar antiguas tensiones entre Escocia y Londres.

OTROS TÍTULOS DE IAN RANKIN EN RBA

Puertas abiertas

Mike Mackenzie tiene mucho tiempo libre y una pizca de maldad en su interior. Está buscando un pasatiempo para entretenerse y quizá darle un nuevo significado a su existencia. La casualidad quiere que en una subasta de objetos artísticos encuentre lo que busca. Ahora tiene la oportunidad de cometer el crimen perfecto.